译文名著精选

YIWEN CLASSICS

无名的裘德

〔英〕哈代 著 刘荣跃 译

Thomas Hardy

Jude the Obscure

上海译文出版社

图书在版编目(CIP)数据

无名的裘德/(英)哈代(Hardy, T.)著;刘荣跃译.
—上海:上海译文出版社,2012.4(2024.6重印)
(译文名著精选)
书名原文:Jude the Obscure
ISBN 978-7-5327-5697-1

Ⅰ.①无… Ⅱ.①哈… ②刘… Ⅲ.①长篇小说一英
国一近代 Ⅳ.①I561.44

中国版本图书馆CIP数据核字(2012)第016823号

Thomas Hardy
JUDE THE OBSCURE

无名的裘德
〔英〕哈代 著 刘荣跃 译

上海译文出版社有限公司出版、发行
网址:www.yiwen.com.cn
201101 上海市闵行区号景路159弄B座
上海市崇明裕安印刷厂印刷

开本 890×1240 1/32 印张 15.5 插页 2 字数 284,000
2012年4月第1版 2024年6月第3次印刷
印数:11,001—13,000册

ISBN 978-7-5327-5697-1/I·3357
定价:48.00元

译本序

在世界文学的殿堂中，有许多犹如璀璨的明珠一般的名篇佳作，它们在文学史的星河里永放光芒，为一代代人阅读欣赏，从中吸取丰富的营养。这样的作品，是不会有“过时”之说的，无论同代人还是后代人，都可以从中读出深刻的内涵——这就是经典名著与一般流行作品的不同之处。所以多读点举世公认的名著，对于我们，尤其是广大青少年朋友们，树立良好的世界观、人生观大有好处。人要想有气质而不肤浅，就应该多读点优秀的作品。

《无名的裘德》就是这样一部经受住了时间长期考验的世界名著。它是英国著名作家托马斯·哈代(1840—1928)继《苔丝》之后的另一部代表作，也是作者小说创作的“封笔”之作，自1895年出版以来，影响巨大，在世界各国已拥有大量读者。即便是在我国，目前也有了好些译本，这说明一部真正有价值的好书是会受到读者欢迎的。

我们的生活中既有喜剧又有悲剧。我觉得从某种意义上说，悲剧更能反映出社会以及人性的本质，更具有震撼人心的力量。人在逆境比在顺境更能表现出其个性，就是这个道理。既然悲剧在我们的社会生活中不可避免，我们就应该勇敢地面对它，采取积极的态度去改变它，从而使生活变得更加美好。

本书便是一部充满悲剧的故事。我10多年前读完原著后，曾情不自禁在书上写下“失败者之歌”几个字——这歌是痛苦的，这歌是辛酸的。主人公裘德从小到大，多么勤奋好学，多么有理想和抱负，他一心想上大学，以便今后被授予圣职当牧师。可是他出身于贫困的家庭，没有金钱没有地位；尽管他刻苦自学各种知识，不断努力——在马车上的那种自学精神令人感动不已——但大学的门始终不为他打开，道道高墙永远把他挡在外面。在他所处的那个时代里，大学的门是为有钱有势的人开的，尽管他们不一定十分珍惜；平民百姓难以进去，不管你多么勤奋刻苦。书中那些学校的围墙很有象征意义，围墙两边就是两个截然不同的世界，而仅仅是一墙之隔啊！求学无门，缺少必要的大学招牌，裘德的理想难以实现，精神受到极大打击。面对强大的旧的传统习俗势力，势单力薄的裘德怎么也无法抗争。他向那些学院院长写信希望得到帮助，但不是杳无音信就是被劝告不要走这一条路。他读了那么多书，还自学了拉丁文，但又有什么用呢！到处存在偏见的社会是不需要他这种人的。

裘德不仅在事业上失败，在婚姻上也不成功，所以他遭受了双重的打击。小说用了较多的篇幅探讨爱情和婚姻的关系。照理说，有了深厚的爱情，便会有一个完美的婚姻，但现实生活中并非人人如此。这里也同样涉及到受社会习俗和观念影响并制约的问题。裘德先后与两个女人生活在一起，即阿拉贝娜和淑，而她们两个的性格截然不同。阿拉贝娜是个十分粗俗、讲求实际、工于心计的女人，以裘德的个性而论，他并不应该与她结婚。但是正值青春年少的他缺乏自制力，一时冲动之下偷吃禁果；而狡诈的阿拉贝娜则以此欺骗他，在社会观念的影响下老实的裘德只好为自己的行为承担后果，于是一个没有爱情的婚姻悲剧便产生了。阿拉贝娜才不管什么爱情不爱情，她注重的是实际，一旦对方不会给自己带来好处了她可以随时撒手而去。所以她后来便去了国外与另一个男人结婚。到最后，为了满足世人的思想观念，她又玩弄手段趁裘德酒醉之机千方百计与他复婚，但使她意想不到的是裘德后来的身体竟然每况愈下，她觉得他倒捡了个便宜——找到一个廉价的护士——于是置病危的裘德于不顾，自己出去寻欢作乐，还与那个江湖医生维尔贝特关系暧昧。这就是阿拉贝娜。

淑却完全是另一类型的女人。不过她的个性由于受社会习俗的制约和影响，前后发生了翻天覆地的变化，判若两人，不像世俗的阿拉贝娜始终是一个模样。淑最初出现在我们面前时，是一个热情真诚、性格乐观、思想开放的女子，她对旧的传统习俗曾具有勇敢的反叛精神。比如她把那些为社会所不容的小塑像带回屋里即为一例。她不顾学校反对，大胆地与裘德来往，成为一名与众不同的女子。连裘德都说她“太具有伏尔泰精神了！”这对她是一个很好的概括。伏尔泰（1694—1778）是法国启蒙思想家，作家，哲学家，他主张由开明的君主执政，并强调资产阶级的自由和平等。但她也正如裘德一样，是无法与强大的社会势力抗争的，因此她也受到一个又一个打击。她处处遭人唾弃，被学校关起来，最后逃跑。但是她仍无法与裘德幸福地生活在一起，却嫁给了自己并不喜欢、比她大许多的菲洛特桑——裘德的小学教师。这时淑已完全变成另一个人，非常拘泥于传统守旧的东西了，她以前热情、乐观、开放的精神荡然无存！所以淑同裘德一样也是旧的传统习俗的一个牺牲者。

满怀理想和纯真爱情的裘德却被世人认为异想天开、道德不良——他是个有妻室的人却去爱淑，尽管他与阿拉贝娜毫无感情基础——因而不断遭到排斥。在基督寺他处处碰壁，没人愿意接受他。他在教堂涂描《十诫》本来干得好好的，可后来却被赶走，原因是人们认为他的品行有与《十诫》相违背的地方，没有资格干这种工作。这从另一方面又严重影响到了他的生存。连他去参加“艺人共同促进会”，在人们知道他的身世冷眼看他后，他也不得不自动退出……由于精神忧郁，经济困难，最后他的身体越来越虚弱，真是贫病交加。在万分绝望的情况下，他发出了震撼人心的痛苦呐喊：

“愿我生的那日和说怀了男胎的那夜都灭没。”

“愿那日变为黑暗，愿上帝不从上面寻找它，愿亮光不照于其上。愿那夜被幽暗夺取，不在年中的日子同乐。”

“我为何不出母胎而死，为何不出母胎就绝气……不然我早已安静躺卧。我早已安息！”

“……奴仆脱离主人的辖制。受患难的人，为何有光赐给他呢？心中愁苦的人，为何有生命赐给他呢？”

再一个值得注意的人物就是裘德的小学教师菲洛特桑，他的命运也很不幸。早年他同样富有远大的理想和抱负，希望在教会或文学上有所建树。可是若干年后裘德发现他仍然像过去一样在小学教书，而且以前那种崇高的追求根本没有了。他甚至把时间用去研究古迹！——这不是说研究古迹不可以，而是表明迫于旧的传统势力，他是多么无奈。他与淑结合后又离婚，使他的社会地位、工作条件受到严重影响，因为当时当地离婚被人们认为是大逆不道的，不管还有没有感情基础。后来淑离开裘德，他迫于社会的压力只好与淑复婚，结果他便受到了人们的尊敬，一切条件便开始好转。真是具有极大的讽刺意义！裘德比他年轻，裘德的悲剧实际上是在步老师的后尘——在那样的社会环境条件的束缚和压制下，可想而知不幸者有多少，而裘德他们这样的人不过是一些典型的代表罢了。作家通过这些故事，是在强烈地抨击和控诉腐朽落后的社会，呼唤着社会的进步。

这部小说以大量篇幅谈到爱情与婚姻问题。什么是爱情与婚姻的真义？两者的关系如何？世上有没有真爱？等等这些问题，从古到今人们一再加以探讨，不同的人有不同的理解和答案。裘德和淑追求真爱，但在他们所处的那个社会却爱得相当困难和痛苦。他们认为有了真爱法律上的婚姻并不重要，但这为社会所不允许。阿拉贝娜是绝不相信也从不去追求真爱的，她是一个注重实际的人，结婚只是为了对自己有利而已，毫无感情可言。而她这种讲求实际、缺乏感情的人即便在今天的社会里也有很多，所以说她很有代表性。我是相信世上有真爱的——这是人类生活中一种多么美好、多么可贵的东西！我认为婚姻总应该以爱情为基础。的确，当每个人面对爱情与婚姻的时候，总会遇到一些现实的问题，而处理它们的方式正是取决于我们每个人对待二者的态度。

小说虽然大量描写了爱情和婚姻，但其真正的主题意义和思想要广泛深刻得多。它深刻反映了以裘德为典型代表的普通的穷苦人民在当时那种道德和宗教偏见，以及法律和教育体制下的社会悲剧。在哈代看来，这似乎是个人与社会的矛盾，但实际上是受压迫的劳动者与资本主义社会的矛盾。只有解决了这个矛盾，社会才能更好地向前发展。

本书之所以成为不朽的世界名著，除了内涵丰富，思想深厚，主题重大外，深刻细腻的描写刻画也是一个重要方面——这大概也是名著的一个共同特点吧。名著不是完全靠故事情节取胜的，尽管它也反映了错综复杂的关系；它靠的是深刻的内涵，而这内涵就需要通过细致入微的描写来展现。所以名著是需要慢慢“品味”咀嚼的，不能像读流行小说那样可以囫囵吞枣，只要抓住情节即可。惟有细细品味那些语言，你才会品尝出其中不同寻常的地方。本书就是这样，开头也许一时读不出它的可贵之处，但只要耐心一点，越往下读就越有味道，到最后简直让你回味无穷。我从 10 多年前第一次读它，到后来翻译它，再到现在修订它，从来没有感到枯燥乏味的时候，而是每读一次都仍然还能体会到其中的新意。象征手法的运用也是本书的一个特点。前面说到的道道围墙即如此，它们既是具体的实物，把裘德挡在外面，又是抽象的概念，象征裘德无法跨越的障碍。裘德在贫病交加之中，“几乎近 30 年的心跳已经停止了”，作者写出他快到 30 岁时死去，也很有象征意义。常言道“三十而立”——这个年龄段无论中国人还是外国人应该是具有共同特征的——可是裘德却没能立起来，令人惋惜之余会感慨良多。裘德一生无法实现的理想和抱负，曾寄希望于自己的孩子，可是他们竟出乎意料地死得如此悲惨——那一幕情景令我震惊不已——他们的死不也象征着裘德希望的破灭？裘德所向往的基督寺，他小时候常常遥望的基督寺的光辉，都能让我们体会到其中包含的象征意义。此外哈代塑造人物性格鲜明，写景具体生动，且景物有其独特个性，情景交融，对情节的发展起着重要作用。

以上只是笔者个人对该书的解读，不一定恰当。读者完全可以有自己的理解和感想，而我作为译者也只是参与到大家的讨论中罢了。读了一本好书，难免会产生很多感受，更何况自己翻译它，修订它，与它有了10多年的“不解之缘”。

作者托马斯·哈代是英国著名作家。他8岁在村里上学，16岁当建筑师的学徒。他希望当牧师，自学了希腊文，研究了许多神学著作。22岁到伦敦学建筑，旁听大学文学课，研究文学、神学和哲学。27岁学成回到故乡，当了几年建筑师后便专事创作。他一生基本在家乡度过，对农村的景物、习俗，农民的生活、语言、性格、思想感情和爱好，十分熟悉。从这部小说中，可以看出它颇具有自传的性质，只是作品经过了高度的提炼和概括。哈代认为，世事多艰，幸福快乐是偶然的，痛苦忧患是经常的，这种状况之所以产生是由于宇宙间缺少一个全能的主宰；人们即使百般挣扎也是枉然，这表现了宿命论的观点——而这也是我所不能接受的。我始终认为命运掌握在自己手中，只是在特定的环境下要决定自己的命运相当艰难，这是事实。但我们不能就此而认命，那是一种消极的人生态度。由于有了宿命论的观点，哈代的作品在现实主义地描写人物性格环境，提示悲剧产生的根源时，又在情节结构的安排上暗示主人公悲剧的每一个步骤，或是阴差阳错，命中注定；或是神意安排，不可避免。

哈代的作品分为4类：浪漫与幻想故事、爱情阴谋故事、环境与性格小说和诗歌。第3类环境与性格小说是他现实主义的最高成就。由于对现实的深刻揭露和严正批判，他遭到资产阶级批评界的抨击和非难，特别是他的两部代表作《苔丝》和《无名的裘德》，更是触到了资产阶级的痛处。凶狠的批评、诋毁甚至迫使哈代放弃了写小说，完全转入诗歌创作。他的环境与性格小说有《绿荫下》、《远离尘嚣》、《还乡》、《苔丝》和《无名的裘德》，后两部小说表明作者已经意识到悲剧产生的根源在于社会环境。

哈代的两部代表作既有共同又有不同之处。它们都是悲剧，反映穷苦的劳动人民受社会环境的影响和制约的不幸遭遇。主人公都是青年，希望在世上找到自己理想的生活道路。两个故事都较多地涉及到爱情与婚姻问题。所不同的是一个是女主人公另一个是男主人公。苔丝始终处于一种被动地位，被动地受欺侮和压迫，而裘德则处于比较主动的地位——他积极主动地去为生存和理想拼搏，但是仍然遭到了一次又一次的失败。

哈代生前人们对他毁誉都有，死后一度遭到冷遇。但不久就重新受到好评，被誉为整个英国文学中最伟大的作家之一。近些年他更是再度引起重视，其作品大量再版，拍成影片和电视剧，研究者、关心者越来越多。

刘荣跃

2003 年 1 月于四川简阳

目　录

第一版序

这部小说的经历(由于有必要先在期刊上发表，所以它此次成书问世已推迟很久)，简而言之如下：1890年，我根据1887年及后来做的笔记——其中有的情节根据前一年一个女人之死获得——草草记下了写作计划。1892年10月我重游了书中描写的那些场景，并于1892年和1893年春写出故事轮廓，从1893年8月到次年完稿，使之成为目前这个样子。全部书稿除几章外，于1894年末交到出版商手里。它先于1894年11月末作为连载小说在《哈泼斯杂志》①上发表，以后每月刊登一部分。

但是，正如《苔丝》一样，由于各种原因，这部小说在杂志上发表时也是经过删减和修改了的，而目前这一版才首次完全以原著形式呈现。最初由于难以确定小说的标题，所以发表时用了一个临时书名，事实上以后又相继采用了两个这样的书名。目前这个最后确定的标题一开始就考虑到了，总的说来它被认为是最佳的。

这部小说是一个普通人为成年男女们写的，它只试图真切自然地把人间的烦恼和焦虑、嘲弄和灾难加以描写——它们在人的感情最强烈时即会产生——直言不讳地讲述人的肉体与精神之间展开的殊死斗争，指出理想破灭后造成的悲剧。因此，在上述描写中，笔者看不出任何可以非议之处。

也如笔者以前出版的作品，《无名的裘德》只试图把一系列表面现象或个人感觉连贯起来，使之成书；至于这些现象或感觉，是前后一致还是前后矛盾，是垂之久远还是转瞬即逝，我认为都无关紧要。①

托马斯·哈代

1895年8月

①美国著名杂志，1850 年创刊，为综合性杂志，初广载英国作家的著作。《无名的裘德》刊载于 1894 年 12 月至 1895 年 11 月各期。

第一部　在马里格林

“是呀，众多男人为了女人而丧失理智，而成为奴仆。又有众多男人为了她们而死去，而犯错犯罪……啊，你们这些男人，女人既能如此，怎能说没有强大威力？”

——《以斯拉记》①

①《以斯拉记》，为《圣经》外典之一，又分为《以斯拉记一》和《以斯拉记二》。

1

这位小学教师就要离开村子了，人人都似乎有些难过。水芹谷的磨坊主把自己那辆有篷盖的小型白色二轮运货马车借给他，以便把他的财物运到他将去的城市，那儿大约有20英里远；事实上，这样一辆小马车装载教师的行李绰绰有余。因为他校舍的家具一部分是由校董们预备的，除了装书的箱子外，惟一笨重的东西就是一台小型立式钢琴，是他那年想学器乐时在一次拍卖中买到的。可是他的这种热情已消失了，他也没有学到什么弹琴的技巧，而这台买来的钢琴从此每遇到他搬迁时都成了一个累赘。

教区长这一天特意避开了，他这人不喜欢见到变动的场面。他打算傍晚才回来，那时新来的教师已到达并安顿好，一切又将归于平静。

铁匠、农场管家以及小学教师站在客厅里，面对这台乐器显出困惑的样子。老师说过即使把它搬上马车，到了要去的城市基督寺时他也不知道拿它怎么办，因为初去时他也只住在临时寓所里。

一个满怀心事的11岁男孩一直在帮老师收拾行李，这时来到3个大人中间，在他们摸着下巴时清楚而响亮地说（听到自己的声音脸都红了）："我姑婆有个堆燃料的大房子，也许可以把钢琴放在那儿，等你有了住房再搬过去，先生。"

"这个主意不错，"铁匠说。

大家决定派人去见见男孩的姑婆——一个当地的老姑娘——问她是否愿意存放一下菲洛特桑先生的钢琴，等以后他再让人来取。铁匠和管家便去看看那间男孩提到的燃料房能不能放钢琴，留下男孩和老师单独站在那儿。

"我要走了，你很难过吗，裘德？"老师和蔼地问。

一听这话泪水顿时从男孩眼里涌出，因为他不属于正式的日间学生——那些学生整天和老师在一起却一点热情也没有——他只是这位老师任职期间的一个夜校生。那些正式学生——如果一定要说实话——现在正远远地站着，像经传上说的某些门徒一样[1]，一点也不想热心自愿地帮帮老师。

男孩难为情地打开手中的书，那是菲洛特桑先生送给他的离别礼物。他承认自己很难过。

“我也难过的，”菲洛特桑先生说。

“那为啥你要走呢，先生？”男孩问。

“啊——这可说来话长。你不会明白我为啥要走的，裘德。也许等你大点了才会明白。”

“我想我现在就该明白，先生。”

“唔——这事可别到处讲呀。你知道大学和大学学位是什么吗？它是一个想做教师的人必须有的招牌。我的计划，或者说我的梦想，是要成为一名大学毕业生，然后被正式授予圣职[2]。去住在基督寺或它附近，我就好比到了总部。假如计划完全可行，我认为在那里可以得到更好的机会实现我的计划。”

铁匠和同伴回来了。福勒老姑娘的燃料房很干燥，显然可以用；看来她愿意把乐器放在那儿。因此钢琴被留在了学校，要等到晚上有更多的人手时再把它搬过去。老师最后环顾了一下四周。

男孩裘德帮着把一些小物品搬上车。9点钟时菲洛特桑先生也爬上车靠着书箱和其他行李，然后向朋友们告别。

“我会记着你的，裘德，”马车移动时他微笑着说。“记住，要做个好孩子，好好对待动物和鸟儿，尽量多读书。如果你哪天来到基督

---

① 指《圣经》上记载的耶稣门徒彼得等而言。《新约 · 马太福音》第2章第56节里说，耶稣被捕后，门徒离开逃走了。第26章第58节里说，彼得只远远地跟着耶稣。

② 授予圣职，指被授予牧师职位。

寺，请看在老朋友份上记着来找我。”

马车吱嘎吱嘎地穿过草地，绕过教区长住宅的拐角处消失了。男孩回到草地边的吊桶井处，他帮恩师搬东西上车时把水桶搁在了那儿。他嘴唇微微颤动一下，把井盖打开正要放下水桶时停住了，额头和手臂靠在井架上，脸上始终表现出一种满怀心事、有些过早感到生活艰辛的孩子的那种表情。眼下的这口井和村子本身一样古老，从他现在站着的位置看，它像一幅长长的圆形透视画，画的那端像个明净的盘子，里面微波荡漾，离井口有 100 英尺。井口不远处有一排绿色苔藓，再往上便是荷叶蕨。

他自言自语，用一个想入非非的男孩那种具有传奇剧①色彩的声调说：“老师在这样的早晨曾好多次从这口井里打水，但是他以后再也不会来这儿打水了。我看见过他打水累了时，就像我现在这样往井里看，休息一会儿后再把水提回家去。可是他这么聪明的人，怎么还会再在这儿呆下去呢——这样一个死气沉沉的小地方！”

一滴泪水从他眼里流出，掉进了井底。这天早晨有一点雾，而男孩呼出的气像更浓的雾一般不断散进寂静阴沉的空气里。突然一声喊叫打断了他的思路。

“还不赶快把水打回来，你这个小懒汉！”

是一个老太太在叫喊，她刚从不远处一间长满绿苔的草房子里出来，要往庭院的大门那儿去。男孩急忙挥挥手表示马上打水，使出浑身力气把水提上来——这力气对于他这么小的孩子而言真够大的了——放在地上，然后把大桶里的水倒进自己的两个小水桶，停下喘口气，就提着水走过旁边那片冷湿的草地——这儿差不多在这个小村庄或者说马里格林庄的中心。

---

①传奇剧，18 世纪末至 19 世纪中叶流行于欧洲的一种戏剧，充满奇情和夸张。

村庄不但很小而且古老，位于一个起伏不平的高地山坳里，高地与北威塞克斯[①]丘陵毗连。但是虽然它古老，本地历史上留存下来的惟一绝对完整的古物，大概也只有那个井台了。许多用茅草盖的带屋顶窗的住房近年都被拆毁，许多草地上的树也被砍倒。尤其是原先的教堂——木制角塔，屋脊奇特，形如驼背——也已被拆除，要么打碎成铺路石堆在小路旁，要么被附近的人家用来垒猪圈墙、庭院里的石头座、栅栏护石和花坛里的假山。取而代之的是在另一块土地上修起了一座高大新奇、让英国人觉得陌生的现代哥特式教堂；它是由某个一天之内就从伦敦来而复去的史迹毁灭者建造起来的。这片绿色而平坦的草地，在太古的时候就是教堂坟地了。那座基督圣贤们的古老教堂，虽然曾在这草地上矗立如此之久，但现在已全不见了踪迹。那些被毁的坟墓每座只竖起价值 18 便士的铸铁十字架作为纪念，并且只允许保留 5 年即被拆除。

① 威塞克斯，英格兰西南部一地区，本意为“西撒克斯”，包括多塞特郡等，是七国时代西撒克斯的所在地。威塞克斯是哈代用来表示他书中背景的总地名。

2

虽然裘德·福勒身材纤弱，但他却将两只装满水的家用水桶一口气提回了屋。屋门上有一个长方形蓝色小木牌，上面漆着黄字“面包师德鲁斯娜·福勒”。在那些不大的铅制窗格的玻璃窗里面——这是残留下来的少有的老房子之一——放着5瓶糖果，一个饰有柳树图案的盘里装着3块小圆形面包。

他在房后把桶里的水倒出来时，听见姑婆（即招牌上写的德鲁斯娜）和其他一些村民在屋内正起劲地谈着话儿。他们也看见了小学教师离开，这时正简要讲述着一些具体情况，并大肆预测他的未来。

“他是谁？”男孩进去时有一个人问，相对而言她还不太熟悉。

“问得好，威廉斯太太。他是我侄孙子——你上次来他就在这儿了。”答话的这个本地老住户是一位个高瘦削的女人，哪怕很小很小一点事她都会讲得十分可悲，并且说话时对每个听的人都要依次讲一下。“大概一年前他从梅尔斯托克来的，那儿在南威塞克斯——他真是运气不好，贝林达，”说罢她转向右边。“他爸住在那儿，后来得了要命的疟疾，两天后就死了。你知道的，卡罗琳，”她转向左边。“要是全能的上帝把你和你爹妈一起带走，那才是福呢，又可怜又没用的小子！我只好把他接到这儿和我住着，等哪天有了法子再说，可我想得让他去挣点钱，管他能挣多少。眼下他正帮农场主特劳特汉姆在地里轰鸟儿，免得他去调皮。你干吗要走开呢，裘德？”她继续问，因为这时男孩感到大人们的眼光像巴掌一样打在他脸上，所以向一旁躲开了。

本地的洗衣女工说，福勒姑娘或太太（她们就这样随随便便叫她）让孩子和她住在一起也许是个很好的办法——“你太孤单了，好让他陪陪，帮你提提水，晚上关关窗板，帮着干点烤面包的活。”

福勒姑娘却不以为然。“为啥你不让老师也带你到基督寺去，做他的学生呢？”她皱起眉头开玩笑地又说，“我肯定他找不到比你更好的学生了。这小子对书真是着了迷，就是这么回事儿。倒不如说我们这家里的人就有这么个德性。他表妹淑也是这个样儿——我听说的；但是我好些年没见过那孩子了，虽然她正好就出生在这个地方，这间屋里。我侄女结婚后，和丈夫有一年或一年多都没房子，后来才有了一间——唉，那事我不想多说了。裘德，我的孩子，你今后可千万不要结婚呀。我们福勒家的人再别那样做了。淑是独女，就像我自己的孩子一样，贝林达，可是后来他们两口子闹翻了！唉，年纪轻轻的竟也遭受了这样悲惨的变化！”

裘德发现大家的注意力又集中在他身上，便朝面包烘房走去，吃了那块留给他做早餐的面包。他这天的余暇时间结束了。他翻过房后的围篱，从庭院出来，沿着一条向北的路走去，最后来到一大片平坦高地上一块宽阔而孤寂的凹地，这是一块小麦田。这块宽广的凹地便是他为农场主特劳特汉姆先生干活的地点，他朝地中间走去。

这一片黝黑的地面，四周一直上升，伸向天空，然后渐渐消失在迷雾中；迷雾让人看不到这片地实际的边缘，使这里显得更加寂静。这地方满目一色，惟一的特征是去年庄稼收获后还堆在耕地中间的一垛稻草，他走近时飞起的白嘴鸦，以及他来时走过的横穿那块耕地的小路——他简直不知道现在有些什么人来走这条路，虽然他有许多已故的亲人曾往返于这上面。

“这儿真让人难受呀！”他咕哝着。

刚耙过的一行行地就像新灯芯绒上面的条纹一样向前伸去，给这个地方造成一种平庸功利的气氛，驱走了它一切逐渐演变的迹象，把它过去所有的历史一概取消，你看到的只是近几个月才有的东西，虽然这儿每一块土、每一块石头的确和旧日有许多联系——古人收获时的歌声，他们讲的语言和不屈的行为，都有余音回荡于空中。这里的每一英寸土地，都曾经是前人勤奋、欢乐、嬉戏、争吵和辛劳的场所。一群群拾落穗的人曾蹲在每一片地上，头顶阳光。人们在收割、运输庄稼的时候，相爱结婚，这些婚姻给邻近的村庄也增添了人口。在那道将这片田野和远处的种植园分开的树篱下，姑娘们曾委身于自己的情人，而这些情人在下一个收获季节时却不肯再理她们。就在那块古老的小麦田里，不少男人曾向女人许下爱的诺言，而他们于邻近的教堂里履行诺言之后，却在下一季播种时听见自己女人的声音都要发抖。可是对于这些，裘德和他周围的白嘴鸦都不去考虑。对他们来说，这里只是一个寂寞的地方，一方面它只具有劳动场所的性质，另一方面它是一个能提供很好的粮食的产粮区。

男孩站在前面提到的那垛稻草下面，每隔几秒钟便用手中的响棍发出轻快的啪嗒声、格格声。每一响声都会惊起啄食的白嘴鸦，它们从容地扇起翅膀飞上天空，像戴着护腿甲一样闪闪发光，随后又盘旋着飞回来，一面小心翼翼注视他，一面在更远处落下来吃食。

他不断用响棍发出啪嗒的声音，直到手臂都痛起来了，最后他竟同情起那些渴望吃食却不断受他干扰的鸟儿来。它们似乎和他一样，生活在一个不需要它们的世界里。他为什么要把它们吓跑呢？它们越来越像是温和的朋友和领取抚恤金的人——可以说他们是惟一对他有一点点兴趣的朋友，因为姑婆就经常说她对他一点不感兴趣。于是他不再用响棍发出格格声，鸟儿们又重新飞落下来。

“可怜又可爱的小东西呀！”裘德大声说，“你们可以吃一顿——可以的。有足够的东西让我们大家吃。农场主特劳特汉姆给你们开得起这顿饭。吃吧，我可爱的小鸟们，好好吃上一顿吧！”

这样鸟儿便停在那里吃起来，墨似的小点散布于栗色的泥土上。裘德十分高兴看见它们个个好胃口，好像一根富有魔力的同情线将他和它们的生命连在一起。那些鸟儿的生命弱小而可怜，与他的非常相似。

他这时已把响棍丢开了，它是一件卑鄙肮脏的工具，不但冒犯了那些鸟儿们而且冒犯了它们的朋友——他自己。他突然感到屁股被狠狠打了一下，接着听到一声响亮的啪嗒声。他才吃惊地感到那个发出啪嗒声的东西就是冒犯了鸟儿和他的响棍。鸟儿和裘德同时都受到惊吓，随后他那双茫然的眼睛看见了农场主，那个高大的特劳特汉姆本人；农场主涨红了脸，直瞪着浑身哆嗦的裘德，手里还挥舞着响棍。

“好呀，‘吃吧，我可爱的小鸟，’是吗，小子？‘吃吧，可爱的小鸟，’真是不错呀！让我来给你屁股挠一挠，看你还急不急着说‘吃吧，可爱的小鸟！’你以前没来这儿，在老师那里就懒惯了，是吗，嗯？原来你就是这么为我赶白嘴鸦守小麦，一天挣6便士的呀！”

特劳特汉姆一边用激烈的言词对裘德说话，一边用左手抓住裘德的左手，拉着他纤弱的身子围住自己团团转，用裘德那根棍子扁平的一面打他屁股；他每挥动一下响棍，田野里就传来一两声啪嗒声。

“别打啊，先生——请别打啊！”被旋转的孩子喊叫着，像一条钩住的鱼被旋转着拉向地面，他身子像要离心似的无可奈何地转动着。他看见小山、草垛、种植园、小路和白嘴鸦，就像参加环形赛跑一般一圈圈围着他转，速度惊人。“我——我——先生——只是想——地里庄稼很好——我看见他们种的——白嘴鸦吃一点点没关系——你不会失掉什么的，先生——菲洛特桑先生对我说要对它们好些——啊，啊，啊！”

假如裘德矢口否认他说了什么而不做这番如实的解释，似乎不至于惹农场主发这么大的火。他仍不停打着旋转的淘气顽童，啪嗒啪嗒的响棍声回荡在整个田野，一直传到远处干活的人耳里(他们还猜想裘德正在认认真真赶着鸟儿呢)，又从雾霭后面崭新的教堂高塔发出回响，然后传向教堂本身——农场主为了证明他对上帝和人类的爱心，当初修建这座教堂时还捐了一大笔钱呢。

不久特劳特汉姆惩罚得厌烦了，他把哆嗦的孩子放开，从衣兜里掏出6便士付了裘德一天的工钱，打发他回家，说再也不准到这里来了。

裘德一下子跳到农场主抓不到的地方，沿着小路边走边哭，并不是因为疼痛,尽管疼得很厉害;也不是因为感觉到世间的缺陷——即对上帝的鸟儿有益的对上帝的园丁就有害;而是因为可怕地感到,他来这教区还不到一年已丢尽了脸面,从此可能会一辈子成为姑婆的累赘。

脑子里有了这片阴影后,他便不想在村里露面了,而是绕道回家,从一个高树篱后面走过去,穿过牧场。在这里他看见许多成对的蚯蚓将一半身子伸出潮湿的地面,它们每年这时遇到此种天气总会那样。如不有意避开,每走一步总要踩死一些蚯蚓的。

虽然农场主特劳特汉姆刚才伤害了他,但他却是一个不忍伤害任何东西的孩子。每次他从外面带回家一窝小鸟,总是心里难过得半夜睡不着觉,常常次日早晨又把它们连窝放回原处。他简直不忍看见一棵棵树被砍倒或修剪,好像那样便伤害了它们的心;他还是个孩童时,看到人们剪完树枝后树液上升到树梢,大量渗出,他就由衷地感到悲伤。这种脆弱的性格——或许可以这么说——表明他是那种生来就要受尽痛苦,直至结束无用的生命才能脱离苦海的人。他小心翼翼踮着脚尖在蚯蚓中间穿行,一条也没踩死。

他走进小屋时发现姑婆正把价廉的面包卖给一个小姑娘,待顾客走后她问:"唉,干吗才半上午你就回来啦?"

"他把我赶走了。"

"什么?"

"我让白嘴鸦啄了点小麦,特劳特汉姆先生就把我赶走了。这是我的工钱——我最后挣的一点工钱!"

他悲伤地把6便士丢到桌上。

"哈!"姑婆说,憋住气。接着她就开始大肆教训起他来,说他这样无所事事,一个春天她都得如何如何管他饭吃。"你连鸟儿都吓不跑,还会干啥呢?瞧,你干吗板起一副面孔!真要说起来,农场主特劳特汉姆比我好不了多少。正像约伯说的,'如今,比我年少的人戏笑我,其人之父我曾藐视,不肯安在看守我羊群的狗中。'[①]不管咋说他父亲原是我父亲的雇工,让你去给他干活一定是我犯了糊涂,要不是怕你捣蛋我才不会让你去呢。"

裘德去那儿干活降低了她的身份,这比他玩忽职守更让她气愤;她责骂他主要也是出于这个原因,其次才是出于道德上的考虑。

"你不该让鸟吃农场主特劳特汉姆种的东西。当然这是你的不对。裘德呀裘德,你干吗不和你那个老师去基督寺或别的地方呢?可是,哦不——又可怜又糟糕的孩子——这个家的人,过去就是你们那边的老没出息,今后也决不会有!"

"那个美丽的城市在哪里,姑婆——就是菲洛特桑去的那地方?"男孩默默地想过一会儿后问。

"上帝!你是该晓得基督寺城在哪里,它离这儿20英里远。那个地方太好了,我想与你是不会有多大关系的,可怜的孩子。"

"菲洛特桑先生会一直在那里吗?"

"我咋说得清楚?"

"我可以去见他吗?"

"上帝,不行!你不是在这块地方长大的,不然就不会这么问了。我们和基督寺的人一点不相干,基督寺的人和我们也不相干。"

裘德走出去,更加感到他的存在是多余的;他在猪圈附近的一垛稻草上躺下来。雾这时越来越淡薄,透过它能看见太阳。他拉过草帽盖住脸,从草帽的间隙中看着外面白晃晃的天空,模模糊糊地思考着。他发现人长大了就有了责任,事情并不与他原先想的那么协调一致。大自然的逻辑太可怕了,他不喜欢。对某一类生物仁慈就是对另一类生物残酷,这种不协调的现象使他感到厌恶。他觉察到,当你越来越大,感觉自己到了生命的中部,而不像小时候只感到在生命圆周的某个点上,你会不寒而栗。

---

① 见《圣经·旧约·约伯记》第30章第1节。

你的周围似乎都是些令人炫目、五光十色、吵闹不止的东西，它们的杂声和强光撞击在你那叫做生命的小小细胞上，猛烈地震动它，使它变形。

假如能不让自己长大多好！他不想长大成人。

然后，像一般的男孩那样，他很快忘记了悲哀，一下跳起来。上午余下的时间他帮着姑婆做事，下午没什么事做，他就去了村里。他在这儿问一个男人基督寺在哪里。

“基督寺？哦，唔，就在那边，不过我从没去过那里——没去过。那地方从来与我无关。”

男人往东北方向指了指，那正是裘德上午在麦地里丢尽了脸的一边。这种巧合使裘德一时有些不高兴，但也正是对此事的畏惧增添了他对那个城市的好奇心。虽然农场主说过再也不准他出现在那块田野里，但基督寺在田野那边，而穿过去的路又是大家的。所以他偷偷溜出了村子，走下上午曾受到惩罚的那片凹地，寸步不离地沿着小路爬上另一边漫长沉闷的斜坡，一直走到一小丛树旁，小路在这儿与公路汇合。这是耕地的尽头，一片荒凉开阔的高地展现在他眼前。

3

没有树篱的公路上以及公路两旁均空无一人，苍白的道路似乎在不断上升、缩小，直到与天边汇合。就在路的顶端，一条青葱的“山脊路”成直角横跨其间——罗马古道旧址“伊克尼尔路”就穿过这地区。这条古老的道路蜿蜒着伸向东西数英里，人们几乎还记得，很久前它曾是一条赶牛羊去集市出售的道路。但现在它已被遗弃，杂草丛生。

男孩从未离开那个半隐半现的村庄向北漫游到这么远。几个月前一个黑暗的夜晚，有个赶车的人从南面一个车站把他送到了村子里。而直到现在他才知道，就在他住的那块高地的边上，竟会有这么一个宽阔低平的地方。位于东西之间向北延伸的整个半圆形的原野有四五十英里远，在他眼前展开；那里的空气显然比他这儿呼吸到的更加阴郁湿润。

离公路不远有一座被风雨剥蚀的老谷仓，用红灰色砖瓦筑成。当地人都知道它叫“褐房子”。他正要走过谷仓，忽然发觉一把梯子靠在屋檐上；想到爬得越高看得越远，裘德便停下来注视着梯子。在倾斜的屋顶上有两个男人正在修复瓦面。他转入那条山脊路朝谷仓走去。

他满怀渴望地看了一会儿那两个干活的人，便壮着胆爬上梯子，站到他们旁边。

“哟，小伙子，你爬上来干什么？”

“对不起，我想知道基督寺城在哪里。”

“基督寺就在那边，在树林那边。你能看见的——至少在天气晴朗的时候。哦，不，现在是看不到的。”

另一个砖瓦匠也转过身来看着所指的地方，手中的活儿太单调了，因此凡是能打破沉闷的事都让他高兴。“这样的天气你通常看不见。”他说。“我看到过它，那是在太阳像一团火焰掉下去的时候，它看起来像——我也不知道像什么。”

“像天上的耶路撒冷[1]，”严肃认真的孩童说。

“哦——可是我自己怎么就没想到……不过我今天是连一点基督寺的影子也看不到的。”

男孩也极力往那边看，但就是看不到那个遥远的城市。他从谷仓上爬下来，也不再去管基督寺——他这般年纪的孩子就是反复多变——沿着山脊小路走去，寻找周围田埂里有趣的天然产物去了。当再次经过谷仓往马里格林返回时，他看见梯子仍放在原处，而那两个工人已干完一天的活儿走了。

傍晚时天暗下来，仍有一点薄雾，但除了下面乡村较潮湿的地段和沿河流一带，雾已消失了一些。他又想到基督寺，既然专门离开姑婆的家来到两三英里以外的地方，他真希望这一次看到人们所说的那个迷人的城市。但即使他在这儿等下去，天黑前也不大可能晴起来。可他还是依依不舍，因为只要朝着村子走几百码他就看不到北边那个广阔的天地了。

他又爬上梯子，想再看一眼两个男人指的地方，在梯子最高一级停下，把身子靠在屋瓦上。也许以后好多天他都不能来这里了。如果他祈祷，也许想看见基督寺的愿望能实现。人们曾说，假如你祈祷，希望的事情有时就会来到身边，尽管有时也不会。他曾在一本宗教宣传的小册子里读到过，有个人修建一座教堂，但没有钱把它修完，于是跪下祈祷，结果下一批邮件就把钱送来了。另一个人也做了同样的试验，可是钱没有来；他后来发现自己跪着祈祷时穿的裤子是由一个邪恶的犹太人做的。故事鼓舞了裘德，他便在梯子上退下一些，在第3级处跪下，靠着上面的梯级祷告着，祈求雾散开。

然后他又坐下来等着。雾逐渐稀薄，大约过了10分钟或15分钟已

---

① 耶路撒冷，巴勒斯坦著名古城，伊斯兰教、犹太教和基督教的“圣地”。

完全从北边地平线上散去，而别处的雾早已散开。日落前约一刻钟，西边的云也散开了，太阳露出部分身影，束束阳光清晰可见，从两块阴云间直泻而下。男孩立即回头往城市的方向看去。

在他视野内的某个地方，有许多亮点像黄金般闪闪发光。随着时间一分分过去，空气愈来愈明晰，直到能看清那边黄金般的小点是些风向标、窗户、潮湿的房顶石板和尖塔、圆屋顶、砂石建筑物上的亮点，以及其他各种乍隐乍现的轮廓。那一定就是基督寺了，要么是直接所见，要么是在这奇特的天气里呈现出的影子。

这个旁观者就那样目不转睛地盯着，直到窗户和风向标失去了光泽，像熄灭的蜡烛一样几乎一瞬间暗下来，那模糊的城市又笼罩在薄雾里。他转向西边，看见太阳已消失，前面的一片景色变得幽暗起来，周围的东西个个显得奇形怪状。

他急忙爬下梯子，跑着回家，尽力不去想那些巨人啦，猎人赫恩①啦，埋伏着等候“基督徒”的恶魔②啦，或者那个额上有个大洞直流血的鬼船船长及其身边许多的尸体，它们每夜在这个充满魔力的船上起来造反。他知道自己已长大了，不应该再相信这些可怕的事。然而当他看见教堂的高塔和小屋窗口的灯光时仍不由得高兴起来，即使那不是他出生的家，而且姑婆也不太喜欢他。

老姑婆的“商店”橱窗是用 24 块小玻璃镶在铅制窗框里的，一些玻璃因年久氧化，很难看清里面放着的粗劣价廉的商品——它们是全部存货的一部分。而就是所有的库存商品，一个身强力壮的男人也能搬动。裘德就在这个窗户里面和周围干活，很长时间显得十分平静。他周围的一切虽然渺小，但他的梦想却是远大的。

① 猎人赫恩，也称幽灵猎人。在莎士比亚《温莎的风流娘儿们》中以福斯塔夫这一角色出现。据说他在夜间，尤其是在暴风雨中骑马狩猎。

② 恶魔，指英国 17 世纪作家约翰 · 班扬（1628—1688）所著《天路历程》中的恶魔。“基督徒”是该书中的主人公。

那个北面高地由冷冷的白垩构成，通过这片坚实的障碍他总是注视着一个壮丽的城市——想象中，他把它比作了新耶路撒冷，虽然他的梦想比起《启示录》作者的梦想来，画家的成分多，而珠宝商的成分少①。因此那个城市便具有了一种实在性和永久性，一种对他生命的支配，这主要由于一个核心的事实：他如此崇敬的那位富有知识和意志的男人实际上就生活在那里；不仅如此，那个男人还生活在思想更丰富、精神更耀眼的人们中间。

遇到阴郁的雨季，虽然他知道基督寺也一定在下雨，但他简直不相信那儿的雨也这么阴沉。无论如何只要能离开村子一两个小时——这种情况是不多的——他都要偷跑到山上的“褐房子”那里去，不断地极目张望；有时他会得到报偿，看见一座圆屋顶或一个塔尖，有时看见一缕轻烟，他猜想轻烟也像焚香时的烟雾一样有些神秘。

然后有一天他突然想到，假如天黑后他爬上那个景点或再往前走一两英里，他就会看见城市夜晚的灯光。不过那样他就不得不独自返回，但这一考虑也没把他吓住，因为这无疑可以让自己增添一点男子气概。

这个计划及时得到了实施。他来到那个眺望处时并不晚，黄昏刚过；可东北方的天空一片暗淡，加上从那边吹来一阵风，使此刻显得非常昏暗。虽然他得到了报偿，但他看到的并非一排排灯光，如他先前在某种程度上期望的那样。他一盏灯也看不清，那地方上空只有一片光辉或一团白晃晃的烟雾，后面是黑暗的天空，使那里的亮光和城市仿佛只有一英里远左右。

他不知道老师到底在那片光辉里的什么地点——老师现在与马里格林的任何人都没有了联系；在这儿的人看来他似乎已不在人世。但袤

---

①《启示录》中将“新耶路撒冷”描绘为“碧玉”、“精金”等宝石所造。见《圣经 · 新约 · 启示录》第21章11节。

德在那片光里好像看见了菲洛特桑正在悠闲地散步，像尼布甲尼撒王的火窑里的人[①]一样。

他听说过微风以每小时10英里的速度行进，此时他又想起了这事。他面向东北方，张开嘴唇吸着风儿，好像它是甜甜的美酒一般。

“你呀，”他充满爱抚地对着和风说，“一两个小时前还在基督寺城里，沿街飘行，吹动风标，轻抚菲洛特桑的面容，让他呼吸；现在你就到了这儿，让我呼吸——你这同样的风呀。”

突然什么东西随风向他飘来——是来自那个地方的信息——似乎来自住在那儿的某个灵魂。那一定是钟声，是城市的声音，轻柔悦耳，正对他说：“我们在这儿很快乐啊！”

他就这样心驰神往，完全忘记了自己身在何处，直到一声刺耳的叫喊才使他回过神来。离他所处的山顶几码远出现了一辆马车，它们从巨大的斜坡底部经过半小时蜿蜒爬行才到达这儿。马拉着一车煤——这些燃料只有经过这条独特的路才能送到高地上。一个车夫、副手和男孩赶着它们。男孩此时正把一块大石头踢到一个车轮后面，让那些气喘吁吁的动物好好休息一下，而另两人则从货物上取下一壶酒轮流畅饮起来。

他们是两个上了年纪的男人，声音温和。裘德向他们打招呼，问他们是不是从基督寺来的。

“拉这样多的东西可能吗？”他们说。

“我说的是那边那个地方。”他变得如此多情地依恋着基督寺，犹如一个青年男子提到他的情人那样，为再次提到它的名字感到害臊。他指着那边天上的亮光——他们那双老眼是难以觉察到的。

“是呀，好像东北边是有个地点比其他地方亮些，不过我自己没注

---

① 见《旧约·但以理书》第3章第24至26节。尼布甲尼撒王把三个人扔在窑火里，却看见有四个人“在火中游行”。

意到，那里肯定就是基督寺了。”

裘德胳膊下夹着小开本故事书，这时滑落到路上，那是他带来准备在天黑前一路上看的。车夫看着他把书捡起来，一页页抚平。

“哈，小伙子，”他说，“在你能看懂他们看的东西以前，你得先把自己的脑袋打个转儿才行。”

“为什么？”男孩问。

“哎呀，我们这些人懂得的东西他们从来不看一眼，”车夫继续说，以便消磨时间。“在修通天塔①时大家只说外国话，没有两家人说的是一个样。他们读那些玩意儿像夜鹰呼呼扑打翅膀那么快。那儿的人都做学问——除了宗教就是学问②。不过宗教也是学问，因为我一窍不通。是呀，那可不是一个随随便便的地方，虽然夜晚街上也有些妓女……我想，你晓得他们把人像苗圃里种小萝卜一样栽培成牧师吧？哪怕要花——好多年，鲍布？——5 年，把一个长得高大蠢笨的小伙子，变成一个没有坏念头、一本正经的讲道师，他们也会做的，只要能成。他们像工匠一样把他制造出来，让他拉长着脸，穿一件长长的黑袍和背心，戴着讲道师的领子和帽子，就像《圣经》里牧师穿的那样，到头来连他的妈有时都认不出他了……好啦，那是他们的事，正像任何人都有自己的事。”

“可是你怎么会知道——”

“别打断我，小伙子。大人说话不要插嘴。把前面的马牵开，鲍布，有人过来了……你得注意我说的是大学里的生活。他们日子过得可高尚了，这是不用怀疑的，虽然我自己并不很看重他们。我们是身在这高处，他们是心在高处——他们当然都是些高尚的人——不是全部——动动脑子说上几句就能挣好几百。还有些年轻力壮的家伙能挣

---

① 指《圣经》中没有建成的通天塔。上帝因诺亚的后代狂妄而发怒，使建塔人突然操不同的语言，塔因此终未建成。

② 书中基督寺隐指牛津。这里是说牛津大学及城市是做学问的地方。

到银杯，差不多也值几百。说到音乐，基督寺到处都是好听的音乐。你也许信宗教，也许不信，但总会止不住和别人一起哼那些平平常常的调子。那儿有一条街——是大街——世上还找不出第二条像它那样的来。我想我对基督寺确实知道一点点！”

这时马已缓过气了，又低下头让人套上轭。裘德向那遥远的光辉崇敬地投去最后一眼，转身与他这位见多识广的朋友一道前行；他们一边走，朋友一边很乐意继续告诉他那个城市的事——它的高塔、礼堂和教堂。运货马车转入一条岔路时，裘德热情感谢车夫告诉了他那些情况，说他自己讲基督寺时能讲得有一半好就不错了。

“哦，那只不过是我听到的罢了，”车夫毫不自夸地说。“我也和你一样从没去过那儿，那些情况是东一点西一点听到的，你爱听我给你讲讲也没啥。像我这样在世上到处走走，和社会上各种各样的人扎扎堆儿，你总会听到一些事情。我有个朋友年轻时在基督寺的锡杖旅店给人擦靴子，嗨，他晚年时我和他熟得像亲兄弟。”

裘德继续独自往回走，陷入深思，甚至忘记了害怕。他突然间又长大一些了。内心产生了一种渴望，想找到什么可以抛锚和依附的地方——可以说是令人赞美的地方。假如他到了那个城里，能见到那样一种地方吗？在那里是否不用再害怕农场主们，不怕受到阻挠和嘲笑，他可以观察和等待，让自己也像他听说过的那些古人一样干一番大事？15 分钟前，他凝视时那光辉出现过，现在他循着黑暗的道路回家，那个地方也像光辉一样存在于他心中。

“那是一个光明之城，”他自言自语道。

“那儿长着知识之树，”向前走几步后他说。

“那里涌现出许多导师，各处的老师也涌向那里。”

“你可以把它叫做城堡，由学问和宗教守卫着。”

在作了这番描绘后他沉默良久，最后又加上一句：“它会很适合我的。”

4

这个男孩——在思想某些方面可说是个明智的大人，而在其他方面却是个显得很幼稚的孩子——一直陷入沉思之中，所以走得有点儿慢。这时一个步履轻快的行人赶上来，尽管天暗，裘德仍能看出他戴一顶异常高大的有边帽，穿一件燕尾服，两腿细长，走路时脚上的靴子毫无声响，表链随主人挥动的手剧烈地摇晃，在天光反射下闪闪烁烁。裘德这时感到孤单起来，便极力跟上那个人。

“嗨，小伙子！我在赶路，要跟我一起走就得快点。你知道我是谁吗？”

“知道，我想。你是维尔贝特医生吧？”

“哈——真是到处有人认识我呀，我就知道！为大家做好事的人就会这样。”

维尔贝特是个巡回江湖医生，在乡下人中间很有名气，但除此之外则绝对无人知晓，因为他确实也注意对那些人隐姓埋名，以免引起一些让人烦恼的调查。只有村民是他的病人，而他在威塞克斯地区的名声也只限于他们中间。比起那些有资本、宣传有术的江湖医生，他的地位更低下，对象更卑微。事实上他只是个幸存者。他巡回的距离相当远，几乎穿越了威塞克斯整个东西南北。裘德有一天曾看见他把一罐有色猪油卖给一个老太太，用来治疗她的一条腿。她打算付他那个贵重的油膏 1 几尼①，分期付款，每两周付 1 先令。据这个医生说，那贵重的油膏只能从“西乃山”②上生长的一种特有动物身上提取，而要捉到那种动物得冒巨大危险，不是送命就是受伤。裘德虽然对这位先生的药早有疑心，但觉得他无疑到过很多地方，在专业性不强的事上也许能提供可信的情况。

“我想你去过基督寺吧，医生？”

“去过——去了很多次呢，”这个瘦高的人说。“那是我常去治病的一个地方。”

“它是搞学问和宗教的一个很好的城市吗？”

“你可以这么说，小家伙，如果你见到了它。唉，那些大学里洗衣老太太们的儿子都会说拉丁语——我得承认他们说得不好，我是个爱挑剔的人——读大学时我们常把这叫做‘狗、猫拉丁语’③。”

“希腊语呢？”

“唔——那就是对被培养当主教的人更高的要求了，他们学了后就可以读《新约全书》原著。”

“我自己也想学拉丁语和希腊语。”

“这可是个崇高的愿望。学每种语言你都必须有一本语法书才行。”

“我是想今后到基督寺去。”

“不管何时你去了，都要说只有维尔贝特医生才有驰名的特效药，能治好营养系统失调、气喘和气短。一盒两先令3便士——政府贴了印花特准的。”

“如果我答应在附近帮你宣传，你能帮我弄到语法书吗？”

“我会很乐意把我的语法书卖给你——我当学生时用过的语法书。”

“啊，谢谢你，先生！”裘德很感激地说，气喘吁吁，因为医生走路快得惊人，他不得不小跑，感到腰部都疼痛起来。

“我想你最好还是别跟着我撵吧，小伙子。让我告诉你我会怎么做。我将给你弄到语法书，还给你上第一课，只要你记住在村里每家每

---

①几尼，旧英国金币，相当于1.05英镑。

②西乃山，又称何烈山，今译西奈山。屡见《旧约》，在靠红海北端的地方。

③“狗拉丁语”为英文短语，意为不正规的拉丁语。“猫拉丁语”则是这位江湖医生的杜撰。

户推荐维尔贝特医生的金药膏、长生滴剂和妇科圣药。”

“你会把语法书带到哪里呢？”

“两个礼拜后的今天，我会准时在此刻7点25分路过这里。我的行动确实像行星运行一样准确无误。”

“我会在这儿等你的，”裘德说。

“并且告诉我哪些人订了我的药吗？”

“嗯，医生。”

然后裘德放慢了脚步，停一会儿喘喘气，便走回家去，感到已开始在为基督寺战斗了。

在这两个礼拜期间他四处奔走，老是对着内心的想法面带微笑，似乎它们像人们一样见到他向他点头——脸上焕发出异常美丽的光彩，正如年轻人在开始了某个辉煌的计划时所表现出来的那样，宛如一盏神奇的灯，把他们纯真自然的心照得晶莹透明，使他们欢天喜地想象着天堂就在自己身边。

裘德忠实地履行着自己对那个能治百病的人的允诺，真诚地信任他，作为医生的预备代理，在周围的村庄步行数英里推销药物。约定的那天傍晚他伫立在高地上和维尔贝特分手的地方，等待医生到来。巡回医生果然准时到达；但令裘德吃惊的是当他走上去与医生并行时，这位行路者丝毫没有减慢一点速度，似乎没认出眼前这个年幼的同路人，虽然两周过去，傍晚已变得更加明亮了。裘德想也许是他戴了另一顶帽子的缘故，于是庄重地向医生打招呼。

“哦，小伙子？”医生心不在焉地说。

“我来了，”裘德说。

“你？你是谁？哦对了——没错！有人订购药吗，小伙子？”

“有。”裘德把一些村民的姓名和地址告诉他，说他们愿意试试他那些世界驰名的药丸和油膏的功效。江湖医生非常仔细地把这些记在心里。

“拉丁语和希腊语语法书呢？”裘德焦虑地问，声音发抖。

“这些书怎么啦？”

“你要把它们带给我的，就是你得到学位前用过的书。”

“啊，对，对！全给忘了——全忘了！你瞧，小家伙，这样多的人要靠我去治疗，其他事我怎么想得了那么多，哪怕我愿意想。”

好长时间裘德尽力克制自己，他要把真实情况弄确实，于是痛苦地又用干巴巴的声音说：“你没有把它们带来呀！”

“没有。不过你得让病人再多订些药，我下次就把语法书给你带来。”

裘德停在了后面。他是一个不懂世故的孩子，但儿童有时也被赐予敏锐的洞察力，这种天资使他立即看出这个江湖医生是个品质多么低劣的人。从医生身上他是得不到知识之光了。叶子从他想象中的桂冠上纷纷掉下；他转身靠在一扇门上，痛哭起来。

他先是失望，然后一片茫然。也许他应该从奥尔弗雷兹托那里弄到语法书，但那需要钱，并且要知道订哪些书；尽管衣食无忧，可是他完全依赖大人，自己连一分钱也没有。

此时菲洛特桑先生派人来取钢琴了，这倒提示了裘德。为什么不给老师写封信去，请他帮忙在基督寺弄到语法书呢？他可以把信悄悄塞进乐器，它一定会被老师见到的。为什么不请老师寄些用过的旧书来？或许大学的气氛还使它们变得香醇迷人呢。

把自己的打算告诉姑婆反而会实现不了。他必须独自行动。

经过几天的进一步考虑之后他真的行动了，在钢琴要运走的那天——碰巧是他的又一个生日——他暗中把信塞进了装货箱里，信上写着他非常钦佩的朋友的名字；他担心自己的行动被姑婆德鲁斯娜发觉，惟恐她发现了他的动机后强迫他放弃计划。

钢琴被运走了，裘德一天天、一周周地等着，每天早晨姑婆还没起床他就来到了村邮站。终于一个小包裹真的给他寄到村里，从两端他看出那是两本薄薄的书。他把包裹带到一个僻静的地方，在一根砍倒的榆木上坐下来把它拆开。

从最初对基督寺及其前景产生狂喜或幻想以后，裘德就满怀好奇，对把一种语言的表达方式译成另一种语言的表达方式需要的可能程序想了很多。他断定，一本所学语言的语法书主要包括一种密码性质的规则、惯用法或者提示，只要掌握它们并加以运用，他就能随意把自己说的所有的话转化成外语。实际上，他这幼稚的想法，是把广为人知的格力姆氏定律①提到像数学那样的精密程度——是粗略的规律通向理想完美境地的一种扩展。因此他猜测所要学习的那种语言的词句，就藏在已经会了的那种语言之中；有本事的人在已经会了的那种语言中即可发现它们，而这种本事就是上述语法书所要教的。

所以，当他注意到小包裹上盖着基督寺的邮戳时，就把绳子割断拆开，想先看看语法书——它碰巧就放在最上面，他简直不敢相信自己的眼睛。

这是一本陈旧的书，出版已有30年了，弄得很脏，上面到处潦潦草草写着一个奇怪的名字，似乎主人对书中印字的部分有仇，四处乱写些比他年龄早20年的日期。不过这还不是使裘德惊异的原因。他这才第一次知道根本不存在自己天真想象的那种演变规律（在某种程度上有，但语法家还没认识到罢了），而拉丁语和希腊语的每个词，都需要花数年心血一个个苦苦地记住才行。

裘德把书抛在地上，顺着榆木宽大的树干仰身躺下，万分痛苦地度过了15分钟。他像过去那样，把草帽拉来盖住脸，透过帽子间隙看着狡诈地注视他的太阳。这么说，这就是拉丁语和希腊语了，真是天大的误会！他原以为他将获得的诱人东西，实在是一种艰苦的劳动，像埃及

---

①格力姆（1785—1863），德国语言学家。他发现印欧语系里的古语言中某一些音在条顿语中经过的变化，而找出规律来，叫做格力姆氏定律。

的以色列人所付出的那种劳动一般。

此刻他想，那些基督寺以及大学里的人，必须要有什么样的脑子才能一个个学到成千上万的词呢！他脑壳里根本没有能做那种事的脑子；当细小的阳光继续穿过草帽间隙照着他时，他真希望自己从未见过一本书，以后永远也别再见到另一本书了，甚至希望自己没生出来才好。

或许本来应该有人从那条路走过来，问他有什么不顺心的事，甚至对他说他的想法比语法家的还前进了一步，宽慰宽慰他。但没有人来，因为没有人会那样做；他认识到自己犯了一个天大的错误，遭到毁灭性的打击，便又希望离开这个世界。

5

在随后的三四年里，人们也许觉察到一辆离奇独特的马车行驶在马里格林附近的小路和支道上，车子行驶的模样也显得离奇古怪。

刚收到书的一两个月里，裘德对那死亡的语言带给他的卑鄙的恶作剧已逐渐不放在心里。事实上，他对那些语言的性质感到失望，但在经过了一段时间后，倒觉得那个有着深奥学问的基督寺更显光彩。要学会语言，无论是死的还是活的，不管它们是什么顽固不化的东西——他现在知道它们有着这种固有的性质——真是一桩异常艰苦的事业，不过这种事业逐渐引起了他的兴趣，这兴趣比他先前认为有特定方法时的兴趣更浓。那一本本灰尘仆仆的被叫做经典的书籍，包含了各种各样的思想；它们尽管被覆盖在如山一般庞大的材料下面，但仍激发着他要像老鼠一样，顽强而敏捷地努力将它们一点点搬走。

他已作出努力，以便让暴躁的未婚姑婆对他更能容忍一些；他尽力帮助她，使小小的村面包店的生意因此做得更好。她以 8 英镑的廉价买来一匹抬不起头的老马，另花几英镑买到一辆吱吱嘎嘎的二轮运货马车，附带一个发白的褐色帐篷；裘德要做的就是用这些装备，每周 3 次把一条条面包运到马里格林附近的村民和单身小农那里。

前面说到马车行驶得很离奇古怪，但毕竟还不如裘德一路驾驶马车的方式离奇。车内成了他通过“自学”接受不少教育的场所。一旦马熟悉了道路和他要稍停片刻的那些房子，这个坐在前面的男孩便把缰绳一甩搭在手臂上，打开他要看的书，巧妙地用缚在马车篷上的一根带子固定好，把词典放在双膝上，瞎撞乱碰地一头扎进恺撒、维吉尔或贺拉斯①(视情形而定)比较浅显的文章里。他如此刻苦用功，一个软心肠的教师会感动得流泪的。不过他还是多少了解了书中的意思，凭直觉猜测而不是看到了原著的精神——但他所猜测出来的精神往往是别的什么而非书中所指。

他惟一能得到的书，是那些古旧的戴尔芬版本[②]，这些版本已被废弃，所以很便宜。虽然对学校里游手好闲的学生们不适用，但对他却正好。这个困难重重而孤单无靠的巡回送货者，认认真真地遮住页边写的批注，除非遇到讲句法关系时才看看它们，好像他在请教一个刚好路过的朋友或大学教师。虽然用这些粗浅简便的办法裘德难以成为一名学者，但他还是慢慢踏上了自己希望从事的道路。

他就这样一路忙着阅读那些古老的书页——以前翻过这些书页的人可能已入坟墓——挖掘出有才智的人们遥远又贴近的思想，任瘦小的老马巡回着走它的路；待马车停下时便传来某个老太婆的叫喊声，把他从狄多[③]的悲哀中惊醒："今天来两块，卖面包的，这块陈面包退给你。"

在狭小的路上经常有行人等碰到他，但他却没注意他们。渐渐地，附近的人开始谈论起他边工作边玩耍（他们认为他看书是在玩耍）的事来，说这样做虽然对他自己可能很方便，但对行人却很不安全。大家怨声载道。然后邻近一个居民私下报告了当地警察，说，不准那个送面包的孩子边驾车边看书，坚持认为警察应该把他当场抓获，带到奥尔弗雷兹托警察所去，以他一贯在公路上危险驾车的罪名罚他的款。那个警察因此在路上等候他，果然有一天等到了，便走过去向他发出警告。

裘德每天清晨3点钟就得起床给烘箱加热，把面团和好做成面包放进烘箱内，所以晚上一把面团发好就必须上床睡觉。这样，假如不能在

---

①恺撒（公元前102—44）是罗马大将。维吉尔（公元前70—19）和贺拉斯（公元前65—8）是罗马诗人。

②戴尔芬版是法王路易十四为他的王子所编的拉丁古典文学著作，"戴尔芬"一词出于"戴芬"，即法国王太子的称号。该版出于1674年，所以到19世纪末早已陈旧。

③狄多，传说中的迦太基女王，与埃涅阿斯坠入情网，在被抛弃后自杀。见维吉尔的《埃涅阿斯纪》。

公路上读古典著作，他就根本无法学习了。因此，他惟一的办法就是眼睛尽量尖些，密切注意前面和周围的情况，一旦有人在远处出现就赶快把书放在一边，尤其是那个警察。不过说句公道话，那位官员并没有怎么阻碍裘德的面包车，因为他想到在这样一个人迹稀少的地区这么驾车主要危险还在于裘德自己，所以他经常从树篱上一看见马车的发白的帐篷就朝另一个方向走开了。

裘德这时不小了，已快满 16 岁。一天他回家时一路结结巴巴地读着《娱神颂》①，忽然发现自己正经过“褐房子”旁那高地的边缘。这时他感到光线已变暗，便抬起头。太阳正西沉，与此同时一轮满月从对面的树林后徐徐升起。他满脑子都是那首诗，此刻又产生了几年前使他跪在梯子上的那种冲动，于是停住马车下去，看看周围确实没有一人，便把书打开，拿着，在路边的田埂上跪下来。他先转向那闪耀的女神，她似乎既温柔又严谨地看着他的行为，然后他转向另一边正在消失的发光体，开始念道：

“Phoebe silvarumque potens Diana！”②

马静静站在那儿，直到他吟咏完这首赞美诗；他是受了多神教幻想的影响反复吟咏这首诗的，而在大白天他绝不可能想到去迎合这种幻想。

回到家里，他便沉思着自己吟咏赞美诗时那种古怪的迷信行为——这要么是天生的，要么是后天的——以及那奇怪的忘我状态，它使一个既希望当学者，又希望成为基督教牧师的人把常识和风俗置之脑后了。这都是他只读了异教著作的缘故。他越想到这点越相信自己

① 贺拉斯的一首短诗。

② 这是贺拉斯《娱神颂》的第一行，拉丁文。意思是“斐伯司啊！林中之后狄安娜啊！”斐伯司是罗马神话中的日神，狄安娜是月神兼猎神。

前后矛盾。他开始怀疑，自己是否能够为了实现一生目标而念到该念的书。这种异教文学和基督寺(这是一个以砖石来表现的富有情趣的教会故事)那些中古学院之间，似乎当然没什么协调一致的地方。

最后他断定由于自己酷爱读书，结果由此产生了一个信仰基督教的青年不应有的情感。他曾涉猎过克拉克版的《荷马》，但从没有认真研读过希腊文的《新约》，尽管他从一个旧书商那里邮购到一本。他于是放弃了自己熟悉的伊昂尼文[①]，而开始学一种新的希腊方言，在相当长的时间里几乎只读格里士巴赫[②]版本的“福音书”和“使徒书信”。此外，一天他到奥尔弗雷兹托去时，在书商那里发现了一些教会学者的书，它们是附近一个破产牧师遗留下的；他因此得以接触到了神父们的著作。

他这种路线的改变，还使他因此在礼拜天走访了附近所有的教堂，仔细地辨认那些刻在15世纪黄铜制品和墓碑上的拉丁文字。在这样的一次朝圣中，他遇见一位非常睿智的驼背老妇，凡能弄到的书她无所不读；她告诉了他那个充满光明和知识的城市更多富有传奇的迷人故事。所以他始终坚定不移地要到那里去。

可在那个城里靠什么生活呢？眼下他一点收入也没有。他没有任何体面固定的手艺或职业，可以让他一边维持生活，一边从事可能需要长达数年的脑力劳动。

市民们最需要什么？食物、衣服和住房。以供应第一种需要作职业，无论做什么收入都不会多，从事供应第二种需要的工作他又不喜欢，他倾向于从事供应第三种必需物。人们在城里建筑房屋，他因此就学建筑好啦。他想自己没见过的叔父，即表妹淑珊娜的父亲，是一个用金属制作圣物的工匠；不知怎么的，用任何材料制作的中世纪工艺品他

---

①伊昂尼文，古希腊的方言之一，荷马的史诗主要用这种希腊文写成。

②格里士巴赫(1745—1812)，德国圣经学者，于1774—1777年编订希腊文《新约全书》。

都十分爱好。所以步叔父的后尘，暂时在包含学者灵魂的躯壳方面从事工作，是不会错得太远的。

作为初步的准备，他弄到一些小块砂石，金属是弄不到的；学习也暂放下来，他把每天空闲的半小时用来临摹教区教堂的房顶和柱头。

奥尔弗雷兹托有个手艺不高的石匠。裘德找到一个代替他帮姑婆做小生意的人，就向石匠提出为他干活，只要一点点工钱就行。在这儿裘德至少有机会学到用砂石盖房的基本知识。过了一些时间，他又去了当地一个专门修筑教堂的人那里，在这个建筑师的指导下，他很灵巧地学会了修复附近几座村教堂坍坏的砖石建筑。

他并没忘记他努力学这门手艺只是为了以它作为谋生手段，另一方面他还要为更伟大的道路作准备——他自认为这会更适合他，然而他还是由于建筑业本身的缘故对它产生了兴趣。如今他在这个小镇上有了寄宿的地方，只是每周礼拜六晚才回马里格林一次。就这样他迎来并度过了自己的 19 岁。

6

这是他生活中值得纪念的一段时期。有一个礼拜六，大约下午3点钟他从奥尔弗雷兹托回马里格林村。时值夏季，天气晴朗，温暖和煦，他把工具装进篮子背着一路走去，小凿子和大凿子互相碰撞发出轻微的叮当声。由于是周末，他早早收了工，绕道顺着一条他不常走的路出了镇，因为他答应过到水芹谷附近的面包厂去为姑婆办件事。

他此刻满怀激情，似乎已经看到在一两年内他就能在基督寺过得很好，敲着其中一座知识堡垒的大门——他这么些年来如此向往它们。他现在当然已具备某种能力，可以去那儿了，但他宁愿在资历上比眼前所感到的更有把握一点时再到城里去。想到自己已取得的成绩他非常兴奋和自满。他在乡村小路上走着，不时将脸转向两旁村野，看着透过树篱那边的景物。可他实际上几乎什么也没看见，这动作只是在他比较闲时习惯了的机械重复；而真正吸引他注意力的只有一件事，就是他心里估算着迄今在学业上取得的进展。

“我已完全获得了普通学生阅读一般古典著作的能力，特别是拉丁文。”的确如此，裘德对那门语言有一种敏捷的掌握能力，使他能通过假设的谈话，很容易消磨掉一路上寂寞的时间。

“我已读了两卷《伊利亚特》，而且对一些段落也很熟悉，比如第9卷里菲尼克斯的演说，第14卷里赫克托耳和埃阿斯的搏斗，第18卷里阿喀琉斯的徒手出现和他的神奇盔甲，第23卷里葬礼上的各种竞技。我还读了一些赫西俄德[①]的书，修昔底德[②]的一些文章片断，以及不少希腊文《新约全书》……不过我还是希望希腊语只有一种方言才好。

“我还学了些数学，包括欧几里得的前6卷及第11、12卷，代数学到了一次方程式。

“我念过一些早期教会神父的书，懂得一点罗马和英国的历史。

“不过这些东西只是一个开始。可在这里我不会再有多大进步的，书太难弄了。所以下一步必须全力以赴到基督寺去生活。一旦到了那里我就会得到帮助，取得很大发展，到那时我现在的知识就会显得幼稚无知了。我一定要有积蓄，我会的；有一所大学会向我打开大门——现在它唾弃我，但以后会欢迎我的，即使我为这一天要等上20年。

“我一定要在有生之年成为一名神学博士！”

他继续梦想着，心想他甚至会成为一名主教，过一种纯洁明智、精神饱满的基督徒的生活。他将成为怎样一个榜样呀！假如他的年薪是5 000英镑，他会以某种方式捐献4 500英镑，余下的也会让他这样的人过得够奢侈的了。不过再一想，做主教也有些可笑。他做到副主教就够了。或许一个人做副主教和主教一样，都可以同样善良，同样博学，同样有益。然而他又想到了做主教。

“同时，我一旦在基督寺住下来就要读这儿得不到的书：李维、塔西佗、希罗多德、埃斯库罗斯、索福克勒斯、阿里斯托芬——”

“哈，哈，哈！哎哟！”树篱那边传来轻微的声音，但他没注意到，继续想他的：

“——欧里庇得斯、柏拉图、亚里士多德、卢克莱修、爱比克泰德③、塞内加、安东尼④。然后我必须掌握其他东西，彻底掌握早期教会神父的著作，一般掌握比德⑤和基督教会的历史，懂得一点点希伯来语——我现在只认得字母——”

---

①赫西俄德（公元前8世纪），希腊诗人，著有长诗《工作与时日》和《神谱》。

②修昔底德（约公元前460—404），希腊最伟大的历史学家。著有《历史》、《伯罗奔尼撒战争史》等。

③爱比克泰德，公元1世纪时的古罗马新斯多噶派哲学家。

④即马可·奥勒利乌斯（121—180），古罗马皇帝，新斯多噶派哲学的主要代表。

⑤比德（673？—735），英国历史学家及神学家，著有《英人教会史》。

“哎哟！”

“——不过我会勤奋努力。我有持久充沛的精神，感谢上帝！这可至关重要……是的，基督寺将是我的母校，我会成为她可爱的儿子，她会对我十分满意的。”

裘德全神贯注地想着这些未来的前景，脚步放慢了，以致完全停下来，眼睛盯着地面，好像他的未来被幻灯投射到了地上。忽然什么东西啪地猛击在他耳朵上，他这才意识到一个又软又凉的东西朝他扔来，掉在脚边。

他瞥了一眼，发现是块生肉——从阉猪身上最特殊的地方割下来的①，是乡下人用来擦靴子的，因为没有其他用处。这儿周围有许许多多猪，在北威塞克斯某些地区人们大量饲养肥猪。

树篱另一边有条小溪，他这才第一次注意到从那儿传来了轻微的说笑声，与他的梦想搅和在一起。他爬上土坡从篱笆上看过去，在小溪对面有一个不大的家宅，附带一个庭园和一些猪圈；家前的小溪旁有 3 个女人跪在那儿，身边放着装满了猪肠的水桶和大浅盘——她们正在流水中清洗。有一两对眼睛狡诈地向他瞥来；当觉察到她们终于引起了他注意，他在向她们这边张望查看时，她们又精神振奋起来，一本正经地闭上了嘴，埋头认认真真地继续洗肠子。

“多谢啦！”裘德严厉地说。

“我没有丢，告诉你！”一个姑娘对身旁另一个姑娘说，好像并不知道有个小伙子在一边。

“我也没丢，”另一个姑娘说。

“哎呀，安妮，你咋能这样！”第三个姑娘说。

“要是我丢了什么东西，也不会丢那个呀！”

“呸！我才不在乎他呢！”说罢她们哈哈笑起来，继续干活，看也

---

① 即猪“鞭”。

没看他一眼，仍自我卖弄地互相责备着。

裘德擦了擦脸，越来越感到应该挖苦她们一下，因此突然接住她们的话。

“你没有丢——哦，是没有丢！”他朝着最靠上游的一个说。

他所针对的那个姑娘身材纤细，眼睛黝黑，虽然皮肤肌肉有些粗糙，严格地说算不上美丽，但稍远一点看也是不错的。她胸部丰满突出，圆圆的嘴唇，完美的牙齿，面颊像红壳鸡蛋般红润。她完全是一个丰满健壮的标准的雌性动物，裘德几乎断定她才可能有胆量，把他的注意力从那些较为高尚的文学梦想中吸引到周围几个按捺不住情绪的人身上。

“谁也不会告诉你是哪个丢的，”她兴致勃勃地说。

“不管谁丢的都是在浪费别人的东西。”

“哎呀，那点儿算什么！”

“不过你大概是想和我说点什么吧？”

“唔，是的，假如你不反对。”

“是我从树篱上翻过来，还是你到木板桥那儿等我呢？”

也许她预见到这是一次良机，因为不知怎的在他说话时，这皮肤黝黑的姑娘直盯住他的眼睛，一瞬间忽然彼此心有所悟，在她和他之间默默地宣告了一种潜在的吸引力——尽管就裘德·福勒而言，他丝毫没预先考虑到这点。她看出来，自己被他从3个姑娘中单独挑选出来，正如一个女人在这种场合被挑选出来那样，并非因为他有理由要和她进一步认识，而仿佛只是简单地服从司令部要他和她结合的命令——这个命令无意中被不幸的男人接受了，而这样的男人生活中最不愿做的，就是和女人打交道。

她一跃而起，说：“你把掉在那儿地上的东西带过来好啦。”

裘德现在明白，她抛来东西引起他注意与她父亲的买卖是丝毫无关的。他放下一篮子工具，拾起那小块猪内脏，拿着它择一条小路翻过树篱。他们各在小溪一边，平行着朝小木板桥走去。姑娘走近桥时，巧妙

地分别将脸颊轻轻往里面一吸（裘德没觉察），她用这个古怪新奇的花招，像玩魔术似的把两边光滑圆润的脸面变成了绝好的酒窝，只要她笑容不变酒窝就一直留在那里。这种随意做出酒窝的动作人们并非不懂，很多人都试过，只是能做成的人不多。

他们在木板桥中间相遇，裘德把她丢来的武器抛回给她，似乎期待着她解释，为什么如此胆大向他投来这个新奇的武器拦住他，而不是喊住他。

可她狡诈地盯着另一边，一只手抓住桥的栏杆一前一后摆动着身子，到后来对异性的好奇心使她按捺不住了，才带着品评的眼光转向他。

"你不会认为是我向你丢东西吧？"

"哦，不会。"

"我们在为我父亲干活，我父亲当然不想少掉任何东西。他用那个做皮革软化剂。"她头往草地上那块东西点了点。

"我不明白，为什么那边其中一位要丢那东西呢？"裘德问，出于礼貌相信了她的话，尽管对其真实性大有怀疑。

"是冒失吧。可别对人说是我扔的呀，千万！"

"怎么会？我还不知道你的名字呢。"

"哈，是不知道。要不要我告诉你呢？"

"要呀！"

"我叫阿拉贝娜·唐，就住在这儿。"

"假如我常走这条路，肯定早就知道了。不过我一般都直接走公路。"

"我父亲是养猪的，这些女孩在帮我洗猪内脏，然后用来做血肠之类的东西。"

他们就这样一句接一句地谈着，两人站在那儿互相对视，身子靠在桥栏杆上。女人对男人那种无声的呼唤——这从阿拉贝娜身上非常清晰地表现出来——使裘德不但违反本意，而且几乎是不由自主地舍不得离开那儿，而在某种程度上他对此也觉得新奇。几乎可以毫不夸张地说，裘德在此以前从未把女人当作女人看过，而只是模模糊糊地视女性为他生活与意愿以外的人。他从她的眼睛看到嘴唇，又从嘴唇看到胸部，再看到丰满圆润的裸露的手臂——让冷水泡得湿漉漉的，有些斑痕，如大理石般坚实。

“你可真好看！”他嘟囔着说，其实他受她吸引的感觉不用说也够明显的了。

“哈，你该看看我礼拜天的样子！”她兴奋地说。

“我看得到吗？”他问。

“这就看你怎么想了。到目前为止还没有人追求我呢，可是过一两周就说不定啦。”她说这话时没有了笑容，所以酒窝也消失了。

裘德发觉自己奇怪地任她摆布，但又情不自禁那样做。“你让我来追你吗？”

“我倒不介意。”

这时她把脸向一边转了一下，又重复前面提到的轻轻将脸颊往里吸的古怪动作，让脸上又起了一个酒窝，但裘德仍没注意到这个细微的变化，只对她的外表有一个总的印象而已。“这个礼拜天行吗？”他贸然问。“就是说明天？”

“行。”

“我来拜访你？”

“可以。”

她因胜利有点儿喜形于色，转身用几乎是温柔的目光掠了他一眼，然后沿着溪边的草地返回，加入到同伴中间。

裘德 · 福勒把工具篮背上，又走上寂寞的小路，内心充满了一种热情——他心中对这份热情依依不舍。他刚从一片新天地里呼吸到一种独特的空气，无论走到哪里这空气显然都包围着他，因为他不知已有多长时间，好像有一片玻璃以某种方式把他与实际呼吸到的空气隔开。他几分钟前还如此明确制定的读书、学习和工作计划，正奇怪地倒塌在一个角落，他不知道是怎么回事。

“唉，这不过是好玩罢了，”他对自己说，隐隐意识到就一般常识而言，这个吸引了他的姑娘在本质上一方面缺少了点什么，另一方面又更明显地多余了点什么；因此就他而言，有必要表明他找她只为了好玩而已。他整天忙着读书，对基督寺充满壮丽的幻想，而她身上的某些东西与这些都格格不入。选择那种东西向他进攻绝非一个贞女所为。他那机智的眼睛一时看出了这一点，好像在灯就要熄灭的一刹那，一个人借助那点光在黑暗笼罩前瞥见了墙上的题词。然而这短暂的识别力一下子消失了，裘德面对一种清新狂热的欢乐，对周围其他一切都已麻木；他又出乎意料地发现了一条发泄感情的新途径，虽然这途径早就在身边。明天他就要去见那个点燃他热情的女性了。

与此同时姑娘已加入到同伴们中间，默默地又在清澈的溪水里洗涮起猪肠来了。

“上了钩了，亲爱的？”叫安妮的姑娘简短地问。

“不知道。我真希望丢的不是那个东西！”阿拉贝娜后悔地咕哝道。

“老天爷！不管你怎么想，他又不是什么了不起的人物。他以前常在马里格林驾着德鲁斯娜·福勒的那辆老面包车，后来才到奥尔弗雷兹托当了学徒。打那时起他就高傲得不得了啦，整天看书。他们说他想当学者。”

“哎呀，他是什么，情况如何，我才不管呢。你别以为我会关心，乖乖！”

“哦，你别装了！你用不着骗我们！你不想他，为啥呆在那儿跟他说话？不管你想不想，他都天真得像个孩子。你在桥上献殷勤时我就看出来了，他看你的时候好像生来从没见过女人似的。喔，随便哪个女人都可以把他弄到手，只要想点办法将他钩住，让他有一点儿喜欢自己就行了。”

7

第二天裘德·福勒呆在他睡的小屋里，头上是斜斜的天花板；他看着桌子上的那些书，又瞧一会儿天花板上的黑斑，那是在过去数月里被油灯烟雾给熏的。

这是星期天下午，他遇见阿拉贝娜·唐后已过去了24小时。在这一周里，他一直下决心要专门用这个下午重读希腊文《新约全书》——是新的一本，字体比旧的那本好，它根据由多人修订的格里士巴赫版本印制，书边还有各种注解。他为拥有这本书感到自豪，那是他大胆给伦敦的出版商写信购到的，这样的事他以前从未做过。

他本来预计这天下午可以十分愉快地看看书，像以往一样坐在姑婆家安静的屋里，他现在每周只在这儿睡两个晚上。可是，昨天在他静静流逝的生活里出现了一件新鲜事，把他紧紧抓住了，他感到自己好像一条冬天过后刚蜕皮的蛇，对鲜明、敏感的新皮还不适应。

毕竟，他是不愿去见她的。他坐下来，打开书，两肘平稳地放在桌上，双手靠着太阳穴，从头念道：

H KAINH ΔΙΑΘ ΚΗ ①

他答应过要去见她吗？当然答应过！她会在家里等他的，可怜的姑娘，为了他白白浪费一个下午。姑且不说许诺的事，她身上确也有很吸引人的地方。他不应该违约。即使只有星期天和平日晚上才能看书，他也可以抽出一个下午的，因为别的小伙子那么多下午都出去玩啦。过了今天他也许再也见不到她了。考虑到他的那些计划，再跟她见面的确是不可能的。

总之，他好像实实在在被一只强有力的大手抓住——这种力量，与使他走到今天这一步的那些精神和影响全然不同。它似乎对他的理性和意志并不怎么关心，对他所谓的崇高志向更是毫不理会，而只是把他拽着走，像个狂暴的小学老师拽住一个男生的衣领，把他拉向一个女人的怀抱，而他对这个女人并无一点敬意，她和他的生活大相径庭，只不过他们都生活在当地而已。

H KAINH ΔIAΘ KH 此时不再需要了，这位命中注定非这样不可的裘德一下子跳起来往外头跑。他本来已预见到会这样，所以早就把最好的衣服穿上了。只 3 分钟他便跑出了家，沿着那条横穿宽阔的小麦凹地的路走下去，这片麦地位于村子和那边高地山洼里阿拉贝娜孤零零的家之间。

他边走边看表。两小时就可以回来，这并不难，所以茶点之后他还有好长一段时间可用来看书。

他经过几棵长势不良的冷杉树和一所村舍，小路在这儿与公路汇合；然后他加快了步子，转身向左，朝“褐房子”西边陡峭的斜坡走下去。他从白垩岩质山岗的底部来到小溪旁，小溪即从这儿涌出；他顺着溪水走到了她住的地方。从屋后散发出一股气味，同时传出猪呼噜呼噜的声音。他走进庭园，用手杖的一头敲了敲门。

有人从窗口看见了他，因为里面传来一个男人的声音：“阿拉贝娜！你的小伙子求爱来了！快去呀，孩子！”

这话使裘德感到难堪。像这样例行公事一样求爱——说话者显然给人这种印象——是他根本没想到的事。他只打算和她去散散步，也许会吻她，但“求爱”却显得太有用意了，这与他的心思是毫不相容的。门打开了，他走进去，正好看见阿拉贝娜从楼上下来，一身出门的盛装光彩照人。

“请在这椅子上坐，这位我不知道叫什么的先生！”她父亲说，他精神饱满，生着黑胡须，口气同样带着裘德在外面听到的那种例行公事一般的语气。

---

①希腊文，意即《新约》。

“我想马上就出去，好吗？”她对裘德耳语。

“好吧，”他说。“我们走到‘褐房子’就回来，只要半个小时。”

阿拉贝娜家里不甚整洁，相形之下她显得非常漂亮，他因此很高兴自己来了，一切萦绕着他的那些疑虑顿时烟消云散。

他们先爬上那个开阔高地的顶部，爬的时候他不时伸手拉她。然后他们沿着山顶向左拐，来到山脊小路上，一直走到前面说的“褐房子”旁小路与公路的交叉处——就是在这儿裘德曾多么渴望看见基督寺啊。可是这些他现在都忘得一干二净了。他和阿拉贝娜谈着当地最一般的无聊话，其热情也许超过他同近来所崇拜的大学里所有院长、研究员们谈论的一切哲学。他路过自己曾向狄安娜和斐伯司下跪的地方，忘却了神话里还有这些人物，也忘却了太阳不只是一盏有用的灯，除了可以把阿拉贝娜的脸照得光彩夺目以外，还有别的用途。他感到脚后跟有一种难以形容的轻快劲儿，把他举起来往前推。此时的裘德，这个刚刚起步的学者，未来的神学博士、教授、主教等等，觉得自己既荣幸又荣耀，因为这个身着礼拜天裙子和缎带的漂亮村姑，竟愿意屈尊俯就跟他一起散步。

他们来到“褐房子”谷仓——他本打算在这里就返回去的。但是他们站在那儿俯视着北边辽阔的景色时，忽然发现下面几英里远的一个小镇附近升起一团浓烟。

“起火啦，”阿拉贝娜说。“咱们跑去看看——走吧！那儿不远！”

裘德胸中已经升起的柔情，使他毫无意志去违背她的心愿了——并且他还为此高兴，因为又有了借口可以和她多呆一段时间。他们几乎一路小跑着下了山；可当来到山脚，在平地上走了1英里时，才发现着火的地点实际上远得多。

不过既然已经出来了，他们就继续往前走去，但直到5点钟才走到着火的地点——这儿离马里格林一共约6英里，离阿拉贝娜家3英里。他们到达时大火已被控制，他们匆匆看了一下可悲的废墟后便往回走了——回去的时候路经奥尔弗兹托镇。

阿拉贝娜说她想吃点茶点，他们便走进一家下等酒店，要了茶点。由于要的不是啤酒，他们得等很长时间。那个女侍认出裘德，吃惊地低声对后面的女主人说，这个学生“一向特别清高”，竟突然不要面子和阿拉贝娜这样的人搞在一起。阿拉贝娜猜到了她们说话的内容，看见自己的情人正认真而温柔地注视着她时，哈哈大笑起来——那是一种粗俗的笑声，是一个随随便便的女人眼见自己在比赛中取胜而发出来的。

他们坐在那儿环顾四周，看着挂在墙上的参孙和大利拉[①]画像，看着桌上留下的圆形啤酒杯印和放在地上装有锯木屑的痰盂。这整个场面使裘德感到十分压抑和沮丧，而像这种情况是不多的——一个星期天的傍晚在一家酒吧间里，落日斜斜地照着，干等茶点送来，这个不幸的赶路人发觉自己再也找不到别的地方可以去避难了。

天色渐渐变暗。他们说实在不能再等下去了。“可是有别的法子吗？”裘德问。“你还要走3英里路呀。”

“那咱们喝点啤酒吧。”阿拉贝娜说。

“啤酒，哦，对。我还忘了呢。不知怎的，星期天傍晚跑到一家小酒店来喝啤酒，好像有些古怪。”

“可我们没这样过呀。”

“是没有过。”裘德这时真希望离开这个令人厌恶的环境，但他还是要了啤酒，侍者立即就送来了。

阿拉贝娜尝了尝。“呸！”她说。

裘德也尝一下。“味道不好吗？”他问。“说真的，我对啤酒并不太懂。不过我很喜欢它，只是喝了啤酒不适合念书；我发觉咖啡更好些。可这啤酒好像也不错呀。”

“是掺假的——我可不能喝！”她说除了麦芽和啤酒花以外，她发

---

① 参孙和大利拉是基督教《圣经》中的人物。

觉啤酒里另有三四种成分，并指出是哪些成分，这使裘德大为惊奇。

“你知道的真多呀！”他温和地说。

然而她还是转过去把自己的啤酒喝了，之后他们继续赶路。这时天几乎黑了，他俩一到镇上的灯光照不着的地方就靠得更近一些，直到彼此贴在一起。她不明白为什么他不用手臂搂住她的腰，反正是没有；他只说了句对他而言似乎非常大胆的话：“挽住我的胳膊吧。”

她挽住他的胳膊，一直挽到了肩膀处。他感到她温暖的身子紧贴着他，他把手杖夹在另一边腋下，用右手握住了她挽住他胳膊的右手。

“现在我们在一起多好呀，亲爱的，是吗？”他说。

“是呀，”她说，接着又加上一句：“多么温柔！”

“我变得真快哪！”他心里在想。

他们就这样走着，一直来到高地脚下，看见苍白的公路在夜色中从面前起，伸向远处。从此处到阿拉贝娜家惟一的路就是爬上斜坡，再走下右边她家所在的那个山谷。没爬多远就有两个男人从草地上走过来，他们没有看见，差点撞在这两人身上。

“这些情人—— 一年四季不管天晴下雨都看见他们在外头游荡——只有情人和野狗才这样。”两个男人从山下消失时其中一个说。

阿拉贝娜哧哧地发出笑声。

“我们是情人吗？”裘德问。

“你最清楚。”

“可你能告诉我吗？”

她将头靠在他肩上作为回答。裘德得到这个暗示，就用手臂搂着她的腰，把她拉近吻起来。

他们现在已不是胳膊挽着胳膊了，而是如她所希望的那样，紧紧地抱在一起。毕竟天黑了，有什么关系呢，裘德心里想。山路漫长，他们爬上半山腰时好像预先有约似的，一齐停下来，他又吻她。到山顶时他再一次吻了她。

“假如你喜欢，就把胳膊放在这儿好啦，”她温柔地说。

他于是仍抱着她，心想她多么信任他呀。

就这样他们慢慢地朝她家走去。他是3点半离开自己小屋的，打算5点半就回去坐下读《新约全书》。可是等他再一次拥抱了她，站着看她进了家门时，已经9点钟了。

她让他进屋去，哪怕1分钟也行，不然会显得很奇怪的，好像是她夜晚一个人出去了。他听从她，跟着进了屋。门一打开他就看见除了她父母外，还有几个邻居围坐在一起。他们都说些表示祝贺的话，当真把他看做是阿拉贝娜的未婚夫了。

他们不属于他那一类或他圈子中的人，他感到在这里格格不入，十分尴尬。他原先并未打算这样的，只想下午和阿拉贝娜愉快地散散步而已。他只呆了一会儿，同她的继母——一个朴素、沉静、没什么特征或个性的女人——说了几句话，便同所有人道了声晚安，匆忙踏上开阔高地的小路，他感到了一种解脱。

但那种感觉只是暂时的：阿拉贝娜一会儿又在他心中恢复了势力。他朝前走着，好像感到自己变成了另一个人，不再是昨天的裘德了。那些书对他算什么呢？他那些志愿又算什么呢？——迄今为止他还紧紧抱住不放，甚至每天都不荒废一分钟时间。“荒废！”你怎么看就可以怎么解释它：他这才是第一次真正生活了，而不是荒废了生活。爱一个女人比做一名大学毕业生，或牧师，唉，或主教都强！

回到家时姑婆已经睡了，他产生一个总的感觉，好像屋里的一切东西都不理睬他。他灯也没点就爬上楼，迎接他的是那阴暗的房间，似乎在向他发出悲哀的询问。书仍像他离开时那样打开放在那儿，书名页上的大写字母如死人未闭的眼睛一般，在灰暗的星光下责备地直盯住他：

Η ΚΑΙΝΗ ΔΙΑΘΗΚΗ

裘德次日不得不一早离开姑婆家，像往常一样到镇上的寓所去住一周；他怀着一种徒劳的感觉把带回家又未看的书放在篮子里的工具和其他必需品上面。

他对自己的热恋行为保守着秘密，几乎连自己也不去想它。而阿拉贝娜却相反，她让所有朋友和熟人都知道了自己和裘德之间的事。

曙光下，他沿着几小时前曾和情人一起在夜色里走过的路来到山脚，在那儿他放慢了脚步，最后停下。就是在那里他第一次吻了她。太阳刚刚升起，他吻了她以后可能还无人走过此地；裘德看看地面，发出一声叹息。他又仔细看着，正好发现了他们站着搂抱在一起时留在潮湿尘土上的脚印。此刻她已不在那儿，“想象的绣花装饰在自然之物上面”，把她昨天的风采描绘得如此完美，以致他感到一种无法填补的空虚。旁边是一棵截去了树梢的柳树，这样的柳树在世上可是独一无二的呀。他答应过要6 天后才能再去见她；假如他的生命只剩下这一周了，他便会渴望着这6 天彻底消失。

一小时以后，阿拉贝娜也和上星期六的那两个同伴沿这条路走来。她走过时并没注意到他们接吻的地点，以及标志此地的那棵柳树，尽管她毫不顾忌、喋喋不休地和同伴讲述着她和裘德的事。

“他后来又对你说了啥呢？”

“他又说——”她把他最温柔的话几乎一字不变地说了出来。假如裘德此时在篱笆后面听到他昨晚的言行已毫无秘密可言，他会大吃一惊的。

“你真的让他喜欢上你一点儿了，要是没有才怪呢！”安妮评判似的低声说。“你干得真不赖嘛！”

过了一会儿阿拉贝娜用一种奇怪的语调——在她的潜意识里包含着强烈的愿望——回答道：“我让他喜欢上了我，是这样！可我希望他不只喜欢我，我希望他要我——娶我！我一定要得到他。我不能没有他。他就是我很想得到的男人。假如不能把我完全交给他，我会发疯的！第一次见到他时我就这么想了！”

“他是个浪漫、正派、老实的小伙子，假如追他的方法对头，你就会得到他，让他做你的丈夫。”

阿拉贝娜又想了片刻。“啥方法才对头呢？”她问。

“唉，你还不懂呀——你不懂！”第三个叫萨拉的姑娘说。

“我的确不懂！——只知道老老实实去求爱，注意不要让他太那个了！”

第三个姑娘看看第二个姑娘：“她真的不懂！”

“她显然是不懂的！”安妮说。

“而且还在城里住过呢，像人们说的！唉，那么我们给你说说吧，正如你告诉我们有些事一样。”

“不错。你们说得到男人的可靠办法——是啥意思？就把我当成什么也不懂的人吧，对我说说好啦！”

“要把他作为丈夫才成。”

“是作为丈夫呀。”

“要像他那样的乡下人，又正经又端庄。如果他是个城里的士兵、水手或商人，或任何对那些可怜的女人们都不老实的人，我才不会说呢！我可不愿做伤害朋友的事！”

“是呀，当然要像他这样的人！”

阿拉贝娜的两个同伴面面相觑，开玩笑地抬起眼睛，傻笑起来。然后一个靠近阿拉贝娜，虽然周围没有其他人，她还是低声对阿拉贝娜传授了什么方法，而另一个同伴则好奇地站在一旁看着她的反应。

“啊！”阿拉贝娜慢慢地说。“我是没想到那样！……可假定他不正经呢？一个女人最好不要去冒险！”

“不入虎穴，焉得虎子嘛！此外，在开始前你就要弄确实他是个正经人儿呀，那样你才不会有事的。要是我有这种机会才好呢！不少姑娘都这样做，不然你以为她们到头来真的会结婚吗？”

阿拉贝娜继续默默地想着往前走去。“我要试试看！”她低声说，但并不是对她们两个说的。

8

一个周末裘德像往常那样，从自己奥尔弗兹托的寓所出发回马里格林姑婆的家去。这段路现在对他有了很大的吸引力，但这与他想回去看年纪不小而且脾气不好的亲戚大不相同。他上山前转到了右边的路上，一心想在与阿拉贝娜正式约会前顺路看看她。离她家还有一段距离，他那机警的眼睛便发觉了她的头顶很快地在庭园树篱上端移来移去。他走进树篱门内时才发现有3只瘦小的猪翻过猪圈顶跑了出来，她正一个人极力把它们赶进已打开的猪圈门里。她本来显得很严肃的样子，可一看见他便充满了爱的温柔，焦虑而渴望地看着他。小猪趁她停下的当儿，乱窜着又跑开了。

“它们今天上午才关进去！”她大声说，十分兴奋，所以自己情人来了仍只顾追她的。“这些猪昨天才从斯帕德尔霍特农场赶回来，是老爹出高价从那儿买的。它们又想回老家了，这些愚蠢的东西！关上园门，帮我把猪赶进去好吗，亲爱的？家里一个男人也没有，就我妈一人，我们再不管会弄丢的。”

他于是帮着赶猪，东闪西跳，以免踩着了地里一行行土豆和卷心菜。他们不时跑在一起，他便抓住她一会儿，吻她一下。第一只猪很快弄回去了，第二只猪费了些力，第三只猪腿长，更顽固机敏一些，穿过庭园树篱的一个洞，然后窜到小巷里去了。

“我不追过去它会丢的呀！”她说。“和我一起追吧！”

她全力冲出庭园，裘德与她一起跑去，但他们也只能看见逃跑的猪而捉不住它。偶尔他们高喊着让某个男孩把猪拦住，但它总是一下溜过去继续跑它的。

“让我牵着你的手吧，亲爱的！”裘德说。“看你气都喘不过来了。”她显然甘愿把热乎乎的手伸给他，他们一道跑着追去。

“这都是把它们一路赶回来造成的，”她说。“这样做它们总会认得回去的路。该用马车运回来才对。”

这时猪已跑到一扇未关的通向开阔高地的大门，冲过去后它便用自己4只小腿非常敏捷地飞奔起来。两个追猪的人一跨出门爬到高地顶部，就明显看出假如想捉住那只猪，就必须一直追到那个农场去。从这顶端看上去它像一个小点似的，准确无误地沿着回老家的路奔去。

“这样不行呀！”阿拉贝娜叫道。“等我们赶到那儿它早就到了。既然我们知道它路上不会丢失也不会被人偷走，就没关系。他们会看出是我们买的，把它送回来。啊，亲爱的，我好热！”

她仍紧握着裘德的手，转身在一片矮小的荆棘下的草地上坐下，同时把裘德猛然拉下去跪在她旁边。

“啊，对不起——差点把你摔倒，是吧！不过我实在太累了！”

她仰身躺在山顶这个斜斜的草地上，躺得像箭一样地直，凝视着辽阔的蓝天，发热的手仍然握着裘德的手。裘德就用胳膊肘撑住身子紧挨着她。

“我们白白跑了这么远，”她又说，喘着气，身子一起一伏，满脸通红，张着丰满红润的嘴唇，皮肤上渗出细小的汗珠。“嗨，你怎么不说话呢，宝贝儿？”

“我也喘不过气啦。一下爬这么高的山。”

他们处在一个绝对僻静的地方——看起来可是再僻静不过了，周围一片空寂。任何人走到离这儿一英里远处就会被他们看见。事实上，这是本郡的一个制高点，从他们躺的地方即可辨认出基督寺的远景。但裘德此时没去想它。

“啊，我看见这树上有一个很漂亮的东西，”阿拉贝娜说。“一种——毛虫，你遇见过的最好看的黄绿色毛虫！”

“哪儿？”裘德问，坐起身。

“你那里看不见——得到我这里来，”她说。

他把身子弯得离她更近一些，紧靠着她的头。“不行——我还是看不见，”他说。

“唉，就在那个大树枝分叉处——靠近那片摆动的叶子——在那儿！”她轻轻把他身子向下拉一点，让他紧靠着她。

“我还是没看见，”他重复道，头后部贴在她脸颊上。“可我能看见，也许要站起来才行。”他于是站起身，顺着她看的方向盯过去。

“你真笨！”她生气地说，把脸转到一边去。

“我并不一定要看见它，亲爱的：为什么要看见它呢？”他说着低头看看她。“站起来吧，阿比①。”

“为什么？”

“我想吻你。我已等了好久啦！”

她转过脸，斜着眼认认真真瞪了他一下，然后微微撅起嘴唇向上一跃，可突然大声说：“我得走了！”便急急返回家去。裘德跟上来和她走在一起。

“就亲一次！”他哄道。

“不行！”她说。

他惊奇地问：“怎么了？”

她忿忿地闭着嘴唇，裘德像只供玩赏的羔羊跟在后面，直到她放慢脚步和他并肩而行。她神态自若地谈些无关紧要的话题，如果他要去握她的手或搂她的腰，她就总是阻止他。他们就这样爬上了她家的那片地方，阿拉贝娜走进去，带着一种傲然与受辱的神气向他点头，表示再见。

“我想刚才不知是怎的，对她过分放肆吧，”裘德心想，叹息一声，返身朝马里格林走去。

星期日上午，阿拉贝娜家里如同往常一样又是一片热闹的景象，大

① 阿拉贝娜的昵称。

家都忙着为这个每周一次的星期日特别正餐作准备。她父亲正在窗户竖框上挂着的一块小镜前刮胡子，母亲和她在一旁剥大豆。一个邻居从最近的教堂参加完早礼拜回来，路过时看见唐正在窗旁用剃刀刮着胡子，就点点头走了进来。

她马上嬉笑着对阿拉贝娜说："我看见你和他一起跑来着——嘿嘿！我想这事会成吧？"

阿拉贝娜只在脸上现出明白的表情，眼睛也没抬一下。

"我听说只要有机会，他就要去基督寺。"

"你是最近——最近听说的吗？"阿拉贝娜问，妒忌地猛抽一口气。

"啊，不！大家早就晓得那是他的计划了，他只是在这儿等待机会。啊，是的，我想他一定得和谁散散步呀。现在的小伙子可不是那么当真的，今天这儿尝一点，明天那儿尝一点。我年轻的时候可不是这样。"

待那个说闲话的人走后，阿拉贝娜突然对母亲说："我想你和爸该去看看埃德琳一家的情况，今晚茶点后就去。或者不那样也行——在芬斯沃思有晚礼拜——你们走路去那儿好啦。"

"哦？今晚有啥事吗？"

"没啥事。我只想这房子今晚归我一个人。他很腼腆，你们在我就没法让他来家里。我喜欢他，可是如果不留神的话他会从我手指缝里溜掉的！"

"既然你愿意这样，如果天气好我们就去一趟吧。"

下午阿拉贝娜见到了裘德，和他一起去散步；他已几个星期没看一本希腊语、拉丁语或任何语言的书了。他们漫步走上山坡，来到沿山脊的那条青葱小路，顺着它走到附近的不列颠人留下来的圆形土埂①那

---

① 不列颠人是英国人还没到英国以前英国的土著，他们的堡垒多修在山顶上，此处的土埂即其遗迹。

儿，裘德想到这条山脊小路过去盛时的光景，想到那些买卖牲畜的商人，也许在罗马人知道这个地方之前他们就经常往返于这条路上了。从下面平地上传来教堂和谐的钟声，不一会儿变成单一的声调，节奏加快，最后停止了。

“现在咱们回去吧，”阿拉贝娜说，她一直注意地听着那钟声。

裘德表示同意。只要和她在一起他并不怎么在乎到哪里。等走到她家时他犹豫地说：“我不进去。干吗今晚这么急着进去呀？天还没黑呢。”

“你等一下，”她说，试了试门的把手，发现锁着。

“哈——他们去教堂了，”她又说。她在刮泥板后面搜寻到了钥匙，把门打开。“现在你愿意进来待一会儿了吧？”她轻快地问。“只有我们两个。”

“当然，”裘德欣然答道，情况出乎意料地改变了。

他们走进屋去。他要喝茶吗？不，太晚了：他只想坐下和她说说话。她脱下短上衣和帽子。他们坐下来——自然挨得很近的。

“别碰着我，”她温柔地说。“我有些像个蛋壳了。或许我最好把它放在安全的地方。”她开始解开长外衣的衣领。

“你说什么？”她的情人问。

“一个蛋——矮脚鸡的蛋。我在孵一种很罕见的蛋。不管走到哪儿我都带着它，要不了3周就会孵出来的。”

“你放在哪里？”

“就在这儿，”她把手伸进胸口取出鸡蛋，它用绒线包着，外面再用一个猪膀胱裹住，以防不小心被撞坏。让他看后她又把蛋放回去。“这下注意不要靠近我啦。我不想把它碰破，再重新孵一个。”

“你干吗要做这种稀奇古怪的事？”

“这是个旧风俗。我想，一个女人想给这世间带来活蹦乱跳的东西是自然的呀。”

“现在这样可真让我为难，”他说，哈哈笑起来。

“你活该。好了——你只能碰我这儿。”

她这时转到椅子后面，把头从椅子后背探过来，将脸颊小心翼翼地伸给他。

“你真可恶！”

“刚才我把蛋取出时你本该抓住我的！瞧！”她挑战似的说，“蛋又不在我身上了！”她很快把蛋取出，可他还没来得及碰到她时她又很快把蛋放了回去，一边为自己玩的把戏兴奋地笑着。然后他们一时争夺起来，裘德把手伸进她怀里，终于抓住了蛋。她的脸发红了，裘德也突然意识到这点，脸也跟着红了。

他们对视着，喘着气，最后他站起身说：“让我吻一次吧，现在我不会损坏你的东西啦，吻了我就走！”

可她也跳起来。“你得先找到我才行！”她大声说。

她跑开了，他跟着撵去。此时屋里已黑下来，窗子又小，他好久都没发现她在哪里，直到她笑出声才知道她已跑上楼梯，于是他跟着冲了上去。

9

那以后又过去了两个月，这期间一对情人经常见面。阿拉贝娜似乎还不满意；她总是想象着，等待着，疑惑着。

一天她遇见巡回医生维尔贝特。她像附近所有的村民一样，很熟悉这个江湖医生；她告诉了他自己的经历。阿拉贝娜本是闷闷不乐的，但在他离开之前变得欢快一些了。那晚她和裘德约会，他好像很忧郁。

“我要走了，”他对她说。“我想我应该走，这对你我都好。我真希望有些事情从没发生过！都怪我，我知道。不过现在改正也不晚。”

阿拉贝娜哭起来。“你咋晓得不晚？”她说。“一切说起来倒很简单！我还没有告诉你呢！”她盯住他的脸，眼泪汪汪。

“什么？”他问，面色变得苍白。“该没有……？”

“有了呀！所以你把我甩了让我咋办？”

“哎呀，阿拉贝娜——你怎么能说这话，亲爱的！你知道我不会甩你的！”

“那你——”

“我现在几乎没有一点工资，你知道；也许我以前就该想到这点……不过，当然，如果事情是这样，我们一定结婚！你以为我还能梦想着别的什么吗？”

“我原先以为——以为，亲爱的，也许你就因为这事才更要离开我，让我一人去面对它！”

“你原比我更清楚！当然6个月前，甚至3个月前我是绝没想到过结婚的。这可要把我的计划彻底给毁了——我是说在我认识你以前的计划，亲爱的。可那些计划毕竟算什么呢！梦想着书本、学位和可能的研究员职位等等之类的东西。我们当然要结婚：一定！”

那晚他一人出去，在黑夜里边走边沉思。在他隐秘的内心深处，他很清楚，非常非常清楚，阿拉贝娜在女人中并不怎么样。然而，这是当地农村的风俗，体面的男子同一个女子发生了不正当的性关系后——如他所不幸遇到的那样——就得同她结婚；他因此愿遵守自己的诺言，承担后果。为了安慰自己，他极力对她保持一种并非出自真心的信任。至关重要的是他对阿拉贝娜的看法，而不是她本人如何，他有时简截地对自己说。

他们结婚的通告第二个星期天就提出并公布了。教区的人都说福勒是一个多么糊涂的傻小子，他看那么多书也不过如此而已，他只得把书卖掉买平底锅算啦。那些猜测到事情可能发展到哪一步的人——阿拉贝娜的父母也在其中——宣称说，像裘德这样诚实的青年，对自己纯洁清白的情人做了错事而进行弥补，这种行为他们本来是应该料到的。为两个青年举行婚礼的牧师似乎对此也感到满意。

于是，他们两个人站在上述证婚人前，发誓说从今以后直到死亡，他们保证永不改变过去几周来的信念、感情和追求。这种行为是十分奇特的，而同样奇特的是，竟没有一个人似乎对他们的誓言感到吃惊。

做面包的姑婆福勒特意做了一个喜饼，还尖刻地说这是她最不愿为他做的一件事，可怜的傻小子；她说假如他几年前也跟着爹妈入土而不是活着给她添麻烦的话，也许要好得多。阿拉贝娜在喜饼上切下一些小片用白信纸包成两包，送给那两个洗猪肠子的同伴安妮和萨拉，每一包上都贴着“纪念美好忠告”的签条。

即便是最乐观的人，也不会认为这对新婚夫妻的前景很辉煌。他只是一个 19 岁的石匠学徒，在学徒期间只能挣一半工资。他妻子虽然在镇上一点忙也帮不上，他最初还是考虑他们得住在那里。可是他们急需收入，不管这收入有多么少，因此他在“褐房子”和马里格林之间的路边租到一间孤零零的小屋，那儿有一个菜园可使他们获得一些收益，而且还可以利用她的经验让她喂一头猪。但他希望的并非这种生活，而且每天从奥尔弗雷兹托往返也得走很远的路。而阿拉贝娜感到所有这些办法都是暂时的；她已得到一个丈夫，这才是最重要的事—— 一个一旦醒悟过来，感到了责任重大就能挣很多钱给她买衣服、帽子的丈夫；那时他会一心一意干自己的本行，丢开无聊的书籍而做些实用的事情。

所以在新婚之夜他便把她带到这个小屋，离开了姑婆那间旧屋子——他曾在那儿苦苦地攻读过希腊语和拉丁语。

婚后第一次见她卸妆他浑身就感到有点不寒而栗。只见阿拉贝娜把头后部成螺旋形盘着的一大卷头发，不慌不忙地解开、取下，长长地挂在他为她买的镜子上面。

“什么——你戴的是假发？”他问，突然对她感到厌恶。

“哦，是的——如今上层阶级的人都这样。”

“胡说！也许城里人是这样，可在乡下就不一定了。再说，你自己的头发也并不少，对吧？”

“不错，在乡下人看来是不少。可城里的男人总希望更多些，我在奥尔德布里克汉做酒吧女招待时——”

“在奥尔德布里克汉做酒吧女招待？”

“唔，也不完全是酒吧女招待——我只是常在那儿的一家小酒店做汲酒的工作——时间也很短，就这些。有些人极力劝我也弄一个戴戴，我觉得好玩，就买了一副。在奥尔德布里克汉你头发越多越好，所有的基督寺加起来都没有它好。每个有身份的女士都戴假发—— 一个理发师的助手告诉我的。”

裘德感到一阵恶心，他想虽然在某种程度上这不假，但就他所知，许多质朴无华的姑娘无论过去还是将来到了城里后，数年都能保持她们朴实的生活和打扮。而其他一些人，哎呀，血液里就有虚假的本能，一眼看到假造的东西就能很在行地也搞些假冒的事出来。不过，女人戴戴假发也许没什么大罪，他因此决定不再去想这件事了。

一个女人刚做了妻子，通常在头几周里都会引起别人的注意，即使她今后的家庭生活和收入前景十分暗淡。她这种新娘的地位，以及她感觉到这种地位时对朋友所表示出来的神气，都有一种刺激作用，因此忧虑会被一扫而光，即便是最卑微的新娘也会在这段时间内不受实际问题的干扰。裘德·福勒太太在一个集市日就是带着这种神气走在奥尔弗雷兹托街上的；她遇见了老朋友安妮——她结婚以后还没见过这位朋友呢。

像往常一样她们话没说就先笑了起来；这世界似乎不用说是很有趣的。

“你瞧，这真是一个好办法呀！”姑娘对做妻子的说。“我就晓得对他这样一个人那种办法是有效的。他是一个可爱的小伙子，你该为他得意才是。”

“我是得意呀，”福勒夫人轻声说。

“你估计什么时候——”

“嘘！没有的事。”

“什么！”

“我弄错了。”

“啊，阿拉贝娜，阿拉贝娜！你真狡猾得让人摸不着头脑！弄错了！嘿，真机灵——真是天才的一着！我经历了那么多事，可从来就没想到这点！我向来就只想到来真的——从来没有来假的，那真让人羞愧！”

“别那么快就这么说！这不是羞愧不羞愧的问题，我原来也并不知道。”

“哎呀——他知道了会非常心烦的！星期六晚上他就会向你发火了！不管怎样，他都会说是你玩的花招——两面派花招，老天爷！”

“我承认是玩了花招，但不承认是两面派花招……啐——他才不在乎呢！他会很高兴是我弄错了，会适应的，上帝保佑他——男人总这样。此外他们又能做什么呢？结婚了就是结婚了呀。”

然而，按照事情的正常发展，当阿拉贝娜不得不告诉丈夫她发出的那个警报毫无根据时，她心里仍感到一点不安。那是在一天晚上就寝的时候，在路边那间孤寂的小寝室里——裘德每天下工后都要步行回到这个家。那天他整整 12 小时干得非常辛苦，所以先上床休息了。她走进寝室时他已半睡半醒，躺在那里几乎没觉察到她在小镜前脱衣服。

但她的一个动作使得他完全醒过来。她坐着时照在镜子里的脸正对着他，他察觉她又像前面提到的那样嘴往里一吸，在两边脸颊上做出假酒窝玩——这种奇特的技能她真是十分在行。他好像这才第一次发觉他现在和她在一起，她脸上的酒窝比他们刚认识那几周少多了。

“别那样，阿拉贝娜！”他突然说。“虽然没啥害处，可是——我不喜欢看见你那样。”

她转过身笑起来。“老天爷，我可不知道你还醒着！”她说。“你真土气哪！这有什么关系。”

“你哪儿学来的？”

“哪儿也没学。我在小酒店时本来就有酒窝，不需费神去做，可现在没了。我以前的脸要胖些。”

“我并不在乎酒窝不酒窝的。我想它并不会使一个女人好看多少——尤其是一个结了婚的女人，像你一样长得胖胖的。”

“可大多数男人都不这样想。”

“我才不管多数男人怎么想呢，这与我无关。你怎么知道的？”

“在酒吧做招待时听别人说过。”

“哈——你在小酒店做过招待，所以那个星期天傍晚我们去喝啤酒时你知道酒里掺了假。我娶你时还以为你一直没离开过家呢。”

“你是该多了解我一些，知道我这样总比呆在出生的地方好一点儿。家里又没啥事，我成天好吃懒做，就出去了 3 个月。”

“你不久就会有很多事做了，亲爱的，是吧？”

“这是啥意思？”

“唉，当然——做些小零小碎的呀。”

“哦。”

“什么时候？你难道不能告诉我确切的时间？不要老是说得笼笼统统的嘛！”

“告诉你？”

“是呀——确切日期。”

“没啥告诉你的。我给弄错了。”

“什么？”

“我给弄错了。”

他一下子直挺挺地从床上坐起来看着她：“那怎么可能呢？”

“女人有时不免要胡思乱想嘛。”

“可是——！唉，我毫无准备，一件家具也没有，几乎没一分钱；我当然不应该匆匆办完我们的事，在我毫无准备的情况下就把你带到这个空空的棚屋里，如果不是因为你告诉我那个消息——这消息让我必须保全你，不管准备好没准备好……天啊！”

“别激动啦，亲爱的，事情已经这样了，有啥法子。”

“我还有什么说的！”

他简短地回答后，躺下去；他们两人谁也不再说什么。

裘德第二天早晨醒来时，似乎带着另一种眼光看这世界了。至于昨晚谈到的问题，他不得不相信她的话；在这种情况下，世俗观点占上风，他又能做别的什么呢。可世俗观点又怎会占了上风？

他似乎隐隐约约、模模糊糊感觉到，社会习俗存在着某种问题，它必然使一个人取消经过若干年的思索和努力才建立起来的完美计划，让他放弃显示自己高于低等动物的惟一机会，让他无法为同代人的整个进步作出自己的点滴贡献——原因就在于他被突如其来的本能暂时制伏造成了意外后果，而这种本能一点说不上品质恶劣，最多只能说软弱而已。他很想考查一下，在那件事上他都做了些什么坏事，或者她损失了什么，要让他跌入这样一个陷阱，这陷阱会使他——如果不连同她在内——终生残废。在这件事上也许还有幸运的地方，就是证明了他结婚的直接原因并不存在。但婚姻是存在的了。

10

在秋季的几个月里，猪圈里的猪已经养肥，现在该宰杀了；宰杀的时间定在天一亮时，这样就耽搁不了多久，裘德还可以及时赶到奥尔弗雷兹托去。

夜晚似乎静得出奇。裘德往窗外看去，这时离天亮还早；他发觉地上铺着雪——就此时节而言雪好像盖得相当厚了，天上仍飘着一些雪花。

“恐怕屠夫不能来了，”他对阿拉贝娜说。

“哦，他会来的。你得先去把水烧开，假如你想让查洛烫洗的话，虽然我最喜欢用燎的办法。”

“我就起床，”裘德说。“我喜欢用我们那个郡的办法。”

他走下楼，在铜锅下点燃火，放些豆秸进去，蜡烛也没点一支。火焰给屋子投下欢快的亮光，虽然他一想到这火焰是做什么用的就不那么欢快了——烧水烫洗一只动物身上的毛，而那只动物现在还活着，不断从园子的一角传来叫声。6点半时水烧开了，与屠夫约的也是这个时间。裘德的妻子走下楼来。

“查洛来了没有？”她问。

“没有。”

他们等着，天越来越亮，在下雪的黎明中这光亮让人感到阴郁。她走出去，沿路凝视，然后回来说：“他不会来了。我想他是昨晚喝醉了酒。这雪还不至于把他挡住吧！”

“那么我们得往后推。只是这开水白烧了。山谷里的雪一定很深。”

“不能往后推。没有猪饲料了，它昨天早晨就把大麦混合饲料吃光了。”

“昨天早晨？那后来它吃什么呢？”

“啥也没吃。”

“什么——猪一直饿着？”

“是呀。杀猪的最后一两天我们总这样，免得收拾内脏时太麻烦。你太无知了，连这个也不晓得！”

“难怪它叫个不停呀。可怜的畜生！”

“唉，只好你捅它一刀算了，没别的办法。我教你怎样捅吧，不然就我自己来——我想我行，虽然收拾这样大的猪还是让查洛干为好。不过他那一篮子刀啦什么的都已送到这儿，我们可以用用。”

“当然不能让你干，”裘德说。“既然非杀不可，就让我来好啦。”

他朝猪圈走去，用雪铲铲出几码宽的地方，把凳子放在猪圈前，手里拿着几把刀和一些绳子。一只知更鸟从最近的一棵树上往下盯着他做准备，它不喜欢这个凶兆的场面，飞走了，尽管很饿。这时阿拉贝娜也来到丈夫旁边，裘德手中拿着一根绳子，翻进圈里，套住那只惊恐的动物——它先是受惊发出尖叫，然后不断发出狂怒的叫声。阿拉贝娜将圈门打开，他们一起把那只受害者抬到凳子上，让它四脚朝天，裘德把它按住时，阿拉贝娜用绳子捆紧它的四脚，不让它挣扎。

动物的声调变了，不再是狂怒而是绝望，声音拖得很长，接着慢了下来，彻底绝望了。

“我敢发誓，我宁可不要这头猪也不愿做这件事了！”裘德说。“那可是我亲手喂大的生物呀。”

“别当一个软心肠的傻瓜啦！杀猪刀在那儿——就用那把尖刀。无论如何不要刺得太深。”

“我会刺中要害的，好两下结果了它完事，这才是主要的。”

“千万不能那样！”她叫喊道。“猪血要放得好，就必须让它慢慢死掉。假如肉是血红色的，我们每20磅就要少卖1先令[1]！只要刺到血管就行了。我从小就是看着这么做长大的，我晓得。每个好屠夫都让猪血流得很久，至少要让它8分钟或10分钟才死掉。”

“只要我办得到，不用半分钟就要让它死，管它肉是什么颜色，”裘德坚决地说。他见过屠夫杀猪，就依样刮去猪朝上翻着的喉部鬃毛，切开一部分脂肪，然后使出浑身力气将尖刀刺了进去。

“哎呀，该死！”她叫道。“我说嘛！你刺得太深了！我一直告诉你——”

“安静点好不好，阿拉贝娜，可怜可怜这个畜生吧！”

“把桶提着接猪血，少说废话！”

这事尽管干得很笨拙，总还是仁慈地干了。血奔涌而出，不是她所希望的那样细细地流出。奄奄一息的动物最后又发出它第3种声音——痛苦的尖叫，愈来愈呆滞的眼睛带着一只动物意味深长的强烈指责，盯住阿拉贝娜，因为它终于意识到表面看来是自己惟一朋友的人竟然背叛了它。

“别让它再叫了！”阿拉贝娜说。“别人听见这种叫声会过来的，我不想让人晓得我们自己在杀猪。”她从地上拾起裘德刚才丢下的刀，对着猪原先的刀口刺进去，割断气管。猪立即就不叫了，剩下的一口气从刀口呼呼而出。

“这还差不多，”她说。

“这是件讨厌的事！”他说。

“猪总得杀呀。”

动物最后一起一伏地痉挛着，尽管被绳子捆住仍用它剩下的全部力气乱蹬。一大汤匙量的乌黑的血块流出来，原先细细渗出的红血刚才已不再流了。

---

①先令，原英国货币单位，20先令合1英镑。

“好啦，现在没事了，”她说。“狡猾的畜生——它们总是要拼命留一点血在里面！”

猪最后那一踢蹬太突然，裘德被弄得摇晃了一下，为了站稳他又不小心踢翻了装着猪血的盆。

“看你！”她叫道，大发雷霆。“我还拿什么做血肠呢。都是你做的好事，把东西浪费了！”

裘德忙把盆子扶正，可是里面热气腾腾的猪血只剩下三分之一了，大部分都泼洒到雪地上，让那班认为这事不止是平常杀猪吃肉的人看来，这场面显得凄惨、污秽、难看。猪的嘴唇和鼻孔先变青，然后变白，最后四肢肌肉也松散了。

“感谢上帝！”裘德说。“它终于死啦。”

“上帝与杀猪这样的脏活儿有啥关系，我倒想知道！”她轻蔑地说。“穷人总得过日子呀。”

“我懂，我懂，”他说。“我又没怪你。”

突然他们听到附近有声音。

“干得好呀，小两口！我来干也好不了多少，真的！”沙哑的声音从园子门那边传过来。他们一直埋头杀猪，这时才抬起头，看见查洛粗壮的身体靠在门上，品评似的观察着他们的表演。

“你就站在那儿看好了！”阿拉贝娜说。“就是你不准时我们才给猪放了血，可这肉都给糟蹋得差不多啦！20磅又得少卖1先令了！”

查洛表示应早点来的。“你们也该稍等一下，”他说，摇摇头，“不该自己动手。特别是你身子现在又那么娇气，太太。你太拿自己冒险了。”

“这你用不着担心，”阿拉贝娜说，哈哈笑起来。裘德也笑了，但其中带着一种强烈的苦味。

查洛没能按时来杀猪，为了弥补过失，他烫猪刮毛干得十分起劲。作为一个男人，裘德为自己所做的事感到不满意，虽然知道自己缺乏一般常识，而且即使由别人代劳，结果也会一样。地上的白雪染上了与他同是生物的猪的鲜血，此情此景对一个热爱正义的他（虽不能说是一个基督教徒）而言，显得不正常；可他又不知道怎样弥补这件事。他无疑像妻子说的那样是一个软心肠的傻瓜。

现在他不喜欢去奥尔弗雷兹托的路了。它嘲讽地直盯住他。路边的东西使他想起向妻子求爱的许多事，为了不看见它们，他在上下班的路上一有可能就看书。然而他有时觉得，喜欢念书既不能做到与众不同，又不能思想超拔，与现在的每个工人没啥两样。一天，他路过第一次认识她的那个地方，又听到那边传来与上次同样的说话声。其中一个姑娘便是阿拉贝娜上次的同伴，她正和棚里的一个朋友谈着话，而他便是她们谈论的对象，也许是因为她们在远处看见了他。她们一点不知道那棚壁太薄，他走过时能听见她们的谈话。

“不管咋说，反正是我让她那么干的！我对她说：‘不入虎穴，焉得虎子’。假如不是我让她那样做，她现在也和我一样当不上他的情妇。”

“我相信她本来就知道不会有啥事的，如果告诉他，她已……”

这女人让阿拉贝娜干了什么，让她成为他的“情妇”而不是妻子？这个想法使他感到十分厌恶和怨恨，所以他走到自己小屋时并没进去，而是把篮子往园里一丢，便继续往前走，决意去看看自己年老的姑婆，在那里吃点晚饭。

因此他回家时已很晚了。而阿拉贝娜正在忙着熬猪油，她出去游玩了一天，把活儿拖到晚上。他很少说话，担心听到的那些事会让他说出某些让自己后悔的话来。可阿拉贝娜却说个不停，其中还讲到她需要些钱。看见他衣袋里露出一本书，她又说他应该多挣些钱才是。

“一般说来，学徒的工资是不够养老婆的，亲爱的。”

“那你就不该娶老婆。”

“得啦，阿拉贝娜！这太糟糕了——既然你明白这是怎么回事。”

“我愿对天声明，当初我告诉你那事时，可是信以为真的。维尔贝特医生就那么认为。现在证明并非那样，难道对你不是一件好事吗？”

“我不是那个意思。”他赶紧说。“我是指那以前的事。我知道不是你的错，都是你那些女朋友给你出的馊主意。假如她们没那样做，或者你没听她们的，我们此时就不会被一个契约拴在一起——坦率地说，它太可恶了，使我们两个都备受折磨。这也许糟透了，但却是事实。”

“谁对你讲我朋友了？啥主意？你必须告诉我。”

“呃——我看不说的好。”

“但你一定得说——你应该说，不说就太卑鄙了！”

“那好吧。”他只是微微把听到的暗示了一下。“这事我不想细说，咱们别再提它了。”

她于是不再戒备。“那又有什么。”她说，冷冷地笑道。“每个女人都有权做那样的事。但冒险的是她自己。”

“我绝不同意这点，贝娜[1]。如果男人不因此受到终生惩罚，或者她不由于他的过错而受到终生惩罚；如果一时的软弱能一时结束，或甚至一年结束，她是可以那样做的。可当后果要延至一生时，她就不该做那种事，那就会让一个诚实的男人掉入陷阱，或者如果他不诚实，就会让她自己掉入陷阱。”

“那我当初该咋办呢？”

“应该多给我点时间呀……你干吗今晚在那儿瞎忙着熬猪油？快别干了！”

“那我明天上午也得熬，不然要坏的。”

“那好吧——就这么办吧。”

---

① 贝娜，阿拉贝娜的简称。

11

第二天是星期日，上午约10点钟她又开始熬猪油；她一边干活一边又回想起昨晚的那番谈话，脾气又变得倔强起来。

“那就是关于我在马里格林的故事，对吧——说我让你掉入了陷阱？你也真是上帝送来让我捕获的好东西呀！”她激动起来，看见桌上放着不该放在那里的几本裘德心爱的古典书籍。“我不想让那些书放在这儿碍手碍脚的！”她发脾气地大声说，抓起它们一本本往地上丢。

“别碰我的书！”他说。“你想丢，把它们丢在一边不就行了，可你却弄得这么脏，真让人恶心！”熬猪油时阿拉贝娜的双手抹上热油，手指印清清楚楚留在书的封面上。她故意又把书一本本丢在地上，最后裘德实在忍无可忍，抓住她的手臂就往一边拉。不知怎的，他拉她时把她的头发弄松了，使之散乱地披在两耳边。

“放开手！”她说。

“你要答应不再碰我的书才行。”

她犹豫着。“放开手！”她重复道。

“答应我！”

过了一会儿她说：“我答应你。”

裘德松开了手，她绷着一张脸从屋里走出去，来到公路上。她走来走去闲荡着，一反常态地把头发扯得更乱，还解开了几颗睡衣纽扣。这是一个晴朗的星期日上午，干爽、明亮、寒冷，微风从北边送来奥尔弗雷兹托教堂的钟声。人们身穿节日盛装沿路走着，他们大多是一对对情人——正如几个月前裘德和阿拉贝娜在这同一条路上嬉戏那样。行人们转过身盯着她那副离奇的模样：没戴帽子，散乱的头发在风中飘舞，衣服上身敞开，为了干活袖子挽到肘部以上，双手散发出溶化的脂肪气。一个路人假装惊恐地说：“看老天

爷给我们派什么来啦！”

“看他是咋对待我的！”她哭叫道。“星期天上午我本该上教堂，可他还让我干活，扯乱我头发，连睡衣后面也被扯开！”

裘德给激怒了，走出去把她强行拉进屋里。然而他突然不再发怒。他明白他们之间一切都完了，她或他做什么都没有关系；作为她丈夫他静静站在那儿，注视着她。他们的生活给毁了，他想；毁就毁在他们根本性的婚姻错误：把永久的婚约建立在一时的感情上，而这感情与相互吸引并无必然联系——只有两个人真正相互吸引，才可能结合成终身伴侣。

“又要按老规矩虐待我了，像你父亲虐待你母亲，你姑妈虐待你姑父那样？”她问。“你们那家子人尽是一对对古怪的夫妇！”

裘德注意地、吃惊地盯住她。但她不再说什么，继续晃荡着，直到走累了。他离开那个地点，迷迷糊糊闲荡一会儿后便朝着马里格林走去，在那儿见到姑婆，她的身体日见衰弱了。

“姑婆——爸虐待了妈，姑妈虐待了姑父吗？”裘德突如其来地问，在炉火边坐下。

她总戴着那顶过时的女帽，这时抬起一双老眼从帽檐下看他。“哪个对你说的？”她问。

“听别人说的，我想知道全部情况。”

“你当然应该知道，我想，虽然你老婆——我看是她说的吧——把这事捅开太傻了！毕竟也没啥要知道的。你爸妈一起过不下去，所以就离了。那是一次他们去奥尔弗雷兹托赶场回家——你那时还是个婴儿——走在‘褐房子’谷仓旁的山上时，他们又争吵起来，最后两人就各奔东西了。你妈不久去世，简单说是投水死的，你爸带着你去了南威塞克斯后，再也没回这里。”

裘德回想起父亲从不说北威塞克斯和他母亲的事，直到死的那天也只字未提。

“你姑妈也是这样。你姑父惹怒了她，所以她厌恶和他生活在一起，带着小女儿去了伦敦。福勒一家是不适于结婚的：婚姻好像从来不适合我们。我们的血液里好像有某种东西，它不愿甘心接受这种观念：受约束被迫去做什么事，而这种事在没受约束时倒是很情愿做的。这就是为啥你当初该听听我的话，不要结婚。”

“我父母在哪里分手的——你说过在‘褐房子’旁？”

“还要前面一点——在去芬沃思的道路分岔处，那儿竖着个路标。那地点曾有个绞刑架，与我们的历史不是没有联系。不过别管它了。”

黄昏时裘德离开姑婆家，像要回去的样子。可他一走到开阔高地时便突然加快步伐，一直来到一个大圆池旁。地上还有霜，虽然不算酷寒；天上的大星星慢慢出现，闪烁不定。裘德把一只脚放在冰的边缘，然后又放上另一只，顿时冰咯吱咯吱响起来，但这并没吓住他。他朝池中走去，冰发出刺耳的声音。快走到中间时他看看四周，纵身一跳，冰仍然响个不停，但他并没沉下去。他又跳一下，这次冰连响也不响了。裘德回到池边，又踏上地面。

这真奇怪，他想。把他留在世上干什么呢？他猜想自己不是一个很尊贵的人，连自杀的资格也没有。和平的死神憎恶他这样一个臣民，不想接纳他。

他还能做什么比自我毁灭更卑贱的呢？还能做什么更低下的事从而更适合他目前这种堕落处境呢？他可以把自己灌醉呀。这当然是个办法，他倒忘了。那些卑微的绝望者一贯采取的老一套办法就是借酒浇愁嘛。他开始明白为什么有些男人要在小酒店里痛饮了。他往北走下山去，来到一个偏僻的小酒店。他进去一坐下就看见墙上挂着参孙和大利拉的画像，意识到这就是那第一个星期天晚上，他和阿拉贝娜互献殷勤时到过的地方。他要来酒，痛痛快快喝了一小时或更长时间。

那天夜里很晚了他才摇摇晃晃走回家，沮丧的感觉一扫而光，头脑仍非常清醒；他发狂地哈哈大笑，心想不知阿拉贝娜看见他这另一副模样会有何反应。他走进屋时里面一片漆黑，跌跌绊绊摸索了好些时间才点亮一盏灯。然后他发现整治过猪、放过脂肪和扇页肉的印迹还在，不过那些东西已被拿走了。他妻子在一个旧信封内侧留下一行字，别在壁炉的布风帘上：

已去朋友们那里。不回来了。

第二天他一直呆在家里，让人把猪肉送到奥尔弗雷兹托。他把屋子四周打扫干净，锁上门，钥匙放在她如果回来就知道的地方，然后回奥尔弗雷兹托干他的石匠活去了。

晚上他又迈着沉重的步子回家，发现她并没回来过。以后的两天同样如此。接着他收到她的一封信。

信中她坦白承认说她对他生厌了。他像一辆陈旧缓慢的大马车，她不喜欢他过的那种生活。今后他也决不会改善他或她的生活。她接着又说，正如他所知道的，她父母对移居澳大利亚的问题已考虑了一段时间，因为眼下贩猪行业不景气。他们最后决定移居，假如他不反对，她也打算随父母一起去。她说像她这样的女人，到那里比呆在这个让人乏味的乡下机会更多。

裘德回信说他一点不反对她走。他认为这是一条明智的路，既然她希望去，而且或许对他们两个都有好处。他把卖猪的钱以及他自己所有的一点钱放在了装信的小袋里。

从那天起他只是间接听到有关她的消息，尽管她父亲一家人并没立即离开，要等到财物等东西处理掉才走。裘德听说唐家将要拍卖时，便把自己屋里的东西包捆好装上马车，送到前面所说的她的家去，以便她把它们与其他东西一起卖掉，或者她愿卖多少就卖多少。

然后他搬到了奥尔弗雷兹托的住处。他在一家商店橱窗里看见一张小招贴，宣布岳父家的家具拍卖。他注意到上面的日期，这日期到来又过去了，裘德没有到那里去，也没觉察到由于这次拍卖，奥尔弗雷兹托镇外南边路上的车辆行人都大增。几天后他走进镇大街上一家邋遢的旧货商店，看到店后面堆着各种各样的东西，显然是刚买回来的，有平底锅、晒衣架、擀面杖、黄铜烛台、挂镜等等；他还从中发现了一张张装在框里的照片——原来就是他自己的小照。

那是他为送给阿拉贝娜一件礼物，专门由一个当地人拍的，并用有鸟眼花纹的槭木做了相框，在他们的婚礼那天正式送给她。背面仍能看到“裘德送阿拉贝娜”几个字和日期。她一定在拍卖时把它和别的财物丢在一起了。

“哦，”旧货商说，见他看着照片和那堆东西，没发觉照片上的人就是他，“这堆不值钱的东西，是我在去马里格林路上的一家村舍拍卖时买来的。如果把照片取出来，这相框还很有用。你要，给一先令就行了。”

她卖掉他的照片和礼物这一无声而偶然的证据，让他深深感到妻子对他的感情已彻底泯灭，这使他一时受到决定性的、可恶的打击，他明白他对她的一切感情也因此完全毁灭了。他付了一先令后拿起照片，回到住处连着相框一齐烧掉了。

两三天后他听说阿拉贝娜和她父母已离开。他曾给她带过信提出见见她，以便正式告别一下；但她说最好不这样，因为她只想着走的事，顾不得别的，这也许不假。他们走后的第二天晚上，他干完活吃过晚饭便走出屋，在星光下沿着那条很熟悉的通往高地的路漫步而去——他就在那上面第一次经历了人生中重要的男女之情。这片高地好像又属于他自己的了。

他连自己也认不出了。在这条老路上他似乎仍是个小男孩。那天他站在山顶上梦想着，内心第一次激动起来，对基督寺和知识充满了热情，而从那以后他几乎一天也没长大。“不过我已是一个大男人。”他说。“有了一个老婆，另外，我甚至更成熟了：和她有了争执，有了仇恨，打了架，还分了家。”

然后他记起他此时站着的地方离据说父母当时分离的地方不远。

再往前一点便是山顶，从那里基督寺——或者他以为的那个城市——似乎就显现于眼前。一个里程碑同往常一样竖立在附近的路旁。裘德走过去，用手摸而非用眼看上面刻着的到城里的里程。他记得在一次回家的路上，他曾自豪地用锋利的新凿子在碑后刻下几个字，以表示自己的抱负。那是在他做学徒的第一个星期里刻下的，那时他还没被一个与他不相称的女人改变意志。他不知道自己刻的字是否看得清，就走到碑后拂去上面的荨麻，划根火柴照着，仍辨出了许久前他满怀热情地刻下的字：

到那里去

☞

裘·福

这几个字仍完好无损，被野草和荨麻遮挡着，一看见它们，他心中又燃起了旧日的火花。毫无疑问，他的计划无论好坏都要实行到底——以免产生令人厌恶的悲观情绪，即使他确已看见了世界的丑陋！Bene agere et laetari[①]——快乐行善——他听说这是一个名叫斯宾

①拉丁文，意思见后。

诺莎[1]的哲学家的哲学，现在也许可以作为他自己的哲学了。

他可以与自己的邪恶之星作斗争，努力去实现自己的夙愿。

他又往前移到不远处，看见东北方的地平线。那儿事实上升起了一个微弱的光轮，像星云状，显得微小模糊，除了满怀信念的人外，其他人是几乎辨认不出的。这对于他已经足够了。一旦学徒期结束他就要到基督寺去。

他回到住处，心情好一些了，便做起祷告来。

① 斯宾诺莎（1632—1677），荷兰哲学家，唯理论的代表之一。著有《神学政治论》、《伦理学》等。

第二部　在基督寺

“除了自己的灵魂，他无任何指路之星。”

——史文朋①

居处密迩，仅为结识之初步；

情苗生长，端赖时光之推移。

——奥维德②

---

① 史文朋(1837—1909)，英国诗人，文学评论家，主张无神论。著有诗剧《阿塔兰忒在卡吕冬》、长诗《日出前的歌》、评论《论莎士比亚》和《论雨果》等。

② 奥维德(公元前43—公元17年)，古罗马诗人。代表作为长诗《变形记》，其他重要作品还有《爱的艺术》、《岁时记》、《哀歌》等。此处原文为拉丁文，中译文摘自张谷若先生译本。

1

裘德生活中第二个值得注意的举动，便是他有一天稳步地穿过一片昏暗的大地朝前走去——这一天，离他向阿拉贝娜求爱时，离他和她那种粗俗的婚姻生活破灭时，树叶已是第三次成荫了。此时他正从基督寺外的西南方朝着那个城市走去，离它还有一两英里路程。

他终于发现自己远离了马里格林和奥尔弗雷兹托：他的学徒生涯已经结束，他背着工具，似乎正有一个新的开端——除去他和阿拉贝娜的恋爱和婚姻那段时期外，这开端他盼了大约十年之久。

现在我们可以把裘德说成是一个面容显得强壮有力、喜爱思考、诚挚认真而并算不上英俊漂亮的年轻人。他面色黝黑，一双黑眼睛十分协调，蓄着浓密的黑胡子——他这般年龄的人通常都没这么浓；这样一来，再加上他那一大堆黑色的鬈发，干活的时候石头灰落到上面，梳洗起来就有些麻烦。他在乡下学到的石工技术是多方面的，包括纪念碑石刻、哥特式毛石教堂的修复和一般雕刻。如果在伦敦他大概会专门从事某种石工活，或当“模刻石工”，或当“叶饰雕工”——或是“石像雕塑工”了。

那天下午，他从奥尔弗雷兹托乘一辆马车来到离城市最近的村子，从那儿再步行余下的 4 英里路程到达城里——他这样做倒不是必须如此，而是他乐意，因为他总是想象着自己这样到达那个城市。

他到这个城市来的根本动力还有一个奇异的起因——就感情和求知两方面而言，这起因与前者联系更密切一些，正如青年们惯常的那样。原来有一天他住在奥尔弗雷兹托时，去马里格林看望了年老的姑婆，在她壁炉台上的黄铜烛台之间注意到一张照片，上面是一个漂亮少女的脸蛋，她戴一顶宽大的帽子，帽边下的褶层闪闪发光，像一轮轮光环一般。他问姑婆她是谁。姑婆生硬地回答说是他的表妹淑 · 布莱德赫，属于这个家族敌对旁支中的一员；在他进一步追问下老太太又说了那姑娘住在基督寺，虽然她不知道她具体的住址，在干什么。

姑婆不会把照片给他的。但它一直萦绕着他，最后在他要跟随他的朋友、小学老师到那里去的潜在意图里，构成了一个促进的因素。

这时他停在一个弯弯曲曲的缓坡顶上，第一次从近处看到了这个城市。它有着灰色的石墙，暗褐色的房顶，坐落在威塞克斯边界附近；还几乎将它一只小脚趾尖伸进了威塞克斯最北端起伏不平的边界上，悠然流淌的泰晤士河即沿这界线轻拂着那古老王国的田野。一幢幢建筑物静静伫立在落日里，许多尖顶、圆屋顶上不时可见一只风向标，它们给这一幅由朴素的第二色和第三色①组成的图画增添了光彩。

他走到山坡底部，沿着平地朝前走去，两旁截去了梢的柳树在黄昏里越来越模糊。不久他便看到了远郊的灯光——其中一些很多年前在他梦想的那些日子里就曾将灿烂的光辉映照在天上，使他瞪着大眼遥望。它们眨着黄色的眼睛疑惑地盯住他，好像这许多年来由于他老迟迟不来它们一直在失望中等待他，现在已不太需要他了。

他是迪克·惠廷顿②那一种人，其心灵为之感动的不仅是物质利益，还有比之更美好的东西。他顺着市郊的街道朝前走去，像一个探险者那样每走一步都十分谨慎。在市郊这一面，他还丝毫没有看见真正属于城市的东西。他首先需要一个住处，于是仔细地观察，寻找那种自己需要的看起来既花费不多又食宿适中的地方。经过一番了解后他在绰号叫“比尔谢巴”③的郊区找到一间屋子，尽管这绰号他当时还不知道。他在那儿安顿下来，喝点茶后就出去了。

---

①通常说来，红、黄、蓝为第一级颜色，由此混合成的颜色为第二色（如黄与蓝混合成为绿），由第二级颜色与其他颜色混合而成的称为第三色。

②迪克·惠廷顿（1358？—1423），英国商人，3次任伦敦市长。

③比尔谢巴是以色列南部一城市，位于耶路撒冷西南。在圣经时代它标志了巴勒斯坦南部的边界。

这晚有风，到处沙沙作响，但没有月光。为了能找到路，他在一盏灯下打开随身带着的地图。风把地图吹得上下舞动，但他足以能看清和判断去市中心应走的方向。

他转了很多弯，来到生平碰到的第一群古老的中世纪建筑物面前。这是一所学院，他从大门口便看得出来。他走进去，四处转转，并深入到灯光照不到的一些黑暗角落。紧接这所学院的是另一所学院，再远一点又是一所；此时他似乎开始被这座历史悠久的城市的气息和情感所包围。当经过那些与城市总体外表不协调的东西时，他就让自己的视线从它们上面一掠而过，好像并没看见它们。

这时传来铿锵的钟声，他一直听到敲完 101 次。一定是自己数错了，他想，本来是敲 100 次的。

当一扇扇门都关上了，不能再进入到那些方庭里去时，他便沿着它们的高墙和大门流连忘返，用手指摸着上面的装饰线条和雕刻轮廓。时间一分分过去，人越来越稀少，而他仍在阴影里蜿蜒漫步——在过去 10 年里他不是一直想象着眼前的情景吗，那么耽搁一晚上休息又有什么关系？在漆黑的高空之上，闪耀的灯光映照出一些卷叶饰尖塔和锯齿形雉堞墙。一条条偏僻的小巷此时显然再没人走了，甚至它们的存在也好像被遗忘；小巷两边一个个装饰着富丽堂皇的中世纪图样的门廊、凸肚窗和门楼一直伸到巷里的路上，它们久经风化的石头使这里更加显得毫无生气。近代思想竟能深藏于这些老朽而应予废弃的房屋里，这似乎是不可能的。

裘德在这儿谁也不认识，觉得十分孤独寂寞，好像自己是个幽灵，其感觉如同一个人在走路而别人又看不见或听不到他的行动一样。他呼吸着，沉思着，仿佛自己几乎成了幽灵，于是他便想到那些经常出没于偏僻角落的幽灵们。

为这次出来冒险，他曾做了一段时间准备。那是在妻子和家具彻底消失之后；他几乎读过、了解过了自己这种境地的人所能读到、了解到的所有东西——关于那些在这垛垛令人敬畏的墙内度过了年轻时代的知名人士，他们的灵魂在其更加成熟的岁月里仍萦绕着那些高墙。他在偶然的阅读中，曾想象着他们中的一些人显得更其高大。风从墙角、拱壁和门侧柱上掠过，好像只是这个地方的其他居民在走过；常春藤的叶子互相轻轻扑打，好像是他们悲哀的灵魂在喃喃低语；那些阴影就好像是他们轻薄的身躯在不安地移动。而这一切，都好像成了他孤独时的伴侣。在黑夜里他似乎和他们碰撞着，但又感触不到他们的血肉之躯。

现在街道已荒无人迹，但因这时产生的幻觉他还不愿回屋去。到处还有诗人在走动呢，有早期的也有近期的，从莎士比亚的朋友和颂扬者①，到近来才湮没无闻的那一位②——还有那班人中有音乐才能、至今仍活在我们中间的一位③。好思辨的哲学家们跟着来了，他们并不总像框子里的画像那样满额皱纹，头发灰白，而是有的脸蛋红润，身材苗条，像年轻时充满朝气；近代神学家身着宽大的白色法衣，在裘德·福勒看来，他们中最真切的要算称为“牛津运动”④的宗教流派创始者，也就是那著名的三位人物：一位宗教狂热者，一位诗人和一位公式主义者⑤，他早在自己偏僻的家里时他们的学说就回响在他耳边，影响着他。这时他产生了一种厌恶的感觉，因为他在想象中看到此处另一班人将上述人排挤，其中一个披着长长的假发，即那个政客、浪子、唯理性者及怀疑论者⑥；另一个是脸刮得光光的历史学家，他对于基督教显得

---

① 指本·琼生（1572—1637），英国戏剧家。据说曾在牛津大学基督堂学院呆过。

② 指诗人罗伯特·布朗宁（1812—1889）。

③ 指诗人史文朋。

④ 牛津运动，以19世纪英国基督教圣公会内部的牛津大学为中心兴起的运动，旨在反对圣公会的新教倾向，恢复天主教思想和惯例。

⑤ “宗教狂热者”指约翰·亨利·纽曼（1801—1890）；“诗人”指约翰·凯布尔（1792—1866）；“公式主义者”指爱德华·蒲赛（1800—1882）。

⑥ 指博林布鲁克勋爵（1678—1751），英国政治家、演说家，做过陆军大臣。

如此客气，内心却充满嘲讽[①]；另外一些人也持同样的怀疑态度，他们对于每一个学院的方庭也和诚心皈依宗教的人一样熟悉，同样自由地经常来往于那些走廊当中。

他看到那些政客们各式各样，有的行为举止更坚定一些，空想得更少一些，有的是学者，演讲家，苦干家；有的随着年龄的增长心胸不断开阔，而有的则越来越狭窄。

然后在他的头脑中又出现了一些科学家和语言学家，他们奇异古怪、令人难以置信地组合在一起：个个凝目沉思，额头紧皱，由于长期埋头研究眼睛近视得像蝙蝠；接着出现的是那些官员们——如英国领地的总督和郡治安官，裘德对这些人不大感兴趣；接着是那些言语不多、嘴唇薄薄的首席法官和大法官们，他对这些人物几乎不知其名。他更热切注意的是那些高级教士们，这是因为他早就有过从事此种职业的憧憬。他心中想到的这类人真是丰富多彩——有的满怀情感，有的充满理智；有一位用拉丁文为英国国教辩护[②]；有一位至为圣洁，写出了《晚歌》[③]；紧接他们的是那位伟大的巡回传教士，圣歌作家和宗教狂，他也像裘德一样由于婚姻问题心中蒙上了阴影[④]。

裘德发现自己竟大声说出话来，好像在和上述人物谈话一般，像一个演员在一出情节剧里对着台下的观众说话；最后他突然不说了，为自己的荒唐行为感到吃惊。这个四处游荡的人说话语无伦次，也许已被那些高墙内的某个学生或某个正在灯旁思索的人听到了，他或许疑惑地抬起头来，不知道那是什么声音，那声音代表什

①指吉本(1737—1774)，名著《罗马帝国衰亡史》的作者。

②哈代自称“也不记得了”，无法确定。

③指托马斯·肯恩主教(1637—1711)。

④指约翰·韦斯利(1703—1791)，以“行万里路，布万次道”著称。他太太因跟他不和而离异。

么意思。裘德现在觉得，就有血有肉的活人而言，除了街上零星几个迟迟不归的城里人外，他一人全部拥有了这座古老的城市；他又觉得自己有点儿着凉了。

从阴影里传来声音，是一个真实的本地人的说话声：

“你在那个碑座上坐了很久啦，小伙子。你在那儿干吗？”

原来是个警察，他一直注意着裘德，而裘德却没有发觉他。

裘德这才回屋去。睡觉之前，他又先从一两本带来的书中读了一下这班人的生平和他们对世界的一些预言，这一两本书是介绍大学里那班人物的。他快要睡着的时候，他们似乎又在对他喃喃低语着他刚才读到的那些各式各样令人难忘的话，这些话有的能听见，有的却很难懂。其中一个幽灵（他后来在哀叹基督寺时把它说成是“事业无望之乡”，虽然裘德已记不得这句话了）此时正对着这个城市高呼：

“多么美丽的城市！多么古老，多么可爱，在我们这个世纪里人们如此激烈地追求知识，而她却没受到任何摧残，多么宁静！她以其无法形容的魅力不断呼唤我们追求真正的共同目标，走向理想完美的境地。”①

另一个声音来自于那个对“粮食法”先赞成后反对的人，裘德在那个有大钟的方庭里便看见了此人的幽灵。他心想，其心中也许一直在构思那篇具有历史意义的名人演说：

“阁下，我或许是错的，但我总感到当一个国家面临饥荒威胁之时，就需要采取在所有类似情况下已采取的一般补救办法，而我现在应该对这个国家尽责了——就是说人民应该享有获得粮食的自由权利，不管这粮食来自于何处……你明天就可以罢我的官，但绝罢不去我的这种认识：我在行使自己的权力时没有任何一点腐败或自私的动机，没有

① 这是马修·阿诺德的话，见他的《批评文集》第1辑第2版的序言。

任何满足个人野心的欲望，没有谋取任何私利。”①

然后出现了那个狡猾的作家，他写出过不朽的论基督教的篇章：“那些异教哲学家们，对于全能的上帝所表现出的种种神明(奇迹)，竟消极怠慢，置之不理，我们怎能为之辩护？……希腊和罗马的圣人们，一见这个可怕的场面便掉开头去，似乎丝毫不知这个世界在精神和物质两方面，已经是另一番天下了。”②

接着出现了那个诗人的幽灵，那个最后的乐观主义者：

> 世界怎样为我们每个人而形成！
> …………
> 每个人都在按照一个总体计划
> 帮着恢复其种族的生机。③

他刚才在想象中看见的三位宗教狂，现在又出现了一位，他便是《我之辩护》的作者④：

“我的理由是……人们之所以对自然神学的真实性绝对确信，原因在于那些可能性事物同时发生并汇聚一起……这些可能性事物不会达到合乎逻辑的必然性，却可能产生合乎精神的确实性。”

宗教狂中的第二位不好争辩，他更温和地低语道：

> 为什么我们要昏厥，怕孤独的生活，

---

①此人指罗伯特·皮尔爵士(1822—1895)，做过3任英国首相。在他第2任首相任内，他取消了“粮食法”。“粮食法”是英国保护地主利益的法令，他本来支持它，后因荒年及群众反对，不得已提出取消“粮食法”。引文出自他1846年在下院发表的一篇演说。

②指吉本。“不朽篇章”指《罗马帝国衰亡史》的第15章。

③“诗人”指布朗宁。这3行诗出自他的《炉边》。

④指纽曼。引文即出自《我之辩护》。

既然上帝要我们都孤独地死去？①

他又听到那位小脸的幽灵、和蔼的旁观者②在说话了：

"当看见伟人的墓碑，我心中便不再有任何嫉恨；当我读到美人的墓铭，一切放纵的情欲便会熄灭；当见到墓碑上父母哀悼子女的文字，我的心就充满同情；当看见父母自己的墓碑，我便想痛悼死者真是徒劳无益，因为我们不久也必将随之而去。"

最后是一位声音温和的高级教士③讲话，裘德很小时便喜爱上他那柔和亲切的诗句；他一边听着那些诗句一边进入梦乡：

教我怎样去活，以便我不会惧怕坟墓，
正如我不会惧怕床哟。
教我怎样去死……

他一直睡到次日上午才醒来。那充满幽灵的过去似乎已烟消云散，眼前的一切只告诉你今天的现实。他突然从床上惊起，以为自己睡过了，说：

"啊呀——我那长着漂亮脸蛋儿的表妹，我倒把她忘得一干二净了，而她一直就在这个城市里呢！……还有我过去那位老师。"他说到老师的时候，也许话中包含的热情就比不上说到表妹时的那番热情了。

---

①"第二位"指约翰·凯布尔，引文出自他的《基督徒的一年》。
②"旁观者"指约瑟夫·艾迪生(1672—1719)，《旁观者》主编之一。引文见他的《旁观者》第26期，略有改动。
③指肯恩主教。诗句引自他的《晚歌》第3节。

2

裘德必须对面临的实际问题仔细考虑一番，包括麻烦的吃饭问题，因此他在头脑中暂时赶走了那些幽灵，不得不将崇高的思想压制下去，先想想迫在眉睫的需求。他必须起床，去找工作，找手工活儿；许多从事这种职业的人认为只有它才算是真正的工作。

他带着这份使命来到街上，发现那一个个学校竟背叛了他，变成另一番模样，不再给人以同情之心：有的十分浮华，有的像是一个家庭的墓穴由地下移到地上，而所有砖石建筑都露出一种粗野的气氛。那些伟人的幽灵，此时已消失得无影无踪了。

他细看周围无数的建筑，与其说是用一个艺术批评家的眼光去看待它们的结构，不如说是用一个手艺人、一个那些已故同行(是他们用自己的双手建起了这些房屋)的眼光看待它们。他仔细察看那些装饰线条，像一个知道它们当初是怎样建成的人那样轻轻抚摸，讲述着建的时候困难还是容易，花的时间少还是相当多，建起来是否费力或工具使用是否方便。

夜晚曾显得如此理想完美的东西，一到白天就变成或多或少带有缺陷的现实之物。他发现，这一座座古老的建筑物都遭到了严重摧残和虐待。有几座房屋的状况实在太差，他看到它们就像看到有知觉的生命被摧残一样难过。它们在漫长的岁月里，日晒雨淋，还时而遭到人类的侵害，在这种殊死的搏斗中，它们遍体鳞伤，处处断裂，层层脱落。

看到这些腐朽衰败的历史物证，他终究又想起实际上自己并没按照事先的打算，在上午尽快去找工作。他是来这儿工作的，要靠工作才能生活，而这天上午已快过去。一个地方，既然四处都是破碎不堪的石头建筑，必然有很多修复的活儿让他这一行的人去做；想到这一点，从某种意义上说他又深受鼓舞。他问了去石场的路，负责那石场的人是个石匠，他的名字裘德在奥尔弗雷兹托时就听说了。他朝着石场走去，不久便听到熟悉的粗锉和凿子的声音。

石场是一个小小的再生中心。这儿做出的各种物件，与他看到过的那些破旧不堪、久经风雨的墙上之物相比，形状完全一样，不过它们已有了清晰的轮廓和平滑的曲线。这是用近代散文所表现的理念，而那一座座布满地衣的学院则是用古诗予以表现的。那些古代建筑在它们当初面目一新时，也许只被称做散文；它们只需无所事事地立在那儿等待，最后便富有了诗意。这对于一座最渺小的建筑多么容易，而对多数人而言又多么艰难。

他问工头在哪里，并环顾四周崭新的窗花格、窗门直棂、门顶窗、柱身、小尖塔和雉堞，它们放在工作台上，有的已完成一半，有的已完成等待运走。这些东西做得十分精确，平直光滑，惟妙惟肖；而古老的墙上的那些却把原样歪曲了，变得支离破碎，参差不齐，毫无精确可言，又不成比例，杂乱无章。

一时间裘德产生一种真理的启示：在这个石场中心付出的努力，并不比在那些最崇高的学院里从事学术研究逊色，虽然它们享有如此殊荣。可是由于受旧观念的影响，他的这种启示很快就消失了。凭着他最近那个师傅的推荐，他或许能在石场找到活儿，不管什么活他都要干；不过他接受这活儿也只是暂时的。他的这种行为，便是近代人见异思迁的一种弊端。

接着他进一步看出，这石场最多不过做些复制、修补和仿造的活儿；他认为这都是由于某种临时的和局部的原因。他那时还不明白，中世纪精神已丧失了生机，宛如一堆煤炭中的蕨类植物的叶子；他也不明白，在自己周围的世界里正产生一些新的发展，而哥特式建筑以及与之相关的东西，在这种发展中毫无立身之地。对于他所如此崇敬的许多事物，当时的逻辑和观念都充满了敌意，而他却还蒙在鼓里。

他离开了石场，没能在这儿找到活干；他又想起表妹，似乎觉得她就在附近什么地方；他因此对她一阵阵产生兴趣，如果还不是对她产生感情的话。如果他得到她那张漂亮的照片该多好啊！最后他写信给姑婆让她把照片寄来。姑婆真给他寄来了，不过要求他别去看姑娘或她的亲戚，以免给家里惹出麻烦。而裘德是一个有些荒唐的充满柔情蜜意的人，他才不管姑婆的话呢。他把照片放在壁炉台上，吻它——他也不知为何这样——更加感到舒适惬意。她似乎往下看着，请他喝茶呢。这真让人兴奋——正是因为有了她，他才与这个活跃的城市有了感情。

还有他那位小学教师也住在这个城市呀——或许老师现在当上了一位可敬的牧师。可像他现在这个样子，土里土气的，举止粗俗，囊中羞涩，怎么可能去找那样一位体面的人呢。因此他仍然孤独一人游荡着。虽然周围人来人往，但他实际上一个也没看见。城市的生活如此活跃，而他至此尚未投身其中，所以城市对于他也就几乎不存在一样。不过那些窗花格里的贤人先知，美术馆里的绘画和全身塑像，半身雕像，屋檐上的兽头，壁龛上的人头——这些东西似乎与他是息息相通的。在一个地方，无处不深深地刻着历史遗迹；裘德也像所有刚到这种地方的人一样，听到那些历史遗迹在高声述说它们的过去，而一直住在城里的人们对于它们的高喊却全然不知，或甚至根本不信。

好些天来，他路过一座座学院时，哪怕有一点点零星时间他都要到里面的走廊、方庭去走走；他脚步轻快，有如木槌一般的打击声，发出顽皮的回响，让他自己也觉得惊异。“基督寺情感”——正如人们所称作的——越来越深地侵蚀进他的肌体，以致他对于这个城市的建筑在材料、艺术和历史方面，了解的或许比任何一个长住居民还多。

裘德一直满怀热情向往着这些学院，而当发现自己真正来到这里时，他又察觉他离自己渴望的目标实际多么遥远。仅仅一堵墙就把他和他的那些幸运年轻的同代人隔开，而他和他们都有着共同的精神生活；他们那些人从早到晚只是看书、观察、学习，把知识消化。仅仅一墙之隔——可那是怎样的一堵墙啊!

每一天，每一小时，当他出去找工作的时候，他都会看见那些人也来来往往；他和他们擦肩而过，听见他们说话的声音，注意到他们的举止。他们中有些人的谈话更具有思想性，又由于他为了来这个城市曾做了持久不断的准备，所以那些谈话常显得与他自己的想法特别相近。然而事实上他和他们相距遥远，宛如他和那班人各自处在地球两端。他当然如此。他不过是一个青年工人，身穿白色工作罩，衣服折缝里全是石头灰尘；那些人路过他时根本就没看见他，或听见他说话，而只是从他身体看过去，就像透过一块窗花玻璃看那边的熟人朋友一般。无论那些人在他看来如何，他在他们心目中根本就不存在，而他过去还曾幻想着，他到了这个城市就会很接近于他们的生活。

可是他毕竟要面对未来，只要他十分幸运，找到一份好工作，那么一切命中不可避免的事他都会容忍。因此他感谢上帝自己有一副好身体，又有力气，这样他又鼓起了勇气。虽然眼前他还被关在一切大门之外——包括学院在内——但也许有一天他就会置身其中的。也许有那么一天，他会站在那些显赫人物和头面人物的宫殿里，透过窗格玻璃俯瞰这世界。

终于，先前那个石匠从石场给他捎信来，说有一个活儿让他去干。他第一次受到鼓舞，立即答应了。

多亏他年轻力壮，不然绝不可能如此兴致勃勃去做他答应下来的活，因为他在劳动一天之后，晚上大部分时间还得用来看书。他首先花4先令6便士买了一台有罩的灯，这样看书就有了好的光线。然后他买来钢笔、纸张以及其他必须的在别处买不到的书籍。之后，他的行为让女房东也大吃一惊：他将房间里的所有家具移了位置，起居睡觉都在这间屋里，中间横拉着一根绳，他在上面搭起一个帘，把屋子隔成两间，还挂起一幅厚厚的窗帘，这样就没人知道他是怎样在减少睡眠时间了。做完这一切后他便把一些书摆开，坐下来。

过去他结婚，租房子，买家具，而家具又跟着老婆一起消失了，这使他生活上拖着沉重负担；自从遇上那些轻率的事后，他深受其害，弄得几乎身无分文，因此直到领工资之前，他都不得不省吃俭用。他买了一两本书后，想再买一个火炉都不行了，所以每到夜晚阴冷的空气从草场上袭来，他只好紧紧裹着大衣，戴上宽边帽和羊毛手套，坐在灯旁看书。

他从窗口便能看见那座大教堂的尖塔，还有那葱形圆屋顶，城市的大钟就在圆屋顶下发出巨大的回响。桥旁那所学院的高塔，钟楼上的窗户，哥特式建筑上高高的小尖塔，他只需走到楼梯处就能瞥到一眼。当对未来缺乏信心时，他就用这些东西来激发自己。

正如多数太热衷于某事的人那样，他对于该采取什么步骤从不做详细的调查。从偶然的了解中得到一般看法后，他就再不对其做深入研究了。他心想，眼前必须做的一件事就是积累钱和知识，做好准备，随时等待任何机会到来，使他这样一个人成为“大学”中的一员。“因为智慧庇护人，好像银钱庇护人一样。惟独智慧能保全智慧人的生命，这就是知识的益处。”[①]他的愿望把他深深吸引住了，他也就再没心思考虑这个愿望是否可行的问题。

这时他那可怜的姑婆寄来一封显得十分焦躁不安的信，信中又说到先前让她忧虑的事——她担心裘德会意志不坚强，去接近他表妹淑·布莱德赫和她的亲戚们。姑婆认为淑的父亲已回到伦敦，而那姑娘仍留在基督寺。更让人反感的是，淑还是某个被叫做圣器商店里的工艺员或设计者，那地方真是一个十足的培育偶像崇拜的温床，由于这个原因她无疑整日玩弄着荒唐可笑的把戏——如果她还不是天主教徒的话（德鲁斯娜·福勒小姐紧跟时代，属于福音派[②]）。

---

①《圣经·旧约·传道书》第 7 章 12 节。

②一般的英国人都信新教，痛恨天主教徒和教皇。

因为裘德追求的是知识而非神学，所以他了解到的淑可能有的那些观点，不管在哪方面对他都没有产生多少影响，倒是关于她行踪的线索明显地使他产生了兴趣。他怀着十分奇异的快乐心情，尽早抽出不多的空余时间，从一家家与姑婆描述的类似的商店前面走过；他注意到在一家商店里有个年轻姑娘坐在书桌后面，他似乎觉得她像照片上的那个人。于是他想着买个小玩意儿，大着胆子走进去，而买了东西之后仍在那儿流连。这家商店似乎全是由女人经营的，里面摆着英国国教用的书籍、文具、《圣经》经文，以及花哨的小商品，如建筑物托座上用石膏做的小天使，带哥特式框子的圣人画像，几乎和耶稣受难架一样的乌木十字架，差不多和弥撒手册一样的祈祷书。他感到很羞涩，不敢正眼看桌子后面的那个女孩；她太漂亮了，他真不敢相信她会是属于他的。柜台后面另外有两个年龄大一些的妇女，那女孩这时和其中一个说着话，他从她的口音里听出了和他自己口音相似的某些特征，尽管她说话温柔甜美，但确实与他的口音有相似之处。她在做什么呢？他偷偷转过头瞥了一眼。在她面前放着一块锌片，已切割成手卷的形状，有三四英尺长，一面涂着无光的油漆，她正在那儿设计或修饰几个黑花体字：

阿里露西[①]

“她干的真是一件美好神圣的基督事业！”他想。

她就在这个地方，这已得到相当充分的说明，并且她的那种工作技能毫无疑问是从父亲那里学来，因为他是基督教会的一名金属工人。她正忙着做的那几个字，显然是要安装在某个圣坛里做礼拜用的。

然后他走出了商店。要在店里和她搭几句话是轻而易举的事，不过那样他就太没节制，无视了姑婆的话，对她老人家似乎一点都不尊重

---

①阿里露西，原为希伯来文，意即“赞美耶和华”。

了。她对他是粗暴了些，但不管怎样总是她把他带大的；她现在对他已无能为力，根本管不住他，这件事在感情上又给了他力量，使他要服从她的愿望——而如果这愿望是作为一种争辩，那对他就毫无作用。

所以裘德没有任何表示，眼下还不愿正式拜见她。他之所以走开了，没有那样做，还有别的原因。她在他面前看起来多么秀丽，而他却穿着粗糙的工作服，裤子上满是尘灰；他感到自己尚未准备好去面对她，正如他要面对菲洛特桑先生时所感到的那样。而且很有可能她也继承了家人的观念，对他这边的亲戚们怀着反感；她还会像一个基督徒那样藐视他，尤其是在他告诉了她那段令人不快的经历之后——正是那段经历，把他和表妹同性的一个人束缚在一起，而表妹对那个人肯定是不会赞赏的。

这样他就只是不断地在一旁观察她，当感到她就在那儿时，他心里美滋滋的。只要意识到她活生生地就在那儿，他便非常兴奋。不过她目前或多或少还只是他理想中的人儿，他在她形体周围开始编织起各种稀奇古怪的幻想。

两三个星期以后，有一天裘德和另一些男人们一起，在"老街"的克罗泽学院外面把一块经过加工的毛石从马车上卸下来，搬过人行道，要把它抬起来安放到正修复的护墙上面。工头站好位置后说："抬的时候你们要喊！嘿——嗬！"于是他们都用力往上抬。

当他和其他人把毛石抬起时，他突然发现表妹就在自己肘部旁边，一只脚还没站稳，等着他们把挡住她去路的石头移开。她正好用那双水汪汪的捉摸不透的眼睛看到他脸部，这双眼睛既犀利又温柔，还带着一点神秘——或者说在他看来是如此。她刚与一个同伴说过话，眼睛和嘴唇仍显得富有生气；在她看着他的面部时，仍不知不觉地带着那种生气呢。与其说她注意到他站在那儿，不如说她注意到在他抬起石头时太阳光下掀起的一片尘土。

他离她太近了，使他浮想联翩，不禁哆嗦起来；他带着一种害羞的本能赶紧转过脸去，以免她认出他，虽然这是不可能的事，因为她从未见过他，而且很可能连他的名字都没听说过。他看得出来，虽然她压根儿是个乡下女孩，但后来在伦敦做了几年少女，在这儿成为一个成年女子，所以农村姑娘具有的那种土气在她身上已荡然无存。

她走后，他继续一边干活一边想她的事。刚才她突然出现使他心慌意乱，因此他连她的整个身材体形都没注意到。这时他记起她身材并不高大，轻盈而苗条，属于那种叫做优雅派的人。他所见到的大概就是这些。她身上绝没有那种雕像般的美，她总是显得那么焦躁不安。她充满朝气，生性活泼，不过或许一个画家不会说她生得漂亮或美丽。可是她的那些巨大变化让他惊异。乡下人的土气在她身上早已不见了踪影，而在他身上却仍保留着。他们这个不幸的家族太固执，几乎为人咒骂，而其中的一员怎么会达到如此优雅的境地呢？这都归功于伦敦，他想。

许久以来他一直过着孤独的生活，加上现在住的这个城市又充满诗意，于是他胸中便有了越来越多无法排解的激情；从那天以后，他这激情便不知不觉倾注到她那几近梦幻的形体上面。他意识到，尽管他顺从姑婆的心愿极力克制这种激情，但用不了多久他就会控制不住自己，而去和她相认。

他坚持认为他只是把她作为一个亲戚看待的，因为有无可反驳的理由说明他为什么不应也不能对她有其他任何想法。

首先他已经结婚，用别的关系看待表妹就是错误的。其次他们是表兄妹，表兄妹谈恋爱并不好，即使环境看来有利于这种感情。再次像他这样一个家庭，婚姻通常意味着可悲的结局，给人带来忧伤，那么即便他不受任何束缚，同一个有血缘关系的亲戚结婚，也只会把事情弄得更加糟糕，那就不单是可悲中带着忧伤的问题，而将严重到可悲中带着恐惧了。

因此，他还是只能以亲戚相互关心的态度来看待他的淑，实际他把她看做是一个让他骄傲的人，和她谈话，同她点头招呼；再往后，请她来吃吃茶点。他在她身上投入的感情，严格地说也只是一个男亲戚、一个心怀善意的人所具有的感情。所以她对于他，也将只是一颗仁慈友好的明星，一个促使他不断上进的人，一个崇拜英国国教的侣伴，一个温柔体贴的朋友。

3

不过，尽管裘德受着各种各样的限制，他还是本能地去接近她，虽然缩手缩脚，并在跟着来的那个星期天去了红衣主教学院的大教堂参加早礼拜，想在那儿再好好看她一下，他发现她常去那儿做礼拜。

她没有来，他便在下午又去那儿等她，这时天气比上午好一些。他知道如果她真的要来，总会沿着那宽大青葱的方庭东边走进大教堂，因为方庭通向那儿；他站在一个角落处，这时响起了钟声。就在礼拜开始前几分钟她和另外几个人出现了，他们顺着学院的墙要朝前走去。一看见她，他便从对面也远远跟着进了大教堂，比任何时候都高兴自己至今还未被察觉。只要能看见她，而又不让自己被她看见知道，这在目前对他来说已经足够了。

他在门厅里徘徊了一会儿，等到被安排在一个位子上坐下时，礼拜已进行了一部分。这是一个阴沉、凄凉、静穆的下午，在这样的时候参加某种宗教活动，对一个讲求实际的普通人而言似乎也有必要，它不仅仅是多愁善感的有闲阶层的一种奢侈。教堂里光线昏暗，天窗上又射进炫目的光，他只能模糊地看见对面那些做礼拜的人，不过他却清清楚楚看见淑在他们当中。他刚发现她坐的位子不久，唱诗班就吟唱到《诗篇》第119篇第2节了——In quo corriget ①——风琴奏出了哀婉动人的格列高利调式②，只听歌手们唱道：

少年用什么清洁他的行为呢?

正是这个问题此刻吸引了裘德的注意。他是一个多么邪恶卑鄙的小人，曾对一个女人发泄自己动物般的情欲，甚至造成如此悲惨的后果；然后他又想到去自杀，接着是不顾一切地酗酒。风琴的脚键发出巨大声波，在唱诗班中回荡。像他那样从小就受上帝感化的人，几乎从不怀疑这诗篇是上帝对他的关照，是特意为他此时而选定的，因为这是他第一次走进庄严的圣堂——他这样想并不令人惊奇。然而事实上，这只是《诗篇》中普通的一章，每月24日晚都要唱一次。

这时他对那边那个姑娘开始怀着无比的温情；和美的音乐在她身边荡漾，同时又飘进他耳中，一想到这他就高兴。她大概经常来这个神圣的地方，又由于职业和习惯的原因，她一定将整个身心都投入到宗教事业上，对它怀着深厚的情感——她无疑与他有很多共同之处。他是一个敏感而孤独的青年，此刻意识到终于为自己的思想找到了寄托，这无论在社会方面还是精神方面都可能给他带来益处，因此这意识就像黑门的甘露一样滋润着他[3]，使他在整个礼拜过程中一直处于欣喜若狂的气氛里。

有些人或许会对他说，那种狂喜的气氛可以说是从加利利，也可以说是直接由塞浦路斯吹来的[4]，虽然他不愿这样想。

裘德一直坐在那儿等她离开座位，从祭坛屏饰下面走过去，然后他才起身离开。她没有往他这边看，等他来到门口时，她已走到宽阔的甬道中间了。由于他穿着一身礼拜服，他就想去跟上她，让她认识自己。可是他仍然没作好充分准备呢；哎呀，此时他心中正产生一种感情，带着这种感情，他应该这样做吗？

虽然整个礼拜过程似乎都基于教会活动，他也力图让自己相信事实如此，但他对于此事的真正性质，即她对他所产生的魅力，总不能熟视无睹吧。在他看来她不过是个陌生人，那种亲戚关系是虚假的。他又

---

①拉丁文，意为“为什么革新”，即后文“清洁行为”之意。

②格列高利调式，教堂圣歌的8种调式之一。

③引自《圣经·旧约·诗篇》第133篇第3节：“又好比黑门的甘露，降在锡安山……”。黑门，山名，在巴勒斯坦东北境。

④加利利是耶稣传教之地，塞浦路斯是古希腊爱神阿佛洛狄忒供奉之地。意思是说，裘德的这种“欣悦”既有“灵”的成分，“肉”的成分也一点不少。

说："这不可能！我是一个有了老婆的男人，决不要去认识她！"但不管怎样淑的确是他的亲戚，加上他已有妻子——即使她远在天涯——这件事在某种意义上倒是给了他帮助。因此，尽管他对她怀着柔情蜜意，但那种感情在淑是根本不存在的，她会自由自在地、无所畏惧地和他交往。当她知道了他们的亲戚关系和他的婚姻后，会表现出自由无畏的态度，他对此并不喜欢；明白这一点时他感到十分伤心。

在下一次来教堂礼拜之前不久，这位相貌美丽、眼睛明亮、脚步轻盈的姑娘淑·布莱德赫曾得到半天假，她就离开了既工作又寄寓的圣器店，拿着一本书到乡下散步去了。那天晴空万里，在威塞克斯和别的地方，阴冷多雨的天气中间偶然便会出现这样的日子，宛如变幻莫测的天气之神突发奇想有意为之似的。她走了一两英里路程，来到一块高地——比她远离的城市高出许多。她穿过一片绿色的田野，走到一个篱阶时在那儿停下来，把正看的那页书看完，然后回头望着那些新旧高塔、圆屋顶和小尖塔。

在篱阶另一面的小路上，她注意到有一个外国人，黑黑的头发，灰黄的面庞；他坐在草地上，旁边是一个大方盘，上面密密麻麻地竖立着不少石膏小塑像，有的上了青铜色。他正在把它们重新摆好，以便再赶路。它们基本上是古代大理石雕刻的缩影，里面有些神像与她经常看到的画像大相径庭。神像中有标准型的维纳斯，月亮和狩猎女神狄安娜，男性神像有太阳神阿波罗，酒神巴克斯和战神玛尔斯。虽然那些小塑像离她有好几码远，但它们被西南方的阳光照射着，在后面一片绿色草本植物的衬托下，显得格外鲜明、耀眼，她完全能把它们的轮廓看得一清二楚；又由于它们几乎处在她和城市教堂高塔之间同一线上，她通过对比，心里产生出一连串稀奇古怪、截然不同的想法来。这时外国男人站起身，看见她后有礼貌地脱帽致意，高声说："请——买——雕像！"那口音也和他相貌一样带着异国情调。片刻后，他便灵巧地把那一大盘装配好的著名人、神雕像举到膝上，再举到头顶，朝她走过来，并把方盘靠在篱阶上面。他先让她买一些较小的玩意儿，如国王和王后的半身像，然后又让她买一个诗人的像，再后劝她买一个生着双翅的爱神丘比特像。她只摇了摇头。

“这两个多少钱呢？”她问，用手指碰了碰维纳斯和阿波罗像——它们是盘子中最大的两个。

他说卖10先令就是了。

“这么贵我可买不起。”淑说。她还了一个相当低的价，令她吃惊的是，卖塑像的外国人真把它们从固定的铁丝上取下来，递过篱阶给她。她把塑像像珍宝似的捧着。

她付了钱，待外国人走后她又焦虑起来，不知拿它们怎么办。现在这两个塑像属于她了，却显得非常大似的，而且是裸体。她是一个有点神经质的女人，为自己的冒失不寒而栗。她用手去摆弄神像时，白色的石膏粉就沾到手套和裙衫上。她就那样把塑像无遮无掩地抱走了不多远，这时想到一个办法：从树篱上扯下一些颇大的牛蒡叶子、欧芹和其他茂盛植物，尽可能把两个塑像裹好，这样她手里捧着的就像一大抱绿色植物，别人看她采集那么多，准以为她是一个很热爱自然的人呢。

“唉，不管咋说什么东西都比教堂那些没完没了的装饰品强！”她说。可是她仍然哆嗦着，似乎真希望没有买这两个神像才好。

她不时往那些叶子里面窥看，注意不把阿波罗的手臂弄断了；带着这两件异教之物，她走进了全英国基督教最盛行的城市，不过是从一条与大街平行的僻静小街进去的，绕着一个角落来到了她寄寓的圣器店侧门。她带着买来的玩意儿径直向自己楼上的房间走去，想立即把它们锁在一个箱子里——那是惟一属于她自己的财产；可是她发现神像太笨重了，就用大张牛皮纸包好，放在屋角的地上。

圣器店的女老板丰特奥韦小姐是一个已过中年的妇女，戴一副眼镜，打扮得几乎像一位女修道院院长。她是宗教仪式的行家，因为这也

是她做的一种工作;她还经常去那个注重仪式的圣西拉[1]教堂做礼拜,那地方就在前面提到的“比尔谢巴”郊区,裘德也已开始去那里做礼拜。她父亲是一个牧师,过着日见贫困的生活,几年前已经去世了;从那时起,她便勇敢地接管了这家专门制作教堂必需品的小铺子,终于免受贫穷,使铺子发展成眼前这样的规模,为人称赞。她脖子上戴着十字架和一圈念珠,那便是她身上的惟一饰物。对于《基督徒的一年》[2]她是熟记在心的。

这时她来叫淑去吃茶点,可发现姑娘一时没有回应,便走进屋子,正好看见淑在匆匆忙忙地用绳子把两个纸包捆好。

“刚买的吗,布莱德赫小姐?”她问,盯着那两个用牛皮纸包好的东西。

“嗯——不过是买来装饰一下屋子的玩意儿。”淑说。

“唔,我还以为这儿的陈设不少了呢。”丰特奥韦小姐说,看看四周那些用哥特式框架装的圣像、用教堂经文做的卷形饰物,以及其他旧得卖不出去的物品——她把这些东西用来布置这间不起眼的房子。“是啥东西?好大呀!”她在牛皮纸上撕了个圣饼般大小的孔,极力往里看着。“喔,是塑像?两个?哪儿弄来的?”

“这——是从一个卖塑像的旅行推销员那儿买的——”

“两个圣人像?”

“嗯。”

“都是谁?”

“圣彼得和圣——圣玛琍·抹大拉。”

“好了——现在下楼去吃茶点吧,然后再去把那个风琴上的经文作完,要是天还不黑的话。”

淑买来那两件神像,至多不过是出于一时的爱好,她本想尽情欣赏

---

①圣西拉,早期基督教会的先知、传教士。

②诗人约翰·凯布尔的代表作,见前注。

一番，却遇到一些小麻烦，这倒使她产生了一种巨大的热情，急着要把它们拆开来看看。因此在就寝的时候，她肯定再不会有人来打扰了，就悠然地把牛皮纸从两个神像上拆开。她把神像放在衣柜上面，每个旁边点一支蜡烛，然后退到床前，一下仰身躺在床上，开始读她从箱子里取出的一本书，这本书丰特奥韦小姐一点也不知道。作者是吉本，她在看关于叛教者尤里安的统治那一章①。她不时抬起头来看那两个神像，它们显得有些异样，与这个地方似乎格格不入，碰巧又有一幅耶稣受难像挂在它们中间；好像这场面使她想起了要做什么，她又从床上跳下来，在箱子里取出另一本书——一部诗集——翻到她熟悉的那一首：

你已得胜了，啊，苍白的加利利人：
你的呼吸已使这世界黯然无光！②

她一直把这首诗读完，才吹熄了蜡烛，脱去衣服，进入了梦乡。

她这样的年龄通常正是睡眠好的时候，可是这晚她却不断醒来，每次睁开眼时，都有太多的光从街上漫射进屋里，让她看到那两个立在柜上的白石膏像，与周围一切形成奇异的对比：经文啦，殉教者画像啦，用哥特式框架装的耶稣钉在十字架上的画像啦，等等——那幅耶稣画像被阴影遮着，看起来只像是一个拉丁式十字架③。

一次她醒来时，听见教堂敲响钟声，大概是凌晨一两点钟吧。钟声也传到了这城市另一个人的耳中，他正坐在那儿低头看书，离淑的地方并不很远。因为是礼拜六晚上，礼拜天用不着像平常那样早早起床，所

---

①尤里安(331—363)，罗马皇帝(361—363)，宣布与基督教决裂及宗教信仰自由。见《罗马帝国衰亡史》第23章。

②史文朋的诗《普洛塞尔皮娜(即冥后)颂》第35—36行，“加利利人”即耶稣。第一行典出尤里安临死时的一句话：“Vicisti，Galilaee！”(加利利人，你赢了)。

③拉丁式十字架，通常指直长横短的十字架。

以他就没有上闹钟，习惯地迟睡两三个小时，而在平时任何一天他都不可能这样。此时，他正在认真地读着格里斯巴赫版《圣经》。正当淑在床上辗转并凝视她的神像时，那个从他窗下走过的警察和一些尚未归家的市民，如果在那儿停下来，也许会听到窗子里面有说话的声音，听起来奇怪、含糊而高昂——不过对裘德而言，那些话太让他陶醉了，无法用语言表达。而在外人听来，那声音真让人摸不着头脑，它们仿佛是这样的：

"阿勒·亥民·黑司·太渥司·号·扒特尔·艾克司·胡·搭·潘·凯·亥梅司·艾以司·奥塘。"①

最后传来很响亮的声音，充满虔诚；这时听见书合上的声音——

"凯·黑司·枯立奥司·耶苏司·基督·狄·胡·塔·潘塔·凯·黑梅司法狄·奥涂！"②

---

①这一段是《圣经·新约·哥林多前书》第8章第6节用拉丁字母标出的希腊文。中文意为："然而我们只有一位神，就是父，万物都本于他，我们也归于他。"

②此段亦是《圣经·新约·哥林多前书》第8章第6节用拉丁字母标出的希腊文。中文意为："并有一位主，就是耶稣基督，万物都是借着他有的，我们也是借着他有的。"

4

他对自己做的这一行十分娴熟，多才多艺，因为乡镇上的艺人大多这样。在伦敦，一个雕刻叶形凸饰或球形饰的人，是不愿去刻替它们作陪衬的牙子的，仿佛刻整个雕刻品的次要部分有失身份的意味。但裘德不这样，遇到工作台上没有很多的哥特式牙子或窗花格让他做时，他就到外面去，为别人用印刷体字母刻纪念碑或墓碑，并为自己换了一下工种感到高兴。

他再次看见她时，是在一个教堂里，他站在一架梯子上，正干着类似的活儿。教堂那时有一个简短的早祷，待牧师走进来裘德便从梯子上下来了，与另外6名会众坐在一起；他要等到祈祷结束，才能继续干他敲敲打打的活儿。早祷已做到一半，他才注意到其中一个女人就是淑，她必定是陪那个中年的丰特奥韦小姐来的。

裘德坐在那儿看着她优美的双肩，她的一起一坐，显得那么怡然自得，若无其事的样子，让人好奇；看着她敷衍的屈膝动作，他心想等自己生活好起来时，让这样一个英国圣公会教徒做贤内助该多好啊！那些做礼拜的人刚一起身离开，他就赶紧爬上梯子，这倒不是因为他急着继续干手中的活，而是在这样一个神圣的地方，他不敢面对那位对他开始产生巨大影响的女人，那种影响是无法形容的。既然他对于她的兴趣，已明白无误地表现出是由于异性的吸引，因此那3个强大的理由——他为什么不能去和淑·布莱德赫建立亲密关系——又势不可挡、一如既往地呈现于眼前。不过有一点也是很明显的，就是男人不能只为干工作而生活吧；尤其是对于裘德这样一个男人，他无论如何还想得到爱情。如果换了别的男人，或许早已不顾一切地去追她，和她交朋友，以获取一时的欢乐了，而她对此也无法拒绝；这样的后果只好听天由命了。而裘德可不愿这样——他一开始就没有那样做。

可是随着日子一天天过去，尤其是在那一个又一个孤独的夜晚，他在心里十分惊愕地发现，他想她不是越来越少，而是越来越多；他正从自己飘忽不定、不拘礼节、出乎寻常的行为举止中，获得一种无与伦比的欢乐。他每时每刻都被她的影响包围着，只要一走过她常去的地方，他就会想念她；因此他不得不对自己承认，他的良心很可能在这场斗争中打败仗。

毫无疑问，她几乎仍然不过是他理想中的一个人物。也许，去同她认亲，倒还会消除他的这种出乎寻常、礼法不允的恋情。而一个声音又在低声说，虽然他很想去认她，但他并不想消除对她的那种恋情。

他一向持正统观念，由此看来他对她的恋情是越来越不合道德了，这也是毫无疑问的。就淑而言，她被裘德爱上了，他整天都思念着她，想不断发展和她的关系，然而他又受着本国法律的约束，要他只能去爱阿拉贝娜，直至死的那一天；因此他那样做，对于她实在又是一个相当糟糕的开端。他对这一现实问题深信不疑，以致有一天，当他一个人在附近的乡村教堂干活时——这种情况经常都有——他感到自己必须祷告一番，祈求上帝帮助他克服自己的软弱。可是在这种事情上，虽然他很希望树立一个好榜样，但真要做起来就不行了。他发现当一个人心甘情愿被什么东西强烈吸引时，要让上帝使他摆脱那种吸引，是绝不可能的事。于是他就极力为自己开脱。“毕竟，”他说，“我对她，并不完全是由于性的冲动，像第一次和阿拉贝娜那样。我看得出，她是一个格外聪明伶俐的人；我想她，部分原因是我希望在心灵上和她产生共鸣，渴望在我孤独时得到她的安慰。”因此他继续敬慕她，害怕自己意识到这是一种人性的堕落。因为不管淑具有什么样的美德、才能或受到怎样深厚的宗教熏陶，有一点是很明确的，就是那些东西都根本不是他爱慕她的原因。

在那段时间里，一天下午有个年轻姑娘来到石场，行动有些迟疑。她提起裙子，以免拖着地上白色的灰尘，穿过石场朝办公室走去。

“那妞真好看呀。”一个大家都叫他乔大叔的男人说。

“她是谁呢？”另一个人问。

“不清楚——我不时在这儿那儿看见她。哦，我想起来了，她老爹布莱德赫可是个有脑袋瓜儿的人，10 年前圣西拉教堂的锻工活儿都是他做的，后来他去了伦敦。我可不晓得他现在在干啥——大概也没干出什么名堂吧，你看他这妞都回到这儿来了。”

就在那当儿，年轻姑娘已敲开办公室的门，问裘德·福勒先生是不是在石场干活。碰巧那天下午裘德外出到什么地方去了，听到这个消息她很失望的样子，马上离开了石场。等裘德回来时，工人们告诉他有个女孩来找他，并把她的模样描述了一番，他因此高声叫道：“唉——那是我的表妹淑呀！”

他沿街看过去，但哪里还能见着她的踪影。此刻他再也不去想要小心翼翼避开她了，而是决心当晚就去拜见她。他回到自己寄寓的屋子时，又发现她给他留了一张字条——那是她的第一张字条——像这样的字条本身是很简单平常的，但事后看来，倒会让人回想起这些东西包含了多么热烈的感情。那些由女人写给男人，或由男人写给女人的最初的书信，是天真纯洁的，会让你在不知不觉中看到过去那一个个戏剧性事件；随着事件的不断发展，你在紫色的或灰黄的光下重读那些信件时，它们会显得更加感人和神圣，有时甚至于可怕。

淑的字条属于最朴实自然的那种。她称他为亲爱的表哥裘德，说她极为偶然地得知他也住在基督寺，并责怪他一直没去告诉她。她说他们本该一起度过一段美好时光，因为她一个人被孤零零地抛在那儿，几乎没有一个趣味相投的朋友。而现在她很可能不久就要离开，所以他们也许会永远失去在一块儿的机会了。

一听说她就要走了，裘德不禁出了一身冷汗。这件意外的事他可压根儿没有想到，于是他赶紧提笔给她写了一张字条。他说他晚上去见她，就在一小时后，地点在人行道上那个标明殉教烈士就义的十字架旁。

他让一个男孩把字条给她送去了，可接着他又后悔起来，怪自己匆忙中竟让她到户外去见他，而他本该告诉她由他去拜访她的。事实上，那种见面方式是乡下人的习惯，此外他倒也没想到什么。不幸的是，他和阿拉贝娜就是以这种方式见面的，而对一个像淑这样可爱的姑娘，似乎显得不那么文雅体面。然而信已发出，无可挽回，他只好提前几分钟来到那个约会地点，一盏盏街灯刚刚亮起，光线微弱。

宽阔的街道十分寂静，几乎见不到一个人，虽然时间并不太晚。他看见对面有一个人影，原来就是淑站在那儿，于是两人同时朝着那个十字架走去。但还没等走到，她就对他喊：

“我不要第一次就在那儿见你！再往前走一些吧。”

她的声音虽然很坚定清脆，但也有些哆嗦。他们就平行着朝前走去，裘德观察着她，看她想去哪里；最后她示意他过去，他便顺从地去了，他们见面的地方白天总停放着一些运货马车，不过那时却一辆也没有。

“真对不起，我让你出来见我，而没有来拜访你。”裘德说，现出情人初次相见的那种忸怩之态。“不过我想，我们出来一起散散步，会省时间一些。”

“哦——这我倒不在乎。”她说，像朋友那样很随便的样子。“真正说来，我还没有地方请人去呢。我刚才的意思是，你选的那个地方太可怕了——也许我不该说可怕——应该说阴郁不祥，让人产生一些联想……可在我还不认识你的时候，这样初次见面不是很有趣吗？”她好奇地上下打量着他，而裘德却并没有怎么去看她。

“你好像很了解我，甚于我对你的了解。”她又说。

“不错——我时而看到过你。”

“并且你知道我是谁，可是又不告诉我？而现在我又快要走了！”

“是呀，真让人遗憾。我差不多连一个朋友也没有。不错，在这个城市的什么地方我还有一个很久以前的老朋友，可现在还不太想去拜访他。不知道你是否了解他的情况——他叫菲洛特桑先生？我想他在这个郡的什么地方做牧师吧。”

“不清楚——我只知道一个叫菲洛特桑先生的人，他住在城外不远的乡村，那地方叫拉姆斯托。他是个乡村小学教师。”

“啊！真不知道这是否就是同一个人。不过绝不可能！他怎么会还是个小学教师呢？你知道他的教名是——理查德吗？”

“嗯——是的；我给他寄过书，不过一次也没见过他。”

“这么说他没能当上牧师！”

裘德的脸色顿时阴沉下来——连那么了不起的菲洛特桑老师都没能成功的事业，他又怎么能取得成功呢？这不幸的消息，假如不是在自己可爱的淑面前听到，他可会绝望一整天的；但即便此时他也已经能想象到，待她走后，菲洛特桑那壮丽的大学计划失败的事实，将怎样地令他万分沮丧。

“既然我们要去散散步，那咱们就去看看他好吗？”裘德突然问。“时间还早呢。”

她答应了他，他们便一路向前，爬上了一座小山，穿过美丽的树林朝乡村走去。不久，教堂边缘耸入蓝天的雉堞形高塔和矩形塔楼便出现在眼前，然后是校舍。他们在街上向一个人打听，问菲洛特桑先生会不会在家里，回答是他总呆在家里。他们敲了一下校舍的门，开门的正是菲洛特桑先生，他手里拿着一支蜡烛，脸上现出询问的表情；自从裘德最后一次见到他以后，他的面容已变得十分消瘦、忧心忡忡了。

裘德和老师分别后，一直想象着老师置身于灿烂的光辉之中，可是经过了这许多年，当他和先生重逢时，看见老师竟是这样一番平淡无奇的模样，他那心中的光辉便顿然消失了。与此同时，他对菲洛特桑又产生了同情之心，因为老师显然备受折磨，万分失望。裘德说出自己的名字，还说他是来看望老师的，老师是他的老朋友了，曾在他年幼的时候对他非常好。

“我一点也记不起你了。”老师若有所思地说。“你说你是我的一个学生？当然，那是一定的；不过我现在教过的学生也有好几千了吧，他们自然变化是很大的，除了最近教的学生外大多我都记不得啦。”

“你那时在马里格林教书。”裘德说，真希望自己没来才好。

“对，我在那儿呆过不久。这位也是我过去的学生吗？”

“不——她是我表妹……有一次我给你写信要一些语法书，你真给我寄来了，这事还记得吗？”

“啊——记得！——我确实还能隐隐想起那事儿来。”

“你当时那样做真是太好了。你是让我走上那条道路的启蒙老师。在你离开马里格林的那天早晨，等行李都装上马车后，你和我告别，还说你的计划是要进入大学，然后再进教会——你说一个人要想做牧师或当教员，大学学位那种牌子是不可缺少的。”

“我记得自己只是有过那种想法，但没想到会对人说起过。那个念头几年前我就放弃了。”

“可是我一天也没有忘记。正是由于你对我说的那些话，我才来到这个城市，并且今晚来这儿见到了你。”

“请进来吧。”菲洛特桑说。“也请你表妹一块儿进来。”

他们来到学校的会客室，里面有一盏纸罩的灯，灯光照在三四本书上。菲洛特桑取开纸罩，这样3个人就互相看得更清楚一些。灯光照着了淑那局促不安的小脸、充满生气的黑眼睛和一头黑发；照着了她表哥那热切诚挚的面容；照着了老师那更成熟的面部和身躯，他看上去约莫45岁，显得消瘦，满怀思虑，长着薄薄的嘴唇和比较雅致的口形，微微有点驼背的习惯，穿一件黑色礼服——由于长时间的磨擦，肩胛、腰部和肘部都有些发亮了。

昔日的友情在不知不觉中得以恢复，老师讲述着他的经历，两位表兄妹也讲述着自己的经历。他说他有时仍想着教会的事，虽然不能像前几年所打算的那样进教会做牧师了，不过他也许还能以“无牧师资格但准许传道者”的身份进教会。同时他又说，他目前的环境还是挺不错的，只是缺少一名教师。

他们没有留下来吃晚饭，因为淑不能回去太晚了；两人于是起身返回基督寺。尽管他们谈论的不外乎是一般性的话题，裘德却吃惊地发现，自己表妹是怎样一个意想不到的女人！她那么敏感活跃，似乎所做的每一件事都有其感情根源。假如她脑子里有了什么兴奋的想法，她便会冲到前面去，让他简直跟不上；她对一些问题的感觉相当敏锐，这也许又被一些人误认为那是故意卖弄。他有些闷闷不乐地看出，她对于他的感情，只不过是出于最最坦然的友情而已，而他此刻却比同她交上朋友以前更深地爱上她了。在回去的路上，他一直显得情绪低落，这倒不是因为夜晚降临了，而是因为想到了她就要离开的事。

“为啥你必须离开基督寺呢？”他不无遗憾地问。“这个城市，历史上出现了那么多伟大人物，比如纽曼、蒲塞、沃德①、凯布尔，你怎么能离它而去呀！”

“是呀——他们确实了不起。不过他们在世界历史上又有多少显耀呢？……拿这个作为呆在这儿的理由，那多可笑呀！我可从来没有想到这一点！”她笑着说。

“唉——我必须离开这里。”她继续说。“我为那个铺子的几个合伙人工作，丰特奥韦小姐就是其中之一；她把我得罪了，我也把她得罪了，所以我最好一走了之。”

“究竟是怎么回事？”

“她砸烂了我的塑像。”

“哦？是故意的？”

---

①威廉·沃德(1812—1882)，英国著作家、神学家、牛津运动的领导人之一，支持纽曼的主张。其他人见前注。

“是故意的。她在我房间里看见了那东西，也不管是不是我的，就把它们摔在地上，还用脚去踩，因为她不喜欢那样的东西，甚至用脚后跟把塑像的手臂、脑袋踩得粉碎——实在太可怕了！”

“我想她一定认为塑像的使徒公教会[①]意味太重了吧？她肯定把你的塑像称为天主教的东西，一定还说那和求告圣人保佑一样，是吧？”

“不……不，她可不是那样。她对此事的看法与你说的迥然不同。”

“啊！这可又让我感到意外了！”

“是呀。她不喜欢我那两个守护神，完全出于别的原因。所以就引起了我对她的反驳，结果是我决定离开这里，去另找一个我更能独立自主的职业。”

“那你为啥不再试试去教书呢？我听说你曾教过书来着。”

“我从来没想过再去干那种职业，因为我搞艺术设计一直较顺利。”

“你一定得让我告诉菲洛特桑先生，求他让你在他的学校里试试好吗？假如你喜欢，还可以上师范学院，成为有证书的一级女教师，那时收入也会比任何一个设计者或宗教艺术工作者高一倍，也还有双倍的自由哪。”

“好啦——那你去问问他吧。现在我得进屋去了。再见，亲爱的裘德！我很高兴我们终于相见了。我们用不着由于双方的父母吵嘴也跟着吵嘴，对吧？”

裘德当时不愿意让她看出，他对她的话是多么赞同，只朝着他住处所在的那条较僻静的街道走去。

现在裘德最希望的事，是要设法让淑·布莱德赫留在自己身边，为

---

①使徒公教会，19 世纪在英国成立的一个教派，预言基督的第二次降临，亦称欧文教派。

了实现这一愿望他将一切后果都置于不顾了。第二天傍晚他又去了拉姆斯托，因为他觉得单靠给老师写张条儿去是不行的。老师听完裘德的建议后，感到出乎意外。

“我可宁愿要一个所谓的教过一年书后即调换地方的教师。”他说。“当然就个人而言，她大概是可以的，不过她一点教书的经验也没有啊。哦，有过的，对吧？她真的想把教书作为一种职业？”

裘德说，他认为她是希望以教书为业，然后他又用一番花言巧语说她天性如何如何适宜教书，必将成为先生的好助手，而实际上适不适宜他是一无所知的。可是裘德的那番话，倒对菲洛特桑先生起了很大作用，他说他愿意雇她，同时又以朋友的身份向裘德明确指出，除非他表妹真的希望从事这一职业，把眼前的教书工作看做是学徒生涯的第一阶段，以后再迈向第二阶段，即到师范学校去学习，否则她将只会是白费时间，因为学校的薪水实在是微不足道的。

次日菲洛特桑收到裘德一封信，信中裘德说他再次与表妹商量了一下，说她对教书的事越来越热心，并已答应到学校工作。对于先生这样一位遁世者来说，他丝毫也没有想到，裘德之所以这么积极热情地向他推荐其表妹，除了由于家庭成员之间普遍的互相帮助的本能外，他对淑还会有什么别的感情。

5

菲洛特桑老师坐在他那简朴的寓所里，这寓所与校舍相连，两座房子均为新式建筑；他看着路那边的旧房，刚雇请的教员淑就住在那儿的一间屋里。淑的调动转眼工夫就办完了。本来有一个小学教师要调到菲洛特桑先生的学校，可那个教师没有来，于是淑就作为临时替代教师被聘用了。这一切都不过是权宜之计，只能持续到下次督学先生对学校一年一度的巡视时，然后必须经他批准，淑才能成为长期的正式教师。布莱德赫小姐曾在伦敦教过大约两年书，虽然她不久前放弃了那个职业，但确切说来她还不是个新手。菲洛特桑认为留她下来任教不会有任何困难，并且他已经希望把她留下来，尽管她才来学校三四个星期。他已经看出，她真像裘德说的那么聪明伶俐，像她这样一个学徒，能为师傅分担一半的工作，哪个师傅又不想留在身边呢?

那天早晨8点半刚过，他便在那儿等她了，待看见她穿过道路去学校时，打算和她一起去。8点40分时，她真的从路那边过来了，一顶轻便的有边帽戴在头上一闪一闪的。他像看一件珍宝似的看着她，似乎觉得，这天早晨她身上散发出一种新的神采；这东西与她做教师的本领毫无关系。他同她一起来到学校，淑在教室里给学生们上课，他就坐在教室后面，一整天都在观察着她的教学工作。她确实是一位出色的教师。

晚上，先生要单独给淑补一些功课，这是他的职责之一。而《法典》中某一条款规定：如果老师和学生性别不同，那么在上这样的课时，必须有一位可敬的年长妇女在场。理查德·菲洛特桑觉得，就他和淑而言，那样的法规真是荒唐可笑，因为他这般年龄已足可以做姑娘的父亲了；不过他仍忠诚地按法规办事，在寡妇霍斯夫人的屋里(淑就寄居在她家)，和姑娘坐在一起辅导她，而霍斯夫人就在一旁忙她的针线活儿。的确，他们想逃避那条法规也不容易，霍斯夫人的住房就这么一间起居室。

有时，她计算的时候——先生在给她补习算术——会偶尔抬起头来，面带微笑看着他，现出探询的样子，似乎她在想，他既是老师，就一定看得出她脑子里想的一切，不管是对的或错的。但事实上，菲洛特桑此时根本就没有想到算术上去，而是以一种新奇的方式在想她这个人，这对一个导师来说好像有点异样吧。或许她心里明白他在这样想。

这样过去了几个礼拜，他们的工作也单调地进行着，不过这本身在先生看来倒是一件令人高兴的事。然后有一天，学校要带孩子们去基督寺看一个耶路撒冷模型的巡回展览——为了让学生们受教育，由学校带领去，每人只收一便士的门票。学生们两人一排沿路朝前走去，淑走在她那个班的旁边，打一把简易的棉布女式阳伞，小小的拇指跷起撑住伞柄；菲洛特桑跟在后面，他穿一件左右摆动的长外衣，手里拿着一根手杖，颇有绅士风度，现出一副沉思的神态——自从淑来到学校后他便有了那种神态。那天下午阳光普照，风尘仆仆；他们走进展览厅时，看见除了他们自己就几乎没有别人了。

那座古城的模型就放在展览厅中央。展出者脸上显现出十分虔诚慈爱的表情，他手里拿着一根棍，绕着模型给孩子们指出他们在《圣经》里读到的那些不同地区和地点，如“摩利亚山”，“约沙法谷”，“锡安城”，以及一些城墙和城门。在一个城门之外有个像古坟的大土堆，上面竖着一个白色小十字架。他说那地方就是髑髅地。

“我想，”淑对老师说，他俩站得稍后一点，“那模型尽管制作精细，但大部分都是想象的而已。有谁知道在救世主活着时，耶路撒冷就是这么个模样呢？我肯定那位展出者也不知道。”

“这模型是根据一些由最佳推测画出的地图和对现在那座城市的实地考察制作出来的。”

“我觉得我们对耶路撒冷了解得够多了吧，”她说，“因为我们又不是犹太人的后裔。毕竟说来，那城市，或那里的人也没有什么最优秀的地方——比不上雅典、罗马、亚历山大和其他一些古城。”

“可是亲爱的姑娘呀，想想看它现在对我们意味着什么！”

她不说话了，因为她的感情很容易被压制下去。然后她就发现在那群围着模型的孩子们后面，有一个青年男子，身穿白色法兰绒茄克衫，腰弯得很低，在聚精会神看着“约沙法谷”，脸几乎被“橄榄山”完全挡住了。“看看你表哥裘德。”老师继续说。“他可不认为我们对耶路撒冷了解得太多了呀！”

“哈——我倒没看出他来！”她大声说，声音轻快而柔和。“裘德——瞧你那个认真劲儿！”

裘德正看得出神，突然被那喊声惊起，才看见了她。“啊——淑！”他说，既高兴又不好意思，脸微微发红。“这些当然就是你的学生了！我见这次展览下午对学校开放，心想你们也会来的。可是我看得太入迷了，简直忘了自己在哪里。它把人们带回到怎样一个古老的地方呀，不是吗？我要能好好看它几个小时也是可以的，但很遗憾我只有一点点时间了，因为我在外面还干着活儿呢。”

“你表妹真聪明得可怕啊，她对这个模型可是批评得毫不留情的。”菲洛特桑说，幽默中带着一点嘲讽。“她对模型的正确性十分怀疑。”

“不，菲洛特桑先生，我并不——完全是你说的那样！我讨厌做那种所谓的聪明姑娘——那种人现在还少吗！”淑很敏感地说。“我只是说——我也不知道自己是啥意思——反正你是弄不明白的！”

“我可知道你的意思。”裘德热切地说（尽管他并不知道）。“并且我认为你非常正确。”

“你真是一个好裘德呀——我就知道你是信赖我的！”她冲动地抓住他的手，并责备地瞥了老师一眼，转向裘德，声音显得有些颤抖——她自己也觉得可笑，完全没有必要这样，因为老师的话虽然带

点嘲讽，但那也是非常温和的。她丝毫也没有想到，自己这一瞬间的感情流露，引起两个男人对她怎样的爱慕；也没有想到，她由此对他们未来的生活正在造成怎样的纠葛。

模型的教育气息太重，孩子们不久就看腻了，没过一会儿师生们便往拉姆斯托返回，裘德也回去干他的活儿。他看着那群幼小的孩子们，穿着干净的外衣和围襟，排成行沿街朝乡村走去，菲洛特桑和淑跟在旁边。想到自己成了个局外人，不在那两个大人的生活圈内，他不禁感到一阵怅惘和忧伤。菲洛特桑已请他星期五晚上到学校去，那晚不用给淑补习功课，裘德于是急切地答应下来，不愿错过这个机会。

此时师生们一步步地朝乡村走去。第二天菲洛特桑吃惊地发现，在淑那个班的黑板上，巧妙地用粉笔画着一幅耶路撒冷的透视图，每一座建筑都在应有位置显示出来。

“我还以为你对那模型一点不感兴趣，连看都没怎么看呢！”他说。

“我是没怎么看，”她说，“不过它的形状我大部分都记住了。”

“我自己还没你记得多哪。”

那段时间，督学先生正在当地一些学校进行“突击巡视”，出其不意地检查教学情况；两天以后的上午，淑正上着课，教室的门闩被轻轻提起，接着那位督学走进了教室——在小学教师们眼里，他可是一个恐怖之王。

菲洛特桑先生对于这种突然来访已习以为常；像本故事中的那位女士一样，他已无数次在毫无准备的情况下遇到过如此把戏。但当时淑那一班学生坐在教室后面一些，淑的背对着门口，因此督学走进来，在她背后站着看她讲了大约半分钟课，她才知道他进来了。她转过身，意识到经常害怕的那一时刻降临了。由于心里太胆怯，她不禁发出一声惊叫。菲洛特桑出于一种奇异的关心的本能——这种本能完全是情不自禁的——及时来到她身边扶住她，她才没有昏倒在地。片刻后淑恢复过来，并笑了笑；可是等督学走后，她因过于紧张仍感到浑身无力，脸色苍白。于是老师把她带到他房间，给她喝了点白兰地酒，使她慢慢恢复正常。她发现他正抓着自己的手。

“你应该，”她喘着气，使性子地说，“先告诉我督学就要来突访的事！唉，我该怎么办呢！现在他又会去给那些教务总管们写信，说我一点不够资格了，那我这辈子还有什么脸见人哪！”

“他不会那么做的，亲爱的小女孩。我还没有过你这么好的教员呢！”

他十分温柔地看着她，她给感动了，后悔自己竟责怪了老师。她感到好一些后，便回到了自己屋里。

那些天，裘德一直在急不可待地盼着礼拜五到来。礼拜三和礼拜四两天，他实在太想见到她了，甚至天黑后还沿着大路往那个村子的方向走了一段距离，等回到寓所坐下来看书时，他发现自己简直看不进去。礼拜五那天，他修整了一下自己的外表(按照自认为的淑会喜欢的那样)，匆匆吃了些茶点便出发了，尽管那晚下着雨。他头顶上的那些树木使此时显得更加阴郁，它们将雨水凄凉地滴落到他身上，让他产生不祥之兆——而这不祥之兆是说不过去的，因为尽管他知道他爱她，但也知道他和她的关系是不可能进一步发展的。

他刚一转弯走进村子，便看见有两个人影打着一把雨伞，从教区牧师住宅的门口走出来。他在他们后面还比较远，没有被注意到，但他却立即知道那两个人就是淑和菲洛特桑。菲洛特桑将雨伞举到她头上，他们显然是刚拜访了那位教区牧师——大概是为学校的什么事吧。他们顺着湿漉漉的无人的小路走去时，裘德看见菲洛特桑用一只胳膊搂住姑娘的腰，但被她轻轻移开了，接着他又放上去，这次她任他搂着，只是迅速地看看四周，有些担忧的样子。她并没有往后看，所以没看见裘德；而他却像突然患了枯萎病似的，身子发软，蹲在树篱后面。他就藏在那儿，直到他们走到淑的小屋，她走进去，菲洛特桑继续朝旁边的学校走去。

“哎呀，他对于她年龄太大——太大了！”裘德高声叫道，为自己没有希望、受到困扰的爱情感到极度懊丧。

他是不能去干涉他们的。他不仍然是阿拉贝娜的丈夫吗？他再也不能继续朝前走了，于是只好返回基督寺。他每走一步似乎都在告诫自己，决不能去阻碍老师和淑的关系。菲洛特桑也许比她大 20 岁，不过也有许多年龄这样悬殊的夫妇婚姻是很幸福的呀。只是想到表妹和老师的那种亲密关系完全是他一手造成的，他就感到自己的悲哀颇有讽刺的意味。

6

裘德年老体弱、饱经风霜的姑婆在马里格林病倒了，跟着到来的那个礼拜天他便回去看望了她。此次成行，是经过了一番斗争的，因为他很想折转身去拉姆斯托村见表妹；但考虑到那种见面在他是很痛苦的，心里最想说的话不能说，让他难受的那次雨中邂逅的情况也不能告诉她，所以他才没有去。

他姑婆这时已卧床不起，短短的一天，他大部分时间在忙着妥善安排她的生活，让她舒适一些。小小的面包坊已经转让给一个邻居，有了这笔收入，加上她的一些存款，一切生活必需品都不愁了，并且本村一个寡妇和她住在一起，照顾着她的衣食。裘德直到快要回城里了，才和姑婆静静地说了一会儿话，不知不觉中话儿又扯到表妹身上。

“淑是在这儿出生的吗？”

“是呀——就在这间屋里。那时他们一家人住在这儿。你干吗问这个？”

“哦——我想知道。”

“这么说你已见过她了！”严厉的老太太说。“我是咋对你说的？”

“唔——你说我不要去见她。”

“你和她都聊过天了吗？”

“嗯。”

“那么以后就不要再去见她了。她是她父亲带大的，父亲让她从小憎恨她母亲这边的亲戚。像你这样一个干粗活的工人，她才看不上呢——她如今也是一个城市姑娘了。我对她从来就不太喜欢。一个不懂礼貌的小东西，她小时就是那么个样儿，老是使性子。因为她太不尊敬长辈，不知挨过我多少打。唉，有一天，她脱掉鞋袜，朝一个水池里走去，裙子拉到膝盖以上，还没等我说那多羞人，她倒先说起来：

“去，去，姑婆，你害羞就别看好啦！”

“她那时也不过是个小孩子呀。”

“可也足足有 12 岁了。”

“唔——当然。不过她现在长大了，变得会体贴人了，活泼温柔了，机灵得像——”

“裘德！”姑婆高喊道，一下从床上弹起。“你可别对她太痴心了！”

“没有，没有，当然没有了。”

“你那么起劲去追阿拉贝娜，同她结婚，结果这么糟糕，恐怕再没哪个男人做的事比这更糟糕的了。不过她已到世界的那一头去啦，不会再惹你心烦了。你现在已是一个有了婚约的人，不可以随随便便的；如果你对淑还存什么幻想，事情只会弄得更糟。假如表妹对你有礼貌，你也可以同样对待她。你只能向她表示亲戚的一番好意，超出了这一点，你简直就是在发疯。如果她也像城里人那样轻浮，那她会把你也给毁了的。”

“不要说她的坏话吧。姑婆！请不要说了！”

这时陪伴和护理姑婆的那个寡妇走进来，才使裘德松了口气；寡妇一定在听他们谈话来着，因为她这时也说起往年的情景，说在她的记忆中淑·布莱德赫那孩子算得上是个人物。她描述说在淑的父亲去伦敦以前，她真是一个稀奇古怪的少女，就在草地对面的乡村小学念书；说有一次教区牧师安排朗读和背诵时，年龄最小的她如何走上讲台，“穿一件小小的白色童衣，一双小鞋，系一条粉红色腰带，”背诵起《向上，向上》、《夜晚的狂欢之歌》和《乌鸦》①；说她在背诵时，怎样皱起小小的眉头，悲伤地看看四周，对着空中说话，似乎那里真有什么

①这 3 首诗分别为美国诗人朗费罗、英国诗人拜伦和美国诗人爱伦·坡所作。下面引文出自爱伦·坡的《乌鸦》。

活物——

森然、可怖的老鸦，漫步在夜之海滨，

告诉我在那黑夜的国度里你的尊姓大名！

“她就站在那儿，身上穿着小连衣裙之类的东西，把那种肮脏的食腐乌鸦表现活了。”病老太太不情愿地证实说。“你甚至好像看见那只鸟就在眼前一样。裘德，你小时候也会她那一套，就好像看见空中有什么东西似的。”

这个邻居还谈了淑在其他方面的本事：

“你知道，她也不完全是那种男孩样的顽皮姑娘，可一般说来只有男孩才做的事，她也能做。有一次我看见她跳进那边那个池里，滑冰滑得好快呀；她头上的小卷发飘起来，和另外20个孩子一排朝前滑去，头顶着天，像画在玻璃上的模样儿，停也没停一下就滑到顶远的那一边去了。除了她别的全是男孩，所以他们就逗她，她说：‘放规矩点，小子们！’然后一下子跑回家里去了。男孩们都想法子哄她出来，可她就是不。”

淑小时候的这些一幕幕情景，只让裘德感到更加痛苦，因为他是不能去向她求爱的；这天他怀着沉重心情离开了姑婆的小屋。他多么渴望去看看那学校，那屋子——淑娇小的身躯已使它熠熠生辉，但他极力克制自己，继续往前走去。

那时是礼拜天傍晚，一些他在这地方住时曾认识他的村民，穿着盛装，聚在一起。有个人竟然招呼起裘德来，让他感到吃惊：

“这么说你真的到那儿去了，对吧！”

裘德表现出不懂他话的样子。

“嗨，到那个弄学问的地方呀——你还是个小男孩的时候，就经常跟我们说起的那个‘光明之城’！那地方真是你想的那样吗？”

“不错。还不止呢！”裘德高声说。

“我曾在那儿呆过个把小时，在我看来它也没什么了不起，尽是些老朽的房子，教堂和救济院也不成个样儿，我看它们也是冷冷清清的。”

“你错了，伙计，那城市里的事儿，可不只是你在街上走走看到的那些。它是人们的思想和宗教惟一的中心——是我们国家知识和精神的粮仓。你觉得它们冷冷清清，没做些什么，实际正是动极生静——用一位名作家的比喻来说，就是陀螺在睡眠。”

“哦，好啦，也许你说的是，也许不是。不过我还是那话，我在那儿呆了一两个小时也没看出啥名堂，所以我走进一家店子，买了一壶啤酒、一便士面包、半便士奶酪，没呆多久就回来了。我想你现在已进入某所学院了吧？”

“啊，还没有！”裘德说。“我还像以前一样几乎没沾着它的边儿呢。”

“咋回事？”

裘德拍了拍他的衣袋。

“我们过去就那么想嘛！那些地方也不是让你这种人去的——它们是专门为有钱人办的。”

“这你又错了。”裘德说，感到有些难过。“它们就是为我这样的人办的！”

尽管如此，别人的那番话仍足以使裘德从幻想的世界里退了出来；那个世界他是不久前才住进去的，里面有一个不切实际的人，或多或少就是他自己，正全心全意沉浸于那纯洁高尚的艺术和科学里，到知识的天国中去接受神的感召和选拔，以求在那里占一席之地。那个人的话，使他在一片冷清的北极光下凝视着自己的未来。他最近感到，他对自己的希腊语很不满意——尤其是读那些戏剧家的作品比较吃力。有时一天干完活后他已精疲力竭了，晚上实在不能再坚持刻苦用功，做深入的分析。他觉得自己需要一个导师—— 一个朋友，随时在自己身边，只需用一会儿工夫，就能向他阐明他有时得花去令人厌倦的一个月时间才能从那些艰涩难懂、语言笨拙的书本里懂得的东西。

毫无疑问，他现在必须把事情考虑得更周密一些，不要像最近那样。毕竟说来，他把业余时间都耗费在称为“自学”的、没有明确目标的劳动上，却又不看看它的可行性如何，于他有何益处呢?

“我过去本该想到这一点的。”他往回走时说。“与其执行计划而漫无目的地瞎闯，不清楚自己要做些什么，还不如什么计划也不执行……我现在这样，只是绕着学院外的大墙转来转去，好像希望有人伸出手来把我拉进去——这绝对不行！我必须要打听到详细情况。”

于是在下一周里他便着手去了解。第一次机会似乎在一天下午来到了，当时他看见一位老先生，有人指给他说那人就是某学院的院长，他正从一条公用便道上走过来，那儿好像在一个公园篱围里，裘德碰巧就坐在路旁。老先生越来越近了，裘德急切地望着他的脸，他显得很慈祥，和蔼可亲，但相当含蓄缄默。裘德再一想，觉得还是不能走上去和他说话；不过这次和院长相遇对他影响很大，他不禁想到如果用写信的方式，把自己的困难向那些最杰出、最有见识的老院长们述说，以期得到他们的赐教，不是一件很明智的事吗！

因此，在随后的一两周里，他便流连于城市里可以看到一些最出类拔萃的学院院长、大学校长和其他机构的头面人物的地方；他最后从中挑选出 5 位外表看来颇有眼光又深谋远虑的人。他给这 5 位名人分别去了信，概要地陈述了自己的困难，希望他们就自己所处的困境给他提提意见。

可是信刚一寄出，裘德便开始感到它们有这样那样的毛病，后悔把它们寄了出去。“现在那些妨碍他人、低级庸俗、爱出风头的请求遍地都是，我那些信不也和它们一样了吗？”他想。“为什么我就不能更明智一些，不去给那些素不相识的人写信呢？他们也许会从相反的方面把我看做是一个骗子，一个无所事事的饭桶，一个品性不良的人……或许我真的就是那样一个人吧！”

然而，他发现自己仍依依不舍地盼望着有一封回信，以便得到最后被拯救的机会。他就那样一天又一天地盼着，嘴上说这样的期待真是太荒唐可笑，但心里仍期待着。就在他盼信的日子里，有一天突然传来菲洛特桑的消息，使他一阵不安。菲洛特桑将离开基督寺附近的那所学校，到较远的南边、威塞克斯中部一所更大的学校去任职。这意味着什么？对他表妹有何影响？是否考虑到学校有两个老师却只有一个人的供给，从实际出发，调一个到另一所学校去以求收入多一些？好像有这种可能，不过他不愿意这样看。他深深地爱恋着那位年轻姑娘，而菲洛特桑和她之间却充满柔情蜜意，这使他感到十分厌恶，不愿就自己的计划向菲洛特桑讨教。

同时，裘德写信请教的那些学界名人们，一个也没回复他，这个青年因此仍像过去一样完全处于孤立无援的境地，只是多了一层忧郁，因为他感到越来越无望了。通过间接了解他不久才清楚地看出，他长久以来一直担心怀疑的事，即让自己取得参加某种公开竞争奖学金和助学金的资格，是他惟一的光辉道路。但要取得那种资格，就必须接受大量指导，并且要有很高的天资。像他这样的人完全按照自己的方式读书，不管读得多么广泛彻底，甚至十年寒窗，要想和那些从小就在训练有素的教师指导下按规定程序攻读的人去竞争，是几乎不可能的事。

另外一条道路，可以说就是花钱为自己买到进学院的资格，似乎是惟一真正为他这样的人打开的，其困难只存在于物质方面。根据掌握的情况，他开始估算自己的财力有多大距离，结果他非常沮丧地看到，即使运气一直很佳，他也得省吃俭用15年时间，才能够给某所学院的院长提供一笔资金，取得入学考试的资格。这条路也是行不通的。

他看到，就是这样一些地方，曾经让他感到多么新奇，多么狡诈，充满了魅力。在他那满怀幻想的青少年时代，他远远地看见天边的这个城市，那么迷人，光辉灿烂，于是他就向往着来这儿生活，漫步于教堂和学院之中，与当地的风尚浑然一体——这在当时似乎无可置疑是一件理想的事。“只要我到了那儿，”他曾带着鲁滨孙的那种傻劲对自己的大救生船说道，“余下的不外就是时间和力气的问题。”无论如何，假如他根本就没有看到这个令人迷惑的地方，没有听到它的喧哗，而是去了某个繁忙的商业城市，一心只凭自己的才能去赚钱，从而以正确的眼光看待自己的计划，也许对于他不知要好多少倍。唔，现在一切都清楚了，总归一句话，就是他的整个计划已经完蛋了，就像一个彩虹色的肥皂泡，经他理性的考察触动之后，一下便破灭了。他回首看着自己的一件件往事，不禁和海涅产生了同感：

> 在那个青年富有灵感、光亮闪烁的眼睛上面，
> 我看见一顶小丑的傻瓜帽十分荒诞！

有幸的是，他还没让亲爱的淑也卷进他的失望之中，让她也来承受这幻灭的痛苦。他至今才开始醒悟过来，看到了自己的局限，因此内心非常难过，不过这些详细情况他是会尽可能不让她知道的了。许多年来，他一直苦苦奋斗，孤军奋战，生活贫困潦倒，又无先见之明，对这些她毕竟只知道一点点。

他老记起那天下午他从梦中醒来后，所看到的一幕幕景象。他不知道自己究竟要做什么，就去了一座建造奇异的礼堂，爬上一个八边形天窗亭，进到它里面，礼堂位于这离奇独特的城市之中。天窗亭四面都是窗户，从那里可以俯瞰到整个城市及其高楼大厦。裘德一一扫视着那幅全景，凝目沉思，充满悲哀，但仍很坚定。那些建筑物以及与之有关的事情和被赋予的特权，他是一点也沾不上边的。他先凝视着隐隐呈现的巨大图书馆的房顶——他从来就没有时间进过图书馆——然后视线移向各种各样的尖塔、礼堂、山墙、街道、圣堂、花园、方庭，这一切构

成了一幅独一无二的全景图。他看出自己的命不在其中，而在他目前住的那个破旧不堪的市郊，在劳苦的工人们当中。那些来城市的游客们、赞赏者们，都根本不会认出那地方也是城市的一部分，可是没有那里的居民，勤奋的学生又怎能读书，崇高的思想家又怎能生存。

他又往城市那边的乡村看去，那儿树林密布，把她挡在外面；正是由于她的存在，他当初才有了精神支柱，现在他又失去了她，这使他痛苦万分。要是没有这个打击，他或许还能忍受自己不幸的命运。有淑相伴，他或许会含笑放弃自己的雄心壮志的。可没有了她，他长期以来勤奋刻苦却一事无成，必然使他遭受巨大的灾难。毫无疑问，在追求知识的道路上，菲洛特桑也经历了类似的失望，这种失望现在正困扰着裘德。但是老师得到了上帝的恩赐，有可爱的淑给他安慰，而裘德却没有这样的福分。

他从天窗亭上走下去，来到街上，无精打采地朝前走着，来到一家小酒店并走进去。他要了几杯啤酒，一连几口就喝光了，待出来时夜已降临。借助街灯摇曳不定的灯光，他漫步回到住处吃晚饭，刚一坐下不久房东太太就给他拿来一封刚到的信。他把信放下，好像感到它可能很重要似的。裘德看着那封信，发现上面盖着凹凸的戳记，原来是从他写信去的某所学院寄来的。“终于有一封回信了！”他高喊道。

这封信很简短，内容也绝非他所期待的；是院长给他的亲笔回信这倒不假。信中这样写道：

石匠裘德·福勒先生收。

先生：来信收悉，颇觉有趣，据先生所言，你乃一工人。既如此，窃以为理应坚守旧业，安于本分，而不应好高骛远，另辟蹊径。惟如此，你才会更有成功之机会。冒昧进言，仅供参考。

你忠诚的　提·特图弗勒

这封非常合情合理的忠告信倒使裘德勃然大怒了。这一点他以前就全都明白，并知道是对的。然而他寒窗十载却是这样的结果，脸上似乎狠狠挨了一巴掌。于是他不是像往常一样坐在桌旁看书，而是不顾一切地站起来，走下楼上了大街。他站在一家酒吧旁，将两三杯酒一饮而尽，然后又神思恍惚地朝前走去，来到市中心一个叫“四通路口”的地点，出神地像个呆子一样看着一群群的人们。过了一些时候他才回过神，并和在那儿站岗的警察说起话来。

那警察打着呵欠，伸了伸胳膊，稍稍踮起脚尖，身子往上抬了抬，面带微笑，风趣地看着裘德说：“你喝醉了吧，年轻人。”

“没有，我才刚开始喝呢。”他说，一派愤世嫉俗的神态。

不管他喝了多少酒，他的脑子却是很清醒的。警察又跟他说了些话，但他只听到一部分，因为他正沉思着，过去那些也像他这样站在路口苦苦挣扎的人们，现在已被所有人忘记了。这个十字路口的历史，比城市最古老的学院的历史还悠久。确实，这里充满了各种幽灵，层出不穷，他们曾聚在这儿表演悲剧、喜剧和滑稽剧，演出着最热闹、深刻的场面。在这个“四通路口”，人们曾谈论着拿破仑其人，美洲沦陷，查理一世被处死刑，殉教者被焚烧，十字军东征，诺曼征服，还可能谈到恺撒来临。男男女女们曾来到这里，为了爱情或仇恨，结合或分离；他们互相等待，充满痛苦；彼此赢得了对方；因嫉妒而诅咒对方，因宽恕而为对方祝福。

他开始看出来，城市市民的生活真是一本人生的大书，它比起大学师生的生活来更充满了无限活力，更丰富多彩，更简单明了。他眼前的那些苦苦挣扎的男男女女们，才是基督寺的实体，虽然他们不大懂得什么是基督或寺。这就是事情的一种幽默滑稽之处。那些漂浮不定的大学师生，对基督和寺都知道一些，但在当地人看来他们绝算不上是真正的基督寺人。

他看看手表，循着这个思路继续朝前走去，来到一个公共大厅，里面正举行没有座位、听众站着听的音乐会。裘德走进去，发现已站满了青年男女店员、士兵、学徒、抽烟的小男孩，还有较体面一些的业余爱好音乐的轻薄女人。他已触及到了真正的基督寺生活。一个乐队正在演奏，人们四处走动着，你推我挤，时而一个男人跑上台子唱一首滑稽的歌曲。

几个嬉闹的女孩朝他走来，想逗他乐乐，但淑的幽灵似乎一直萦绕着他，不让他去和她们调情、喝酒。10点钟时他离开了那里，有意绕道回去，以便经过刚给他寄信来的那位学院院长的校门。

校门已经关了，他一冲动，便从衣兜里取出一支粉笔——他这样的工人粉笔通常随身带着——在墙上写下这样的话：

> 我也有聪明，与你们一样，并非不及你们。你们所说的，谁不知道呢？
>
> ——《约伯记》第12章第3节

7

那些嘲笑的话使他一时得到宽慰，次日早晨他还笑自己那种自命不凡的行为。可是这种嘲笑并非是健康的。他把院长给他的信又读了一遍，领会字里行间所包含的智慧；他初读到这封信时勃然大怒，而现在他感到了寒心和沮丧。他看到自己的确是一个傻瓜。

他既不能够进大学又得不到爱情，因此也没心思继续干活了。无论何时，只要他一甘心于自己不能做大学生的命运，心情平静下来，他和淑无望的婚姻就来搅扰他，又使他不得安宁。在他遇到过的人中，只有淑同他意气相投，可是由于他是一个结过婚的男人，不可能同她结婚，这种情况长久地、无情地折磨着他，使他忍无可忍；他心烦意乱，再一次不顾一切地冲向真正的基督寺生活。他于是来到一个庭院上边一家低矮的偏僻酒馆，它在当地一些知名人士眼里还是小有名气的。裘德心情比较愉快的时候，它那离奇古怪的模样也会使他感到有趣。他在那里坐了差不多一整天，深信自己压根儿就是一个堕落的人，已经不能指望有所作为了。

傍晚时分，酒店的常客们一个接一个进来了；裘德仍坐在他那个角落里，尽管他的钱已花光，整整一天也只吃了块饼干。他一直在那里慢慢喝酒，非常沉着冷静地观察周围越来越多的人，并和其中几个交上了朋友：一个叫廷克·泰勒，他是老朽的圣物五金商人，似乎早年信奉宗教，不过现在对它也有了些不敬的言词；一个红鼻子拍卖商；两个像他一样的哥特式建筑石匠，分别叫查姆大叔和乔大叔。此外还有一些职员，一个牧师服饰制作商的助手；两个女士，一个绰号叫“快乐亭”，另一个叫“麻雀斑”，她们是两个随好人变好人随坏人变坏人的女子；一些热心赛马、知道赌博圈内情的男人；一个剧院的巡回演员；两个怡然自得的小伙子，原来他们是没穿校服的大学生，悄悄溜进来会见一个男人，商量关于几只小公狗的事。他们呆在那儿和前面说到的跑马场上的绅士一道喝酒、抽烟，不时看看手表。

人们谈话的内容越来越广泛。他们批评基督寺社会，真诚地为那些学院学监、地方行政官和其他权威人士的缺乏感到惋惜，而对于怎样改进自己的作风把工作做好，以便得到人们应有的尊敬，大家又以宽宏大量、公平无私的态度交换了意见。

裘德·福勒喝了一天的酒，头脑发胀，这时现出一副自命不凡、厚颜无耻、自恃清高的样子，不时有些武断地插进话去高谈起来。许多年来他一直在为自己的目标奋斗着，所以别人不管说什么，一到了他嘴里全都变成学问和研究的话题；他像一个机械呆板的疯子似的，一个劲地大谈特谈自己知识如何广博，这要是在他头脑清醒的时候，他一定会觉得很可怜的。

“鬼才在乎，”他在说，“大学里的那些院长、训导长、校长、研究员或该死的文学硕士！我只知道只要他们给我个机会，我就会超过他们，还要教他们一些他们不懂的东西！”

“快听呀，快听呀！”角落处的两个大学生说，他们正私下谈论小狗的事。

“我听说你总喜欢看书，”廷克·泰勒说，“因此你说的我也不怀疑。不过我和你不一样。我总认为从书本外学到的东西比书本里学到的多，所以我注重书本外的知识，不然我也就不会是现在这样了。”

“我看你是想做一个牧师吧？”乔大叔问。“如果你真那么有学问，理想那么高，为什么不把你的学问露一手给我们看看呢？你能用拉丁文背《信经》①吗，小伙子？有一次在我老家他们就是这样问一个人的。”

---

①“信经”一词出自拉丁文“我信”（credo），意即基督徒对教会所认可的最基本的福音的摘要。最流行的“信经”是《教使徒信经》和《尼西亚信经》。

“我想没问题！”裘德傲然地说。

“他不行！看他那个骄傲的德性！”一个女人尖叫道。

“你闭嘴，快乐亭！”一个大学生说。“大家安静！”他一口喝完平底无脚杯里的酒，用杯子敲着柜台，宣布说：“屋角那位先生要用拉丁文背《信经》啦，让我们大家也开开眼。”

“我才不背呢！”裘德说。

“背呀——试试吧！”牧师法衣制作商说。

“你不会背！”乔大叔说。

“不，他会背的！”廷克·泰勒说。

“我发誓我会背！”裘德说。“好吧，只要谁请我喝一杯苏格兰淡威士忌酒，我马上就背。”

“这个要求不算过分。”那个大学生说，抛下买威士忌的酒钱。

酒吧女招待于是调制着混合酒，那神态好像是一个被迫生活在一些低等动物中的人一样。一杯酒递到了裘德手里，他一饮而尽，然后站起身毫不犹豫、绘声绘色地背起来：

> “Credo in unum Deum, Patrem omnipotentem, Factorem coeli et terrae, visibilium omnium et invisibilium.”①

“好呀！拉丁文说得好极了！”一个大学生说，而实际上他一个字也不懂。

酒吧间里一片安静，女招待一动不动地站着，裘德洪亮的声音传进了内室里，店主正在那儿打着瞌睡，这时走出来看看外面发生了什么事。裘德刚才已沉着冷静、慷慨激昂地背诵了几句，现在又继续用拉丁

---

①这是拉丁文《尼西亚信经》的第一句，意思是“我信上帝，全能的父，天地的创造者，一切物——看得见的和看不见的——创造者”。

文背道：

“Crucifixus etiam pro nobis：sub Pontio Pilato passus，et sepultus est. Et resurrexit tertia die，secundum Scripturas.”①

“那是《尼西亚信经》。”第二个大学生冷笑道。“我们要听的是《使徒信经》！”

“你们并没有说呀！而且除了你以外，连傻瓜都明白《尼西亚信经》是最具有历史意义的！”

“让他往下背，让他往下背！”拍卖商说。

可是不久裘德的脑子似乎给搅乱了，他背不下去了。他将一只手放在额头上，脸上现出痛苦的表情。

“再给他来杯酒——他就会想起来背下去的。”廷克·泰勒说。

有人丢出3便士，酒给他递了过来。裘德看也没看伸出手接过酒，一干而尽，随即又精神抖擞地背起来，快背完时声音更洪亮了，好似牧师在领着会众们朗诵一般。

“Et unam Catholicam et Apostolicam Ecclesiam. Confiteor unum Baptisma in remissionem peccatorum. Et expecto Resurrectionem mortuorum. Et vitam venturi saeculi. Amen.”②

“背得太好了！”有几个人说，他们很欣赏最后两个字——这是他

①这是拉丁文《尼西亚信经》第二段里的，意为：“在本丢·彼拉多手下为我们受难，被钉于十字架。受死，埋葬，第三天复活升天，如《圣经》所言。”

②《尼西亚信经》的最后一句，意为：“我信正教，我信使徒行传，我信受洗即可免罪，我信身体死而可以复活，我信永生。阿门。”

们头一回也是惟一听懂的两个字。

这时裘德似乎清醒过来，瞪着周围的人。

“你们这一群傻瓜！”他吼道。“你们哪个知道我背了还是没背？对你们这些糊涂脑袋来说，我用难懂的语言背了《捕鼠人的女儿》你们还不知道呢！看我落到了什么田地——跟你们这些乌合之众在一起！”

店主的执照上本来已经记上窝藏形迹可疑的人的字样，所以他怕又引起骚乱，走到柜台外面；可是裘德突然之间变得理智起来，厌恶地转身离开了酒吧，把门砰地关上了，声音沉闷。

他急匆匆地沿着小巷走去，转入又宽又直的大街，顺着它走到与公路的交合处，把刚才那些酒伴的声音远远抛在了身后。他仍继续往前走，像个小孩一般渴望着这世上有一个他似乎惟一可以投奔的人——这是一个盲目冲动的向往，但这种错误的认识他此时是看不到的。他就这样走了1小时，在10点到11点时来到了拉姆斯托村。走近那所小房子时他看见楼下的一间屋灯还亮着，心想这就是她的屋子吧，果真如此。

裘德走近墙边，用手指敲了敲窗格玻璃，十分急切地叫道：“淑！淑！”

她一定听出他的声音来了，因为屋里的灯光消失，随即门被打开，她手里拿着一支蜡烛出现在门口。

“是裘德吧？哦，真是你呀！我亲爱的、亲爱的表哥，你怎么啦！”

“唉，我——我止不住要来你这里，淑！”他说，身子一下在门前的石阶上瘫软下去。“我真是坏透了，淑——我的心都要碎了，我忍受不了自己那样的生活啦！所以我整天都在喝酒，亵渎神明，或者说几乎是那样，在污秽不堪的地方讲神圣的东西——无所事事、装模作样地一次次背诵《信经》，而那样做没有虔诚的心是绝对不允许的。啊，随你怎么惩罚我都行，淑——杀死我吧——我不会在乎的！只要你别跟

世上所有其他人一样恨我、看不起我就行了！”

“你病了，可怜的亲爱的表哥！不，我不会看不起你，当然不会的！快进屋来休息吧，看我能帮你做什么。快靠着我，别去在意啦。”她一手拿着蜡烛，另一手扶起他，把他领进屋子，让他坐在这简陋房间里惟一的安乐椅上，让他两脚伸直放在另一把普通椅子上面，替他脱下靴子。这时裘德慢慢清醒一些了，嘴里只说着“亲爱、亲爱的淑！”声音突然变了，充满痛苦和悔恨。

她问他是否想吃点什么，他只是摇头。于是她让他睡觉，说早晨她会早点下楼来给他弄些吃的，然后就和他道晚安上楼去了。

他几乎立即就沉沉入睡了，直到破晓时才醒。他最初不知道自己身在何处，渐渐才明白过来；以理智的头脑看自己的处境，他感到可怕极了。她已看到他最糟糕的一面——最最糟糕的一面，叫他如何去面对她呢？她很快就要下楼来为他准备早餐，她说过的，那时他会在她面前感到万分羞愧。一想到这他就受不了，于是轻手轻脚穿上靴子，从钉子上取下自己的帽子（她挂在那里的），悄声无息地溜出了房子。

他一心只想着要离开，到某个偏僻的地方隐藏起来，也许还要祷告一番，而他惟一想到的去处便是马里格林。他先去了基督寺的住处，发现石场老板已给寄来解雇通知。他收拾好行李后，便转身背离那个使他苦恼不堪的城市，朝着南边的威塞克斯走去。他此时身无分文，仅有的一点点钱还存在基督寺一家银行里，所幸的是他尚未动过。因此，回马里格林惟一的办法就是步行；这段路有近 20 英里，他有足够的时间反思一下，以便让自己彻底清醒过来。

傍晚时分他来到奥尔弗雷兹托镇，并在那儿典当了背心。走出镇外一两英里后，那晚他在一垛干草下面过了夜。破晓时他醒来，站起身抖落衣服上的草屑和草秆，又迎着苍白漫长的道路出发了，爬上小山来到一片丘陵地带——他很远就看到这个地方——经过了山顶那块里程碑，许多年前他曾在它上面刻下过自己的希望。

人们都在吃早饭时他回到了古老的村庄。他疲惫不堪，一身沾满泥土，不过头脑算是完全清醒了，又恢复了正常。他在那个井旁坐下，心想自己本要成为一个基督的信徒，却落到这样可怜的结局。他看见旁边有一个水槽，就在那儿洗了洗脸，然后来到姑婆的小屋前，看见她正坐在床上吃早饭，仍由和她住在一起的那个女人照护着。

"怎么啦——没活干了？"他这位年老的亲戚问，用深陷的眼睛看着他，眼皮像壶盖一样重垂着。像姑婆这把年纪的人，一生都在为吃饭穿衣而挣扎，所以看见他那个衣衫不整的样子，必然要想到失业上去了。

"嗯。"裘德心情沉重地说。"我想我得休息一下。"

他吃了些早饭后，精神得到恢复；他爬上自己原先那个房间，仍像做工匠时那样衬衫也没脱就躺到床上去了。他睡了一会儿，醒来时觉得自己像躺在地狱里一般。这可真是一个地狱呀——使他羞愧的失败的地狱，既没实现抱负又没得到爱情。他想到他在离开这故土之前掉进的那个深渊，他当时认为它是最深的深渊了，但现在看来还不及目前的深渊。在他的希望面前充满了重重障碍，头一次不过冲破了第一关而已，现在他要冲破第二关了。

他心情如此紧张不安，假如他是女人一定会尖叫起来的。可他已是个成年男人，怎么能用那种办法来缓解痛苦呢，于是他悲痛地咬紧牙关，嘴的周围都鼓起了线条，像拉奥孔①雕像脸上的线条一样，额上也起了深深的皱纹。

风凄凉地刮过树林，在烟囱里发出呼呼的响声，像风琴的踏板发出的声音。附近那个不属于任何教派的荒废的教堂院墙上爬满了常春藤，它们的叶子互相轻巧地扑打着。在另一个地点，一座崭新的同时具有维多利亚式和哥特式风格的教堂已经落成，它上面的风向标已开始吱吱嘎

---

①拉奥孔，希腊雕像，父与二子为两条大蛇所缠，极挣扎痛苦之状。

嘎作响。可是显然不只是屋外的风发出这低沉连续的声音，里面还夹着说话的声音。他不久就猜出那声音来自何处：原来是副牧师和他姑婆在隔壁做着祷告。他记得姑婆曾说起过这个牧师。一会儿声音停止了，好像有脚步声走过楼梯平台。裘德坐起身，大喊道“嗨！”

脚步声朝他打开的门走来，一个男人往里面瞧着。他是一个年轻的牧师。

“我想你就是海里奇先生吧。”裘德说。“我姑婆不止一次提到你。唔，我刚回家来，成了一个不幸的人，虽然也曾有过世上最崇高的理想。现在我苦恼得要发疯了，遇到这样那样不顺心的事，整天喝酒。”

裘德慢慢向副牧师讲述了自己新近的计划和行动，无意识地把追求知识的雄心壮志说得少，而着重强调了他在神学上的抱负——虽然直到此时这在他所进行的整个计划中只占一部分。

“我明白我是一个傻瓜，每时每刻都在干傻事。”裘德最后又说。“虽然进大学的希望破灭了，但我丝毫不觉得遗憾。现在哪怕那种计划真能成功我也不会再那样做了。我已根本不在乎要在社会上取得成功了，不过确实感到应该做些有益的事。我非常遗憾没有进教会，失去了被委任为牧师的机会。”

副牧师新到这个地区不久，对裘德的这番话深感兴趣，最后他说：“假如你真受神的感召想做牧师——从你的谈话中我认为是如此，你那些话也是一个思想丰富、受过教育的人才说得出的——你可先以‘无牧师资格而准许传道者’的身份进教会。只是你必须下决心戒酒才行。”

“这一点不难办到，只要有希望来支持我！”

第三部　在梅尔彻斯特

“新郎呀，因为世上再没有像她这样的姑娘！”

——萨福（H · T · 沃顿）①

① 萨福（公元前约612—？），古希腊女诗人。H · T · 沃顿，英国古典学者兼翻译家，译有《萨福残诗集》，此处所引即出此译。

1

这倒是他以前从没想到的——进教会做些于他人有益的事情，与追求知识、同他人竞争截然不同。一个人可以讲讲道，为同胞们做些好事，而不需在基督寺的大学里成为两科优等生，也不需先有超乎寻常的知识。他过去幻想着，到后来竟至于做起主教的梦来，其实内心对于伦理道德和宗教神学并没有一点热情，只不过是身披宽大的白色法衣，却怀着一颗世俗的野心罢了。他担心自己的整个计划已变得腐化堕落，即便最初不是这个样子；他浮躁不安，只想着在社会上往上爬，而在天性方面并无任何高尚的基础——他的那种野心纯粹是文明社会里人为的产物。眼下就有成千上万的青年人，同样在为自己的私利奔波着。一个没有思想只知道吃喝玩乐的庄稼汉，和老婆过着无忧无虑的生活，没有了虚荣心，也许比他更可爱呢。

他现在并算不上个学者，以这种身份在教会里即使干上一辈子，他也绝不可能超过那个小小的副牧师——把自己一生消耗在一个无名的乡村或城市贫民区。这种行为也许还包含一点崇高和伟大的精神，也许才具有真正的宗教意义；宗教工作净化着人的心灵，值得他这样一个满怀懊悔的人去贡献一生。

裘德衣着破旧，独自一人坐在那里。他头脑里产生的这种新思想，与过去自己的目标比起来，更显示出了它可喜的光辉，这使他感到高兴；可以说这光辉在随后几天里，给了他那段追求学问的生涯以致命的打击——那生涯耗费了他12年大部分的生命。不过在较长的时间里他都停滞不前，并没有去推进他新愿望，而只是在附近一些村里干点零星活儿，替人们安装、雕刻墓石，心甘情愿被六七个农夫和老乡看做是一个社会的失败者，一件被退回的废品，那些人向他点头招呼总是带着优越恩赐的神气。

不久淑给他寄来了一封信，信封上盖着鲜艳的邮戳，使他新的意图又包含了人间趣味——即便一个心灵最高尚、最能自我牺牲的人，这种人间趣味也是必不可少的。显然她写信时充满了忧虑，没怎么谈及自己的事，只说她已通过某种官费生的考试，要到梅尔彻斯特一所师范学校去读书，毕业后将从事她选定的职业——这一部分是受了他的影响。梅尔彻斯特有一所神学院，那是一个给人安慰的宁静地方，宗教气氛相当浓厚；那儿，世俗的学问和智力上的聪明根本无立身之地；那儿，裘德所具有的为他人谋利的精神，比他尚未具备的卓越才华，更会受到人们的尊重。

他必须用一段时间边干石工活边攻读神学著作——在基督寺时他只埋头苦读一般的古典文学，而忽视了这一门学问——所以还有什么办法比到一个更远的城市去在找工作的同时进行这一读书计划更理想的呢？他对那个新的地方满怀着极大的人间趣味，这一切都是由于淑的原因；但与此同时，他又不能再像过去那样把这看作是受了淑的影响。这是一种道德上的自相矛盾，他对此是看得很清楚的。不过他把这些都归因于人性的弱点，希望把她只当做一个朋友、一个女亲戚来关爱她。

他考虑着可以安排好自己未来的几年时间，争取在 30 岁时开始从事牧师工作。那个年龄深深吸引着他，因为他的师表就是 30 岁在加利利开始布道的①。这样，他就会有充分的时间做深入细致的研究，并从石匠工作中挣得一些钱，以便下一步到某所神学院去做必要的进修。

转眼圣诞节已过，淑去了梅尔彻斯特师范学校。这正是一年中裘德最难找新工作的时候，他于是给她写了一封信，说他大概要推迟一两个月，等白天长一些后再去梅尔彻斯特。她完全默许他的想法，以致他真希望自己没提出推迟的事才好——显然她并不太关心他，虽说她也从没因为那晚他突然闯进她屋子、后来又悄悄溜走的古怪行为而责怪他。

---

①指耶稣而言。耶稣在加利利布道，见《马太福音》第 2 章第 22 节等处。

对于她和菲洛特桑先生的关系，她也只字未提。

可是，后来他突然收到淑一封万分激动不安的信。她说她非常孤独痛苦，不喜欢现在生活的地方，说它还不如原来圣物商店那里，说它比任何地方都糟糕。她感到一个朋友也没有，问他能否立即去那儿——虽然即使他真去了，她能见他的时间也有限，因为她发现那所学校的纪律相当严格。这都是菲洛特桑先生让她去那里的，她真后悔听了他的话。

显而易见，菲洛特桑求婚的进展并不很成功，这倒使裘德无缘无故感到无比高兴。他马上收拾好行李赶到了梅尔彻斯特，数月以来第一次有了这么轻松愉快的心情。

既然生活又翻开了新的一页，他就立即环顾四周想找一家禁酒的旅馆，然后在从车站出来的那条街上发现了一家这样的小店。他先吃了些东西，便走出旅店，跨过城市的大桥。时值冬季，天色暗淡。然后他转过弯朝大教堂的院子走去，天空迷雾蒙蒙，他站在英国最优美的那座建筑物的墙下，抬头仰望着。他看见那座高大房屋的屋脊，屋脊之上尖塔高耸入云，它的尖端已被飘过的雾遮住不见了。

一盏盏灯开始亮起来，他转身朝着教堂西面走去。那儿四处堆满了大石块，他把这看作是一个好兆头，因为它说明人们正对这座教堂进行大规模的修复工程。他似乎很迷信，认为这就是主宰一切的神在做着深谋远虑的安排，为的是让他在等待召唤去从事更崇高的职业时，有许多石工活儿做。

这时他感到一股热流涌遍全身，因为他想到了他此时正和那个眼睛明亮、欢快活泼的姑娘近在咫尺。她额头宽广，头发浓黑，眼睛闪烁，有时温柔之中带着果敢——就像他见过的西班牙画派版画上的那些女子一般。她就在这个地方——实际上就在这个教堂大院，在正对教堂正面的一座房子里。

他沿着宽大的砾石路朝那座房子走去。那是 15 世纪建造的一座古老的大厦，曾被用作宫殿，现用作师范学院的大楼，窗子都装了直棂和横档，前面有一个由墙把大路隔开的院子。裘德先打开院子的大门朝一个楼门走去，在那儿询问自己表妹在什么地方；他被小心翼翼领到一个等候室，不久她走了进来。

尽管她到这儿不久，可是与上次他见到她时的情形已经起了变化。她欢快活泼的劲头荡然无存，本来是婀娜多姿的体态现在变得平板呆直。原先对习俗的那种掩饰和敏感也不见了。她也不是给他写信召唤他去的那个女人了。那封信显然是她一时冲动匆匆写成的，寄出后转念一想又有些后悔不该写；她后来想到的，可能就是他上次出丑的事。所以裘德这时十分惶恐不安。

“你不会——认为我是一个卑鄙无耻的人吧——那个样子跑到你那儿去——又毫不道德地溜走了，淑？”

“唔，我已尽量不去那样想了！你当时告诉了我很多你为什么会那样。我希望永远也不会对你美好的品质有任何怀疑，我可怜的裘德！我真高兴你到这儿来了！”

她穿一件紫黑色长袍，衣领有一点花边，衣服十分朴素，紧贴在她苗条的身上显得很淡雅。她的头发以前是照当时的习俗梳的，现在也紧紧地盘绕起来，整个神态完全像是一个受到严格纪律修剪的女人，只还有一些生气潜藏在深处尚未被学校的制度约束。

她风姿绰约地来到他面前，可裘德感到她并没有想要他以表兄妹以外的关系吻她，尽管他渴望着这样做。他丝毫看不出淑把他当作是一个情人的迹象，或将来有这样的可能，即便他有权做她的情人；这是因为她已知道了他最坏的一面。这就促使他更下定了决心，要把自己婚姻上的纠葛告诉她——他一次又一次克制自己没有这样做，是因为非常害怕会失去她，得不到和她在一起的快乐时光。

淑和他一起走出学校来到街上，他们一边走一边谈，不过谈话内容都只是围绕着眼前的事情。裘德说他想给她买一件什么小礼物，这时她有些羞愧地说她肚子饿极了。学校给他们的津贴很少很少，此刻她在世上最希望得到的礼物就是一顿正餐、茶点和晚餐合而为一的大餐。于是裘德把她带到一家小酒店，凡供应的东西都买了，但其实也并不多。不过，这地方倒给他们提供了一个愉快的机会可以自由自在地促膝谈心，因为店里再没有别人了。

她告诉他学校当时的情形，她们粗劣的生活条件，那些来自主教区四面八方、性格各异的同学们，她每天如何大清早就起床在煤气灯下开始学习——像她这样的年轻人有生以来第一次受到约束，心情是多么痛苦。这一切他都听着，但都不是他特别想知道的她和菲洛特桑的关系。可她就是没谈及这个问题。他们坐下来吃东西的时候，裘德冲动地把一只手放在她手上；她抬头望着他，面带微笑，毫无拘束地用自己温柔的小手握住他的手，分开他的手指平静地仔细观察着，好像它们是她正要买的手套上的手指一般。

“你的手相当粗糙，对吧，裘德？”她说。

“嗯。假如你的手整天都拿着木槌和凿子也会这样的。”

“你明白我并不是不喜欢。我认为看见一个男人的双手受职业影响是一件极好的事……好啦，毕竟我还是很高兴来到了这所师范学院。瞧着吧，两年学习结束后我将是一个多么独立的人！我会考得很好的，菲洛特桑先生也会利用他的影响让我在一所重点小学里教书。”

她终于接触到了这个话题。“我感到怀疑和担心，”裘德说，“他——真的对你那么热情关心吗？也许是想娶你呢。”

“你可别像孩子一样犯傻啦！”

“我想他总提过这样的事吧。”

“提了又怎么样呢？像他那样子的老头儿！”

“哦，得啦，淑；他还并不太老呀。我曾看见他在——”

“他从没有吻过我——绝对没有的！”

“是没有。不过用手搂住了你的腰。”

“啊——我记起来了。可我并不知道他会那样。”

“你在为自己开脱，淑，这可不很友好嘛！”

她那总是很敏感的嘴唇颤抖起来，眼睛惊愕地眨着，好像这个责备使她思考着该说什么。

“我知道如果我把什么都告诉了你，你会生气的，所以我不想提起这事！”

“那么就别说吧，亲爱的。”他安慰她说。“我实在没权利让你说，也不想知道。”

“我就要告诉你！”她说，在她身上还有着这种刚愎任性的性格。“是这么回事：我答应了——答应了——过两年从师范学院毕业获得文凭后就嫁给他。他的计划是我们那时去一个大城市，在一所规模较大的双轨学校教书——他教男生我教女生——已婚的小学教师常常这样，我们共同挣得较多的收入。”

“啊，淑！……不过这当然很好——对你来说是再好不过的事了！”

他瞥了她一眼，两人的视线碰在一起；他的眼神里包含着责备，说明他口是心非。然后他把手从她手上抽开，脸也背开她面向窗口那边。淑顺从地盯着他，一动不动坐在那儿。

“我早就知道你会生气的！”她非常冷静地说。“好吧——就算我错了吧！我本不应该让你来看我的！我们以后最好不要再见面了，只是每隔很长时间写封信谈谈公事好啦！”

这可正是让他受不了的事，她大概也知道，所以他立即改变了态度。“哦，不，我们要见面的。”他赶紧说。“不管怎样，你订婚了在我看来仍和从前一样。我想见你时就有充分权利见你，我一定会来见你的！”

“那么咱们就别再谈这事了，我们今晚在一起，这事却真让人扫兴。一个人两年以后的事情有什么要紧呢！”

他觉得她真有点捉摸不透，于是他不再提起这话题了。“咱们到大教堂去坐坐好吗？”吃完饭后他问。

“大教堂？好吧。不过我倒更愿意去火车站坐坐。”她回答，声音仍显得有些烦恼。“现在那里可成了城市生活的中心了。大教堂当年辉煌的时期已经过去了！”

“你多么现代呀！”

“假如你像我一样近些年都生活在中世纪的气氛里，你也会如此的！大教堂四五百年前倒是一个很不错的地方，但现在它已衰败下去了……我也并不现代，比起中世纪精神我还算是落后的呢，你如果真了解我就会看得出来。”

裘德现出懊恼的样子。

“看你——我不再说这种话好啦！”她大声说。“只是你站在自己的角度不知道我多么糟糕，不然你就不会这样重视我，也不会关心我订没订婚的事。现在我们只剩下时间绕着教堂院子走一下了，然后我必须回学校去，否则今晚就会被锁在外面。”

他领着她来到学校大门口，他们在那儿分了手。裘德深信，那个阴郁的夜晚他与表妹的会面是不令人愉快的，它只是促进了她订婚的事，而根本没给他带来任何幸福。她对他的责怪就已使那件事定型了，并不只是说说而已。不过第二天他还是着手去找工作，这可没有在基督寺那么容易，因为一般说来，在这个平静的城市里石工活儿没那么多，雇请的工人大多数是长期性的。但他还是渐渐地挤进了石工们的行列。他最先是在山上的公墓里雕刻石头，然后终于干上最喜欢的工作——修复大教堂。这是一个规模巨大的工程，教堂内的石造部分全都拆了要检修，大部分需要更新。

这项工程大概需要几年才能完成，并且他对自己本行的技术也很自信，认为要想在这里干多久都取决于他自己。

他在离教堂不远的地方租到住处。那房子即使一个副牧师住也不会感到丢脸；他把很大部分工资都用作房租了，而通常情况下，是没有哪个技工会花这么多钱去租房的。他那间既做卧室又做起居室的屋子里，有一些镶着框子的教区长住宅和教长宅邸的照片，房东太太曾是那些宅邸里受到信任的仆人。楼下的客厅里有一口钟放在壁炉台上，上面写着一些字，原来它是这位严肃认真的女人结婚时，同伴仆人们送给她的一件礼物。除了屋子里的陈设外，裘德也把自己的一些照片拿出摆设起来，照片上都是些他亲手制作的教会的雕刻品和纪念碑。因此，房东太太为让他住进这套空房子觉得很满意。

他在市里各家书店买到不少神学著作，有了这些著作他又开始了新的学习，此次的精神和方向都与以前不同了。他读了初期神学学者的著作，以及培利①和巴特勒②这些人的普通著作，为了松弛调剂一下，他又读纽曼、蒲赛和许多其他近代名人的著作。他还租了一台簧风琴把它安放在寓所里，在上面弹奏单节和双节圣歌。

---

① 培利(1743—1805)，英国神学家、功利主义哲学家，主要著作有《论道德和政治哲学原理》、《自然神学》等。

② 巴特勒(1692—1752)，英国圣公会会督、神学家。

2

“明天可是我们难得的日子，你知道。咱们去哪儿呢？”

“我3点至9点有空，只要能按时回来去哪儿都行。不要到那些废墟遗迹去，裘德——我不喜欢它们。”

“好吧——那就到沃杜尔堡去。如果愿意还可以去芳特山——一下午就够了。”

“沃杜尔堡是一片哥特式建筑废墟——我可不喜欢哥特式建筑！”

“不，完全不是这么回事。它是一座具有古典风格的建筑——我想属于科林斯[①]风格吧，里面有不少的画呢。”

“啊——那好吧。我一听说科林斯就喜欢。咱们就去那儿吧。”

几周以后他们再见面时便开始了这番谈话，次日上午做好出发的准备。这次出游，就像是一颗晶亮的钻石，无论从哪一个细微的方面对裘德都焕发出灿烂的光彩；他不敢对自己充满矛盾的生活作一番思考。他的淑的行为对于他总是一个可爱的谜，此外他不想说别的。

他按时来到学校门口接他，内心深感陶醉；她像个修女一般穿着朴素的衣服出现了，这与其说是愿意这样不如说是被迫如此；他们悠然地来到车站，行李搬运工不断叫着“对不起！”列车发出尖叫——所有这一切组成了一个美丽的结晶体。谁也没有盯淑一眼，她穿着太朴实了；这倒使裘德感到愉快，因为他想到只有他一个人才知道她那些衣服下掩盖着的媚人之处。只需在一家服装店花上10英镑买些衣服穿上——这与她现实的生活或她现实的自身毫无关系——整个梅尔彻斯特的人就会对她刮目相看的。列车员认为他们是一对情人，把他们单独安排在一个分隔间里。

“这片好意可是给白费了啊！”她说。

裘德没有回答。他认为她的话没有必要这么伤人，而且也不完全对。

他们到了园林和城堡，漫步穿过画廊，裘德在一些比较喜欢的宗教画前驻足观赏，这些画的作者有德尔·萨尔托、圭多·雷尼、斯帕罗勒托、萨索费拉托、卡洛·多尔奇[②]等等。淑忍着性子停在他身边，时而带着批评的神气瞥他一眼；他看着《圣母马利亚》、《圣家庭》和《圣人》这些画时，脸上便出神地现出虔敬的表情来。她完全估量出他的心思以后，就走到前面去在莱利[③]或雷诺兹[④]的画前等他。显然她对他的表哥深感兴趣，这正如你和一个人走进了迷宫，而你本人已脱身出来，看见那个人还在里面苦苦思索寻找出路所感到的那种兴趣一样。

他们出来时仍然还早，于是裘德建议吃点东西后就步行到北边那片高地去，在一个车站搭另一条铁路的火车回梅尔彻斯特，那个站大约有7英里远。而淑只要能在那天获得充分的自由感，无论什么新奇的事她都愿意去做；所以她欣然同意了，他们一起朝那边走去，把近旁的车站抛在身后。

那里的确是一个辽阔宽广的地方，巍然屹立。他们说着、跳着往前走去，裘德在一个小树丛处给淑砍了一根和她一样高的拐杖，弯柄极大，使她看起来像个牧羊女。走到半路上时他们跨过了一条伸向东西方的大路——这是一条古老的从伦敦伸向地端岬[⑤]的路。他们停住脚，从上至下看了一会儿大路，说它过去是怎样地充满生机，现在又怎样地荒凉；这时风刮到地面，卷起了麦秸和草梗。

然后他们跨过大路继续向前，可是走了半英里，淑似乎感到疲乏了，裘德也为她担忧起来。他们已经走了很远的路程，假如不能到达另

---

①古希腊科林斯（城市名）式的建筑，以带有叶形饰的钟状柱顶为最大特点。
②以上几位都是意大利画家。
③莱利（1618—1680），荷兰肖像画家。
④雷诺兹（1723—1792），英国肖像画家，艺术理论家。
⑤地端岬，英国的西南极端，在康沃尔郡。

一个车站将是很麻烦的事。在这广阔的丘陵和萝卜地上走了很久也见不着一间屋子。但是不久他们来到一个羊圈前，跟着又看见一个牧羊人在那儿编羊栏。他说附近只有他和他母亲住的一间屋子，并指着前面一个小凹地，一股淡淡的蓝烟从那儿升起；他让他们去那里休息。

他们于是照他的吩咐朝前走去，进了那座房子，是一位牙齿全部掉光的老太太把他们让进屋里的。他们对她像任何生人一样非常客气礼貌，因为此时要得到休息和避风挡日的地方，完全取决于这位房主的好意了。

“这真是一个很好的小房子。”裘德说。

“哎呀，我可不懂它有啥好。过些天我再不用茅草盖一下房顶就不行了，可是现在还不晓得从哪儿去弄茅草呢；草太贵，过不多久也许用瓷片当瓦盖房比用茅草还便宜呢。”

他们坐下来休息，这时牧羊人也走进来了。“别管我。”他说，摆摆一只手。“你们想在这儿呆多久都行。不过也许你们还想今晚坐火车回梅尔彻斯特去吧？那可绝对不好办，你们不熟悉这个地方的路。我倒不在乎送你们一段路，不过即使那样火车也会开走啦。”

两个青年突然站起身。

“你们可以住在这里过夜的——是吧，妈？欢迎你们留下。在这里睡是不舒服，可是现在走出去更糟。”他转过身悄悄问裘德：“你们是两口子吧？”

“嘘——不是！”他说。

“唔——我绝没有恶意——真的没有！那么这样吧，她到我母亲房间里去睡，等她俩进去后我们就在外屋睡一宿吧。明儿我一早把你们叫起来去赶第一班车。下午这班车已经赶不上了。”

他们考虑了一下便决定答应留下来，晚饭和母子一起吃了煮的咸肉和蔬菜。

“我就很喜欢这样的生活。”母子俩在收拾桌子时淑说。“除了万有引力律和生物发生律外，不受一切法规法则约束。”

“你只是自以为喜欢，实际并非如此：你是一个地地道道的文明的产物。”裘德说，回想起她订婚的事他又感到有点苦恼。

“决不是那样，裘德。我喜欢读书之类的事，但也非常渴望回到婴孩那个时候去过自由自在的生活。”

“婴孩时候的事你还记得这么清楚吗？我好像丝毫看不出你身上有任何不落俗套的东西。”

“哎哟，是吗！你可不知道我心里面装的是什么呀。”

“是什么呢？”

“以实玛利精神①。”

“一个都市的姑娘——这就是你。”

她显得很不同意他的看法，转身走开了。

牧羊人如他所说，次日早晨便把他们叫起来。天色明亮晴朗，他们欢欢喜喜地走了4英里路，来到车站。返回梅尔彻斯特到达教堂大院时，那座古老建筑(她又将被禁闭在里面)的山墙耸立在淑的眼前，使她显得有点惊慌。“恐怕我是要受罚的了！”她咕哝道。

他们按响门铃，在外面等着。

“啊，我给你带了件东西，差点忘了呢。”她急忙说，在衣兜里摸着。“这是我刚拍的一张小照。你喜欢吗？”

“这还用问呀！”他高兴地接过去，这时守门人过来了。他打开门时脸上好像现出一种不祥之兆。她走进去，回过头来看裘德，向他挥着手。

---

① 以实玛利是《圣经》里的一个人物。以实玛利精神指反抗社会、反抗习俗的精神。

3

这个女修道院——即众所周知的梅尔彻斯特师范学校——当时有70名各种各样的年轻女子，她们的年龄大体在19至21岁之间，虽然有几个更大一些。这些女子组成了一个广泛的混合群体，她们的父母有技工、副牧师、外科医生、店主、农夫、牛奶场主、军人、水手和村民。在前面说到的那个晚上，她们都坐在学校巨大的教室里，互相传说着淑·布莱德赫关校门时没有进来的事。

“她和她的男朋友出去了，”一个二年级的学生说，她有交些男朋友的经验。“特蕾西小姐看见她和男朋友在火车站上。她回来时可有热闹看了。”

“她说那人是她表哥。”一个年纪很轻的新生说。

“那个借口在这所学校里已屡见不鲜，没法再挽救我们了。”二年级的级长干巴巴地说。

事实上，就在一年前学校里发生了一次可悲的诱奸事件，一个女生同样以表兄妹的借口同情人约会。那次事件引起了一个不小的丑闻，从此学校当局就对表兄妹们严厉苛刻起来。

晚上9点钟时开始点名，特蕾西小姐用洪亮的声音连叫了三次淑的名字，但没有人回答。

9点15分，70名学生站起来唱晚祷诗，然后跪下做祷告。之后她们进饭厅去用晚餐，每个姑娘心里面想的都是：淑·布莱德赫去哪里了？有些女生从窗旁看见过裘德，觉得惩罚一下她也不要紧，因为那个小伙子和蔼温柔，她贸然让他亲吻一下一定很快乐吧。她们当中几乎没一个人相信他俩是表兄妹关系。

半小时后她们都躺在了各自的小卧室里，一张张柔嫩的女性的脸朝上对着闪耀的煤气火焰，火焰时而把这长长的集体宿舍照亮；每张脸上都留着传说中的“弱者”印记，性别的惩罚已经浇铸在了它们上面，她们不管有怎样的心愿和能力，也无法使自己成为强者，只要身上存在着无法抗拒的自然规律。她们形成了一个美丽漂亮、给人启示、令人悲哀的景象，而这种悲哀和美丽她们自己是没有意识到的，这要到若干年以后，当她们经历了生活的狂风暴雨、千辛万苦，经受了冤屈、孤独、生育和丧亲的痛苦，她们才会回想起此时的情景，才会发现，某些东西在她们不知不觉中已悄然溜走了。

一个女教师走进来关灯，不过她先最后看了一眼淑的小床（上面仍然没人），和底部那张小梳妆台，它像所有其他梳妆台一样装饰着各种女孩子们的小玩意儿，不过上面镶在框里的照片倒是比较引人注目的。淑的梳妆台摆设得比较适度，两个男人的相片装在用金丝和软绒做的框架里，一起放在她的镜子旁边。

“这两个男人是谁——她对你们说起过吗？”女教师问。“你们知道，严格说来这些桌上只允许放亲戚的照片。”

“有一个——那个中年男子，”邻床的一个学生说，“是过去雇请她教书的小学校长——菲洛特桑先生。”

“另一个——这个戴帽子穿长袍的大学生——他是谁？”

“是她一个朋友，或过去的朋友。她从没说起过他的名字。”

“来找她出去的有没有这两个里面的人？”

“没有。”

“你能肯定不是这个大学生吗？”

“完全肯定。带她出去的是一个蓄着黑胡子的青年。”

随即一盏盏灯熄灭了。姑娘们又开始兴致勃勃地对淑作出各种各样的猜测，很想知道她来学校以前，在伦敦和基督寺都玩过什么样的把戏。有几个更不安宁的女子甚至爬下床，站在有直棂的窗口看着前方大教堂宽阔的西面，以及从它后面升起的尖塔。之后，她们才入睡了。

次日早晨她们醒来时又往淑睡的一角瞥一眼，发现仍空无一人。她们先略略梳妆一下，在煤气灯下完成了早课，然后再正式梳妆好准备去吃早饭，这时听到学校大门的门铃剧烈地响起来。这个宿舍的女主管走出去，但很快又回来了，说校长命令未经许可谁也不准和布莱德赫说话。

所以，当她面容发红，疲惫不堪，默默走到自己的床位打算匆忙梳理一下时，谁也没出来和她打招呼或问一问。她们下楼去的时候，发现她并没有跟着去食堂吃早饭，后来才知道她已受到了学校的严厉申斥，被勒令单独在一个房间里关一周，在那儿吃饭、读书。

对此70个学生咕哝起来，她们认为这个处罚也太严厉了。于是大家准备了一份圆形签名请愿书[1]呈交给校长，要求减轻对淑的处罚。然而校长根本置之不理。快到晚上时地理老师开始上课让她们听写，但女生们一个个都抱着双手坐着不动。

“你们不打算上课了吗？”女教师最后问。“我不妨告诉你们，那个带布莱德赫出去呆了一夜的男青年已经查明不是她的表哥，因为她根本没有这样一个亲戚。这是我们写信去基督寺查实的。”

“我们愿意相信她的话。”女班长说。

“在基督寺时，那个男青年因为在酒店里酗酒、亵渎神明而被解雇了，现在他来这里完全是想和淑接近。”

可是学生们仍然呆若木鸡地坐着，女教师不知如何是好，只得离开教室向上司报告去了。

不久到了黄昏，她们正坐在那里时，突然听到隔壁教室的一年级学生发出叫声，有一个人冲到她们教室里来，说淑·布莱德赫已从关她那间屋子的后窗钻出去，在黑暗中穿过草坪不见了。谁也说不出她是如何跑出庭园去的，因为它的外围隔着一条河，边门又是锁着的。

她们都走过去看那间空空的屋子，见中部直棂之间的窗扉仍然开

---

① 圆形签名请愿书分不清签名者先后。

着。大家提起一盏灯又去搜寻了一下草坪，把那些灌木矮树都检查遍了，就是不见她的踪影。于是前门的守门人也被叫来询问，他想了一下，说记得听到过后面什么东西溅进水里的声音，但没去理会，以为是一些鸭子从上面掉到河里去了。

“她一定是从河里趟了过去！”一个女教师说。

“或者投河淹死了。”守门人说。

女舍监顿时感到一阵恐慌——与其说担心淑可能会出人命，还不如说害怕所有报纸又将会用半栏的篇幅，详细登载这次事件的情况，又像去年一样把这丑闻闹得满城风雨，使学校在以后的许多个月里声名狼藉——这可不是一件令人羡慕的事。

大家又找来更多灯搜寻河流，并终于在河对岸(那面是一片田野)的泥浆地里，发现了一些小小的靴子印；这毫无疑问说明，那个受到过分刺激的女子已趟过了几乎齐肩深的河——这是该郡主要的河流，所有地理书都很重视它。既然淑并没有投河自尽，也就没给学校丢脸，因此女舍监便轻蔑地责备她，说幸好她自己离开了学校。

就在这同一个晚上，裘德坐在教堂大院门附近自己的寓所里。此时黄昏已过，他通常这时候走进那静静的大院，站在淑住的房子对面，看着女孩子们的头影映照在窗帘上来回移动。他真希望一整天什么也不做，就坐下来阅读、学习多数没有思想的室友所鄙视的东西。可是今天晚上，他吃完茶点并洗刷一下之后，便一头扎进了蒲赛主编的早期基督教著作家丛书第 29 卷里。这套书是他从一个旧书商那里买来的，在他看来，这样一套如此宝贵的著作价格实在奇迹般地便宜。他好像听到窗子上传来很小的咚咚声，接着又听见了这种声音。确实有人抛来了砾石子。他站起身轻轻抬起窗格。

“裘德！”下面有人叫道。

“淑！”

“嗯——是我！我上来不会被人看见吧？”

“哦，不会的！”

“那你别下来，快关上窗子。”

裘德等待着，知道她不费多大事就能进来的，前门上有一个球形把手，任何人只需一扭就打开了，像过去多数农村城镇的房门那样。他的心突突地跳——他认为她是遇到麻烦投奔自己来了，正如他上次遇到麻烦投奔到她那里去一样。他们是怎样的一对人儿！他拉开房间门闩，听见从黑暗的楼梯上传来隐隐的沙沙声，一会儿后她便出现在他屋子的灯光里。他走上去握住她的手，发现她浑身湿淋淋的像个海神，衣服紧紧贴在身上，像帕台农神庙①柱子上雕刻的那些人物的长袍一般。

“我好冷呀！”她说，牙齿不住地打战。“可以到火炉旁边来吗，裘德？”

她跨过屋子朝小火炉走去，火很小很小；可是她一边走水一边从身上滴下来，想烤干真是荒唐可笑。“你这是怎么啦，亲爱的？”他惊恐地问，不知不觉从嘴里溜出了这些温柔的字眼。

“我趟过了这个郡最大的河流——就是这么回事！他们因为我和你一起出来的事就把我关起来，我觉得太不合理了，无法忍受，就从窗子钻出来趟过河跑了！”她解释道，开始的时候语气还像往常一样带点凡事不求人的意味，可是话没说完她那粉红色的薄唇便颤抖起来，她简直忍不住要哭了。

“亲爱的淑！”他说。“你必须把湿衣服都脱掉！让我想想——我去向房东借些衣服来，你一定得换上。”

“不行，不行！看在上帝的份上，别让她知道！这儿离学校很近，他们会来找我的！”

“那你得换上我的衣服。你不在乎吧？”

---

①帕台农神庙，雅典卫城上供奉希腊雅典娜女神的主神庙，建于公元前5世纪。

“哦，没关系。”

“你穿我那件礼拜服吧，你知道的。就在旁边。”事实上，在裘德的这个单间里样样东西都是近在咫尺，随手可得的，因为他再没别的地方可放了。他打开一个抽屉取出自己最好的一套黑色衣服，抖了抖问：“唔，你需要多长时间换衣服呢？”

“10 分钟。”

裘德于是走出房间来到街上，在那儿来回踱着。他听见一只钟敲响 7 点半，便又回到屋里。他看见在自己惟一的安乐椅上坐着一个修长脆弱的人，穿戴跟他自己礼拜天一样；她柔弱无助，显得多么可怜，想到这一点他又感到了自己的伟大。在火炉前的另外两把椅子上搭着她的湿衣服。当他在她身边坐下时她脸一红，不过只是一会儿时间。

“裘德，我想，你看见我这个样子，看见我所有衣服都挂在那儿，真是奇怪吧？可这有啥奇怪的！它们只是一个女人的衣服——一些没有性别的衣料、亚麻布……我真希望自己不要病得太重了才好！你帮我烤干衣服好吗？求你了，裘德，我很快会去找住处的。现在时间还不晚。”

“不行，既然不舒服，你就别出去找住处啦。你得呆在这儿。亲爱、亲爱的，我怎么能帮你呢？”

“我不知道！我忍不住要发抖。我只想让身子暖和起来。”裘德又给她穿上一件大衣，然后跑到外面最近的一家酒店，回来时手上拿着一小瓶酒。“这是 6 便士的上等白兰地。”他说。“喝吧，亲爱的，全都喝下去吧。”

“我怎么能拿着瓶子喝呢？”裘德从梳妆台上拿来玻璃杯，给酒兑了些水。她呼吸有点急促，不过还是把酒一饮而尽了，然后躺在安乐椅上。

接着她开始详细叙述自从他们分别以后遇到的事情，可是话说到一半时她的声音有些发抖，头一晃一晃的，之后就不出声了。她已经酣睡起来。裘德担忧得要死，生怕她着凉了使身体长期受损，因此听到她的呼吸恢复了正常，他高兴起来。他轻手轻脚走近她，看到她那发青的面颊又有了气色，感到她垂着的手也不再发冷了。然后他背对炉火站着注视她，觉得她几乎就是一位天神。

4

这时传来吱嘎吱嘎的人上楼梯的声音，打断了裘德的沉思。

淑的衣服还挂在椅子上烤着，他赶紧把它拿走塞在床下，坐下来像是看书的样子。有人先敲了一下门，跟着就把门打开了。原来是女房东。

“哟，我不知道你是不是在屋里，福勒先生。我来问问这阵儿你吃不吃晚饭了。哦，你这里还有一位年轻的先生——”

“是呀，夫人。不过我想今晚我就不下去了。请你用盘子帮我把晚饭端上来好吧，我还想要一杯茶。”

裘德一般习惯下楼去厨房，和房东一家人一起吃饭，以免麻烦人家。不过这次房东把晚饭给他端了上来，他在门口从她手上接过来。

等女房东下楼去后他把茶壶放在炉旁的铁架上，重新从床下取出淑的衣服，不过它们远没有干。他发现那件厚实的羊毛长袍还很湿，于是又把它们全部挂起来，将火生大一些，然后在一旁沉思，让衣服上的水汽升上烟囱。

这时淑突然喊道：“裘德！”

“嗯。好啊！现在感觉怎么样了？”

“好些了。好多啦。唉，我睡着了吧？现在是什么时间？一定还不晚吧？”

“10点多。”

“真的吗？我该怎么办呢！”她说，突然一惊。

“就呆在这儿哪里也别去。”

“是呀，我也正想这样。可是不知道他们又会说些什么了！而且你又怎么办呢？”

“我就在这炉火旁坐一晚上看书。明天是礼拜天，我哪儿也不必去。你就呆在那儿，不然会弄成大病的。别害怕，我一切都很好。瞧，看我给你弄什么来了——你的晚饭。”

她坐直身子，有些哀怨地喘着气说：“我确实还觉得浑身无力，原以为自己已经好了呢。我不该在这里呆着的，是吗？”不过吃完饭后她更有力气一些了。她又喝了些茶，躺在椅子上，显得快乐而有了生气。

茶一定是新泡的，要不然就是泡了很久没喝，因为她喝了以后感到异常清醒，一点睡意也没有了。而裘德一口没喝，这时倒昏昏欲睡起来，直到她的话吸引了他的注意。

“你曾说我是文明的产物或什么的，对吧？”她说，打破沉寂。“你那样说真是太奇怪了。”

“为什么？”

“唔，因为那不是事实，让人听了烦恼。我和那一种人是对立的。”

“你说话真富有哲理。‘对立’一词说得很深刻。”

“是吗？我让你感到有学问吗？”她问，带点儿戏弄的意味。

“不——不是有学问。只是你谈起话来不太像个姑娘——唔，一个毫无长处的姑娘。”

“我有长处的。我不懂拉丁文和希腊文，但我知道它们的语法，还通过译著熟悉了大多数希腊和拉丁古典文学及其他著作。我读过朗普里埃、卡蒂勒斯、马夏尔、朱韦纳尔、卢西恩、博蒙特、弗莱彻、薄伽丘、斯卡龙、德布朗托姆、斯特恩、笛福、斯英利特、菲尔丁、莎士比亚、《圣经》等诸如此类的书，发现人们对于书中所有那些不健康部分的关注，最终都带有神秘色彩。”

“原来你读的东西比我读的还多。”他叹口气说。“其中有几种挺生僻，你怎么也去读了呢？”

“哦，”她若有所思地说，“那都是偶然读到的。我的生活完全像人们所说的那样，很怪癖离奇。我对那些男人以及他们的书一点不惧怕。我已经几乎像个男人一样和他们——或者说他们中的一两个人——混在一起。我的意思是我从来没有像大多数女人感到的那样——人们教她们如此——要时刻警惕男人的袭击，使自己的贞操不受侵犯。这是因为，一般的男人无论在白天或夜晚、家里或外面，都是不会伤害一个女人的，除非她引诱他，除非他是一个只懂肉欲的野蛮人。她不给他使‘来吧’的脸色或不先提出来，不带着那种表情，他就总是害怕，决不会去骚扰她。不过我要说的是我18岁时在基督寺曾和一个大学生有了亲密关系，他让我懂得了很多东西，还借给我看一些书，这些书我在别处是绝不可能弄到的。”

“现在你们的友谊中断了吗？”

“唉，是呀。他获得学位离开基督寺两三年以后就死了，可怜的人儿。”

“我想你们曾经常见面吧？”

“不错，我们常常在一起—— 一起出去散步、读书，以及做其他类似的事——几乎就像两个男人那样。他让我去和他共同生活，我回信同意了。可是我去了伦敦他那里后，发现他心里想的和我想的并不同。实际上他是想要我做他的情人，而我并没有爱上他——我说假如他不同意我的计划我就要离开，结果他同意了。我们共同在一间起居室里住了15个月，他成为伦敦一家大型日报的社会撰稿人；后来他病了，才不得不去国外治疗。他说我们在一间屋子里住了那么长时间，我都不顺从他的心意，让他的心都破碎了，说他以前绝不相信女人会这样。我也许是又一次玩这种把戏，他说。他回到国内后就死了。他的死使我为自己的残酷深感悔恨——虽然我希望他的死完全是因为结核病，而不是因为我。我去了桑德伯恩参加他的葬礼，是惟一给他送葬的人。他给我留下一点点钱——大概因为我使他的心碎了吧。男人们就是这样——比女人好多了！”

“天哪！——然后你又做什么了呢？”

“唉——你现在生我的气了！”她说，清脆的声音突然变得低沉起来，充满悲哀。“早知如此我也不会对你说了！”

“不，我没有生气。快都告诉我吧。”

“哎呀，可怜的人儿，我把他的钱投资到了一个不现实的规划里，结果蚀了本。我独自在伦敦生活了一段时间，然后回到基督寺，因为我父亲——他当时也在伦敦，最初在朗安克雷附近当一名艺术金工工人——不愿意让我回伦敦。我在那个圣物商店里找到了工作，也就是你见到我的那个地方……我说过你不知道我这人有多糟糕！”

裘德又回头看一下安乐椅以及坐在里面的人，好像要更仔细地看看躲到他屋里来的这个人似的。他用颤抖的声音说：“不管你怎么生活过，淑，我相信你是天真无辜的，正如你不落俗套一样！”

“我并不像你看到的那么特别天真，既然我已

‘从那个茫然无知的傀儡身上，
扯下你想象中给他穿上的衣裳’。”①

她面带讥笑地说，不过他听得出她此时已满眼含泪了。“但我从没有委身于任何情人，假如那就是你的意思！我和我最初时一个样。”

“我非常相信你。可有些女人就不是和她们最初时一个样子。”

“也许不。大部分女人都不一样。因此，人们就说我一定生性冷淡——缺乏性感。可我绝不这样认为！有些最富有性爱的诗人在日常生活中还是很能克制自己呢。”

“你告诉过菲洛特桑先生这位大学生朋友的事吗？”

“告诉过——那是很早以前的事了。这事我对任何人都没有保守过秘密。”

---

①引自布朗宁的诗《太晚了》。

“他怎么说？”

“他丝毫没有批评我——只说无论我做过什么事，我都是他的一切等等之类的话。”

裘德感到沮丧不堪。她那种稀奇古怪的举止，那种对性的不可思议的无意识行为，使他觉得离她越来越遥远了。

“你真的不生我气吗，亲爱的裘德？”她突然问，声音里充满了异常的温柔，简直不像是一个刚刚毫不在乎地讲过自己经历的女人发出来的。“我想，在这个世上你是我最不愿伤害的人！”

“我也不知道自己有没有生气。我只知道我非常非常关心你！”

“我对你和对我认识的人一样关心。”

“原来并不更关心呀！好啦，我不该这样说的。请别回答！”

又是一阵久久的沉默。他感到她对自己很残酷，尽管说不清是怎样的残酷。正因为她无依无靠，她才显得比他坚强多了。

“我对普通的事情是茫然无知的，尽管一直很用功。”他说，转变了话题。“我整天沉迷于神学之中，你知道。你想想看假如你没来这里，这会儿我正在做什么呢？我该正在做晚祷了吧。我想你不会愿意——”

“哦不，不，”她回答，“我还是不做的好，如果你不介意的话。不然我会显得——是个大伪君子！”

“我想过你不会和我一起做晚祷的，所以我才没有提出来。你一定记得我希望有一天做个有用的牧师。”

“被委以圣职，我想你这样说过吧？”

“是的。”

“这么说你还没放弃那种想法吗？——我以为你都放弃了呢。”

“当然没有。最初的时候我还天真地认为你在这一点上和我想的一样呢，因为你在基督寺成天都受着圣公会的熏陶，还有菲洛特桑先生——”

“除了在一定程度上我对基督寺的学术有所敬仰外，其他方面我丝毫不看重它。”淑·布莱德赫认真地说。“是我对你说起的那个朋友使我失去了对它的敬仰。他是我所认识的最不信宗教、又最讲道德的人。而基督寺的学术好比新酒装在旧瓶里。基督寺的中世纪精神必须消失，必须被抛弃，不然基督寺本身就得消失。固然，有的时候，一个人会情不自禁对它古老的宗教传统暗自产生喜爱，因为那儿的一部分思想家们将这些传统保存了下来，他们的行为如此感人、朴素而真诚；但是当我的心灵最忧伤、最正常的时候，我就总感到——

‘啊，圣人们可怕的光辉，只是被绞死的诸神留下的枯骨残魂！’”①

“淑呀，你那样说可就不是我的好朋友了！”

“那我不说就是了，亲爱的裘德！”她十分激动，声音又变得低沉起来，于是她转过脸去。

“我仍然觉得基督寺有很多荣耀的地方，虽然我曾因为去不了那儿怨恨过它。”他温和地说，尽力不让自己冲动，以免又惹出她的眼泪来。

“那个地方的人都是愚昧无知的，只有那些市民、手艺人、酒鬼和乞丐除外。”她说，由于他们意见不一，她仍显得很固执。“他们当然看到了生活的真面目，但学院里的人没有几个能这样。你自己就证实了这一点。当那些学院建立的时候，基督寺正是需要你这样的人；你有求知的热情，可是你没有金钱、机会或朋友。因此你被那些百万富翁的儿子们挤出了这条道。”

“哎，就是没有得到学位我也能行的。我关心的是更崇高的

---

①引自史文朋《普罗赛耳皮娜(冥后)颂诗》。

东西。”

“而我关心的是更广阔、更真实的东西。”她坚持说。“目前的基督寺，学术在向一方面发展，宗教又在向另一方面发展：双方毫不相让，像两头互相顶撞的公羊一般。”

“菲洛特桑先生会怎样——”

“那个地方充满了盲目崇拜者和见神见鬼的人！”

他注意到，只要一提到那个小学教师她就把话题转开，谈一些令他不快的大学的一般问题。她成了菲洛特桑的被保护人，同他订了婚；裘德对她的这种生活很想知道一些情况，想得都要发疯了。然而她就是不给他一点暗示。

“喔，我也正是那样的人。”他说。“我害怕生活，也总是见神见鬼的。”

“可是你那么善良可亲！”她低声说道。

他什么也没说，心在怦怦地跳。

“你刚才在读关于牛津运动发起人那一节，是吗？”她又说，装出满不在乎的样子以掩盖她真实的感情：她常常玩这种把戏。“让我想想看——我是哪一年读到那里的？——在18——”

“你说话带点讥讽，我听了可是很不高兴呀，淑。现在你照我希望的去做好吗？我对你说过，我每天这时都要念一章经文，然后做祈祷。这儿有一些书，你可以随便挑选一本背对我坐着翻翻，让我做我每天习惯做的事情好吗？你真的不愿和我一起做？”

“我想看你做。”

“别这样。快别取笑我了，淑！”

“好吧——我要听你的话了，不惹你生气了，裘德。”她说，那语气就像是一个决心永远变好的孩子一样，她顺从地转过身背对着他。一本袖珍《圣经》（不是他用的那本）放在她旁边，他在一边做自己的事时，她便把书拿起来翻看着。

“裘德，”等他做完祈祷回过头来时她欢快地说，“你让我为你另外编一本《新约全书》好吧，就像在基督寺时我给自己编的那本一样？”

“哦，那好。不过你是怎么编的呢？”

“我把我那本旧《新约全书》中的《使徒书》和《福音》全部拆散成单独的小册子，然后按照写作的年月顺序重新编排，先以《帖撒罗尼迦前书》和《后书》开头，接着是《使徒书》，把《福音》放在最后。这样编排好后再重新装订起来。我那个大学生朋友——别管他的名字啦，可怜的家伙——说这主意很不错。我感到后来我读这本书比以前有趣一倍，并且还要好懂一倍呢。”

“哼！”裘德感到有渎圣的意味。

“这真是文学上一种胆大妄为的行为。”她说，翻看着《雅歌》。“我是指每一章前面的那些提要，它们把叙事诗的精神实质都歪曲了[①]。你用不着惊恐：谁也不会说它们是上帝的神笔。说真的，许多神学学者对它们都嗤之以鼻。那24个长老或主教——管他们是多少——拉长着脸坐在那儿写出那些废话来，想到这就让人感到再滑稽可笑不过了。”

裘德像是受了伤害似的。“你太具有伏尔泰精神了！”他咕哝道。

“真的吗？那我就不再说什么了，只说人们没有权力去篡改《圣经》！我讨厌这种骗人的东西，它们只会用抽象的宗教词语，掩盖那充满激情、卓越伟大的诗歌里所包含的令人狂喜、纯真自然和富有人性的爱！”她越说越激动，几乎对他的指责发怒了，眼睛也湿润了。“我真希望这儿有个朋友支持我，可是从来没有一个人站在我一边！”

“可是我亲爱的淑，非常亲爱的淑，我可没有反对你呀！”裘德说

① 《雅歌》是《圣经·旧约》中之一部，本言男女之爱，但有一派人却硬把它讲成是基督徒对耶稣或教会之爱。《圣经》中每章的提纲就是这样解释的。

着，抓住她的手，没想到在纯粹的辩论中她竟会掺杂上个人的感情。

“不，你反对我，你就是反对我！”她大声说，转过脸去，以免他看见她那满含泪水的眼睛。“你就是和师范学校那班人站在一边——至少你看起来差不多是这样！我只是坚持认为，把这样的诗句‘你这女子中极美丽的，你的良人往何处去了？[①]’作上这样的注解：‘这是教会在宣称她的信仰，’是荒谬绝伦的！”

“好吧，就算是如此吧！你样样事情都要带上个人的感情！我只是——很愿意从非宗教的角度来运用那句话。你知道对于我而言你就是最美丽的女人，真的！”

“不过你现在别再说了！”淑回答，严肃的声音中包含着异常的温柔。然后他们的视线碰到一起，像酒店里的老朋友见了面一样握着手；裘德认识到为那样一个虚设的题目去争辩真是可笑，而她觉得为一本像《圣经》这样古老的书中所写的话去落泪真是无聊。

“我并不想打乱你所深信的东西——真的不想！”她又安慰地说，因为现在他远比她更激动烦恼。“不过我确实很希望鼓励某个男人心怀崇高的目标；当我看见你，并知道你想做我的朋友时，我——我坦白了好吗？——心想你或许就是这么个男人。可是你太不加深究地相信传统的东西，我都不知道说什么好。”

“唔，亲爱的，我想一个人总不可能事事都要深究之后才去相信吧。人的生命短暂，你总不可能把欧几里得的命题都亲自算出来后才相信吧。我对基督教就是不加深究便相信的。”

“唉，也许你还会相信更糟糕的东西呢。”

“的确有这种可能。也许我已经这样做了！”他想起了阿拉贝娜。

“我不会问你做了什么，因为我们要成为很好的朋友，永远、永远也不要惹对方生气，是吗？”她信任地望着他，说话的声音就好像她极

---

①《旧约·雅歌》第6章第1节。

力要偎依在他怀里似的。

“我永远都会关心你的！”裘德说。

“我也会永远关心你，因为你很真诚，对一身缺点、让人讨厌、心眼狭窄的淑这么宽宏大量！”

他眼睛盯着一边，感到淑那种缺乏性特征的温柔太令人难受了。难道这就是使那个撰写社论的可怜人心碎的事吗？接下来就该轮到他心碎了吗？……但淑又是多么可爱啊！……只要他不想到她是一个女人，像她那样并不把他当男人放在心上一样，她便可以成为一个很好的朋友，因为尽管他们在一些虚无的问题上意见分歧，但这只会在日常的人生经历上将他们拉得更拢。在裘德遇见过的所有女人中，她是他最亲密的一个，他几乎不相信时间、信仰或分别会把他们彼此分割。

可是她总疑心重重，这又使他感到悲哀。他们坐在那儿，直到她再一次睡着，他在椅子里一点一点地打起盹儿来。每次一醒过来他就把她的衣物翻动一下，把火重新生大。大约早晨6点钟时他完全醒了，点燃一支蜡烛，发觉她的衣物已经烤干。她仍睡在比他的椅子舒适得多的安乐椅上，穿着他那件大衣，脸蛋像块刚烤出的面包那样热乎乎的，又像是希腊天神的侍酒俊童，具有男孩子气。他把烤干的衣服放在她身边，触了触她的肩膀，然后走下楼，到院子里借着星光洗脸去了。

5

他洗完脸回到屋里时她已经穿好了衣服。

“现在我可以出去不让人看见吗?”她问。“这个城市还静着呢。”

“可是你还没吃早饭呀。”

“喔，我一点也不想吃!恐怕我是不该从学校里跑出来的!事情一到了冷清的早晨就完全是另一番模样了，对吧?我真不知道菲洛特桑先生会说什么!我去学校都是他的意思。他是世界上我惟一有所敬重或惧怕的男人。我希望他会原谅我，不过我想他要把我痛骂一顿的!”

“我会去向他解释——”裘德开口说。

“哦不，你不能去。我才不在乎他呢!他愿怎么想都行——我想怎么做就怎么做!”

“但是你刚才不是说——”

“哎呀，即使我说过，我也会想怎么就怎么，管他呢!我已经想过怎么办了——去找我师范学校一位同学的姐姐，她曾请我去她那里。她在沙斯托附近有一所学校，离这儿大约18英里——我去那儿呆一段时间，等这件事被人们淡忘以后再回师范学校去。”

最后他说服她，要为她煮一杯咖啡；他屋里有一个轻便的咖啡机，每天早晨这房里的人还没起床他就用它煮咖啡，喝完之后便去上工。

“快就着咖啡少吃点东西吧，”他说，“然后我们就出去。你到了那儿再吃早餐也不晚。”

他们轻手轻脚地离开了寓所，裘德送她去车站。当他们沿街离去的时候，从他寓所上边的一扇窗里伸出一个头来，接着又很快缩进去了。淑似乎仍然为她的鲁莽行为过意不去，后悔自己违反了校规；分手时她对他说，一旦她重新被允许回到师范学校她就会告诉他的。他们一块儿站在月台上，十分难过；他显然还想说什么。

“我想对你说件事儿——两件事。”火车开过来时他急忙说。“一件暖，一件冷！”

“裘德，”她说，“我知道其中一件。但是你绝不能！”

“不能什么？”

“不能爱我。你可以喜欢我——只能这样了！”

裘德的脸上充满了难解的忧郁，因此她从车窗和他告别时，也因为同情脸上现出焦虑的神色。这时火车开动了，她向他挥动着小巧的手，消失在远方。

她是礼拜天离开的，这天裘德感到梅尔彻斯特真是一个相当凄凉的地方，那教堂大院也如此令人厌恶，所以他根本没去教堂做礼拜。第二天上午他便收到了她寄来的信，她一到朋友处就写的——她历来做事迅速果断。她说她一路平安，住处也舒适，然后又说道：

我真想写信告诉你的，亲爱的裘德，是我们分别时我对你说的那番话。你对我太好、太亲切了，当你从我视线中消失的时候，我就感到自己是个多么忘恩负义的冷酷女人，竟对你说出那样的话来——我良心一直受到谴责。假如你想爱我，裘德，你就爱吧：我一点不在乎的，我也永远不会说你绝不能的话了！

这件事就说到这里吧。你一定会原谅你这个没有心肝的朋友这样冷酷吧？一定不会说你不原谅，让她痛苦吧？

你永远的淑

他是怎么回答的，以及假如不是因为受到婚姻约束他又会想到怎样——如果他没有婚姻约束，淑也就没必要长期住在一个女性朋友家里了——现在说这些都是多余的。他感到如果他和菲洛特桑为得到她展开争夺，他一定会取胜的。

然而裘德正处在这样的危险之中：过分以为淑一时冲动写下的话中

包含了实际并不存在的意思。

过了几天他发现自己竟希望她再写信来，但是什么音信也没有。他万分焦虑，于是又给她去了一封信，说要在某个礼拜天去看望她，因为他去她那儿也不过18英里。

他发出信后就盼望着第二天上午收到她的回信，可是没有。第三天上午邮递员甚至没停一下就过去了。现在是礼拜六，他心急如火，对她十分担忧，就又简短地写了三行字说他次日去她那里，因为他肯定发生了什么事情。

他首先自然想到的是她由于在水里浸泡得太久病倒了，但接下来又想到如果是这样，别人也可以替她写封信呀。他一直胡思乱想着，直到随后的礼拜天上午到达沙斯托附近的乡村小学；这天天气晴朗，他到时在11点至12点钟之间，整个教区空旷如一片沙漠，大多数居民都上教堂去了，从那儿不时传来他们齐声诵读的声音。

一个小姑娘为他打开了门。"布莱德赫小姐在楼上。"她说。"请你到她那里去好吗？"

"她是不是生病了？"裘德急切地问。

"有一点——不是很重的。"

裘德走进门爬上楼去。来到楼梯平台时一个声音把他引了过去——是淑在呼唤他的名字。他走进门口，发现她躺在一间12平方英尺的屋子里的小床上。

"啊，淑！"他叫起来，坐在她旁边握住她的手。"怎么会这样！你不能写字吗？"

"不——不是那么回事！"她回答。"我确实感冒得不轻——但本来是可以写信的，只是我不愿意写！"

"为什么不愿意写？——看你把我吓成什么样子了！"

"是呀——我就担心你会这样！但是我已决定不再给你写信了。他们不让我回到学校——所以我不能给你写信。不是我不能写，而是我没理由写！”

“是吗？”

“他们不但开除了我，而且还给了我临别忠告——”

“说的什么？”

她没有直接回答。“我发过誓绝不会告诉你的，裘德——那太卑鄙、太让人痛苦了！”

“是关于我们的事吗？”

“嗯。”

“可你一定要告诉我！”

“唉——有人无中生有向学校报告了我们的事，他们说为了我的名誉你和我应该尽快结婚！……瞧——我都对你说了，本不该告诉你的！”

“啊，可怜的淑！”

“我对你并没有他们那样的想法！他们确实让我这才想到那样看待你，可这之前我根本没那念头。我已经意识到我们的表兄妹关系只是有名无实的，因为我们见面时完全不认识。可是让我嫁给你，亲爱的裘德——唉，当然，如果我想到过嫁给你，就不会经常来找你啦！直到那天晚上以前，我从没料想到你会想着要娶我的事，那时我才觉得你确实有点儿爱我。也许我不该对你这么亲密。这都是我的错。一切都总是我的错！”

她的话显得有些不自然，不真实；他们互相对视着，彼此都感到忧伤。

“我一开始就什么也不明白！”她继续说。“我一点也看不到你心里在想什么。唉，你对我太不体谅了——你——把我看做是情人却一个字也不提，让我自己去发现！现在你对我的态度大家都知道了，他们自然也认为我们一直在胡作非为！我再也不会相信你了！”

“是的，淑，”他直率地说，“都该怪我——比你想的还该责怪啦。我完全清楚，你直到我们最后那一两次见面才猜想到了我对你的感情。我承认由于我们见面时素不相识，所以并没有亲戚的那种感觉，而亲戚关系只成了我可以和你见面的某种借口。不过我把对你产生的那些错误的、非常错误的感情隐藏在心底，难道你不认为我应该得到一点谅解吗？因为我也是情不自禁产生那些感情的呀。”

她疑惑地转过眼睛盯着他，然后又盯向一边去了，好像担心她会宽恕他似的。

无论从任何自然法则和两性法则看，适合于这种情调、这种时刻的惟一回答便是接吻；可即使受其影响，淑对他也不会由冷淡变得热情起来，这真是不可思议。在这样的情况下，一些男人就会抛弃一切顾忌而冒险去吻她，既不在意淑所宣称的她那不冷不热的感情，也不在意在阿拉贝娜住的那个教区教堂法衣室的箱子里，还放着他和阿拉贝娜的亲笔签名。但是裘德没有这样做。事实上，他来这儿在某种程度上是要告诉她自己不幸的经历。话已经到嘴边了，然而他此时如此烦恼，怎么能说得出呢。他还是宁愿多谈一些他们之间共同认识到的障碍。

“当然——我知道你并不——特别地关心我。”他悲伤地说。“你也不应该这样做，你是对的。你是——菲洛特桑先生的人了。我想他来看过你吧？”

“嗯。”她简短地说，脸色变了一点儿。“不过我并没有让他来。你当然高兴他来看过我！但要是他不再来了我也不在乎！”

她的这位情人深感迷惑不解：他这么真心诚意地默许了自己的情敌——假如她不接受他的爱情的话——竟会使她如此生气。他继续谈别的事情。

“这事会平静下去的，亲爱的淑。”他说。“那所师范学校当然并不就是你的全部。毫无疑问你还可以去另外一所学校念书呀。”

“我得问问菲洛特桑先生。”她果断地说。

这时淑那位和蔼的女主人从教堂回来了，他们就再没有亲密的谈话了。裘德下午无可奈何、郁郁不乐地离开了她。不过他已见到她，并和她促膝谈心了。像这样的交流他后半生也会感到满足的。既然想做一名教区牧师，他就应该学会克制自己，放弃对她的追求，这是必不可少的正当的一课。

但是次日早晨他醒来时，感到很生她的气，认定她这人相当不通情理，虽不能说反复无常。接着他收到了她的一封短信，这正好证明他在她身上刚觉察到的一个善于弥补过失的优点；这封信一定是他几乎刚一离开她就写下的：

> 请原谅我昨天的无礼！我知道我让你感到太可怕了，为此我深感难过。你竟没有生我的气，真是太可贵了！裘德，请仍然让我做你的朋友和同伴，尽管我有一身毛病。我会尽力不再对你那样了。
>
> 礼拜六我将回梅尔彻斯特，去师范学校拿我的东西等。我有半小时的工夫可以和你走走，如果你愿意的话。
>
> ——你悔悟的　淑。

裘德马上就原谅了她，让她来时到大教堂的工地上去找他。

6

与此同时，一个中年男人正对写上面那封信的女人做着极大的美梦。他就是理查德 · 菲洛特桑，最近刚离开了基督寺附近的拉姆斯托男女同校的乡村小学，将在他家乡沙斯托的一所很大的男生小学教书。该学校坐落在一座小山上，位于西南方，直线距离60英里。

只要看一眼这个地方及其周围的环境，就几乎可以完全明白这位小学教师长期以来所沉迷的计划和梦想已被放弃，取而代之的是一个新的梦想——无论教会还是文学与它都没有多少共通之处。从本质上说他并非是一个讲求实际的人，但现在他却为了一个实际目的一心挣钱、存钱——以便养活妻子。假如她愿意，她还可以在离他不远的一所女子小学教书；正是为此他才劝她去师范学校念书，既然她不愿立即嫁给他。

大约就在裘德离开马里格林去梅尔彻斯特，与淑一起经历那一番冒险的时候，这位小学教师正在刚去的沙斯托小学安顿下来。他把一切家具都摆设好，书放到架上，钉子钉好之后，就在漆黑的冬夜坐在客厅里，重新开始他原来的一些研究——其中一项便是罗马属下的不列颠①所保留下来的古迹——此种劳动对一个国家的小学教师而言是没有报酬的，不过这门学科在他放弃了进大学的计划后，使他很感兴趣，觉得它比较起来还是一个没经发掘的矿山。这种研究对于像他这样的人是切实可行的，因为他一直生活在一些偏远地方，那儿有大量古迹，对它们进行实地考察所得出的关于当时文明情况的结论，与现行公认的观点形成了惊人对比。

显而易见，菲洛特桑目前的癖好就是开始这样的调查研究——这是他一个人到旷野去的表面理由，那儿的堤道、堰坝和古坟比比皆是；要么他就把自己关在屋里，研究那些收集到的瓮缸、瓦片和镶嵌工艺品。他并没有去周围拜访新邻居们，尽管他们自己显得很乐意和他交朋友。不过这毕竟不是真正的或全部的理由。因此，就在这一月的某个晚上，在夜深人静的时候——实际上已快到午夜了——他的窗户上还射出灯光来，那窗口处在这个位于山顶的镇上的突出部位，俯瞰着西边长达几英里的山谷。那光线好像在对人们说，它那里有个人还在用功；但确切地说他此时并没有用功。

在屋子里面，那些书籍，家具，小学教师宽松的外衣，他坐在桌旁的姿势，甚至那摇曳的炉火，都在述说着同一个庄严的故事：有个人正在聚精会神地研究——这种行为对于一个除了自身的内在因素就没有任何优越外部条件的人，岂止是值得称赞的问题！然而这个故事前不久还是真实的，现在就有名无实了。他所注目的并非历史，而只是过去的笔记。它们是几个月前在他的口授之下，一个女人用粗大醒目的字迹写成的；他当时一字一字地口授着，她像办事员似的认认真真记录下来，这种情形深深把他吸引住了。

随即他从抽屉里取出几封小心翼翼捆好的信件，以现今书信频繁的情况看，这些信实在太少太少了。每封信都正如刚到时装在信封里一样，笔迹出自同一个女人之手，同样像过去的那些笔记一样粗大醒目。他把信一封封打开若有所思地翻看着。乍一看，这些微不足道的书信似乎完全没有让人沉思的东西。它们明白易懂，直截了当，署名“淑·布”，正像一个人要暂时离开时写下的那种短信，写信人只想到信看完后马上毁了完事。信里说的主要是关于在师范学校读的书和在那里的生活经历，毫无疑问，随着写信那天的过去它们也被写信人忘记了。在一封信中——即最近刚寄来的一封——年轻女子说已收到他那封颇为体谅的信，说他一定要经过她同意才会去见她，这样做太可敬高尚、宽宏大量了（去学校拜访非常让人别扭，因为她很不愿意让别人知道她和

① 不列颠在 403 到 410 年曾在古罗马人的统治之下。

他订婚的事，而如果他经常去看她这件事必然会暴露）。此时小学教师在沉思默想着这些话。一个男人爱着一个女人，却没有经常去看她，而她还因此表示感激，确切地说他因此有没有感到一点点聊以自慰呢？他思考的、迷惑不解的正是这个问题。

他打开另一个抽屉，发现里面另有一封信，从中取出一张淑小时候的照片，那是许多许多年前他还没认识她时照的，她站在一座花架下面，一只手拿着一个小篮子。另有一张她长成年轻女人后拍的，黑黑的眼睛和头发使她显得非常妩媚独特；它同时也显示了在她那欢快的心情后面，已潜藏着沉静的思虑了。这张照片是加印出来的，裘德也有一张，她还可以送给任何一个男人。菲洛特桑正要把它放到嘴边时却又迟疑地放回去了，想起她那些迷惑不解的话来；但最终他还是吻了那张麻木的纸板，吻的时候充满了一个 18 岁的男青年所具有的全部激情，而那种虔诚是这样的青年所不及的。

但这个小学教师的面容却显得毫无生气，十分古板，又加上他留的胡子的样式，就显得更加古板了。但是他天生具有了某种绅士风度，让人觉得他就本质上说是一个希望从善的人。他讲话有点儿慢条斯理，但语气却很真诚，从而使他语言的迟缓不成其为一个缺点。他那卷曲的头发在渐渐发白，由头顶中间伸向四周。额头上已有了四道皱纹，他只在晚上看书的时候才戴眼镜。有一点几乎是确切的：他之所以至今没有答应和一个女人结婚，并非因为他不喜欢女人，而是由于为了做学问他不得不克制自己。

当他不在男孩们的众目睽睽之下时，他经常像今晚这样沉思默想着。那些男孩目光机敏而犀利，常常使这位表情不自然的教师（因为他眼下为淑感到焦虑）几乎难以忍受，使他在阴郁的早晨害怕又遇见那些锐利的眼光，担心它们会看出他内心的梦想来。

他诚实可敬地默许了淑所表达的愿望，不要常去师范学校看她；可是最后他难过得实在忍受不下去了，于是在一个礼拜六下午出发去了学

校，想给她一个出其不意的拜访。但当他站在校门口期待着几分钟后就会见到她的面孔时，突然之间听到了她出走的消息——差不多可以被认为是开除了——没有人事先提醒他，告诉他的人也毫无掩饰。所以他转身离开时，几乎连前面的道路都看不见了。

事实上，这件事淑对她的未婚夫只字未提，尽管已过去 14 天了。但转而一想这并不证明什么；它自然是一个微妙棘手的问题，也正如任何该受责备的事一样，保持沉默也有其充分的原因。

在学校时他得知了她的住处，不过眼前他对于淑是否得到安慰并没有立即担忧，倒是对师范学校的委员会怒火中烧，十分愤慨。菲洛特桑迷惑中走进了旁边的大教堂，由于正在维修，这里被拆得一片凌乱。他在一块石料上坐下来，也不管灰尘沾上裤子；他无精打采地看着工人们劳动，随即注意到那个众所周知的罪人——淑的情人裘德——也在其中。

自从那次在耶路撒冷的模型旁见面以后，裘德就再没和他这位从前的英雄说过话。由于偶然在那个通道里看见菲洛特桑试着向淑求爱的举动，青年心中对这位长者油然升起了一种奇特的厌恶感，不愿意想到他，遇见他，或者以任何方式同他交往；又由于裘德知道了菲洛特桑至少成功地获得她嫁给他的许诺，他就坦然地承认自己再也不希望见到或听到他这位长者的事了——不愿意了解他所从事的工作，甚至也不愿再想到他会具有什么样的优点美德。就在小学教师来看淑的这天，裘德也在等淑，因为她答应过要来；因此当他看见老师在教堂的中殿，并走过来要和他说话时，他是感到相当尴尬的，只是菲洛特桑因为自身也尴尬没有注意到罢了。

裘德朝他走过去，他们两个离开其他工人，来到菲洛特桑刚才坐过的地方。裘德给他一条麻袋布当坐垫，说坐在光石头上不好。

“是呀，是呀。” 菲洛特桑心不在焉地重复道，眼睛盯着地上，好像极力回想着自己在什么地方。“我不会耽搁你太久的。只是我听说你最近见过我那个年轻的朋友淑，我才想起来要和你谈谈这事。我只想问问……她的情况。”

“我想我知道你要问什么！”裘德急忙说。“关于她跑出师范学校，以及来找我的事，对吗？”

“对。”

“唔”——有一会儿时间裘德真希望自己不讲什么道德了，想恶狠狠地不惜任何代价把情敌消灭。只要采取奸诈的行为——男人们如果爱上同一个女人，这种事情是可能发生的，虽然他们在生活的其他方面都非常令人可敬——他就可以将菲洛特桑赶走，并告诉他那个丑闻确有其事，淑已经委身于他，犯下了无可挽回的错误，让菲洛特桑遭受极大的痛苦与挫折。不过他一时并没有按照自己的动物本能去行事，而只是说：“我很高兴你能来和我坦诚交谈这事。你知道他们说什么了吗？——他们说我应该和她结婚。”

“什么？”

“我也一心希望能娶她为妻！”

菲洛特桑浑身战栗，他那本来就已苍白的面容分明变得如死人的一般瘦削。“我绝没有想到会弄成这样！但愿此事不曾发生！”

“没有，没有！”裘德惊讶地说。“我原以为你明白我的意思呢。我是说如果可以娶她，或某个女人，过安定的生活，而不是东迁西搬的，我会很高兴的呀！”

而他真正的意思不过是他爱她而已。

“可是——既然这件让人痛苦的事已经传开了——那么究竟发生了什么事呢？”菲洛特桑坚决地问，感到与其不弄个明白长期担忧苦恼，不如问个明白忍受一时的剧痛。“在有些情况下——这便是其中之一——即便是苛刻的问题都必须提出来，为的是消除那些错误的设想和流言蜚语。”

裘德欣然作了解释，把一系列的冒险经历都一五一十对他说了：他们怎样在牧羊人家过夜，她怎样浑身湿淋淋来到他的寓所，由于在水里浸泡得太久她怎样不舒服，他们怎样通宵达旦地交谈，次日早晨他怎样送她离开。

“那么好吧，”菲洛特桑最后说，“我把这看做是你决定性的话，我知道我是可以相信你的；也就是说学校对她的疑心导致了她被开除，而那种疑心绝对是无中生有的？”

“不错。”裘德严肃地说。“绝对是这样。上帝作证吧！”

小学教师站起身来。他们两个都感到，经过了这番谈话之后，他们不可能再像两个朋友一样愉快而友好地交流各自最近的经历了。裘德领着他转了转，带他看了一下这个古老的大教堂某些正修复的部分，然后菲洛特桑就告别年轻人走了。

他们见面大约在上午 11 点钟，没见到淑的身影。1 点时裘德去吃午饭，竟发现他心爱的人就在前面，正从通向北门的那条街走去，她走路的样子一点不像是要来找他的。于是他急忙追上她，说他曾让她来大教堂找他，她也答应了来那儿的呀。

“我刚去学校取我的东西来着。”她说——她这样说是想让他把这当作一个回答，然而他并不这样看。看到她那副含糊其辞的态度，他感到该把压制很久的事告诉她了。

“你今天没见过菲洛特桑先生吗？”他冒昧地问。

“没有。不过我不想让你盘问关于他的事，你如果再问我可不回答了！”

“真是奇怪——”他打住话，注视着她。

“怎么啦？”

“你在我跟前的模样，常常并不如你在信中表现的那么可爱！”

“你真这样认为吗？”她问，面带微笑，忽然现出好奇的样子。“唔，这就怪了；可是我觉得你是一样的呀，裘德。你走了以后我感到自己太铁石心肠了——”

因为她知道他对她的感情，裘德便看出来他们正走向危险的境地。他想，现在自己必须要像一个诚实人那样把话说出来了。

可是他并没有说，只听她继续道："正因为如此我才给你写信说——我不在乎你爱我——假如你愿意，真的！"

她这番话中所包含的意思，或者说似乎包含的意思，本来是可以使他欢欣鼓舞的，可想到自己心中的意图他并没有高兴起来，而是呆若木鸡地站在那里，最后说道："我从未告诉你——"

"不，你说过了。"她低声说。

"我是说，我从没对你说起过我的经历——全部的经历。"

"不过我猜想到了。我几乎都知道。"

裘德抬头看着她。难道她会知道他和阿拉贝娜之间那天早上发生的事情吗？只几个月时间他们的婚姻就破裂了，比死亡还彻底！他看出来她并不知道。

"我不可能在街上对你说得很详细。"他又郁郁不乐地说。"你最好也不要去我的寓所。咱们到这里面去吧。"

他们站在一个大市场旁边，这是惟一可去的地方。他们走了进去，因为市场已经散了，所以货摊及地面都是空的。他本来想到一个更合意的地方讲述自己的故事，比如像通常那样在富有浪漫色彩的田野或在庄严的教堂侧廊；但是他却和她一起在乱七八糟堆满了腐烂的洋白菜的地上来回踱着，周围仍像往常一样全是些肮脏腐烂的蔬菜和卖不掉的废物——他就这样讲出了自己的事。他从头至尾讲述自己那简短的经历，大致意思不过是他在几年前结过婚，他的妻子仍然活着。她听了之后，脸色几乎没来得及改变就急忙问道：

"为什么你不早告诉我哪！"

"我不能。那样做似乎太残酷了。"

"对你来说太残酷了，裘德。所以最好对我也残酷些！"

"不是这样，亲爱的！"裘德情绪激动地叫道。他极力去握住她的手，可是她缩回去了。他们过去彼此的亲密关系似乎一瞬间结束了，彼此作为男女两性对立起来，一点偏爱都没有了。她不再是他的同伴、朋友和无意识的情人；她用陌生的眼睛默默地注视着他。

“我为导致我婚姻的那段插曲感到可耻。”他继续道。“现在我无法解释清楚了。假如你是另外一种态度，我也许可以对你说明白的！”

“可是那怎么可能呢？”她脱口而出。“瞧，我一直在对你说，或写信给你——说你可以爱我之类的话！——这只是我出于好心——事情一直——哎呀，这一切真是糟糕死啦！”她跺着脚说，紧张不安，浑身发抖。

“你可冤枉我了，淑！我以前从没感到过你对我有意，直到最近才有了这种感觉，所以我当时觉得那是无关紧要的！你还对我有意吗，淑？——你知道我的意思吗？——我一点不喜欢‘出于好心’的话！”

这个问题，在此种情况下淑是不愿回答的。

“我想她——你妻子——是——一个很漂亮的女人吧，即使她人品很坏？”她接着问。

“就表面而言，她是很漂亮的。”

“当然比我漂亮了！”

“你们不是同一类人。我已好多年没看见她了……不过她一定会回来的——她们这样的人总是如此！”

“你这样和她天各一方多么奇怪呀！”淑说，她嘴唇哆嗦喉头哽咽，使人感到她话中充满了嘲讽。“你是一个如此笃信宗教的人。你那些伟人祠中的崇拜人物——我是说你称为圣人的传奇人物——在你有了此事后怎样替你说情呢？唔，假如我遇到这样一件事可就与你不同了，它会是很平常的，因为我至少没有把婚姻看做是一个神圣的东西。你的理论还不如你的实践先进呀！”

“淑，你想成为——一个十足的伏尔泰，所以你说话就尖刻得不得了！不过你爱怎么待我就怎么待我好啦！”

她看见他那么可怜，自己的心也软了下来，极力眨着眼挤出同情的眼泪，说着一个感情受到伤害的女人非常可爱的责备话："唉——你想让我答应你爱我，但在此以前你就该把那事告诉我的！在火车站那一时刻之前，我对你还并无感情，除了——"这一次淑变得和他一样痛苦：因为她在努力摆脱个人的感情，却连一半也没做到。

"快别哭了，亲爱的！"他恳求道。

"我哭——并不是因为——我想过爱你，而是因为你对我缺少——信任！"

市场内除了他们两个别无一人，十分僻静，他于是情不自禁地伸出手去搂她的腰。他一时很希望安慰她，让她振作起来。"不行，不行！"她说，急忙缩回身子，擦干眼泪。"当然不能这样！再假装说搂我的是我表哥，那会是虚伪的，而其他任何关系都是不可以的。"

他们又朝前走了十多步，此时她显得恢复过来了。这倒使裘德心烦不安。无论她有什么表现，只要不是现在这个样子，他也许都会更好受一些。不过再一想，从本质上说她还算是个心胸开阔、宽宏大量的人，尽管先前由于一时冲动，她表现出了女人所具有的气量狭小的脾性——而作为一个女性，这也是必然的呀。

"我并不因为你无可奈何的事而责怪你嘛。"她微笑着说。"我怎么会这么傻呢？我确实由于你先前没告诉我那件事有点儿怪你。不过，这毕竟没什么要紧。你瞧，即使你没有那段经历，我们也走不到一块的。"

"不，不会那样，淑！因为这是惟一的障碍。"

"你忘了得让我爱上你，愿作你的妻子才成呀，即使我们之间没有任何障碍。"淑说，温和中带有一种严肃的态度——从而掩饰了她的内心世界。"再说我们是表兄妹，表兄妹结婚可不好。另外——我又和别人订了婚。至于我们继续保持先前的那种关系，彼此像朋友一样，周围的人又使我们无法这样做。他们对于男女关系的看法是有限的，我被学校开除就证实了这一点。他们的人生观只承认建立在兽欲上的关系。而人所具有的深厚情爱的范围非常宽广，在这里面兽欲只处于从属地位，但是那深厚的情爱却被他们忽略了——那是属于谁的部分？——属于维纳斯·乌拉尼亚①的部分。”

此时她说得头头是道，颇富机智，说明她又恢复自制了。分手之前她几乎又现出高兴的眼神，友好的语气，快乐的举止，和对于同龄女人的那种经过慎重考虑后，提出宽宏大量的批评态度。

他现在说话更无拘束了。“有几个原因使我没有贸然把那事告诉你。一个原因我已经说过了，另一个原因是我总有这样的印象：我不应该结婚，我属于一个稀奇古怪的家庭——一结婚就要出毛病的家庭。”

“啊——是谁这样对你说的？”

“我姑婆。她说我们福勒家的人结了婚总是没有好结果。”

“这真是奇怪。我父亲也经常对我说起同样的话！”

他们站在那儿，心里都怀着同样的想法——这是很不祥的，即便是一个设想——他们两个的结合如果可能，就意味着极不相称协调——犹如盛在一个杯里的两种苦酒。

“哦，这是根本不存在的！”她话虽说得轻松，但仍显得不安。“我们这一家人近些年来在选择配偶上运气不佳——就这么回事而已。”

然后他们装作让自己相信：眼前发生的一切都无关紧要，他们仍然是表兄妹和朋友，仍旧可以热情地互相通信，以后见面时还会彼此快乐友好，即使见面的机会更少了。他们像两个好朋友一样分了手，裘德最后盯着她时眼神里还带着询问，因为他感到自己至此并不很了解她心里装的到底是什么。

---

① 在希腊文学和艺术中，爱神维纳斯有两重性格，乌拉尼亚是高尚的，而潘兑玛司（Pandemos）是卑鄙的。

7

一两天后淑寄来了一封信，它像一阵毁灭性的狂风暴雨扑到裘德身上。

他在读信之前先瞥了一眼信末的署名，便猜想到信的内容大概有些严重——因为她署的是全名，这从她给他写过第一封信后是从未有过的事。信上这样写道：

亲爱的裘德：

我这儿有一件事要告诉你，你听了之后也许不会感到惊奇的，不过你肯定会觉得速度加快了（正如铁路公司说它们的火车一样）。我和菲洛特桑先生很快就要结婚——大约三四个礼拜后。你知道，我们本打算我从师范学校毕业获得证书后再结婚，以便有必要的话在教学上帮助他。但是他对我宽宏大量，说既然我已不在师范学校，再等下去就没有任何意义。他对我太好了，因为我目前难堪的处境，实在地说都是我被学校错误开除造成的。

为我祝福吧。记住这是我说的，你要这样做的，你可不能拒绝呀！

你亲爱的表妹 淑珊娜 · 弗洛伦斯 · 玛丽 · 布莱德赫

这个消息使裘德身子都站不稳了，他吃不下早饭，只一个劲地喝茶——他太口渴了。接着他便回工地去干活，像一个蒙受相同遭遇的男人那样发出通常那种痛苦的笑声。一切都似乎在讽刺着他。然而，那个可怜的姑娘又能做什么呢？他扪心自问，感到比痛哭一场还难受。

“啊，淑珊娜 · 弗洛伦斯 · 玛丽 · 布莱德赫！”他干活时说。“你可不知道婚姻意味着什么呀！”

难道可能是他告诉了她自己已结婚的事，从而促使了她这样做吗，正如他上次喝醉酒跑到她那儿去结果促使她订婚一样？固然，她决定这样做似乎还存在其他充分的理由，无论是实际的还是社会的。可淑并非是一个很讲求实际或工于心计的人，他因此不得不认为，由于自己把那个秘密告诉了她，她一赌气便听从了菲洛特桑可能对她说的话，即要证明学校当局的猜疑实在是无稽之谈，最好的办法就是她立即和他结婚，像履行一个正常的婚约那样。事实上，淑被置身到了一个进退维谷的处境。可怜的淑啊！

他决定扮演一个斯巴达人[①]的角色，充分利用这次机会支持她；可是在一两天里他都无法按照她的要求，向她写信去祝福。与此同时他那急躁不安、年轻可爱的人儿，又给他写来了另一封短信：

> 裘德，你愿意在婚礼上把我交给新郎吗？[②]我再没有比你更合适的人选了（你是这里我惟一的已婚亲戚），即使我父亲一片好心愿意这样做——事实上他并不愿意。我希望你不会认为这事给你添麻烦了吧？最近我刚看了祈祷书上关于婚礼那一节，上面说必须要有这么一个把新娘交给新郎的人，这使我觉得很丢脸似的。根据书上所写的仪式，我的新郎自愿地、乐意地选择了我做他新娘，而我并没有选择他做我的新郎。是另外的人把我交给了他，就好像我是一头雌驴或雌山羊，或任何其他家畜一样。哦，牧师啊，你对于女人的看法太崇高了！上帝保佑吧！可是我忘了：我已不再有权力和你开玩笑了。
>
> ——你永远的　淑珊娜·弗洛伦斯·玛丽·布莱德赫

①斯巴达，古希腊奴隶制城邦。斯巴达人以坚韧刚毅著称。

②这是一种西方习俗，一般由新娘的父亲担当此职。

裘德鼓起勇气，带着英雄般的口气回信道：

亲爱的淑：

当然我要为你祝福的！并且我当然也愿意亲自把你交给新郎。不过我建议，由于你没有自己的房子，你不要在你那位学校朋友的家里结婚，而在我这个房子办喜事吧。我想这样更适合一些，因为如你所说，我是世界上离你最近的亲戚呀。

我不明白你为啥用正式得可怕的奇特方式署名呢？这说明你确实对我还是有点儿在意的！

——你永远亲爱的　裘德

甚至还有一个比署名更让他不愉快的事，这便是他没有说出来的她那有点儿带刺的话——“已婚亲戚”——结过婚还想做她的情人，这使他显得像个傻瓜一样！假如淑带着讽刺这样写的话，那他是几乎不能原谅的；但假如她怀着痛苦才这样写的——唔，那又另当别论了！

无论如何，他提供结婚用房的事一定得到了菲洛特桑同意，因为这位小学教师给他写来了一行热情的感谢的话，愿意接受他提供的方便。淑也向他表示了谢意。裘德于是立即搬到更宽敞的房间，一方面是为了腾出屋子，另一方面也是为了避开那个疑心重重的房东来刺探，因为她也是引起淑不愉快的一个原因。

然后淑又写信告诉了他举行婚礼的日子；经过询问之后，裘德决定让她下个礼拜六就搬到他这里来住，这样她就可以于婚礼前在这个城市住上 10 天，从名义上说足可以表示已住上 15 天了。①

她乘 10 点钟的火车如期到达，裘德没有去车站接她，她专门要求

---

①根据英国法律，在教堂举行婚礼的人，婚前必须在教堂所在的教区住上两个星期才算合法。

这样做的，以免他耽误一上午工作和少挣半天工资（假如这是她真正的理由）。但是他至此对淑已非常了解，他们双方对于感情的转折都很敏感；他想，也许这种记忆对她产生了较大的影响。他回来吃午饭时她已住进自己的房间了。

她和他住在同一座房子里，但是楼层不同，所以他们也很少见面，只偶尔在一起吃晚饭，这时淑就表现得像是一个被惊吓的孩子一样。他不知道她的感觉如何，他们的谈话也机械呆板，虽然她并不显得苍白，不舒服。菲洛特桑经常来，但多在裘德不在的时候。结婚那天裘德给自己放了一天假，早晨他和表妹第一次也是最后一次共进了早餐（在过去了那奇异的10天之后）；那是在他用作房间的客厅里——淑住在那里的一段时间他特意租来的。她像一般女人那样，看见他毫无办法把屋子收拾得舒适一些，便自己动手忙了一阵。

"怎么了，裘德？"她突然问。

他正把两肘靠在桌上，双手托着下巴，直盯着桌布，好像那上面画着一幅未来的图景似的。

"哦——没什么！"

"你知道吧，你现在是'父亲'了。他们都这样称呼把新娘交给新郎的人。"

裘德本来会说："像菲洛特桑那样年纪的人才有资格获得这种称呼哪！"但他不愿意用这种廉价的反驳来使她烦恼。

她不停地说着话，好像害怕他又陷入沉思；饭还没有吃完，他们两个心里都在希望不该对自己新的观点太自信，不该在一起吃早饭。自己已经做了一件这样的错事，却还在帮助、支持所爱的女人去做同样的错事，而不是恳求她、警告她不要去做——想到这儿裘德感到心情沉重。他差点问："你真的完全拿定主意了吗？"

早饭后他们一起出去办事，因为彼此都想到这是他们最后一次可以比较随意地呆在一块儿的机会了。由于命运的嘲弄，又由于淑天生就爱玩弄奇特的把戏——在关键时刻还和天公逗着玩儿——所以他们走过泥泞的街道时她挽起了他的手臂，这一举动她以前是从未有过的。转过街角他们发现来到了一个房顶缓斜的灰色垂直式教堂跟前——这是圣托马斯教堂。

“就是这个教堂。”裘德说。

“我就在这儿举行婚礼吗？”

“对。”

“是吗！”她惊奇地叫道。“我真想进去，看看我很快就要举行婚礼的地方是个什么样子。”

他又一次想到：“她还不知道婚姻意味着什么呢！”

他被动地顺从她的意愿，和她一起从西门进入了教堂。这个阴郁的建筑里只有一个打杂女工在搞清洁。淑仍挽着裘德的胳膊，几乎好像她爱着他似的。这天上午她对他真是可爱到了极点；但想到她将来会吃苦头，他不禁又痛苦起来：

……我一点都不明白
怎么男人所受到的打击，
在女人看来竟不值一提①。

他们默默无言地溜达着，穿过中殿朝圣坛栏杆走去，静静地靠在那儿，然后转回身又走过中殿，她仍挽着他的胳膊，完全像一对刚结婚的夫妻。这种太让人引起联想的事都是她一手所为，几乎使裘德情不自禁想要痛哭。

“我就喜欢这样做事。”她用柔和的声音说，好像在感情上是一个享乐主义者——毫无疑问她讲的是实话。

① 引自布朗宁的诗《最坏的情况》。

“我知道你喜欢！”裘德说。

“这样做真有意思，因为也许还从未有人这么做过。再过大约两小时我就要和我丈夫一起这样走过教堂了，不是吗！”

“当然你会的！”

“你结婚的时候也是这样？”

“天哪，淑——别太残酷无情了吧！……唔，亲爱的，我不是这个意思！”

“哈——你生气了！”她后悔地说，眨巴着变得湿润的眼睛。“我答应过再也不惹你生气的！……我想我不应该让你带我到这里来。唉，我现在才明白真不应该！我心怀好奇，想寻求一种新的感觉，而这总是使我陷入困境。原谅我吧！……你会原谅的，不是吗，裘德？”

这番恳求充满了懊悔，以致裘德的眼睛比她的还湿润了；他紧紧握着她的手，表示答应她的请求。

“现在我们得赶快离开，我再也不会这样做了！”她继续谦卑地说。于是他们走出了教堂，淑打算去车站接菲洛特桑。可是他们走上大街遇到的第一个人正是这位小学教师，他坐的火车比淑估计的早到了些。真正说来，她靠着他胳膊这件事丝毫没有理由反对，可她还是抽回了手，并且裘德感到菲洛特桑有些吃惊的样子。

“我们刚才做了一件滑稽的事！”她说，坦然地微笑着。“我们去了教堂，可以说是排演了一下。对吧，裘德？”

“怎么排演？”菲洛特桑好奇地问。

裘德心里在替她后悔，认为没有必要这么坦白；然而既已说到这里，她就只好把一切都向小学教师解释。于是她把事情和盘托出，说他们怎样一起走上圣坛来着。

裘德见菲洛特桑一副迷惑不解的样子，便尽可能高兴地说：“我打算再去给她买一件小礼物。你们两位愿意陪我去商店吗？”

“不，”淑说，“我要和他去寓所。”她对自己的情人说不要耽搁得太久，然后便和小学教师一道离开了。

不久裘德也回到寓所和他们在一起了，紧接着他们便开始为婚礼作准备。菲洛特桑梳他的头颇费了一番心思，衬衣的领子20年来从未这么挺直过。除此之外他显得端庄尊严，富有思想，总起来说你可以预言他将会是一个温存体贴的丈夫，这是不会错的。显而易见他敬慕她，同时也几乎看得出她感到自己不值得他那样敬慕。

尽管到教堂的距离很近，他还是从“红狮”公司租了一辆马车，他们出去的时候有六七个妇女和孩子聚在门口。大家都不认识小学教师和淑，不过渐渐知道裘德是当地一个居民了；他们认为这两个结婚的人是他远方来的亲戚，谁也没有想到淑前不久还是师范学校的一个学生。

在马车里裘德从衣袋中取出他另外买的一件结婚小礼物，原来是两三码长的白纱，他把它当作面纱罩在她的帽子和身上。

“这东西罩在帽子上看起来太离奇了。”她说。“让我把帽子取掉。”

“哦，别取——让它戴着好啦。”菲洛特桑说。她便听从了他的话。

当他们朝教堂前面走去并各自站好时，裘德发现他和她先前来的那一次无疑已使这个仪式显得不那么令人兴奋了；在婚礼进入到一半的时候，他实在后悔自己承担了把新娘交给新郎的这份差事。淑怎么会如此轻率让他做这种事呢——这无论对他还是对她也许都很残忍。在这些事情上女人和男人就是不同。难道她们不是如一般公认的那样比男人更多愁善感，而却是更冷酷无情，更缺少浪漫，或者更具有英雄气魄吗？或者说，淑简直太违反常情了，所以她要故意让他也遭受痛苦，为的是从中享受一下这出奇的悲哀——使自己长期受罪？为的是对他蒙受这一痛苦满怀怜惜之情？他觉察到她显得紧张不安，当他们经受这心如刀割的考验时——裘德把她交给菲洛特桑——她几乎不能自持了。不过从外表看来，这与其说是出于自己的考虑，不如说是因为知道她表哥此时心情如何——本来她是用不着来这儿受罪的。她的行为充满了巨大矛盾，也许她将为此使他人一次次遭受巨大的痛苦，并且自己也将会为遭受痛苦的人一次次感到悲哀。

菲洛特桑似乎没有注意到这些，似乎被笼罩在雾中，看不到别人的感情。待他们签完名字离开后，悬念才过去了，这时裘德也感到了轻松。

他们在他寓所吃了一顿非常简单的午餐，两点钟时这对新婚夫妇便走了。在跨过人行道朝那辆马车走去时她回过头来，眼睛里带着一种害怕的眼神。这是不是淑为了表明她不依赖于他，为了他那个秘密向他报复而做出这种异乎寻常的傻事，投入到了连自己也弄不明白的深渊之中呢？淑对于男人这样冒失，也许是因为她很幼稚，不懂得他们所具有的、耗尽了女人情感和生命的天性吧。

她正踏上马车的踏板时又转回身来，说忘记了一样东西。裘德和房东都说让他们去拿好了。

“不用。”她边说边往回跑。“是我的手绢。我才知道放在哪里的。”

裘德也跟着她往回走。她找到了手绢，把它拿在手里又回来了。她满含泪水盯着他的眼睛，嘴唇张开，好像想说什么似的。但她还是继续朝前走了；无论她想说什么，终究还是被埋在了心底。

8

裘德怀疑她是否真的忘了带手绢，要不然就是她满怀痛苦地希望告诉他自己对他的爱恋——但在最后那一刻她却没能够表达出来。

他们走后他在这寂静的寓所里就呆不下去了；由于担心控制不住自己又会去借酒浇愁，他便爬上楼，脱掉白衣服换上黑衣服，脱掉厚靴换上薄靴，下午又像往常一样干活去了。

可是在教堂里他似乎听到身后有声音，便想到她会回来的，她不可能就和菲洛特桑回家去了，他幻想着。这种感觉越来越强烈，使他激动不安。所以下班的钟声一响他就丢掉工具，冲回寓所。“有人来找过我吗？”他问。

谁也没有来过。

因为这晚12点钟以前他都有权利享用楼下的起居室，他便一晚上都坐在里面，甚至钟敲响11点房东一家人都去睡了，他还老觉得她会回来睡在这与他相邻的小屋子里——这之前她已在里面住了许多日子。既然她的行动总是那么变化莫测，那为什么她不会回来呢？即使她不做他的情人和妻子，而只是以室友、朋友甚至最疏远的关系和他住在一处，他也会很高兴地答应的。他的晚饭仍放在那里未动。他走到前门去，轻轻把它打开，再回到房间，像旧时仲夏前夕的守夜人那样坐着，期待所爱的人儿的身影出现。但是她没有来。

他沉迷于这种狂热的幻想之中，过了午夜才走上楼去，又从窗口看着外面，想象她的身影正在这夜色中朝伦敦进发——她和菲洛特桑要到那儿度假——想象他们正乘着吱嘎吱嘎的车穿过潮湿的夜晚奔向旅店，就在同样的天空下，天上也有着他看见的那些肋条状云块，透过这些云块月光只显示出它的位置而没有显示出其形状，有一两个较大的星星看起来只像是暗淡的星云一般。这可是淑人生经历中又一个新的开端呀。这时他又想起了未来，仿佛看见她身边围着几个或多或少像她的孩子。可是像所有这样的梦想者一样，虽然他想把那些孩子看做是她生命的延续，并从中得到安慰，但这是做不到的，因为大自然就是存心不让子女只继承父亲或母亲的特性。某个存在物的每一个所期望得到的新生体，都因为只是合金的一半而降低了品质。“假如我心中的爱跟我疏远了，或者不复存在了，但只要我能去看看她的孩子——她一个人所生的孩子，我也就可以安慰了！”裘德说。然后他又心神不安地看到——这样的情形越来越多地出现——大自然对于人的这种细腻感情的嘲弄，看到它对于人的志向并没有多少兴趣。

他对淑的爱的力量使他难以忍受，这在次日和随后的日子里表现得更为明显。他已无法再忍受梅尔彻斯特的灯光了；而阳光又如毫无生气的颜料一般，蓝色的天空也如一块锌似的。这时他得到自己在马里格林的姑婆病重的消息，几乎碰巧又收到了一封他先前的雇主从基督寺寄来的信，说假如他愿意回去，他可以在那里得到一个工种很好的长期工作。这两封信对他来说差不多是一种安慰。他于是起身回去看望姑婆德鲁斯娜，并决定之后再去基督寺，看看那个建筑老板的提议有什么可取之处。

回到家里，裘德发现姑婆的病比寡妇埃德琳信中让他想到的还严重。她或许还会活上几周几个月，不过这种可能性很小。因此裘德给淑去了一封信，告诉姑婆的病情，说她也许愿意趁姑婆还在世时看看她这个年老的亲戚。他说他次日礼拜一将从基督寺返回，如果她乘上行的列车来，它正好与他乘的下行列车在奥尔弗雷兹托站错车，他将于傍晚时分在奥尔弗雷兹托和她碰头。因此，次日一早他便去了基督寺，打算早些办完事情赶回奥尔弗雷兹托，以免耽误他和淑约好的会面时间。

这座学术之城看起来与他已经疏远了，他已感觉不到任何可以引起联想的东西。但是，当阳光把装有直棂的建筑物的外观映照得明暗清晰，并把高低参差的雉堞墙的影子，投射到方庭里青嫩的草地上时，裘德心想他从没见过这地方如此美丽。他来到第一次见到淑的那条街上。那把椅子还原封未动地空着；那次他来时她就坐在上面，俯着身子，身前放着圣堂手卷，她手里拿着一把猪毛毛笔，那少女的身姿吸引了他充满好奇的眼睛，使他久久注视。她似乎已不在人间了，而尚未发现谁能够继续从事她那艺术性的职业。现在他的身影成了这个城市的幽灵，而那些曾一度使他激动不已的学术界和宗教界名人的幽灵已荡然无存，再不能在这里占一席之地了。

然而他又来到了这儿；为了完成此行的目的，他继续朝先前在“比尔谢巴”住过的寓所走去——就在奉行仪式的圣塞拉斯教堂旁边。开门的是老房东，她似乎很高兴又看见了他，给他弄来午饭，并告诉他以前雇用过他的那个建筑老板曾来打听他的住址。

然后裘德便朝他干过活的那个石场走去。但是那些破旧的工棚和工作台令他厌恶，他觉得自己不可能再回到这个梦想已破灭的地方了。他渴望着那班返回奥尔弗雷兹托的列车快些到来，以便有可能在那里见到淑。

眼前的情景令他沮丧不堪，使他非常不快地度过了半小时；接着他又产生了这样的感觉——这感觉不止一次使他思想崩溃——他并不值得自己或别人关心爱护。在这半小时里，他在四通路上遇见了补锅匠泰勒，即那个破产的圣物金属器具商，泰勒提议说他们一起去酒吧喝点酒。于是他们沿街走去，一直来到基督寺一个最活跃的生活中心——若干年前他曾在这儿应战用拉丁文背诵《信经》的那个小酒店——现在成了一个受人欢迎的大酒店，门厅宽敞，引人注目，里面的酒吧已完全按照现代风格装饰一新了，与裘德在这儿时大不一样。

补锅匠泰勒喝完一杯酒后就走了，他说这地方太时髦，他感到不自在，除非他手头有更多的钱让他喝得酩酊大醉。裘德又过了一会儿才喝完自己的酒，他默默地、心不在焉地站在此刻几乎完全空无一人的屋子里。酒吧间的内部已全部拆换，重新进行了布置，桃花心木的装饰取代了过去油漆的装饰，并且在后面站着喝酒的地方也放上不少沙发。整个屋子按照人们赞许的方式，用镶在桃花心木架子里的毛玻璃隔成一些雅座，以免谁喝醉了酒被隔壁的人认出来弄得脸红。柜台里面两个酒吧女招待斜靠在白色手柄的啤酒泵和一排银色的小龙头上，下面有个锡皮槽，接滴答下来的啤酒。

裘德感到疲乏了，因为在火车离开前无事可做，他便坐在一个沙发上。在女招待身后立着一些斜边的镜子，它们前面放着一排玻璃架，上面是一些裘德不知其名的名贵酒，装在黄玉色、蓝宝石色、红宝石色和紫晶色的瓶子里。这时几个顾客走进隔壁的雅座，同时收钱机开始动起来，每往里投入一块硬币它就会发出叮当的声音，使酒吧里又有了生气。

负责这个雅座的女招待裘德不能从正面看清，不过偶尔能从她背后的镜里瞥见她的身影。他只是无精打采地看着那里，见她转过身来对着镜子整理了一下头发。此刻，他突然吃惊地发现那竟是一张阿拉贝娜的脸。

假如她来到他的这间雅座，也就会看见他了。但是她没有过来，因为这间是另一边那个女招待负责的。阿比①穿着一件黑色长袍，袖口由白色亚麻做成，白色的领子十分宽大；她那比以前成熟的身躯由于左胸上别着一束黄水仙，显得更加突出了。在她招待的那个雅座里放着一个电镀水壶，下面是一盏酒精灯，蓝色的火焰正使蒸汽从水壶顶端冒出来——这一切他都是从她身后的镜里看到的。镜子还反射出她正在招待的几个男人的脸，其中一个年轻、漂亮而放荡，也许是一个大学生呢，他在对她讲述着某次滑稽可笑的经历。

“哎呀，科克曼先生，瞧你！你怎么能把这种故事讲给我这样一个天真纯洁的人听！”她快乐地叫道。“科克罗先生，你是如何把你的胡

---

①阿比，阿拉贝娜的昵称。

子卷曲得这么好看的呢？”由于这个青年刚刚修过面，所以此话引起了大家对他的取笑。

“得啦！”他说。“给我来杯库拉索酒[①]，还要火！”

她从一个很好看的瓶子里给他斟上这种酒，然后划燃一根火柴替他点上烟，在伺候他时现出顽皮的样子，而他则喷出烟雾。

“嘿，最近有你丈夫的消息没有，亲爱的？”他问。

“一点也没有。”她说。

“他现在在哪里？”

“我是在澳大利亚丢下他的，我想他大概还在那儿。”

裘德的眼睛睁得更圆了。

“干吗你要离开他呢？”

“你别问好啦，自然也就听不到谎话了。”

“那你快把零钱找给我呀，一小时都要过了你还没找来。我要在这个美丽如画的城市里，潇洒浪漫地在大街上去逛一逛！”

她从柜台上把零钱递给他，而他在接零钱时抓住了她的手指不放。她微微挣脱着，发出嗤嗤的笑声；他对她说了声再见后就走了。

裘德像个哲学家一样茫然地看着这一切。真是太出奇了，阿拉贝娜现在离他的生活似乎多么遥远！他一点也意识不到他们之间有名无实的那种密切关系。既然如此，处于当时的心境他对阿拉贝娜是他妻子这一事实就毫不关心了。

她招待的那间雅座这时顾客已走空，他略想一下后便走了进去，再走向柜台。起初阿拉贝娜没有认出他。然后他们的视线相遇了，她先是吃了一惊，最后现出既幽默又放肆的眼神来，说道：

“哎呀，我的天哪！我以为你几年前就入黄土了呢！”

“啊！”

① 库拉索酒，一种带有橙皮味的甜酒。

“我从没听到过你的消息，不然也许我就不会来这儿了。不过千万别介意！今天下午我怎么招待你呢？加苏打水的苏格兰威士忌酒？好啦，看在老相识的份上，凡这酒吧里有的我都可以请！”

“多谢了，阿拉贝娜。”裘德仍板着一副面孔说。“不过我已喝了酒，不想再喝了。”事实上，他本来有一阵是想喝烈酒的，但由于她的突然出现，这种念头一下被彻底打消了，好像他一瞬间回到了只会喝牛奶的婴孩时期。

“真可惜，因为你现在喝酒可以分文不花的。”

“你在这儿干多久了？”

“大约6个礼拜。我是3个月前从悉尼回来的。你知道，我总喜欢这种生意。”

“你怎么会来到这个地方呢！”

“唔，正如我说的，我以为你早已‘光荣’了。在伦敦的时候我从一个广告上看到这儿招工。在这里谁也不可能认识我，即使我在乎的话，因为我从小到大都没来过基督寺。”

“你为啥要从澳大利亚回来呢？”

“哦，我有我的原因……这么说你还没有当上一个学监呀？”

“没有。”

“连个牧师也不是？”

“不是。”

“连个非常受人尊敬、不信奉国教的绅士也不是？”

“我过去是什么样子现在还是什么样子。”

“不错——一看就知道你没变。”她一边懒散地把手放在啤酒泵拉手上，一边带着评论的眼光观察他。他注意到她的手比过去他们在一起生活时更小巧白皙了，拉着啤酒泵的那只手上戴着一个装饰戒指，上面镶的蓝宝石像是真的——事实也如此，那些常来酒吧的小伙子们因此对其大加赞赏。

“原来你对人家说你还有一个丈夫了。”他继续道。

“是呀，我想如果我把自己说成是一个寡妇可就让人难堪了——虽然我本来是喜欢这样的。”

“你说得不错。这儿有些人认识我。”

“我不是指的那个——因为我说过，我并没有想到你会在这儿。我是指其他的原因。”

“什么原因呢？”

“我不想谈论它们。”她把话避开。“我生活得很好，没有想着需要和你在一起。”

这时来了一个几乎没有下巴的家伙，他的胡须就像女人的眉毛一样。他要一种很奇特的混合酒，阿拉贝娜只好离开去招待他。“我们不能在这儿谈话。”过了一会儿她回来说。“你等到9点钟好吗？答应我吧，别犯傻了。我可以提前两小时下班，只要说一声。这阵儿我并没住在店里。”

他想了一下郁郁不乐地说：“我过一会儿再回来。我想我们最好都把事情安排一下。”

“唉，真讨厌还要安排！我没有什么可安排的！”

“不过我必须得弄明白一两件事情。你不是也说这儿不能谈话吗。好吧，我会来找你的。”

他把自己未喝完的酒搁在那儿，走出了酒吧，在街上踱来踱去。他本来对淑怀着清澈透明的感情，怀着忧伤的依恋，可阿拉贝娜又突然闯入了他的生活。虽然阿拉贝娜的话绝不可信，但他还是认为她话中所含的意思——她并不想打扰他，她真的以为他死了——或许有几分真实。不过，现在只有一件事要做，那就是他必须扮演一个正直老实的人的角色，法律总归是法律，尽管他和这个女人如同东方和西方一样再不可能合到一块，但在教会的眼里他们仍然是一个整体。

因为不得不在这儿见阿拉贝娜，所以他也就不可能守约去奥尔弗雷兹托见淑了。一想到这他就感到万分痛苦，但这种局面又是不可避免的。也许因为他有了私下的爱情，天公有意要让阿拉贝娜来干预他，惩罚他。他晚上就这样在城里四处游荡着，等待时间过去，而且还要避开那些教堂、学院的领地，因为一看见它们他就感到难以忍受。然后他又向酒吧走去，正好这时红衣主教学院的大钟敲响了 101 下，使他似乎感到这碰巧对自己是一个无端的嘲讽。此时酒吧里灯火辉煌，整个场面更加活跃欢快。女招待们个个花枝招展，脸蛋儿都带些粉红色，她们的举止也显得更加活泼——更放任、更兴奋、更性感、更直截了当地表达她们的情感和欲望，笑声装腔作势，十分放肆。

在这以前酒吧里还挤满了各式各样的男人，他从外面还听到他们的喧哗；不过顾客终于越来越少了。他向阿拉贝娜点点头，说她下班出来时他在门外等着。

“可是你先得和我一块喝点什么。”她颇有兴致地说。“就提前喝点儿睡前喝的酒吧：我总是这样。然后你再到外面去等一会儿，因为我们最好还是别让人看见走在一起。”于是她拿来两杯白兰地，将她的那杯很快喝光了，虽然从她面容上可以明显看出她已喝了不少，或者更可能的是，她数小时泡在酒吧里吸了不少的酒气。他也喝完了自己的酒，然后走到酒吧外面去了。

没过多久她便走出来，穿一件厚实的短外套，戴一顶别着一支黑色羽毛的有边帽。“我就住在附近。”她说着挽起他的胳膊。“我自己有一把前门钥匙，随时都可以进去的。你想作出什么样的安排呢？”

“哦——没什么特别的。”他回答，感到非常懊丧和厌倦，心里又想到了奥尔弗雷兹托，想到了那班他没能乘上的火车，淑到达时发现他不在那儿可能会产生的失望，想到他又失去了由她陪着在星光下沿着漫长寂静的路爬上小山回马里格林去的那种快乐。“我真的应该回去！恐怕我姑婆已经要断气了。”

“明天早晨我和你一块回去好啦。我想我可以请一天假。”

阿拉贝娜提出的这一想法很让他不快，因为她对于他的亲戚或他本人都不过像一只母老虎而已，并无更多的感情，而她却要到他奄奄一息的姑婆床前，还要见到淑。然而他说："当然，如果你想去就去吧。"

"唔，那个我们后一步再考虑算了……你看，假如我们不事先商量好，呆在一块不是很别扭吗——不少人都认识你，认识我的人也越来越多，尽管毫无疑问我和你是有关系的。既然要去车站，咱们坐 9 点 40 分的火车去奥尔德布里汉好不好？要不了半小时就可以到那儿，这样一晚上谁也不会认出我们，我们完全可以自由自在地行动，直到拿定主意是否公开我们的关系。"

"随你怎么都行。"

"那你等一下，我去拿两三样东西。这就是我住的寓所。有时工作晚了我就在酒店里过夜，所以晚上不回来别人也不会怎么想的。"

她很快就转来了，他们来到火车站，坐半小时火车便到了奥尔德布里汉，并走进车站附近一家三等客栈，正好赶上最后一轮晚餐。

9

次日上午 9 点到 9 点半钟他们坐火车返回基督寺，那个三等车厢的分隔间里只有他们两个人。阿拉贝娜也像裘德一样为了赶火车只匆匆梳洗了一下，所以看起来有点儿不整洁的样子，脸上全没有了头晚上在酒吧里所具有的那种生气。当他们走出车站的时候，她发现离上班时间还有半小时。他们又朝着奥尔弗雷兹托的方向往城外默默地走了一段路。裘德抬头望着那通向远方的公路。

“唉……我多么可怜软弱呀！”他终于咕哝道。

“什么？”她问。

“多年以前我就是胸怀大志从这条路来到基督寺的！”

“喔，不管这条路怎么样，我想我上班的时间快到了，11 点钟必须赶到酒吧。我说过，我今天不请假和你一起回去看你姑婆了。所以也许咱们最好就在这儿分手吧。我可不愿和你一起再走到大街上去，因为我们还根本没有商定好什么呢。”

“这样很好。不过今天早晨起床时，你说过我离开之前你有事要告诉我的。”

“是说过——有两件事——尤其有一件特别要对你说。可是你要答应保守秘密。如果你答应保密我现在就告诉你，好吗？作为一个诚实的女人，我希望你知道这事……就是我昨晚上刚开始对你讲的那件事——关于那个在悉尼开旅店的先生。”阿拉贝娜话说得有些匆促，她平常不是这样的。“你不会对别人讲吧？”

“不会的——不会的——我保证！”裘德不耐烦地说。“我当然不想把你的秘密泄露出去。”

“以前我每次出去散步遇见他时，他都要说他如何喜欢我的外貌，并一再要求我嫁给他。我那时从没想到过要回英国，由于远在澳大利亚，自从离开我父亲后又没个自己的家，最后我就同意嫁给他了。”

“什么——嫁给他了？”

“对。”

“在教堂举行正式的——合法的婚礼？”

“是的。在我离开澳洲前不久一直和他住在一起。我知道这是很愚蠢的，但我确实这样做了！瞧，现在我都告诉了你。可别责骂我啦！他现在还说要到英国来的，可怜的老兄。但是他如果回来了，也不可能找到我。”

裘德站在那儿，脸色苍白，呆若木鸡。

“见鬼，你干吗昨晚不告诉我呢！”他说。

“这个——我没有……这么说你不愿意同我和好了吗？”

“也就是说，你在酒吧里和那些先生们谈到你‘丈夫’时，当然指的是他——而不是我了！”

“当然……好啦，快别大惊小怪了。”

“我还能有什么说的！”裘德回答。“对于你所供认的——罪过——我无话可说！”

“罪过！呸！这种事他们那个地方才不以为然呢！他们很多人都这样……唔，假如你这么看，我就再回到他身边去！他非常喜欢我的，我们也过得很体面，在那个人类聚居的地方也和任何一对夫妻一样受到尊敬！我当时咋知道你在哪里呢？”

“我不会再责怪你了。我有很多话要说，不过也许会说得不恰当。你想要我做什么？”

“没什么。还有一件事我要告诉你，不过我想现在我们见面的时间已经够长了，就到此为止吧！你说的有关自己的情况，我会仔细考虑一下，有什么想法我会告诉你的。”

于是他们分了手。裘德看着她朝酒店的方向走去，直到消失，然后走进了近旁的火车站。他发现回奥尔弗雷兹托的那班火车还要过 45 分钟才开，便又机械地溜达着朝城里走去，一直来到四通路口，像过去一样经常站在那儿，看着伸向前方的大街，街旁的学院一个接一个，其如画般的外观只有欧洲大陆的某些景色——如热那亚①的“宫殿街”——才可与之媲美；那些建筑物的轮廓，在早上的空气里就像建筑绘画上的轮廓一样清晰可见。但是裘德根本没有看到或去品评这些东西，他只模模糊糊地意识到阿拉贝娜半夜和他在一起的情景，为自己和她重温旧梦而产生了一种堕落感，想到了她破晓时睡在床上的那副模样——这些都使他看不到眼前的景色，使他那木然呆滞的面容现出一种受了诅咒的样子。假如他只是怨恨她，他心里也许还好受一些；但是他却一方面鄙视她，另一方面又可怜她。

裘德转过身又往回走。他快到车站的时候，忽然听到有人在叫他的名字，不禁大吃一惊，这与其说是因为听到他的名字不如说是因为听到那个声音。他非常意外地发现，不是别人正是淑像梦幻中的人物一样站在他面前——她的面容似在梦中，充满不祥，焦急不安，她那小小的嘴唇激动地微颤着，那双睁大的眼睛似在责备地质问着他。

“啊，裘德——我真高兴——这样见到你！”她急促地说，声音发颤，像要哭出来的样子。然后她又脸红起来，注意到他正在琢磨着自从她结婚以后这还是头一次见面呢。

他们两个都眼睛盯着别处以掩饰自己的情感，握着对方的手默默地朝前走去，最后她才瞥了他一眼，暗自担忧。“我照你说的昨晚赶到了奥尔弗雷兹托车站，可是谁也没见着！我还是一个人去了马里格林，他们对我说姑婆已好一点儿了。我整夜守候在她身边。因为你一夜都没有来，我就为你感到害怕——我想也许当你发现自己又回到这座古老的城市，想到——我已结婚——见不到了我往日的身影，你就感到不安；想到你连个说话的人都没有，因此你极力借酒浇愁——像上次你

---

①热那亚，意大利城市。

为不能进大学念书感到失望一样，忘记了你向我保证过再也不那样做了。我心想，这些就是你没来见我的原因吧！”

“所以你就像一位好心的天使一样出来找我，救我了！”

“我本来就想要坐早晨的火车来，设法把你找着——以免——以免——”

“我确实经常想到我对你作出的保证，亲爱的！我敢肯定自己再也不会像上次那样不能自制了。我也许做不出更好的事来，不过酗酒的事我可是没做的呀——想起这事我都觉得恶心。”

“我很高兴你一点不是因为这个才耽搁了。可是，”她说，带着微微生气的语调，“你没有像约定的那样昨晚回去和我见面来着！”

“我是没有回去——说来很对不起。我 9 点钟时有了一个约会——因此时间太晚了，根本不可能再坐那班火车回去和你碰头，或者赶回家。”

他看着所爱的人眼前这个样子：在他那充满温柔的心里，她可是他所有过的最可爱、最无私的同伴；她大多生活在他生动的想象之中，是一个如此飘渺的生物，以致都可以看得见她的灵魂在她肢体上颤抖着。这时他就打心眼里为自己的粗俗行为害臊——竟花了那么多小时和阿拉贝娜呆在一起。把自己最近生活中的事硬塞进她心里，这显得有些粗鲁和不道德，因为她是一个十分虚幻的人，有时似乎根本不可能做任何一个普通男人的妻子。然而她却作了菲洛特桑的妻子。她怎么会做了一个妻子，又怎么像妻子一样地生活，这些都是他今天看着她时所不可理解的。

“你愿意和我一起回去吗？”他问。“正好有一班火车。我真不知道姑婆这时怎样了……这么说，淑，你真的为了我的缘故跑了这么远路程！你一定很早就出发了，可怜的人儿！”

“不错。我一晚上独个儿坐在那里守候着，越发为你感到紧张不安，因此天刚一亮我就出发了，而没有去睡觉。唔，以后你不会再无端为你那些伦理道德的事让我担惊受怕了吧？”

他并不太肯定她担惊受怕真是因为自己那些伦理道德的事。他松开她的手，直到他们上了火车他才又握住——这车厢似乎正是他不久才同另一个女人走下来的那一节——他们并排坐在一起，淑坐在靠窗的一边。他注视着她侧面那苗条的身姿，她穿着紧身胸衣，腰部细小，臀部如苹果一般圆凸，这与阿拉贝娜那粗圆的身材大不一样。虽然她知道他在看着她，但并没有向他转过头去，而是两眼直视前方，好像担心和他的视线相遇又会引起令人烦恼的讨论似的。

“淑——你知道，现在你也像我一样结婚了，可是我们竟这样匆忙，对此只字未提呢！”

“丝毫没有必要提它呀。”她很快回答。

“哦，是的——也许没必要……不过我希望——”

“裘德——别谈论我啦——希望你别谈啦！”她恳求道。“这非常让我心烦。请原谅我这样说！……你昨晚在哪里住的呢？”

她完全天真无邪地提出了这个问题，为的是改变话题。他也知道这点，所以只说“在一家旅店里”，虽然如果告诉她他遇见一个意想不到的人，也许他心里还会好受一些。可是阿拉贝娜最后提到她在澳大利亚又结婚的事，使他很困惑，惟恐说出的话会伤害到他那无知的妻子。

他们一直谈着话，但有些别扭，最后到达了奥尔弗雷兹托。淑已不是原来的淑了，而是贴上了“菲洛特桑”的印记，因此裘德每当想和她个人倾诉衷情的时候总感到灰心丧气。然而她却似乎毫无变化——他也说不出是什么原因。到乡下还有5英里路程，步行和坐车都差不多一样费力，因为大部分都是在爬坡。这还是裘德第一次和淑一起走这条路呢，尽管他曾和另一个女人走过。此时他似乎拿着一盏明亮的灯，暂时驱走了过去那些引起联想的阴影。

淑还在谈着，可是裘德注意到她仍然避开谈论自己。最后他才问起她丈夫是否还好。

“哦，好的。”她说。“他不得不整天呆在学校里，不然就和我一起来了。他心太好太体贴人了，为了陪我出来他本来是要离开一下学校的，即使这违反他的原则——他坚决反对临时请假的事——只是我不让他那样做。我觉得一个人来更好些。我知道姑婆德鲁斯娜很古怪，他在她面前差不多是一个生人，假如他来会弄得双方都不愉快的。既然她几乎神志不清了，我很高兴没让他来。”

裘德一面郁郁不乐地走着，一面听她说这番赞扬菲洛特桑的话。“菲洛特桑先生在任何事情上都帮助你，这是他应该做的。”他说。

“当然。”

“你应该是一个幸福的太太。”

“当然是。”

“我至今还差不多可以叫你新娘吧，因为我把你交给他才过去几个星期呢，并且——”

“是呀，我知道！我知道！”她的话说得如此确切，但表情却与之相反；话语极其正经而又毫无生气，也许是从《太太行为指南》一书的那些典范语言中引出的一句吧。淑声音里的每一颤动，裘德都知道其性质何在，她精神状况的每一征兆他都看得出来；他确信她并不幸福，尽管她刚结婚一月。而她从家里冲出来，以便最后看看她几乎不认识的行将就木的亲戚，这并不能证明什么，因为淑天生就会做出这类事情来。

“你瞧，我无论过去还是现在都要为你祝福的，菲洛特桑太太。”

她责怪地瞪了他一眼。

“不对，你不是菲洛特桑太太。”裘德咕哝道。“你是亲爱的、自由的淑·布莱德赫，只是你不知道罢了！为妻之道还没有将你压扁、消化在它那巨大的胃里，因为你是一个不能再分裂的原子。”

淑现出一副受了伤害的样子，最后她回答道：“就我所知，为夫之道也同样没有将你压扁、消化呢！”

“没有才怪！”他说，忧伤地摇摇头。

他们来到了位于那座“褐房子”和马里格林之间冷杉树下那间寂静的小屋，裘德和阿拉贝娜当年就在这里面生活过，吵闹过；这时他不禁转过头去看它一眼。现在住在里面的是一户贫穷可怜的人家。他止不住对淑说：“那就是我和妻子当年一起生活住过的房子。是我把她带到那个家去的。”

她看了看那屋子。“它过去对于你，正如沙斯托的校舍如今对于我一样。”

“是呀，可是我那时住在里面并不快活，不像你如今住在校舍里。”

她闭口不言，以沉默来反驳他，待走了一段路后她才瞥他一眼，看他有什么反应。“当然，我把你的幸福过于夸大了——谁知道呢。”他继续平淡无奇地说。

“你就一刻也不要这么想吧，裘德，即使你那样说是为了刺伤我的心！在男人中他对于我是再好不过的了，还给了我完全的自由——一般说来年龄较大的丈夫们都不会这样！……如果你认为我不幸福，因为他的年龄对我来说太大了点，那你就错了。”

“我并没有认为他哪儿对你不好啊，亲爱的。”

“你也不会再说些让我痛苦的事了，对吧？”

“不会了。”

于是他不再说什么，但由于这样那样的原因，他知道在把菲洛特桑选定为丈夫这件事上，淑感到自己做了不该做的事情。

他们走下了那片凹地，在它的另一面便是村子——许多年前裘德就是在这儿挨那个农场主鞭打的。然后他们爬上另一边的坡朝村子走去，在快到家门的时候发现埃德琳夫人站在门口，一看见他们就不以为然地举起了双手。“她下楼来了，我没骗你们！”寡妇叫喊道。“她非要下床，真拿她没办法。不知道要出啥事儿了！”

他们走进屋子时的确看见老太太坐在壁炉旁边，身上裹着毯子；她转过头来看他们，那面容就像塞巴斯蒂亚诺画的《拉撒路》[①]一样。他们一定现出吃惊的样子，因为她用一种虚弱的声音说：

“哎呀——我把你们吓着了吧！我不想再呆在上面了，管它哪个高兴不高兴！哪个活人受得了呀，让别人使唤来使唤去的，可究竟该怎么着，她连你一半都不清楚呢！……啊——你也会像他一样为这个婚姻后悔的！”她又加上一句，转向淑。“咱们这个家的人都这样——差不多其他所有人也这样。你应该向我学才对呀，你这个傻瓜。菲洛特桑，那个小学教师，在所有的男人中你就看上了他！你干吗要嫁给他呢？”

“干吗大多数女人都要结婚，姑婆？”

“哈！你是说你爱上那个男人了！”

“我什么也没说。”

“你爱他吗？”

“别问我啦，姑婆。”

“那个男人我可记得很清楚。他是一个很客气、也很体面的人，可是老天爷！——我可不想伤你的感情，但是——这儿那儿就有一些男人让痴心的女人们无法忍受。我早该说他就是其中一个。我现在不说了，因为你一定比我更清楚——不过这话我过去就该说的！”

淑一下子站起来走出屋去。裘德也跟着她出来了，发现她在外屋里哭着。

“别哭了，亲爱的！”裘德忧伤地说。“你明白她是好心的，只是现在变得很固执古怪了。”

“哦，不——不是因为那个！”淑说，极力擦干眼泪。“我一点不在乎她这样鲁莽的。”

---

①塞巴斯蒂亚诺(1485—1547)，意大利威尼斯画派画家。拉撒路，基督寺《圣经·约翰福音》中的人物，一个在世间受尽苦难死后进入天堂的病丐。

“那又是什么原因呢？”

“是她说的那些——都是事实！”

“上帝呀——什么——你不喜欢他吗？”裘德问。

“我不是那个意思！”她急忙说。“我应该——也许我不应该结婚的！”

他不知道她是否真的一开始就想那么说。他们然后又回到了屋里，大家也就不再谈起这个话题了，老太太这次对淑非常和蔼可亲，告诉她说没有多少新婚的年轻女人打老远来看像她这样一个干瘪的病老太婆。下午淑准备走了，裘德雇请了一个邻居驾车把她送到奥尔弗雷兹托去。

“如果你愿意，我就送你去车站好吗？”他问。

她不愿意让他去。那个邻居驾着二轮轻便马车来了，裘德扶她上了车——扶的时候也许过于殷勤了，因为她那眼神似在阻止他这样做。

“我想——等我回到梅尔彻斯特后，哪天来看你好吗？”他有些烦躁地说。

她弯下身温和地说：“不，亲爱的——你暂时不要来。我想你现在心情不大好。”

“那好吧。”裘德说。“再见啦！”

“再见！”她挥动着手离开了。

“她说得对！我不会去看她的！”他嘟囔着。

这天晚上以及随后的几天里，他用尽一切可能的办法克制自己想去看她的欲望，甚至还禁食，想以此来扑灭他对她强烈的爱情，几乎把自己给饿倒了。他又读关于苦行修炼的讲道，还找到教会史中论及第二世纪禁欲者的文章段落来看。在他从马里格林回到梅尔彻斯特之前，阿拉贝娜给他寄来了一封信。一看见这封信他便自责起来，怪自己一时又回到了她身边，这种心情此时胜过了他对淑的依恋之情。

他发现这封信盖的是伦敦的邮戳而不是基督寺的。阿拉贝娜告诉他说，就在他们那天早上在基督寺分手后没几天，她便出乎意料地收到她澳大利亚的丈夫、过去在悉尼开旅店的经理寄来的一封充满柔情蜜意的信。他是专门来英国找她的，并且已经在兰贝斯区买下了一家执照上写明经营项目不受限制的旅馆。他希望她去那儿和他一起经营，说生意可能会很兴旺，因为那里地段好，人口多，人们爱去那里喝杜松子酒。他现在每月营业额已达两百英镑，这个数字会很容易翻番的。

他还说他仍然非常爱她，恳求她告诉他自己的住址；他们只是发生了一点小小的口角就分手了；她在基督寺的雇用期也不过是暂时的——由于这些原因，她就听从了他一再的要求到他那里去了。在他和裘德之间，她不禁感到自己更属于他一些，因为她已正正当当地嫁给了他，并且和他一起生活的时间也比和第一个丈夫一起生活的时间长得多。因此她希望和裘德分手，这当中并无恶意；她相信裘德不会对她这样一个柔弱的女人翻脸的，不会去告发她，毁掉她的生活——既然她现在有了一个机会改善自己的环境，过上体面的生活。

10

裘德又回到了梅尔彻斯特，这儿有一个不确定的长处：离淑现在永久的住地只有 12 英里半。最初他觉得离她这样近，是他根本不去南方的明显理由；而基督寺是一个太令人忧伤的地方，叫他无法忍受。沙斯托与梅尔彻斯特接近，可以使他获得与“敌人”短兵相接并打败“敌人”的光荣——这还是早期教会的僧侣和修女们有意为之的呢，他们认为逃避诱惑是一种耻辱，十分蔑视这种行为，甚至还与敌人安然无恙地同居一室。裘德毫不迟疑地想到了历史学家精练的话语——在这种情况下，“有时违反‘自然’等于是维护了她的权利。”

他像孤注一掷似的，为了做牧师又重新用起功来——他已经认识到，他过去对于自己的奋斗目标是专心致志的，对于这一事业是忠心耿耿的，可是近来已很成问题了。他对淑的感情困扰着他的心灵，而他又似乎本能地感到，花 12 小时和阿拉贝娜放纵地泡在一起把事情弄得更糟，虽然这是合法的，即使她后来才告诉了他在悉尼还有个丈夫的事。他完全相信自己克服了去酗酒的念头——说实在的，他过去这样做并非因为爱好，而仅仅是为了逃避无法忍受的内心痛苦。然而他十分沮丧地发觉，整体而言，他是一个感情过于丰富的人，不可能成为出色的牧师；在他的生活中，内心经常充满肉与灵的斗争，但愿最后不要总是肉欲取胜——这便是他的最高追求了。

作为一种业余爱好，同时也是为了有助于阅读神学著作，他又进一步提高了他在教堂音乐和通奏低音方面本来不高的技能，到后来他都能相当准确地借着乐谱参与多声部合唱了。在离梅尔彻斯特一两英里的地方有一个修复的乡村教堂，裘德最初还去过那里安装新支柱和柱顶。这样，他便认识了那个教堂的风琴手，并最终作为一名男低音加入唱诗班。

他每个礼拜天去这个教区两次，有时在平时去。有一天晚上，大约快到复活节时，唱诗班的人聚在一起练习唱一首新的赞美诗，裘德已听说这首诗的作者是一个威塞克斯人。他们先试唱后准备下周用。这首曲子充满了奇异的情感，他们一遍又一遍地唱着，那和声越来越感染着裘德，使他大为感动。

大家练习完后他便绕着道朝风琴手走去，向他询问。乐谱还是手稿，作者的名字和赞美诗的标题一起放在开头：《十字架下》。

“是呀，”风琴手说，“他是当地的人，在位于这儿和基督寺之间的肯尼特桥做职业音乐家。教区牧师认识他。他是在基督寺传统的影响下成长和受教育的，所以他的曲子才具有了这种品质。我想他在那儿的大教堂里演奏吧，还有一个穿白色法衣的唱诗班。他有时来梅尔彻斯特，有一次管风琴手的位置空缺时他还请来了大教堂的管风琴手。这个复活节这首赞美诗正在广泛传播。”

裘德在回家的路上一面哼着这首曲子，一面沉思着它的作者，以及作者为什么要写这首曲子。他一定是个多么富有同情心的人！裘德自己为淑和阿拉贝娜的事感到茫然不知所措，深受折磨，为自己复杂的处境良心不安，因此他多么希望认识那个人啊！“在所有人当中，只有他才理解我的难处。”感情冲动的裘德说。假如世上可以选择一个人作为知己的话，他便会选择这位作曲者，因为他一定受过苦难，有过激动，有过向往。

简而言之，尽管裘德去拜访作曲者在时间和钱上都有困难，但他仍决定(像个天真的小孩)就在下个礼拜天去肯尼特桥。这天他一大早就出发了，因为只有坐火车沿着弯弯曲曲的铁路才可以到达那个市镇。大约中午的时候他就到了，跨过大桥后便进入这个离奇古老的享有特权的自治市镇；然后他便打听那位作曲者的住址。

人们告诉他作曲者住的是一座红砖房，还在前面一点，并说这位先生不到 5 分钟前刚沿街走过去。

“从哪条路去的呢？”裘德急忙问。

“从教堂出来直接往回家的方向去了。”

裘德赶紧加快了步子，很快便高兴地看到前面不远处有一个男人，身穿黑色大衣，头戴耷拉着的黑色毡帽。他步子越跨越大，跟了上去。“一个饥饿的灵魂在追踪着一个饱满的灵魂！”他说。“我一定要和那个人谈一谈！”

然而他却不能赶在乐师到家以前追上去，这时他产生了疑问，不知此刻去拜访是否方便。但既然已经来到这儿，不管方便不方便他都决定立即进去，因为回家还有那么远的路，他不可能等到下午很晚了才走。这个有着高尚情操的人，将会理解他这种粗鲁无礼的行为。他这颗心本来是为宗教而开放的，可是那世俗的、不法的情感却狡诈地乘虚而入；对于这种情况，乐师或许会给予他最好的忠告。

裘德于是按响门铃，被让进了房里。

不一会儿乐师就来到他身边。因为他穿着体面，容貌不错，举止坦然，所以受到了很好的接待。可是要说明他此行的目的，他感到会有些别扭。

“我一直在梅尔彻斯特附近一个小教堂的唱诗班里唱诗。”他说。“这个礼拜我们刚练习了《十字架下》，据说，先生，这首曲子是您写的？”

“不错——大约在一年前写的。”

“我——喜欢它。我觉得它真是太美太美了！”

“啊，是呀——别人也这么说过。是的，只要我设法把它拿去发表，就可以赚到钱的。我还有其他的曲子与这一支相配，希望把它们一块印出来，因为我至今还没用任何一支曲子赚到5镑钱呢。那些出版商——他们对于像我这样的无名作者的作品，只付很少钱就想买去版权，那点钱我请人把曲子清誊一遍还不够呢。你说到的那支曲我借给了这儿和梅尔彻斯特的一些朋友，所以才有一些人唱它。可音乐是一个可怜的东西，你是靠不住它的——我正要把它彻底放弃了。如今你要想赚钱就得去做生意。我正想着做酒生意的事。这是我即将发出的货品目录——现在还没发出——不过你可以先拿一份去。”

他递给裘德一份有几页厚的小册子样式的广告单，边缘饰以红线，里面列出了各种不同的红酒、香槟酒、葡萄酒、雪利酒等等，他打算由此开始新的商业冒险。这个有着高尚情操的人也不过如此这般，这可大出裘德的预料，他因此觉得不好开口向乐师倾吐自己的心里话了。

他们又谈了一会儿，但显得很勉强，因为这时乐师发现裘德不过是一个穷小子，并非他外表和风度最初给人的假象那样——好像他的地位和工作都不错；因此乐师的态度也就随之改变了。裘德结结巴巴地说了些他的感受，说那支曲子多么令人兴奋，希望向乐师表示祝贺，然后就尴尬地离开了。

这是一个寒冷的春日，他无论坐在没有炉火的候车室里，还是乘上礼拜天的慢车返回，都在为自己天真无知出来旅行这一趟深感沮丧。他一回到梅尔彻斯特的寓所就发现有一封他的信，那是他早晨刚离开几分钟就到了的。这是一封淑寄来的充满悔悟的短信，她在信中温和谦卑地说，她觉得自己太可怕了，居然对他说不要去看她；说她这人思想太传统，自己都看不起自己；让他一定在那个礼拜天乘 11 点 45 分的火车去她那里，1 点半和他们一起用餐。

裘德为错过了这封信，不能照信中说的去做，急得几乎要把自己的头发扯下来，但近来他已很能克制自己了。最后他又感到，他这次异想天开地赶去肯尼特桥，实在好像是天公又一次专门来阻止他，使他免受诱惑。但是他对于宗教信仰越来越没有耐性，他注意到最近已不止一次这样，因此便带着嘲笑对此看法不屑一顾——即上帝会派人去做徒劳无益的傻事。他渴望着见到她，为自己错过见她的机会大动肝火：于是他立即给她去了一封信，说明发生的情况，说他等不到下个礼拜天了，她随便让他哪一天去他都会去的。

他的信过于热烈了点，淑直到耶稣受难日①前的礼拜四才给他回信，这是她的处世方法。她说如果他愿意可以在那天下午去，她不能再提前请他去作客了，因为她现在已是丈夫学校里的一名助教。裘德因此在大教堂工地处请了假，只被扣除少数工钱，便出发到淑那里去了。

---

①耶稣受难日，复活节前的星期五。

第四部　在沙斯托

“美德可贵，博爱第一；无论何人，若将婚姻或其他习俗置于之前，即便他自称为天主教徒，或新教徒，或任何教徒，他均不过是一个法利赛人①。”

——约翰·弥尔顿②

---

①法利赛人，古代犹太教一个派别的成员，基督教《圣经》中称他们是言行不一的伪善者。

②约翰·弥尔顿(1608—1674)，英国大诗人，《失乐园》的作者。

1

沙斯托，古代英国叫巴拉督，

“初建之时便产生离奇传说”

（德雷顿[1]这样咏道），过去和现在本身就是一个充满梦幻的城市。那座城堡，3家造币厂，南威塞克斯主要引以为荣的壮丽的半圆形寺院，12座教堂，神殿，歌祷堂，医院，有山墙的石砌邸宅，这些都只朦朦胧胧地存在于人们的想象之中——现在全被无情地弄得荡然无存——使去参观的人不得不满怀忧郁感伤，连周围那令人清爽的空气和无数美景都难以排除这种心情。这是一个国王和一个王后以及一些男修道院院长、女修道院院长、圣徒、主教、骑士和乡绅的藏身之地。“殉难者”爱德华国王的遗体，被小心翼翼迁移到这儿以便万古长存，这给沙斯托增添了殊荣，使它成为欧洲各国香客们的胜地，声誉远远传播到英国以外。但寺院的废毁，用历史学家们的话说，给伟大的中世纪所创造的杰作敲响了丧钟。所以随着大寺院被破坏，整个地方也都成为一片废墟，毁于一旦：“殉难者”的遗体也和护藏它的神圣建筑遭到同样命运，如今连一块石头也未曾留下，原址到底在何处已不得而知。

这个市镇仍然有着奇异的自然美景，但是说来奇怪，这些特征过去许多作家都是有所记载的，虽然据说这些优美的景色不为一般人所赏识。而现今人们对此更是不屑一顾，因此英国最为古雅而富有奇趣的地方之一的沙斯托，实际上今天已无人去游览了。

市镇的位置十分独特，它坐落于一个陡峭雄伟的悬崖之顶，这悬崖由市镇北、南、西三面有深厚冲积土壤的布莱谷里拔地而起，从城堡绿地处可看到南、中、下威塞克斯这三个郡一片翠绿的草原——这一景观会令一个毫无思想准备的游客大吃一惊，一如它那清新爽快的空气进入他的肺里一样。铁路是不可能通到里面去的，最好的办法是步行，其次是坐轻便马车，因为坐轻便马车也只有从东北边地峡般的地方才能进去，这地峡把市镇与那一面高耸的白垩高原连在一起。

这就是过去和现在都被世人遗忘了的沙斯托或巴拉督。由于其地势，市镇的用水极为缺乏，现今的人们还记得见过一队队马、驴和人艰难地沿着弯曲的道路爬上山顶的情景，用大桶、小桶满载着从山下的水井里打来的水，还有那些盛着水沿街叫卖的小贩，水价是半便士一桶。

这一供水的困难，加上另外两件奇特的事实——即市镇的主要教堂墓地从教堂后面倾斜上去，陡直得像个屋顶，以及早些时候它曾经历了一个特别的腐化时期，无论是在隐修生活上还是家庭生活上；从而产生了如此说法：沙斯托由于给了男人三种慰藉而引人注目，这些慰藉是举世无双的。在这里，教堂墓地比教堂尖塔还要接近于天国；在这里，啤酒甚至比水还多；在这里，放荡的女人多于正直的妻子和少女。还据说，中世纪以后这里的居民们太穷了，连牧师的薪水都负担不起，于是不得不拆毁教堂，克制自己，完全放弃了集体礼拜上帝这件事。他们必须这样做，为此只好在礼拜天下午去酒店里，坐在有扶手的木制高背长椅上喝酒哀叹。在那些日子里，沙斯托的人显然也并非毫无幽默感。

沙斯托另有一个奇特之处——这可是现代才有的——这似乎由于它的地理位置所致。它是游行各地的大篷货车、演出队、射击场等等老板们的休息处和总部，这些穿乡游巷的生意大多要到各个庙会和集市上去做。在巍峨高大的崖顶上，可以看到聚集着一些奇异的野鸟，它们似在那儿静静地沉思，稍息片刻之后又要作更远的飞行，或者从这儿沿老

①德雷顿(1563—1631)，英国诗人，作品包括田园诗，十四行诗，情诗及英雄史诗。

路飞回去；也正如这些鸟儿一般，在这个位于悬崖峭壁之上的市镇里，一些黄黄绿绿的商队静得出奇地呆在那儿，它们都有着异乡的名称，好像突然间遇到这个如此险恶的地势，震惊不已，无法前行，于是只好整个冬天呆在这儿，来年春天再循着老路返回。

大约在下午4点钟时，裘德从最近的火车站平生第一次登上这个多风而怪诞的市镇。他艰难地往上爬着，来到崖顶，先经过这高耸入云的市镇的头几座房子，便朝校舍走去。时间还太早，学生们尚未放学，他们像蚊子似的发出细弱的嗡嗡声。他于是沿着寺院路后退几步，从那儿便看见了命运为他世上最心爱的人安家的地点。校舍十分宽广，用石头筑成，在它前面有两棵巨大的山毛榉，灰褐色的树干非常平滑，这种树只生长在白垩质的高地上。穿过那些有直棂和横档的窗子，他能看见窗台上方那些小学生们的脑袋，生着黑色、褐色和淡黄色的头发。为了消磨时间他朝着下面一个平台走去，那儿曾经是寺院的花园。此时他的心不由自主地颤动着。

他想等孩子们放学了再进学校去，便呆在那儿，直到空中传来了他们的声音，看见小姑娘们身穿红红蓝蓝的外衣，围着白色的围涎，手舞足蹈地沿小路出现——3个世纪前，尼庵住持、女修道院院长和副院长以及50名修女们，就是带着娴静严肃的神态往返于这些小路上的。这时他才折回身去，却发现他在那儿等得太久了，淑已经随最后一名学生到市镇里去了，菲洛特桑先生因为去肖兹弗德开一个教师会议，所以一下午都不在。

裘德走进空空的教室坐下来，扫地的女孩告诉他菲洛特桑太太过一会儿就要回来的。旁边放着一架钢琴——实际上就是菲洛特桑在马里格林用过的那架钢琴——虽然下午的光线很暗了，裘德几乎看不清那些音符，但还是缩手缩脚地弹起来，并且情不自禁地又弹起了上个礼拜使他深受感动的那首赞美诗。

裘德后面移动着一个身影，他以为还是那个扫地的女孩，便没有去注意，可是那个人走近他身旁，把手指轻轻放在了他弹低音的手上。他似乎认得这只伸过来的小手，因此转过了身。

“别停下。”淑说。“我喜欢这支曲子，在离开梅尔彻斯特前学过。他们在师范学校里经常弹它。”

“我怎么能在你面前乱弹一气呢！你弹给我听吧。”

“哦，那好——我就不管啦。”

淑坐下来，接着便弹出了这支曲子，尽管不是很出色，但和裘德弹的比起来似乎就有天壤之别了。她像他一样，显然被这首引人回想的曲调感动了——她自己也觉得吃惊。她弹完的时候，他把手向她的手伸去，同时她也伸出了手。裘德紧握住它——正像她结婚前他握着她时那样。

“真是奇怪，”她说，声音也大变了，“我会喜欢这样的曲子，因为——”

“因为什么？”

“我并不是那样一个人——真的。”

“不是一个容易感动的人吗？”

“我可并不完全是那个意思。”

“唔，但是你却是那样的一个人，因为你感情上正和我一样！”

她继续弹下去，然后突然转过身；他们本能地而非事先想好地又握住了对方的手。

她勉强发出一点笑声，一面很快松开了他的手。“多么可笑呀！”她说。“我真不知道咱们为啥要这样？”

“我想也许是我们两个感情上很相像吧，正如我刚才说的。”

“我们的思想可不一样！也许感情有一点儿相同。”

“但感情却是支配思想的……那首赞美诗的作者是我所见过的最俗不可耐的人，这种情况真叫人想破口大骂！”

“什么——你认识他？”

“我去见过他。”

“啊，你这个大傻瓜——去做了我本来也会做的事！你为啥要去呢？”

“因为我们两个不一样。”他干巴巴地说。

“咱们喝点儿茶吧。”淑说。“不用去家里就在这儿喝好吗？水壶和其他东西拿来都很方便的。你知道我们不住在学校里，而住在路那边叫做‘古林地’的老房子里。它实在太陈旧凄凉了，我感到很压抑。这样的房子供游人参观还不错，但住起来就让人难受了——过去里面曾住过一代又一代的人，他们像沉重的负担把我都压到地里去了。在一个像这种学校的新地方，你只需支撑起自己的生命就行啦。你快坐下，我让埃达把茶具拿来。”

他在炉火的光的映照下等着，她出去前把炉门一下打开了。她回来的时候后面跟着女佣，手中拿着茶。他们坐下来，映照在同一火光里；架子上放了黄铜水壶，下面点起一盏酒精灯，蓝色的光线使得亮光更强了一些。

“这是你送给我的一件结婚礼物。”她说，意指那个水壶。

“是的。”裘德说。

这时他送的水壶因水将沸腾发出了声响，他感到那声音里好像带着一些嘲讽的意味；为了改变话题他说：“关于《新约全书》有一些非正统的著作，你知道有没有可读性很好的版本呢？大概你们在学校里不读这样的书吧？”

“啊，我们不读！——这里的人会被吓着的……对呀，有那么一本。我现在对它已不熟悉了，虽然我先前那个朋友活着时我曾对它有过兴趣。那是库柏版的《福音外传》。”

“听起来大概合乎我的喜好。”他说，但他的思想却带着一阵剧痛回到“先前那个朋友”上面去了——他知道她指的是早些时候的那个大学生朋友。裘德不知道她是否对菲洛特桑说起过这事。

“《尼可狄摩司[①]福音书》很不错。”她继续道，以免他有那些嫉妒的想法，这她清清楚楚地看出来了——她总能清清楚楚地看出来。的确，当他们在谈论着一个无关紧要的话题时，比如此刻，他们的感情之间还总是进行着另一番悄无声息的谈话，而且这种交流进行得非常完美。“这部福音外传和那些真正的福音书很相像，还全都分成节、句的形式，就像是四《福音书》的作者之一[②]在梦中读着一般——因为梦中的东西像是真的，可又不是真的。可是，裘德，你还对那些问题感兴趣吗？你在钻研‘护教学’[③]吗？”

“是的，我在读神学著作，比以前还起劲呢。”

她好奇地注视着他。

“你干吗那样看着我？”裘德问。

“哦——你为啥想要知道？”

“我肯定在这个问题上你能告诉我什么我不懂的东西。你一定从那位亲爱的、已故的朋友身上学到了不少东西吧！”

“咱们快别再说那个了！”她哄他道。“下个礼拜你还在那个教堂里面干活吗，也就是你在那儿学会了这首优美圣诗的教堂？”

“嗯，也许吧。”

“那太好了。我可以去那儿看你吗？就在这个方向吧，我可以随便哪个下午坐半小时火车去，是不是？”

“不行。你别来！”

“什么——难道我们不再是朋友了，像过去一样？”

“不了。”

“我可不知道这个。我还以为你永远会对我好呢！”

“不，我不那样啦。”

---

① 尼可狄摩司(1748—1809)，希腊正教修士。

② 指马太、马可、路加和约翰。

③ 护教学，基督教神学课题之一，以辩护教义为研究对象。

“这么说我犯什么事了吗？我敢保证，我原先还以为我们两个——”她的声音颤抖起来，使她说不下去了。

“淑，我有时认为你是一个爱打情骂俏的女人。”他出其不意地说道。

她一时什么也没说，最后突然跳起来；借助水壶下面的火光，他吃惊地发现她的脸都红了。

“我不能再和你谈下去了，裘德！”她又带着往日那种凄楚的女低音说。“弹了那些病态的‘受难节’曲子，倒添了不应该有的心情；现在天已太暗，不能再一起这样呆下去了！……咱们不能再这样坐着谈下去了。是的——你必须离开啦，因为你误解了我！你那么残酷地说我，可我完完全全不是你说的那个样子——啊，裘德，你那样说真是太残酷了！然而我不能把实话告诉你——我是怎样受冲动的支配，又是多么深深地感到上天不应该赐给我迷人之处，除非他有意让人烦恼——假如我告诉你这些会让你震惊的！有些女人喜欢被他人所爱，这种喜爱是无法满足的；因此她们爱起别人来常常也无法满足。最后的情形是，她们会发现不能够把爱持续不断地给予和自己同居一室的人——尽管这人是经主教批准了接受这种爱的。可是你太直率了，裘德，怎么能理解我呢！……现在你必须得走了。我很遗憾我丈夫不在家。”

“是吗？”

“我明白这话我不过是说惯了罢啦！说实在的我并不认为遗憾。但遗憾不遗憾都没关系——说来真让人痛心！”

尽管他们刚才过分热情地握着对方的手，但是现在他走出去时她只轻轻碰了一下他的手指。他刚一走出门口，她就露出不满的表情，跳上一个长板凳，打开一扇窗子的铁窗扉，他正从外面窗下的小路上走过去。“你什么时候离开这儿去赶火车，裘德？”她问。

他有些惊诧地抬头望着：“去接那班车的公共马车大约要过 45 分钟

才走。”

“那你这段时间做什么呢？”

“唔——我想四处走走吧。也许我去那个旧教堂坐坐。”

“我这样子把你撵走似乎太无情了！你对教堂实在考虑得太多，天知道，用不着天黑了还往那里去的。就呆在那儿吧。”

“哪儿？”

“就你现在那儿呀。我可以和你这样谈谈话，也比你在里面好些……你耽搁一天的工作来看我，对我真是太好、太体贴了！……你就是爱幻想的约瑟[1]，亲爱的裘德，也是一个可悲的堂吉诃德[2]。有时你又是圣司提反[3]，当他们用石头击他时，他看见上天打开了，啊，我可怜的朋友和同伴，你还会受苦的！”

那个高高的窗槛把他们两个隔着，所以他够不着她，既然如此，她似乎就不在乎尽情和他开诚布公地谈一谈——而在和他离得很近时她是有所顾虑的。“我一直在想，”她继续道，说的时候语调中仍充满情感，“文明硬把我们塞进了社会的模子里，而这些模子与我们实际的样子毫无关系；这正如人们常见的那些星座的形状，与实际星星的形状毫无关系一样。我现在被叫做理查德 · 菲洛特桑太太，和与我同姓的配偶过着平静的婚姻生活。但实际上我并不是理查德 · 菲洛特桑太太，而是一个孤苦伶仃、被畸形的感情和无法理解的厌恶搅得不安的女人……哦，你不要再等了，不然会错过马车的。请下次再来看我吧。下次来时你一定要到我家里去啊。”

---

① 约瑟，《圣经》人物，为雅各少子，因过于受父宠爱，众兄都不喜欢他。

② 堂吉诃德，西班牙作家塞万提斯的名著《堂吉诃德》中的主人公，一个不切实际的理想主义者。

③ 圣司提反，《圣经》人物。《新约 · 使徒行传》第七章说，司提反当众申诉之后，众人听了极其恼怒，对司提反咬牙切齿。但司提反被圣灵充满，定睛望天，看见上帝的荣耀光辉就说，我看见天开了。……众人大声喊叫……用石头打他……司提反遂长眠。

“好吧！”裘德说。“什么时候呢？”

“下礼拜的明天吧。再见啦——再见啦。”

她伸出手怜惜地抚摸他的额头——就一下。裘德说了一声再见，便消失在夜色之中。

在沿着比姆波特街走过去时，他觉得好像听到了马车轮子离开的声音，果然，他走到市场里的“公爵徽”客店时马车已开走了。现在步行去车站赶那班火车已不可能，于是他不得不停下来再等下一班车——这是那晚去梅尔彻斯特的最后一班车了。

他四处漫游了一会儿，吃了点东西；这时还剩半小时，他的脚又不知不觉地走着穿过那“三一教堂”历史悠久的墓地(它的道路两旁都斜种着菩提树)，朝学校的方向走去。学校完全笼罩在夜色里。她说过她住在路那边的“古林地”，裘德不久就发现了她所描述的那座古老房子。

窗子尚未关上，蜡烛的微光从前窗照射出来。他能清清楚楚地看见里面——地面比屋外的路面矮两级，因为自从这房子修建后，几个世纪以来外面的路已垫高了。淑显然刚进去，她还戴着帽子站在前面那个客厅或起居室里，其墙壁从底部到顶部都镶上了橡木护壁板，天花板上纵横地露着成形的大梁，比她的头高不了多少。壁炉同样地厚重，上面刻着具有詹姆斯一世时期风格特色的壁柱和涡形装饰。一个年轻的太太在这屋子里生活着，几百年的岁月的确沉重地悬挂在她头上。

她打开了一个花梨木小匣，正看着一张照片。她把照片按在胸前，凝目沉思了片刻，然后放回原处。

这时她才意识到还没有关好窗户，便走上前来关，一只手拿着蜡烛。天色太黑了，她看不见外面的裘德，但他却可以清清楚楚看见她的脸，看见她那双生着长眼睫毛的忧郁的眼睛明明白白地饱含着泪水。

她关好百叶窗，裘德也转身走上了他孤独的回家的旅程。“她在看谁的照片呢？”他说。他曾给过她一张自己的照片，可是他知道她还有别人的照片。然而那一定就是他的吧?

他明白自己还应该来看她的——按照她的邀请。那些他读到的满怀诚意的人物，那些圣者——淑有点儿轻慢地称之为他的次神——也许就回避了这种和她见面的机会，假如他们对自己的力量缺乏信心。但是他不会那样做。在他和她分别的这整个期间，他或许会禁食和祈祷，不过他身上的人性比神性更为强大。

2

但是，如果成事不在天，却是在女人呢[1]。第三天上午他收到了一封她寄来的短信：

下周请别来。为你着想请别来了！受那病态的赞美诗和黄昏的影响，我们太随便了。尽量别去想啦。

淑珊娜 · 弗洛伦斯 · 玛丽

他感到极度失望。他知道她在信末这样署名的心情和表情如何。但无论她心情怎样，裘德都不能说她的看法是错误的。他这样回信道：

我完全同意。你是对的。我想在这段时期我应该学会克制自己这一课。

裘德

他在复活节前夕寄出了这封信，似乎他们最后定下了这事。可是与此同时，除了他们自己的力量和规律外，另外的力量和规律也在运行着。在复活节后的星期一上午他收到寡妇埃德琳发来的电报，他曾让她一有严重情况就给他拍电报。电文如下：

你姑婆病危。速回。

他丢下工具就往回赶。3 个半小时后他便在翻越马里格林的那片丘陵了，不一会儿进入到那片凹地，往村子去的捷径就从这片地里穿过。他爬上对面的坡时，看见有一个农夫在路那边的门前一直看着他走近，不安地移动着，好像要和他说话的样子。“从那人的表情上我看得出她已去世了。”裘德说。“可怜的德鲁斯娜姑婆呀！”

情况正如他所料想的那样，埃德琳夫人专门派这个人出来告诉他这消息的。

“她不会认出你来。她像个玩偶一样躺在那里，眼神都散了，所以你没赶到也不要紧。”那人说。

裘德继续往家里走去。下午，一切事情都办完了，装殓工们也都喝完啤酒走了，这时他便独自坐在这个寂静的屋里。给淑写封信是绝对必要的，尽管两三天前他们才同意了暂不见面。他用最简短的语言写道：

姑婆德鲁斯娜过世了，几乎突然去世的。礼拜五下午举行葬礼。

在举行葬礼前的这几天里，他一直呆在马里格林，并去附近走走；礼拜五上午他出去看看坟墓挖好没有，同时纳闷儿不知淑是否会来。她没有回信，这似乎意味着她来的可能性更大。他计算了她惟一可能坐的那班火车到达的时间，大约中午的时候锁好房门，走过那块凹地，来到“褐房子”旁那片高地的边缘，站在那儿俯视着北边辽阔的景色，俯视着奥尔弗雷兹托所在的那片更近的地方。在它后面两英里处，只见一股白烟从左向右飘去。

即使现在，他也要等很长时间才知道她是否来了。但他还是耐心地在那儿等着，最后终于有一辆小型出租马车在山脚停下，从上面走下来一个人。车子返回去之后，那乘客开始爬上山来。他认出了她，她今天显得太纤弱了，仿佛假如过于热烈地拥抱她，那力量会把她给压碎似的——但拥抱可不是他所能给予的。在坡上爬到三分之一时，她的头

① 英国有句谚语：“谋事在人，成事在天。”

突然往前一伸，现出很热切的模样，他便知道她此刻认出自己来了。她的脸上很快现出一丝笑容，心事重重的样子，直到他走下去一点接到了她。

“我想，”她忐忑不安地急忙说，“让你一个人参加葬礼也太凄惨了！所以——在最后那一刻——我还是赶来了。”

“亲爱的忠诚的淑啊！”裘德咕哝道。

可是淑的那种古怪的双重性格真是难以捉摸，她并没有停下来再多问候几句，尽管离葬礼还有一些时间。此时他们两个都怀着各种异乎寻常、悲伤哀婉的情感，这些情感在以后的几年里都是不可能遇到的了——假如还会有的话——就裘德而言，他或许会停下来，作一番思考，谈谈话儿。但是淑或者根本没看到这一点，或者比他还看得清楚，反正她不愿让自己去感受就是了。

凄楚而简单的仪式很快结束。他们去教堂几乎是一阵小跑，殡仪员十分忙碌，一小时后还要赶去 3 英里远的地方举行另一个更重要的葬礼。德鲁斯娜被埋葬在另一块地里，离她的先辈们很远。淑和裘德是肩并肩往坟地走去的，现在他们又坐在这间熟悉的屋子里喝茶；他们的生活至少在给死者送终的时候，又连在一起。

“你说，她自始至终都反对结婚，是吗？”淑低声问。

“不错。尤其反对我们这个家的人结婚。”

她的视线和他的相碰了，她注视了他一会儿。

“咱们这个家非常可悲，你不这样认为吗，裘德？”

“她说我们这个家的人做丈夫、妻子都做不好。我们的婚姻确实不幸福。无论如何，我就是这样的一个例子！”

淑沉默不语，然后有些迟疑不决地颤抖着说：“一个做丈夫的或做妻子的，告诉一个第三者说他们的婚姻不幸福，这是错误的吗？假如婚礼是一种严肃的宗教的东西，那它就可能出错。可是假如它只是一种肮脏的契约，建立在实质性的利益之上：管理家务，缴纳税金，让孩子继承土地钱财，必须让人知道他们的父亲是谁——似乎如此——那为什么一个人必然可以说，甚至公开大声疾呼，说婚姻伤害了他（她）的感情，使他（她）痛苦不堪呢？”

“不管怎样，我就对你说过那样的话。”

接着她又继续道：“你认为有很多夫妇，他们不喜欢对方，并不是因为对方有明显的错误吗？”

“是的，我想很多吧。比如假设其中一个人又喜欢上了第三者的话。”

“但是如果连这种情况也除外呢？比如，假设做妻子的不喜欢和丈夫生活在一起，她不会是一个生性很坏的人吧？她不喜欢和他生活，仅仅是”——她的声音忽高忽低，而他在猜测着这里面的情况——“仅仅是因为她的个人感情不合——一种身体上的反感——一种爱挑剔的性格，或者不管这叫做什么——尽管她或许尊敬他，感激他。我只是举一个例子。她应该尽力克服她那些故作正经的行为吗？”

裘德忧虑地看了她一眼，然后眼睛盯着一边，说：“这或许就是我的经验和我信奉的教条彼此对立的一种情况。假如站在一个奉公守法者的立场上说话——我希望自己是这样一个人，不过恐怕我并不是——我对你的回答就是肯定的。但假如从经验和不偏不倚的自然属性来讲，我对你的回答就是否定的……淑，我相信你并不幸福！”

“我当然幸福啦！”她矢口否认。“一个女人同她自由选择的男人才结婚8个礼拜，怎么会不幸福呢？”

“‘自由选择！’”

“你干吗要重复这句话？……不过我得坐6点钟的火车回去。你大概要在这里呆一些日子吧？”

“还要花几天时间来办完姑婆的后事。这个房子归别人了。我送你去车站好吗？”

淑笑了笑表示反对：“我想不用吧。你陪我走一段路就行啦。”

“可是别忙——你今晚不能走了！那班车并不是开到沙斯托去的。你必须留下来明天再回去。埃德琳的屋子很宽敞，如果你不喜欢住在这儿的话。”

“好吧。”她犹豫不决地说。“反正我也没有告诉他我一准回去的。”

裘德去到毗邻的寡妇家，对她说了淑住下来的事，几分钟后又回来坐下。

“我们的处境真是太可怕了，淑——太可怕了！”他突然说，眼睛盯着地上。

“有什么可怕的！为啥这样说？”

“我不能把我的忧愁全都告诉你。你的忧愁是你不应该和他结婚。这一点你结婚前我就看出来了，只是我想我不该干涉你。但是我错了，我本来是应该干涉你的呀！”

“可又是什么使你想到这些的呢，亲爱的？”

“因为——我能透过你的羽毛看见你的内在，我可怜的小鸟！”

她的手放在桌上，裘德把自己的手放在它上面。淑将手抽了回去。

“这真是可笑，淑，”他叫道，“在我们谈了这一切之后！如果说到这方面，我比你还严谨正统，可是这样一个纯真无邪的举动你都会反对，说明你真是自相矛盾得荒唐。”

“也许是太谨小慎微了吧。”她不无后悔地说。“只是我以为那是我们的一种轻率行为——也许太频繁了吧。好啦，只要你喜欢，你愿握多久都行。我这样做行吗？”

“行，很好。”

“不过我得告诉他。”

“谁？”

“理查德呀。”

“哦——当然，如果你认为有必要的话。但是因为我们这样做并无别的意思，你也许会给他带来不必要的烦恼。”

“唔——这么说你肯定只是作为表哥才那样做的吗？”

“绝对肯定。在我的身上爱情已经不复存在了。”

“这可是一件新闻。怎么会这样呢？”

“我看见了阿拉贝娜。”

她对这突如其来的消息皱了皱眉头，然后好奇地问：“什么时候看见她的？”

“在基督寺的时候。”

“这么说她已经回来了，可你却现在才告诉我！我想你现在要和她一起生活了吧？”

“当然啦——就像你和你丈夫一样生活。”

她看着窗台上的那几盆天竺葵和仙人掌，它们由于缺少照料已经枯萎了；然后她又往外面远处看去，最后眼睛湿润起来。“怎么啦？”裘德问，语气温和。

“为什么你会这么高兴回到她身边呢——如果——如果——你过去常对我说的话现在还是真实的——我是说如果它们当时是真实的！当然现在一切都是假的了！你的心怎么这么快就回到阿拉贝娜那里去了呢？”

“我想，这是老天特意促成的吧。”

“啊——这不是真的！”她带着一点怨恨说。“你在取笑我——就这么回事——因为你认为我不幸福！”

“我不知道。我也不想知道。”

“假如我不幸福，那都是我的错误，我的邪恶；并不是我有权不喜欢他！他对我各方面都很体贴，而且非常有趣，他碰到什么书都读，所以知识面十分广泛……裘德，你认为一个男人应该娶一个和他同龄，或者比他年轻的女人吗——像我比他小 18 岁这样？”

“这要看他们彼此的感情如何了。”

他丝毫不让她有自我满足的机会，她只好孤独无援地说下去了，说的时候语调中充满了压抑。她几乎快要掉下泪来，说：

“我——我想我应当像你对我一样的诚实。也许你已经看出来我想说什么了？——虽然我喜欢把菲洛特桑先生当作一个朋友，但我并不喜欢把他当作丈夫和他生活在一起——这对我是一种痛苦！好啦，这下我都对你说啦——我止不住要对你说，尽管我一直在——装着我很幸福的样子。——这下你会永远看不起我了，我想！”她的双手放在桌布上，这时她把脸俯下去贴在手上面，无声地啜泣，微微抽动着，使只有三条腿的并不牢固的桌子晃动起来。

“我结婚才只有一两个月啊！”她继续说，仍然趴在两手上啜泣着。“据说一个女人——在刚结婚时所畏缩的事——五六年后她就会不再计较了，会心安理得地适应下来。但这就很像是在说，截除人的一个肢节绝不是一种痛苦，因为他经过一段时间会习惯于使用木腿或木臂，而并不觉得有不舒适的地方了！”

裘德几乎说不出话来，但他还是说道：“我原先感到这事不对劲儿，淑！啊，我真的原先就想到了！”

“可事实并不像你所想的那样！——除了我自己是个不好的女人外——我想你会这样说我吧——没有什么不对的地方。就我而言那是一件令人反感的事，其原因我难以启齿，而这个原因一般世人是不会承认的！……使我深为痛苦的是，不管什么时候这个人想要那个，我都必须得应付他，尽管他在道德上是很好的！——由于受到那个可怕的婚约束缚，我特别感到难过，本来那种事实在说来是要出于自愿的！……我真希望他会打我，或对我不忠，或公开做什么坏事，这样我就可以明明白白地为自己的感情辩护！但是他什么也没有做，只是自从他发现我心里在想什么之后，对我变得冷淡了点而已。这也就是他没来参加葬礼的原因……啊，我太痛苦了——真不知如何是好！……别靠近我，裘德，因为你不应该。别靠近我——别靠近我！”

可是他已跳起身来，把他的脸贴在了她脸上——或更确切地说贴着了她的耳朵，因为她的脸是碰不着的。

“我对你说了不要靠近我，裘德！”

“我知道你说了——我只是希望——安慰你！这一切都是因为我们认识前我结了婚造成的，是不是？如果不是因为那个，淑，你就会做我妻子了，是不是？”

她并没有回答，而是很快站起身，说她要去教堂墓地姑婆的墓那里，也好让自己休息一下，然后走出了屋子。裘德没有跟着她去。20分钟后他看见她穿过村子的草地朝埃德琳夫人家走去，很快她又让一个小女孩过来取她的提包，并告诉他说她太累了，那晚不能再见他了。

裘德坐在姑婆这房子寂寞的屋里，看着寡妇埃德琳的小屋消失在夜色之中。他知道淑此时正坐在那些墙里面，和他一样孤独沮丧；这时他再一次对自己虔诚地信奉的格言—— 一切趋于至善——提出了疑问。

晚上他早早地就睡了，但淑近在咫尺的感觉使他睡得并不安稳。快到两点钟时他才开始睡得好一些，可是又被一阵尖锐的声音惊醒，这声音他过去常住在马里格林时十分熟悉。那是一只兔子被夹子夹住发出的叫声。它在短时间内就没有再叫了，这种小动物就习惯这样，并且最多也不过再叫一两次；它会忍受着折磨，直到次日安放夹子的人来对着它的头一击，才结束了它的痛苦。

他小时候连蚯蚓都是不会打死的，此时他便想象着那只兔子腿被撕裂、痛苦挣扎的情景。假如只夹到后腿，即“捕得糟”，在天亮前的6个小时里兔子就会用力拖拉，直到被铁夹子扯得皮开肉绽；如果铁夹子的劲儿小，它还会拖着逃跑，最后由于伤处变成坏疽而死在田地里。假如夹到前腿，即“捕得好”，骨头就会被夹断，再加上兔子拼命想跑掉——这是不可能的——腿就几乎会被扯成两截儿了。

差不多过了半小时，兔子又发出一声尖叫。不让兔子结束痛苦裘德是再也睡不着的了，于是他很快穿上衣服走下楼来，在月光下穿过草地朝着叫声的方向走去。他来到寡妇庭园外的围篱旁时停下了。小动物拖着夹子疼得四处翻滚，使夹子发出微弱的咔嗒声，他循着这个声音找到了兔子，然后用手掌边对着它的后颈一击，它便把腿一伸死了。

他正转身离开，这时看见邻近一个底楼屋子里有个女人，站在打开的窗扉旁看着外面。“裘德！”传来一个羞怯的声音——那是淑的声音。“是你吗——裘德？”

“是我，亲爱的！”

“我根本睡不着，然后又听到了兔子的叫声，止不住想到它受的痛苦，觉得我必须下来把它打死算了！不过我很高兴你先到了……不应该让他们放上这些钢夹子的，对吧！”

裘德来到窗前，窗子相当低，可以看见她齐腰以上的身躯。她打开窗户栓，把手放在他的手上面，月光映照在她脸上，她若有所思地盯着他。

“兔子让你一直没睡着吗？”他问。

“不是——我本来就没有睡着。”

“怎么会这样呢？”

“啊，你明白的——行啦！我知道，你脑子里面装着那些宗教学说，认为一个已婚女人遇到了我这样的麻烦，却把另一个男人当作知己，向他倾诉衷情，像我对你一样——这就犯下了一个不可饶恕的大罪呀。我真后悔我那样做，唉！”

“快别后悔啦，亲爱的。”他说。“那也许是我过去的观点，但是那些学说和我本人已在开始分离了。”

“我先前就知道——先前就知道的！也正因此我才发誓说我不会干预你的信仰。不过——我非常高兴见到了你！——并且，唉，我原先还打算不再见你了，既然连接我们两个最后的纽带姑婆德鲁斯娜已去世了！”

裘德抓住她的手吻着。“还留下了一个更牢固的联系呢！”他说。

“我永远也不会在乎我那些学说或信仰了！让它们去吧！让我帮助你，即便我确实爱你，即便你……”

“不要说啦！——我知道你的意思，不过我并不承认那些。好啦！你愿怎么想就怎么想吧，但可不要逼我回答问题呀！”

“我希望你幸福，不管我怎么样！”

“我不可能幸福的。几乎没有人能理解我，他们会说我想入非非，过分挑剔，或类似的话，并指责我……这可绝不是自然发生的爱情悲剧——在文明社会中这种爱情悲剧是很平常的——而是一种人为制造出来的悲剧，遭受此悲剧的便是那些按照自然规律应该分离才能得到安慰的人！……也许，我这样把我的痛苦告诉你是错误的——假如我能把它告诉任何别人。可是除你以外我再没有一个人可以诉说了，而我又必须要对人倾吐！裘德，在嫁给他以前我并没有好好想一下婚姻意味着什么，固然我也知道一点。我太愚蠢了，此外再没有其他理由。我那时年龄也不小了，还认为我很有经验呢。所以，当我在那所师范学校陷入困境时，我便匆匆地把事情办了，像一个大傻瓜那样自以为是的样子！……一个人愚昧无知犯下的错误，还得由他自己去消除，我对此毫不怀疑。我敢说这种事发生在很多女人身上，只是她们甘愿忍受，而我不愿屈服罢了……我们不幸地生活在一个风俗和迷信都很原始的时代；当后代人回过头来看这些风俗和迷信时，他们将会说什么呢！”

“你太悲哀了，亲爱的淑！我多么希望——希望——”

“你得回屋去啦！”

她在一阵冲动之下把身子俯过窗台，脸贴着他头发，哭泣着，然后在他头上轻轻给了他一个几乎感觉不到的吻，很快又抽回身去，这样他就不能去拥抱她了——否则他无疑会这样做的。她关好窗户，他也回到了自己屋里。

3

淑所表白的那些事是很令人苦恼的，裘德一晚上都翻来覆去想着它们——那确实是一种悲哀。

到了早晨她该走了，邻居们看见她和他相伴步行消失在那条山路下，这条山路通向去奥尔弗雷兹托的那条孤寂的大路。1小时后他才沿着老路回来了，脸上现出极度兴奋的样子，其中还包含着不顾一切的神情。原来发生了一个插曲。

他们曾站在那寂寞的公路上分手告别，彼此都怀着紧张而热烈的心情，以致迷惑不解地问起对方他们应该达到怎样的亲密程度，最后还几乎为此争吵起来。她流着泪说，他作为一个未来想当牧师的人，即使在分别时想到要吻她——像他现在所想的这样——都是不恰当的。然后她又退一步承认说，亲吻这件事其实也没什么：一切都由它的实质而定。假如其实质是表兄妹和朋友的关系，她看不出任何反对的理由；但假如是情人的关系，她可就不允许了。“你愿意起誓说你给我的吻不会是以情人的关系吗？”她问。

不，他不愿意。然后他们各自冷淡地转身走去，走了二三十码远这两个人又同时回头看着对方。这回头一看，使他们至此或多或少所保持的克制一下子崩溃了。他们很快跑了回去，不假思索地拥抱着，紧紧地、长久地亲吻。当他们最终分手的时候，她的面颊通红，而他的心在怦怦直跳。

这一吻可是裘德人生的一个转折点。他回到屋里，并陷入沉思之中，此时他只看到一种情况：尽管在他充满错误的生活中，他和那个虚无飘渺的人接吻似乎是最纯洁的一刻，但只要他私下怀着这片放纵的柔情，那么要想成为一个宗教信仰的战士和仆人——这种宗教信仰中，两性之爱被视为意志薄弱的一种表现已是顶不错的了，而最糟糕的是被视为应该罚入地狱——就显得太自相矛盾了。淑在感情热烈时说的那番话实在是冷酷无情的事实。当他惟一想到的就是要竭尽全力保护自己的感情，不顾一切地怀着极大热情坚持去向她献殷勤时，人们就会根据这一事实，谴责他这个公认的伦理学派的信仰者。并且显而易见，无论在天性方面还是社会地位方面，他都不配去提倡世人所接受的信条。

令人奇怪的是，他的第一个志向——精通某一门学问——曾由于一个女人而被阻挠，而他的第二个志向——当一名传道者——同样由于一个女人而被阻挠。“难道，”他说，“这都是女人们的过错吗？或者该怪罪于种种人为的制度？——在这些制度之下，正常的两性冲动都被变成了恶魔般的家庭陷阱和圈套，使得那些想要前进的人掉进去从而无法动弹吗？”

不管多么卑微，他一直渴望着成为一名先知，向自己挣扎奋斗的同胞们传布圣道，而丝毫不考虑个人得失。然而，妻子离他而去，和她的另一个丈夫生活在一起；他自己又怀着不同寻常的恋情，而被他爱的女人之所以对自己的处境反感，可能也是由于他的原因。按照一般的观点，像他这样堕落下去的人，是难以受到人们尊敬的。

他用不着再往下琢磨了，他只需面对这个明显的事实：他声称自己是一个遵纪守法的宗教传布者，那完全是骗人。

那晚黄昏时分，他走进庭园挖了一个浅坑，然后把他存放在这儿的所有神学和伦理学著作都拿出来扔进坑里。他知道，在这个充满忠实信徒的国家，大多数这些著作所能卖到的价钱都不会比废纸高出多少；因此他宁愿按照自己的方式，带着一片感伤去销毁它们，即便他这样做会牺牲一点钱。他先点燃一些松散的小册子，将一部部的书尽量撕开，再用一把有3根叉的叉子挑着，将它们散开，扔在火上面。这些东西都烧了起来，照亮了房子的背面、猪圈和他的面庞，直到它们差不多都烧尽了为止。

尽管他现在在这儿几乎是一个生人，但那些过路的村民们仍隔着庭园围篱和他说话。

“你大概是在烧毁你姑婆的那些废物吧？是呀，在一个房子里活了80岁，自然那些阴暗的角落里总要堆出很多废物来的。”

在快到凌晨1点时，杰瑞姆·太雷、巴特勒、道特瑞契、斐雷、蒲赛、纽曼[①]等等著作的书页、封面、封皮才化为灰烬。夜晚是平静的，当他一次次用叉子翻动着那些破碎的纸片时，他便感到自己不再是一个伪君子了，这种感觉使他内心得到了安慰，从而也使他获得了宁静。他还可以一如既往地继续他的信仰，但是他不再嘴上宣称什么了，也不再拥有和展示信仰的工具；因为他既然拥有那样的工具，人们自然就要指望他首先能身体力行了。他对淑怀着炽热的情感，他不能做一个常见的罪人，也不能做一个伪君子。

同时，淑自从那天早早地离开他以后，便一路朝着车站走去，眼里含着泪水，为的是自己又跑回去让他吻了。裘德不应该装作他不是情人的样子，使得她在一阵冲动之下做出了违反传统的事情，如果不能算是错误的话。她倾向于后一种看法，因为她的逻辑异常地混杂，似乎认为一件事在做之前好像是该做的，但做了之后又变成不该做的了；换句话说，有些事情在理论上是正确的，在实践上可就是错误的。

“我想我是太软弱了！”她突然说，大步朝前走去，不时掉下眼泪来。“那吻多么炽热，和情人的一样——啊，真的！我不会再给他写信了，或至少很长时间内不写，要让他感到我的尊严！我希望也好好让他难过一下——让他盼望明天上午收到我的信，就这样一天又一天地盼下去，就是一封也盼不到。他会因为担忧而痛苦的——不是吗，就这些！——我可要幸灾乐祸了！”她眼泪直流，一方面为自己将给裘德带去痛苦而同情，另一方面又为自己感到可怜。

这个对丈夫的身体感到厌恶的纤细的少妇，这个轻盈飘渺、细腻敏

---

① 这些人都是英国17、18、19世纪的主教、神学家等。

感的姑娘，在性情和本能上都很不适合同菲洛特桑——也许同任何一个男人——建立婚姻关系，过夫妻生活。这时她紧一阵慢一阵朝前走去，呼吸急促；她绝望地注视着，忧虑不堪，眼里现出疲乏的神情来。

火车到达的时候菲洛特桑在车站上接到了她，看见她一副愁容，心想一定是她姑婆令人沮丧的死亡和葬礼使她这样的。他开始告诉她自己一天来经历的事情，说他的朋友吉林厄姆—— 一个他多年未见、目前在附近教书的小学教师——来拜访了他。她坐在公共驿车顶层她丈夫身旁，驿车爬坡往镇上驶去时，她凝视着前面苍白的道路和道路两旁的榛树丛，突然带着一种自罚的神态说：

“理查德——我让福勒先生把我的手握了好长时间。我不知道你是否认为这样做不应当？”

他脑子里在想着截然不同的事情，这时显然回过神来，含含糊糊地说：“哦，是吗？你为啥那样做呢？”

“我也不知道。他想那样，我就让他那样了。”

“我希望那样做让他感到高兴。我觉得这也不是什么新鲜事儿。”

他们陷入沉思之中。假如这是一个无所不知的法官在法庭上审理的一件案子，他就会在笔记本里记下这一令人好奇的事实：在言行失检方面，淑只说了次要的部分而没有说重要的部分，对接吻一事只字未提。

那晚吃完茶点后菲洛特桑坐下来查看着学校的登记簿。她仍然异常沉默和紧张不安，最后说自己累了，便早早地上了床。当菲洛特桑上楼来的时候，已被那些单调乏味的学生出席、缺席的数字弄得疲惫不堪，这时只差 15 分就 12 点了。他走进他们的寝室，这间寝室白天时可以俯瞰到布莱克默谷三四十英里远的地方，甚至还能看到外威塞克斯。他走到窗前，将脸紧贴着窗格玻璃，屏住呼吸，目不转睛地凝视此刻笼罩着那广阔天地的神秘夜色。他还在思量着。“我想，”他最后说，头也没转一下，“我必须让委员会更换一下文具店。所有习字帖这一次都送错了。”

没有任何回应。他以为淑在打瞌睡，又继续说道：

“那个教室里的通风装置必须再调一下。风一个劲儿地从上面吹到我头上，耳朵都吹得发痛了。”

这时屋里好像异乎寻常地寂静，于是他才转过身去。这间屋处在已毁坏的“古林地”里，一方面是四边墙体从上至下的厚重阴暗的橡木护壁板，以及伸到天花板上的巨大的壁炉架，另一方面是他为她新买的锃亮的黄铜床架和一套桦木家具——这两种类型的东西形成了奇异对比，它们似乎立在这个摇摇晃晃的地板上，隔着3个世纪在相互点头呢。

“苏！”他说（他就是这样叫她的）。①

她没有在床上，虽然她显然曾在床上躺过，因为她那边的被褥翻开着。他心想她也许忘了厨房里的什么事儿，下楼去一会儿料理料理吧，便脱掉外衣，静静地闲呆了几分钟；可他发现她还没上来，便走出去来到楼梯口，一只手拿着蜡烛，又喊道：“苏！”

“嗯！”从较远的厨房那边传来她的声音。

“半夜了你还在下面干什么——在那儿瞎忙什么！”

“我还不困呢。我在看书，这里的火更大一些。”

他自个睡了。夜里什么时候他又醒来，但是她现在还没有上床。他点燃一支蜡烛，急忙来到楼梯口，又叫着她的名字。

她同样回答了一声“嗯！”，可是声音细微，显得闷声闷气的，但究竟从哪儿发出来的他最初也弄不明白。楼梯下有一个大衣橱，没有橱窗，声音好像是从那儿发出来的。门关着，但没有锁或其他任何扣拴物。菲洛特桑顿时觉得惊慌，一面朝那扇门走去，一面疑心她是否突然间变得精神错乱了。

---

①原文Soo，与Sue（淑）接近。

“你在里面做什么？”他问。

“太晚了，我不想打扰你，所以就上这儿来了。”

“可是里面没有床呀，是吗？并且一点儿也不通风！唉，一晚上都呆在里面会闷死的！”

“哦，不会，我想不会的。别为我费心好啦。”

“可是——”菲洛特桑抓住球形把手往外拉门，但她在里面用一根带子把门拴住了，经他一拉带子便断开。因为没有床，她就在这个塞满东西非常狭小的衣橱里扔下一些小地毯，给自己铺了一个小窝。

当他往里看时，她一下跳出了自己的窝，眼睛睁得大大的，浑身发抖。

“你不应该把门拉开的！”她激动地说。“你这样做太不合适了！唉，请你离开好吗，请你离开吧！”

她穿着白色的睡衣，站在这个堆着破旧东西的阴暗角落，显出非常可怜、极力哀求的样子，使他十分担忧。她还在恳求他不要打扰她。

他说：“我一直对你很好，什么事都由着你，可你还是要这样去想，真是太奇怪了！”

“不错，”她哭泣着说，“我明白！我想都是我的不是，我坏！我很对不起你。可这也不完全怪我呀！”

“那么又该怪谁呢？是我吗？”

“不——我不知道！我想是天地万物的错吧——是一般事物的错吧，因为它们太可怕、太残酷了！”

“好啦，那样说有什么用处。现在夜深人静了，把一个家闹得这么不成体统！我们不注意会让伊莱扎听见的。”（他指用人）“想想看要是镇上的两个牧师哪一个来看见了怎么办！我讨厌这种古里古怪的行为，淑。你的感情真是反复无常，捉摸不定！……不过我不会再打搅你了，只是我劝你不要把门关得太严，不然明天我会发现你闷死在里面的。”

第二天早晨他一起床就立即去看衣橱里面，但是淑已经下楼了。她躺过的小窝还在，上面布着蜘蛛网。“当一个女人的反感超过了她对蜘蛛的惧怕时，那反感一定多么深重啊！”他充满怨恨地说。

他发现她坐在早餐桌旁，两人于是几乎一声不响地吃着早餐。这个自治市的自由民们正从人行道上走过去——更确切地说是车行道，在这个地方是没有人行道的——路面比客厅地面高出两三英尺。他们走过去时还向屋里这对幸福的夫妻点头招呼。

“理查德，”她突然说，“我离开你去住你介意吗？”

“离开我去住？哎呀，我娶你以前你不正是那样的吗？结了婚还这样有什么意义呢？”

“我告诉你，你也并不会更喜欢我的。”

“我倒不反对弄个清楚。”

“因为我那时觉得自己走投无路了。记得吗，我们结婚很久以前，我就答应要嫁给你。后来随着时间流逝，我后悔那样做，并极力寻求一种体面的办法来解除婚约。可是，对于社会习俗我又无法满不在乎，漫不经心。然后你就知道了学校传出的丑闻，我怎样被赶出师范学校——你花了那么多时间和心思才让我进去的——我非常惊恐，好像当时只能履行我们的婚约了。当然，在所有人中，就我不应该去介意别人说了什么，因为那正是我过去自负地认为我绝不会介意的事呀。可我是一个懦夫——许多女人都是懦夫——所以我理论上不落俗套的信念崩溃了。假如我们还没有成为现在这种状况，让你的感情仅仅受到一次伤害，总比我嫁给了你，一辈子伤害你的感情好吧……你那时也是太宽宏大量了，一刻也没有去相信那种谣言。”

“我应该老实地告诉你，我当时考虑到了那种可能性，并向你表哥询问过的。”

“啊！”她惊讶地说，不无痛苦。

“我并没有怀疑你。”

“可是你去了解过！”

“但我相信他的话。”

她满含眼泪。“他本不应该去了解的！”她想。“可是你还没回答我的问题呢。你愿意让我离开吗？我知道这样要求是多么不正常——”

“是不正常。”

“可我还是要这样要求你！家庭法的制定应该考虑到人的性情，而人的性情也应该分门别类。假如人的个性很特别，那么同样的法律会使一些人感到快乐，也会使另一些人感到痛苦！……你愿意让我离开吗？”

“可我们是结了婚的呀——”

“去想那些法律条令有什么用呢，”她脱口而出，“如果它们使你觉得苦恼，而你又知道自己并没有犯任何罪？”

“可是你不喜欢我就是一种罪过。”

“我的确喜欢你的，但我并没有想到会——会远不只是喜欢的问题……因为当一个人有了我这种感觉时，再和异性以亲密的关系生活在一起，那就是在通奸，无论在任何情况下，不管多么合法。瞧——我都说了！……你愿意让我走吗，理查德？”

“你这样强求我，淑珊娜，让我真难过！”

“为什么我们不能同意给对方自由呢？我们订下了婚约，无疑也可以取消它——当然不是法律上的，而是道义上的，尤其是还没有新的利害关系，如子女之类，需要顾及。我们还可以成为朋友，可以见面而不会给对方带来痛苦。啊，理查德，让我们成为朋友吧，可怜可怜我吧！我们活不了多久都会死的，那时候，谁又会在乎你曾经一度放弃了对我的约束这事呢？我敢说你一定认为我这人太古怪，或神经过敏，或荒唐可笑。唉，既然是我生来就这样，我为什么要去受这个罪呢，假如并不伤害到其他的人？”

“但是你伤害到了——伤害到我了！并且你起过誓要爱我的。”

“是呀——是伤害到你了！是我错了。我老是做错事！把自己约束起来只爱一个人，也跟只怀有一种信念一样有罪，也跟发誓只喜欢一种食物或饮料一样犯傻！”

“你离开我，是打算自己一个人过吗？”

“这个，假如你非要我那样，我就一个人过吧。但我本来是打算和裘德一起过的。”

“做他的妻子？”

“那就随我的愿了。”

菲洛特桑痛苦地扭动着身子。

淑继续说道：“她或他，‘假如让这个世界，或世界中他自身的天命，为他选择自己的生活道路，这无须其他本领，只要能像猿猴一般模仿即可。’约翰·斯图尔特·穆勒①这样说。这话我一直在研究。为什么你不能照着它去做呢？我总是希望实践它们的。”

“我管他约翰·斯图尔特·穆勒什么！”他悲叹道。“我只想过一种平静的生活！我这样说你介意吗：我早已猜测到在我们结婚以前，你就已经爱上了裘德·福勒，并且现在还爱着他——而你从来就没有爱过我！”

“你还可以继续猜测说我仍爱着他，既然你已开始猜测了。但你是否认为假如我过去爱他，当初就该求你让我去和他一起生活？”

这时学校的铃声响了，使菲洛特桑无须此刻就回答这个问题，而此问题显然并没让他感到是一个令人信服的胆怯的论据，是她在最后一刻失去了勇气时有意表现出来的。她开始变得如此令人迷惑不解，反复无常；除了她其他的一些小怪僻外，他真想指出她的请求是一个做妻子的最不应该提出的请求。

那天早晨他们像往常一样去了学校，淑走进教室里。他随时把眼睛

① 约翰·斯图尔特·穆勒（1806—1873），英国哲学家，经济学家，逻辑学家。这一句话出自他的《论自由》。

朝她那个方向转去，都能透过玻璃窗看见她头的后部。他继续上课，听学生回答问题，可是由于思虑过度，焦躁不安，他的额头和眉毛抽动着，最后他从草稿纸上扯下一张纸，在上面写道：

你的请求使我无法专心工作。我不知道自己在做什么！你的请求是当真的吗?

他把字条儿折得很小，让一个小男孩给淑送过去。孩子蹒跚着走进了她的教室。菲洛特桑看见妻子转身接过字条，弯下她秀丽的头看着，嘴唇微微翘起，以免被众多年幼的孩子盯着露出不适当的表情来。他看不见她的手，不过她移动了一下位置，很快那孩子就回来了，什么回条也没有。但几分钟后，来了一个淑班上的学生，带来一张和他的类似的小字条儿，上面只用铅笔写着：

我诚恳而遗憾地说，我的请求是当真的。

菲洛特桑显得更加心烦意乱，眉毛中间又开始抽动着。10分钟后他又把刚才送字条的那个小学生叫来，让他给淑送去另一张字条：

上帝知道，只要是合情合理的事，我并不想阻拦你。我一心就是要让你舒适快乐的。可是我不能同意你这样一个荒谬的打算，让你去和你的情人同居。你会失去人们对你的尊重和敬意的，我也会这样！

过了片刻，她在教室里又表现出和上次同样的举动，送来一张回条：

我知道你是为我好。但我并不想受人尊敬！我认为，“使人类得到最多样化的发展”（引用你那位洪堡①的话说）远非尊敬所能比拟。无疑我的情趣很低下——照你的看法是低下得毫无希望了！假如你不愿意让我到他那里去，你愿意答应我这一个请求吗——让我住在你的房子里，只是我们各住各的？

这次他没有送回条过去。

于是她又写了一张来：

我明白你在想什么。可是你不能可怜可怜我吗？我求求你，恳求你同情我吧！我几乎要忍受不下去了，不然我也不会提出这种要求的！再没有任何可怜的女人曾有过我这样大的希望了——我真希望夏娃没有降临于世，那样的话（正如早期的基督徒所相信的），就会有某种纯洁无害的像植物一样的生长方式使天国里居住起人类来。但是我可不想开玩笑！对我仁慈一些吧——即使我对你不仁慈！我会离开的，到国外去，到任何地方去，永远不惹你烦恼。

大约过了1小时，他才回复道：

我并不希望让你痛苦。你非常明白我不希望的！给我一点点时间。我会同意你最后那个请求。

为此她又写来一行字：

---

①洪堡（1769—1859），德国科学家兼作家。

衷心感谢你，理查德。我真不值得让你对我这么好。

一整天菲洛特桑都在透过玻璃窗茫然地注视着她，他感到自己和没有认识她之前一样孤独了。

不过他这人还是说话算话的，同意了让她在家里分开住。最初他们吃饭碰面时，她在这种新的安排下显出更镇定自若的样子；但是这种处境令人厌烦，她因此心情很不好受，神经似乎像竖琴的弦一样绷得紧紧的。她说话含含糊糊，东拉西扯，为的是不让他去谈那些相关的问题。

4

菲洛特桑又像往常那样熬着夜，极力收集材料，研究罗马古物——这个业余癖好他已忽略了很久。他开始重整旧业，又感到自己昔日的兴趣回到了身边。他忘记了自己身在何时何地，待记起来并上楼去休息时已快两点钟了。

他太专注于自己的工作，尽管现在睡在房子的另一边，但他仍机械地朝着妻子的房间走去——他第一次在“古林地”居住下来时就是和她共住在这个房间里的；自从他与淑产生了不和后，它就完全归淑一个人住了。他走进去，不知不觉地脱起衣服来。

床上传来一声叫喊，然后是急促的移动声。这个小学教师还没意识到自己在哪里，便发觉淑已被朦朦胧胧地惊醒起来，把眼睛睁得老大，从床上一下跳到离他较远那一边的地板上，那儿朝着窗口。窗户那边稍微被床的天篷遮挡着，片刻后他便听见她猛地把窗格子推开的声音。他还没来得及意识到她可不仅仅是去那儿呼吸新鲜空气的问题，她已爬上窗台纵身跳了下去。她消失在黑夜里，他听见了她落下去的声音。

菲洛特桑不禁毛骨悚然，冲下楼去，慌忙中重重地撞在楼梯的中心柱上。他把厚重的门打开，爬上高出两三步的路面，便看见前面的砾石路上有一堆白色的东西。菲洛特桑把淑抱进门厅放在一把椅子上，借助摇曳的烛光注视着她，他把蜡烛放在了楼梯底部的通风装置里。

无疑她尚未被摔死。她看着他，似乎没有认出来，眼睛好像大大的，尽管平常的时候并不是特别大。她用手按着自己肋部，擦着手臂，觉得疼痛似的；然后站起身，把脸转向一边，显然对他那样盯着她感到心烦。

“谢天谢地——你还没把命送掉哪！当然并不是说你不想那

样——我想伤得不很重吧？”

事实上她不是摔得很严重的，大概是因为这个古老的房子较低，而外面的地面又较高。除了肘部被擦伤和肋部被撞了一下外，她显然没受到什么伤害。

“我正在睡觉，我想！”她开始道，苍白的脸仍然转向一边。“什么东西把我吓醒了—— 一个可怕的恶梦——我当时心想我看见了你——”这时她仿佛回过神来，知道是怎么回事了，于是便沉默起来。

她的披风挂在门后，菲洛特桑沮丧不堪地替她披在身上。“让我扶你上楼去好吗？”他阴郁地问，因为想到这一切意味着什么，他就对自己、对所有的事感到厌恶。

“不用，谢谢你，理查德。我只受了一点点伤，自己能走。”

“你应该锁好房门。”他机械地说，好像在学校里讲课一样。“那样就谁也不会偶然闯进来了。”

“我试过的，但是锁不住。所有的门都坏了。”

虽然她这样承认，并没有使事态改善。她慢慢地爬上楼梯，摇曳的烛光照在她身上。菲洛特桑没有向她靠过去，也没有跟着上楼，而是听见她进屋的声音后，才去闩好前门，转回身坐在低处的楼梯上，低着头，一只手抓住楼梯柱子，另一只手蒙住脸。他就这样呆了很长时间，谁要是见了都会觉得他实在太可怜了；最后他抬起头发出一声叹息，好像在说他生活中该做的事还得继续做下去，不管有没有妻子。他拿起蜡烛爬上楼，朝着楼梯口另一边他那寂寞的房间走去。

从那以后到第二天都风平浪静，没发生什么事情。但到了傍晚，学校刚一放学菲洛特桑就走出了沙斯托，他说他不用吃茶点，也没告诉淑他要去哪里。他沿着一条陡峭的下坡路出了市镇，朝着西北方向走去，一直往下，最后来到由灰白干燥的泥土变成褐色黏土的地方，这儿是一片低矮的冲积地。

那儿为旅行者作标记的有顿克利夫山，
睡莲满川的司徒河阴沉地奔流不断。

他不只一次回头看着越来越昏暗的夜晚。沙斯托衬托在天空之下，隐约可见

当苍白的天色消失之时，
那昏暗的巴拉督山顶……①

这时镇上的窗户里灯亮了，放射出平稳的光来，似乎在盯着他，其中有一扇窗里的灯便是他自己的。在沙斯托之上他还可隐约看见“三一教堂”的小尖塔。这里的空气，因受厚重潮湿的由黏土组成的冲积地影响而变得温和起来，不像在上面，所以他才走了一两英里就不得不用手帕去擦他的脸了。

他从左面离开了顿克利夫山，毫不犹豫地穿过夜色，像一个人在夜晚或白天那样向前走去，他小时候曾在这一带玩耍过。他一共走了约4英里半的路。

这儿六条清澈明净的泉水，
给司徒河增添了勃勃生机。②

这时他跨过一条司徒河的支流，来到莱顿镇—— 一个有三四千居民的小市镇——从这儿继续走到男生小学，并敲响了校长住宅的门。

一个男生教师打开门，菲洛特桑问他吉林厄姆先生是否在，他回答

① 引自英国方言诗人威廉·巴恩斯(1801—1886)的诗。
② 引自英国诗人德雷顿(1563—1631)的诗。他主要的诗作有《英格兰的英雄信札》等。

说在，马上便回他屋里去了，留下菲洛特桑自己去找，因为他知道去路。他发现他的朋友正把一些上晚课用的书收起来。煤油灯的光照在菲洛特桑脸上，使它显得苍白可怜，而他的朋友的脸则显得沉着冷静，通情达理，两者形成鲜明对比。他们读小学时同校，许多年前在温顿塞斯特师范学校也是同学。

“真高兴见到你，迪克，可是你面色不好呀！没什么事吧？”

菲洛特桑什么也没回答，只顾往前走，吉林厄姆关好小橱柜，走到他这位客人跟前。

“唉——让我想想看——你结婚以后就没有来过我这里了吧？你知道我去看过你的，可是你出去了；嗳呀，天黑后爬那个坡真够费力的，所以我就一直在等天变得长一些了再去看你。不过我很高兴你没等我去自己来了。”

尽管他们两个都受过良好教育，甚至是精通本行的教师，但他们偶尔私下谈话时也用些小时候的土话。

“我来，乔治，是要向你解释为什么我将采取下一步行动，这样至少你会理解我的动机，假如其他人任何时候提出疑问的话——他们会提出来的，一定会提的……但不管怎样，总比目前这种状况好。但愿你不要遇到我这样的经历才好！”

“快坐下。你不是说——你和菲洛特桑夫人之间出了什么麻烦吧？”

“我确实和她有麻烦了……让我难过的是：我有一个我所爱的妻子，可是她不但不爱我——而且还——还——唉，我不想说了。我知道她心里想的什么！我宁愿她恨我！”

“嘘！”

“而令人痛苦的是她和我一样并没有错。你知道，她是我手下的一个小学教师。我利用了她缺乏经验这个弱点，常引她出去散步，让她在没有完全认清自己所考虑的事之前，就同意和我有了一个长期的婚约。

后来她看上另外一个人，但是她却盲目地履行了婚约。”

“她爱上另一个人了吗？”

“是的。她那充满温柔的焦虑似乎太让人好奇了，尽管她对他的感情究竟如何我觉得是一个谜——我想对他也是个谜——甚至对她自己都可能是个谜。她是我所见过的最稀奇古怪的人之一。有两件事给我留下了较深的印象。一是他们两个有着异乎寻常的同情之心，或相似之处。他是她表哥，也许这能说明其中的一些原因。他们好像是一个人被劈成了两半！二是她对我做她的丈夫有一种不可克服的反感，即便她喜欢我做她的朋友，而这是令我无法忍受的。她已经诚心诚意努力去克服那种心情，但是毫无用处。我忍受不了啦——受不了啦！我回答不了她提出的理由——她读的书是我的10倍。她的智慧像钻石一样焕发光彩，而我的像牛皮纸一样在闷闷地燃着……她和我相差太远了！”

“她也许过些日子会好的，会吗？”

“绝不可能！因为——可我不想去探究这事——她绝不会好起来是有些原因的。最后她平静而坚定地问我，她是否可以到他身边去。昨晚事情达到了顶点，我无意中走进她房间，她便纵身跳出了窗子——她实在太害怕我了！她假装说那是一个梦，不过那是在宽我的心。你瞧，当一个女人毫不顾及自己的生命跳出窗去时，你还能误解她吗？既然如此，我也就得出了一个结论：再继续这样让自己的一个同胞受折磨就是错误的了，我不肯去做这种事，做一个没有人性的可鄙小人，不管付出什么样的代价！”

“什么——你要让她走？和她情人在一起？”

“和谁在一起是她的事。我会让她走的，假如她愿意，当然是和她情人在一起了。我知道我或许是错的——我知道对她这样一个愿望作出让步，无论在逻辑上还是宗教信仰上都说不通，与我从小到大社会灌输给我的学说也不协调。我只知道一件事：我内心什么东西在告诉我拒绝她是不对的。我也像其他男人一样声称，假如丈夫得到妻子如此一个所谓荒谬绝伦的请求，他所能采取的惟一被视为正确、恰当、体面的办法就是拒绝，正当地把她锁起来，也许还要送她情人上西天。但是从本质上讲，这真的就是正确、恰当、体面的办法吧？或者还是卑鄙无耻、平庸自私的办法呢？我并非声言要做决定，而只是准备按照本能行事，管它原则不原则的。假如一个人不小心步入了泥潭大声求救，我是会去救他的——如果可能的话。”

“可是，你瞧，还有左邻右舍和社会的问题，你想会发生什么情况呢——假如人人都——”

“唉，我不想再做一个哲学家！我只看见眼底下的事情。”

“唔——我不同意你听从本能的说法，迪克！”吉林厄姆严肃地说。“说实话我非常吃惊，像你这样一个庄重沉着、埋头苦干的人，竟会一时产生出如此疯狂的念头。我那次去看你的时候你曾说她是一个让人迷惑、十分特别的人，我倒认为你才是呢！”

“你是否曾站在一个向你跪着的女人面前，知道她本质上是一个好女人，被她哀求着放了她，哀求你对她发发慈悲呢？”

“我谢天谢地还没有过。”

“那么我想你就无权发表你的看法。我就做过那样的人，而假如一个男人身上具有一点男子气概或骑士风度的话，他的看法可就大不一样了。我过去一丁点儿也没有过这样的想法——因为许多年都和女人们没有来往——仅仅把一个女人带到教堂，给她戴上戒指，就有可能使一个人卷入日复一日、连续不断的悲剧，正像我和她现在所遭受的悲剧一样。”

“那么，我还能承认让她离开你的某种理由，只要她不与任何男人来往。可是她去和另一个大献殷勤的男人在一起，那可又另当别论了。”

“绝不是这样。假定——我相信这一点——她宁愿忍受目前的痛苦，也不愿我让她作出保证不和他来往呢？——一切都是她个人的问题。这与一方面同丈夫生活在一起，另一方面又背信弃义、对他不忠完全是两回事……不过她并没有明确表示要去做他妻子和他一起生活的意思，虽然我认为她有这样的打算……就我所知，他们俩可没有那种卑鄙无耻、仅仅是兽性的那种感情——这可是再糟糕不过的了——因为我觉得他们的感情会持久不衰下去。我本来并没有打算对你承认这件事：在我刚结婚的头几个礼拜里，我可是很嫉妒的。有一天晚上他们在学校里呆在一起时，我藏在一边听见了他们说的话，直到那时才弄清是怎么一回事。我现在为此事感到丢脸，不过我想自己当时也只是在行使一个合法的权利而已。从他们的举止上，我发现他们彼此的感情中包含了异乎寻常的亲密或同情，这种感情不知怎么地驱走了一切粗俗的东西。他们最大的愿望就是能够在一块儿——分享彼此的感情、爱好和梦想。"

"柏拉图式的恋爱①。"

"哦，不是那样的。雪莱式的恋爱②更接近一些。他们让我想起了——叫什么名字来着——拉昂和西施娜，也多少想起保罗和弗吉尼亚③来。我越考虑，越完全地站在了他们一边！"

"但是假如人们都像你所想的这样去做，就将会出现家庭的全面解体。家庭就将不再是社会的单位了。"

"是呀——我实在感到摸不着头脑，我想！"菲洛特桑忧伤地说。"我从来就不太善于判断推论，你记得的……然而我不明白，为什么女人和孩子没有了男人就不是社会的单位了。"

"老天爷！——那可是母系社会呀！……她也这样说过吗？"

"哦，没有。她几乎没想过，我的这一见解已比她的先进了——这都是在最近12个小时里起的变化。"

---

① 指纯精神而无肉欲的爱。柏拉图（前427—前347），古希腊哲学家。

② 指心灵感情相通之爱。雪莱（1792—1822），英国浪漫主义诗人。

③ 拉昂和西施娜是雪莱诗中的一对青年男女。保罗和弗吉尼亚是法国诗人圣彼埃尔（1737—1814）诗中的一对青年男女。

“这会把此地大家公认的观点搅得一塌糊涂的。天啊——沙斯托的人会说出什么来呢！”

“我没有说那里的人不会说闲话。我不知道——我不知道……如我所说的，我只是一个有感觉的人，不是一个会推论的人。”

“好啦，”吉林厄姆说，“咱们不要激动了。咱们边喝点什么边谈吧。”他走下楼去，取来一瓶苹果酒，每人喝了一大杯。“我觉得你现在被弄得飘飘然了，弄不清是怎么回事了。”他继续说道。“回去吧，下决心克服一下你那些怪念头。但要留住她。我四处都听人说她还是个年轻妩媚的人儿呢。”

“啊，不错！所以才这么让人痛苦！唔，我要走了，还得赶那么远的路。”

吉林厄姆送了朋友一英里远，分手时他说，这次他们谈论的话题是很独特的，他希望彼此能够通过这次的磋商使他们昔日的友谊获得更新。“别让她离开你！”他最后在黄昏中对菲洛特桑说，而他的朋友只回答道：“嗯，嗯！”

菲洛特桑一个人在夜色朦胧中行走，周围万籁俱寂，只能听见司徒河的支流潺潺的流水声；这时他说道：“这么说吉林厄姆，我的朋友，原来除了那些话，你也没有更强有力的理由来反对我那样做呀！”

“我想应该给她一巴掌，让她清醒过来——我就是这么想的！”吉林厄姆独自返回时这样咕哝道。

第二天早晨吃饭时，菲洛特桑对淑说：

“你走吧——愿和谁在一起都由你。我绝对地、无条件地同意。”

一旦作出了这个决定之后，菲洛特桑就越来越感到它不容置疑是正确合理的。一个女人哀求着他的怜悯，他在尽自己的义务帮助她，这使他觉得心平气和，一片宁静；这种感觉，几乎胜过了自己让她离开的那种痛苦。

又过去了几天，他们最后的晚餐[①]到了——那是一个刮风多云的夜晚——在这片高地上这种情况是司空见惯的。此情此景给他留下了多么永久的印象：她移着步子走进客厅来吃茶点的那副神情；那苗条柔和的身躯；那圆圆的、紧张的面容，加上日夜心烦不安又显得有些苍白，让人觉得她可能遭受了悲惨的事情——这种情况与她那欢快活泼的年纪是完全不相称的；她试图想吃点这吃点那，但是什么也吃不下去。她这样神情不安，本来是因为担心她的离开会使他受到伤害，但如果被一个生人看见，他或许以为菲洛特桑在她就要离开的最后几分钟里还闯进来打扰她，惹她生气不满呢。

“你还是就着茶吃一片火腿，或一个鸡蛋，或其他什么吧？就吃那么一口黄油面包怎么能赶路呢？”

她接过他递过来的一片火腿，他们坐在那儿谈着琐碎的家务问题，比如这个或那个小橱的钥匙放在哪里，哪些小额的账款已付清，哪些还没有。

“我天生就是一个单身汉，你知道的，淑。”他极力带着英雄般的口气说，让她放心。“所以没有妻子在身边我真的也不会觉得厌烦，不像其他一度有过妻子的男人们。我还有个美妙的癖好，打算写一本《威塞克斯的罗马古物》，这将会占去我所有的业余时间。”

“假如你任何时候想把一些稿子给我抄，像过去那样，我会非常高兴的！”她和蔼可亲地说。“我非常愿意对你仍然有所帮助——作为一个朋友。”

菲洛特桑琢磨了一下，说：“不用了，我想假如我们要分离，就应该实实在在地断绝往来。由于这个原因，我不希望向你提任何问题，尤其是不希望你把你的行动或甚至你的住址告诉我……哦，你需要多少

---

① 最后的晚餐，《圣经》里的故事。耶稣被钉死的前夜和12门徒举行的最后一次晚餐。历代欧洲美术家常用为绘画或雕塑的题材，而以达·芬奇的画最为著名。作者这样写似乎是有意的，或至少给人以这样的联想。

钱？你一定需要一些钱的，你明白。”

“唔，理查德，我怎么能想到带着你的钱离开你呢！再说我也不需要钱了。我自己有足够的钱维持很长时间，裘德也会给我的——”

“我不想知道有关他的任何事情，如果你不介意。你现在绝对自由了，以后你走什么路是你自己的事情。”

“那好吧。不过我得说，我只把自己的一两件换洗衣服和一两样完全是我私人的小东西装进箱里了。希望你先看看我衣箱里面装的东西，然后我再关好。此外就只有一个小包裹了，我将把它放进裘德的提箱里。”

“我当然绝不会做检查你的行李这种事！我还希望你把屋里四分之三的家具都带走。我不想去为它们操心。有一小部分家具是我穷苦的父母留下来的，我对它们还有某种感情。其余的你什么时候想派人来取都欢迎。”

“我绝不会那样做。”

“你坐 6 点半的火车走，是吗？现在差 15 分到 6 点。”

“你……我要走了你好像并不怎么难过，理查德！”

“哦，不——也许不难过。”

“你有这样的态度真让我高兴。我一开始不把你看作是我丈夫，而只把你看作是我过去的老师，我就喜欢你了，这真是一件奇怪的事。我不会太虚伪，说我爱你，因为你知道事实并非如此，我只把你当做一个朋友。而你在我眼里的确就是一个朋友！”

想起这些事情，淑眼里一时又涌出一点儿泪水。随后她要坐的去车站的公共马车到了。菲洛特桑负责把她的行李放到了车顶上，并把她扶上车，在和她告别时还勉强做出吻她的样子；她很理解这一点，也照着做了一下。他们分别时显得很快乐，因此马车夫除了以为她要短期外出一下外，就不会想到其他上面去了。

菲洛特桑回到屋里便爬上楼去，打开了马车开走那一方的窗子。不久车轮辘辘的声音消失了。然后他又走下楼，紧绷着一副面孔，像是承受着痛苦一般。他戴上帽子走出屋去，沿着马车开走的道路走了1英里远。之后他突然转身回家。

他刚一进屋，就听见从前屋传来朋友吉林厄姆招呼的声音。

“我来时一个人也叫不应，所以看见你的门开着我就自个进来了，我可没有客气呀。我说过要来看你的，记得吧。”

“不错。我很感激你来看我，吉林厄姆，尤其是今天晚上来。”

“你妻子怎么——”

“她很好。她已走了——刚走了。那是她的茶杯，1小时前还喝过的茶杯。那个盘子就是她——”菲洛特桑的喉咙哽得说不出话来。他转身去把茶具放开。

“顺便问一下，你吃过茶点了吗？”一会儿后他问，声音又恢复了原样。

“没有——吃过了——别管我了。”吉林厄姆心事重重地说。“你说她已经走了吗？”

“是的……哪怕为她去死我都愿意，但就是不愿凭着法律对她残酷无情。就我所知，她是到她情人那里去了。他们要做什么我说不清。但无论她做什么我都完全没意见。”

菲洛特桑的话语显得沉着稳定，使他朋友觉得不好发表自己的看法。“我——走了好吗？”他问。

“不行，不行。你来了我真是有幸。我有些东西要整理清除。你帮帮我好吗？”

吉林厄姆同意了。小学教师走到楼上的房间去，打开一些抽屉，把淑留下的所有东西都取出来放在一个大箱子里。“我让她把东西都拿走，她不肯。”他继续道。“可是当我作出决定让她离开随她怎么去生活时，我确实是下了决心的。”

“换了别的男人，他们只能做到同意和她分居就完了。”

“我已经考虑过这事，也不想争辩什么。在婚姻问题上，我无论过去还是现在都是世界上最守旧的人——事实上我从来就没有用批评的眼光来看待它的道德问题。但是一些事实眼睁睁地盯住我，我无法反对。”

他们继续默默地收拾着东西。然后菲洛特桑关好箱子，转动钥匙把它锁好。

“好啦。”他说。“让她带着这些东西去打扮给别人看吧，但绝不要再让我看见了！”

5

在此刻的24小时前，淑就给裘德写下了这封短信：

> 正如我告诉你的那样，明天晚上我就要离开了。理查德和我都认为天黑后走不那么扎眼。我觉得很害怕，因此你务必到梅尔彻斯特车站月台上来接我。火车快7点时到达。我知道你当然会来的，亲爱的裘德，但是我太胆怯了，不得不求你一定要准时来。这件事自始至终他对我都非常好！
>
> 好啦，车站见吧！
>
> 淑

她被公共马车从山镇上往下越拉越远——她是那晚车里的惟一乘客——看着身后不断消失的道路，她的脸上现出了忧虑的表情，但丝毫见不着犹豫的样子。

她要乘坐的上行列车一看见信号后就停下来。像火车这样一个强大的有机体竟会为了她—— 一个合法家庭的逃犯——而停住，这使淑觉得很奇怪。

20分钟后列车便靠近了梅尔彻斯特车站，淑开始收拾东西准备下车。火车靠着月台停下时有一只手放到了门上，她看见是裘德。他立即进了车厢，手里提着一个黑包，穿一套礼拜天和晚上下工后才穿的黑色西服。总起来说他是一个非常英俊的青年，眼里充满着对她的炽热的情感。

"啊，裘德！"她双手握住他的手，极其紧张，激动不安，发出一声声无泪的啜泣。"我——我太高兴了！我在这儿下车好吗？"

"不用，让我进来，亲爱的！我都收拾好行李了，除了这个提包我只有一个大箱子，箱子已贴上标签托运了。”

“可我不是要下车吗？咱们不是要住在这儿吗？”

“不可能住在这儿的，这你还不明白呀？这里的人都认识我们——无论如何很多人都认识我。我已订了去奥尔德布里克汉的车票，这是你去那里的车票，因为你的票只到这儿。”

“我原以为咱们要住在这里的。”她又重复道。

“那根本不可能。”

“啊！也许不可能吧。”

“我来不及写信告诉你我决定去的地方。奥尔德布里克汉镇要大得多——有六七万居民——那儿谁也不知道咱们俩的事。”

“你已放弃这儿教堂的工作了吗？”

“是的。这事太突然了——你的信来得太出乎意料。严格说来我得干完这周的活儿。可是我一再坚持要走，说有急事，最后他们也就放我走了。只要你一声令下，亲爱的淑，我随时都会放弃工作的。为了你我放弃的已不只是工作了！”

“我担心让你受到太多的损害，担心毁掉你在教会的前途，毁掉你在工作上的发展，毁掉一切！”

“我已不再把教会放在心里。让它去骗人吧！我不愿做一个

> 战斗的圣徒，他们站成一排又一排，
> 仰望着天，渴望去那极乐世界。①

即使真有那个地方！我的极乐世界不在天上，而在这儿。”

“唉，我似乎太糟糕了——这样搅乱男人们的生活道路！”她说，声音里也带着他话语中饱含的激情。但经过12英里的旅行后，她恢复

① 引自布朗宁的诗《立像与胸像》。

了平静。

“他让我走真是太发善心了。”她又开始道。“这是我在梳妆桌上发现的一封信，他写给你的。”

“是这样。他并不是一个卑鄙的人。”裘德说，瞥一眼那封信。“我原先因为他娶了你便恨起他来，现在我真感到害臊。”

“一般说来女人都爱产生一些怪念头，根据这一点我想我应该忽然爱起他来的，因为他如此宽宏大量、出乎意料地就让我走了。”她面带微笑地说。“可是我这人太冷酷，或缺乏感激之情，或诸如此类，即便是他这么宽宏大量也没能使我爱上他，或使我悔恨，或想以妻子身份和他一起生活；尽管我确实喜欢他那种心胸开阔的性格，比以往更尊敬他。”

“如果他不是这么心好，如果你违背他的意愿就跑走了，我们的事也就不会这么顺利了。”裘德咕哝道。

“我绝不会那样做。”

裘德若有所思地注视着她的脸。然后他突然吻了她一下，并还要再吻。“不行——这阵儿只吻一次就是啦——求求你，裘德！”

“这太残酷了。”他回答，但听从了她。“这样一件奇怪的事也发生到我身上。”沉默一会儿后裘德又继续道。“阿拉贝娜竟然给我写信来让我和她离婚——对她做一件好事，她说。她想要正正当当、合理合法地嫁给实际上她已嫁给的那个男人，恳求我成全她。”

“你如何做的呢？”

“我同意了。最初时我想，一定要让她的第二次婚姻遇到麻烦，可我无论如何也不想伤害她。毕竟说来，她也许并不比我更坏！这儿的人谁也不知道那事，所以我觉得办离婚手续丝毫也不困难。假如她想一切重新开始，我显然不应该去妨碍她。”

“然后你就自由了？”

“是的，那时我就自由了。”

“我们预定去哪里呢？”她问，今晚上她说话显得东一句西一句的。

“我说过去奥尔德布里克汉呀。”

“可是我们到那里时会很晚了吧？”

“嗯，我想到这一点了，所以早已发电报给那里的‘禁酒旅馆’为我们订了一个房间。”

“一个房间？”

“是的——一个房间。”

她看着他。“啊，裘德！”淑低着头，把前额靠在车厢角处。“我原以为你会这样做，当时我是在骗你的。我并不是那个意思啊！”

这下谁也不说话了，裘德带着一副受了愚弄的表情盯住对面的座位。“唔！”他说，“唉！”

他仍然默不作声；看见他那么为难的样子，她把自己的脸贴着他面颊，低声说道：“快别烦恼了，亲爱的！”

“哦——一点事儿也没有的。”他说。“不过——你的想法我理解……你这是突然改变主意的吧？”

“你无权问我这样一个问题，我也不会回答的！”她微笑着说。

“我亲爱的人儿，你的幸福对我比什么都重要——尽管我们似乎经常要争吵！——你的心愿就是我的法律。我希望我不仅仅是一个自私的家伙。一切都由着你了！”他沉思着，现出困惑的表情。“不过也许是因为你不爱我——而不是你变得传统守旧了！在你的教导下，尽管我非常厌恶传统守旧的东西，在这件事上我倒希望你是由于这个原因，而不是另一个可怕的原因！”

此刻显然是该淑坦然表明态度的时候了，但即便此时她也不能把自己的秘密——自己的心情——十分坦率地告诉他。“就把这看做是因为我羞怯吧，”她急忙含糊其辞地说，“看作是一个女人在遇到这种关键时刻天生羞怯好啦。我或许和你有一样的感受，即如这之前你所想的那样，从现在起完全有权利和你同居。我或许还认为，一个正当规范的社会某个女人的孩子的父亲，也正如她的某一部分内衣一样是她私人的东西，谁也无权去过问她有关他的事。不过也许部分因为他那么宽宏大量就让我自由了，我倒宁愿守旧刻板一点儿。假如我是从绳梯上逃出来的，他还带着手枪来追赶我们，那情况可就不同了，我的行为也会是另一种样子。可是不要逼我，指责我，裘德！就假定我没有勇气讲明我的看法吧。我知道自己是一个糟糕的可怜虫。我的性情可没有你的那么热烈呀！”

他只简简单单地重复说：“我只是想——我自然而然想到的事。不过如果我们不是情人，就不是吧。我敢保证，菲洛特桑以为咱们是情人的。瞧，这是他写给我的信。”他打开了她带来的那封信，念道：

> “我只有一个条件——就是你要好好地待她，体贴她。我知道你爱她，但即使爱有时也是残酷的。你们是天生的一对：对任何一个不带偏见的长者来说，这是显而易见的。在我和她相处的短短日子里，你一直是‘暗中的第三者’。我再说一遍，你要好好地待淑。”

“他真是一个好心人哪，不是吗！”她说，眼泪都快要流出来了。她又想了片刻之后，说：“他非常顺从地就让我走了——几乎过于顺从！为了使我旅途舒适，他作了如此体贴周到的安排，还主动拿钱给我，我从没像当时那样差不多就要爱上他啦。然而我没有爱上他。假如那时我作为妻子有一点点儿爱他的话，即使现在我都会回到他身边去的。”

“但是你现在并不爱他，对吧？”

“是呀——唔，一点儿不错，我的确是不爱他的。”

“也不爱我了，我有些担心！”他烦躁地说。“也许任何人你都不爱了！淑，有时我为你感到苦恼时，我就心想你是无法有真爱的。”

“你那样说对我可就不好、不忠诚了！”她说，尽量离他远远的，神情严肃地看着窗外的夜色。她头也没回，带着受了伤害的口气又说：“我对你的喜欢，也许和一些女人对男人的喜欢不一样。但是和你在一起我感到愉快，这种感觉是非常非常细腻微妙的；我不想再继续冒险下去了——不想再试图去加深这种情况！我十分明白，作为女人和男人，到这儿来本身就是一种冒险行为。可是作为我和你，我决意要信任你，相信你会把我的意愿置于你个人的满足之上。咱们别再讨论这个话题了，亲爱的裘德！”

“当然，如果这使你自责的话……但你确实很喜欢我吧，淑？说你很喜欢我呀！说你对我的喜欢，有我对你的喜欢的四分之一，或十分之一，那样我也就满足了！”

“我已经让你吻我了，这已够说明问题了吧。”

“也不过才吻了一两次呀！”

“好啦——可别成了一个贪心的家伙。”

他仰身靠着，很长时间都没有看她一眼。此时他又想起她所说的她过去的那段历史，想起她也这样对待过的那个可怜的基督寺大学生。他认识到，自己也可能成为第二个遭受如此残酷命运的人。

“这真是一次奇特的私奔行为！”他咕哝道。“也许你一直把我当作了工具去对付菲洛特桑。我向你保证这事看来几乎就是这样——瞧你坐在那儿一本正经的样子！”

“好啦，你可千万别生气——我不让你生气的！”她哄道，转身靠他更近一些。“你刚才确实吻了我，你知道；我承认我并不讨厌你吻我，裘德。我只是还不想让你再那样做——想想看我们现在的处境，这你还不明白吗！”

只要她恳求，他是决不会反对的(这一点她很清楚)，他们握住对方的手安静地并排坐在那里，最后她又想到了什么，如有所悟地说：

“虽然你事先发了电报订房间，我也是不可能去那家禁酒旅馆住的！”

“为什么不可能？”

“你非常明白啊！”

“那好吧，肯定还有其他的旅馆开着。有时我想，你由于那件愚蠢的丑闻而嫁给了菲洛特桑，从那以后你表面上装着很有主见，其实你和任何一个我认识的女人一样受到社会习俗的制约！”

“精神上并不那样。可是我没有实践自己见解的勇气，这我已经说过了。我和他结婚也并不完全是因为那个丑闻，而是因为有的时候，一个女人喜欢被人爱，这种爱战胜了她的良心；尽管她一想到残酷地对待一个男人就极度痛苦，她还是鼓励他去爱她，而她一点也不爱那个男人。然后，当她看见他难受时，她才后悔起来，于是又尽量去纠正错误。”

“你不过是说，你只是和那个可怜的老家伙逗着玩，并不当真，接着你就后悔了，为了补救你嫁给了他，尽管你那样做让自己痛苦得要死。”

“唉——你要说得那么残忍，就算是有一点儿像吧！——再加上那件丑闻，以及你对我隐瞒了本该早告诉我的事！”

他看得出她被他责怪得烦恼不堪、眼泪汪汪的，于是安慰她道：“好啦，亲爱的，快别在意了！假如你愿意，把我钉在十字架上我也心甘情愿！我明白，无论你做什么，你都是我的一切！”

“我是个毫无原则的非常坏的女人——我知道你心里这样看我！”她说，极力眨着眼把眼泪挤掉。

“我心想并且也知道你是我亲爱的淑，无论我们在哪里，无论现在和未来怎么样，都不能把我和你真正分开！”

虽然她在许多事上都老于世故，但在另外一些事上又像是一个多么幼稚的孩子，因此裘德的话使她心满意足，等到达旅行终点时两个人已言归于好了。奥尔德布里克汉是北威塞克斯的一个郡城，他们到时已快10点钟了。由于那封电报填写方式的原因，她不愿去“禁酒旅馆”住，所以裘德又去打听另外一家；一个青年自愿帮他们找，把他们的行李用车运到了前面一些的“乔治旅馆”——原来这就是裘德和阿拉贝娜分开若干年后，上次碰见时曾一起住过的旅店。

然而，由于他们是从另一扇门进去的，加上他又心事重重，所以他最初并没有认出这个地方来。他们都订到各自的房间后，又走下楼去吃迟了的晚饭。趁裘德一时不在，那个侍女对淑说道：

“我想，太太，我记得你那位亲戚，或朋友，或不管什么，以前曾来过这儿一次——也像是这么晚了，和他妻子——至少那个女人决不是你——情况也正和你现在一样。”

“哦，是吗？”淑说，感到一些恶心。“不过我想你一定是弄错了！那是多久以前的事呢？”

“大约一两个月前吧。那是一个漂亮丰满的女人。他们就住的这个房间。”

裘德回来了，他坐下吃晚餐，这时淑显得闷闷不乐，一副十分难过的样子。“裘德，”他们那晚在楼梯口分手时，她满怀哀怨地说，“我们现在怎么不如过去那么开心愉快了呢！我不喜欢这儿——我忍受不了这个地方！我现在也不如先前那么喜欢你了！”

“你看起来很烦躁不安，亲爱的！为什么会变得这样？”

“因为你带我到这儿来太残酷了！”

“为什么？”

“你不久前才和阿拉贝娜来过这儿。瞧，我都说了！”

“哎呀，唉——”裘德说，环顾四周。“不错——是这家旅店！我真的不知道，淑。唔——这并不残酷，因为我们还和过去一样，只是两个亲戚住在一家旅店里。”

“你们是多久以前到这里来的？快告诉我，快告诉我呀！”

“就是我在基督寺和你见面，我们一起回马里格林的头一天。我对你说起过我碰见她的事。”

“是呀，你说过你见到她了，但是你并没有把情况全都告诉我。你只说你们见面时彼此都很陌生，在上天的眼里已根本不是夫妻，而并没有说你和她已和好了。”

“我们并没有和好。”他忧愁地说。“我无法解释，淑。”

“你一直在欺骗我，你——我最后的希望！我永远也不会忘记这件事的，永远不会！”

“但是按照你自己的意愿，亲爱的淑，我们只是朋友而已，并不是情人！你实在太前后矛盾了，这阵又——”

“朋友也会有嫉妒心的呀！”

“我真弄不明白。你对我什么也没承认，可我就得向你承认一切。毕竟说来，你那时和你丈夫的关系是很好的。”

“不对，我没跟他好过，裘德。哦，你怎么能这样去想呢！你欺骗了我，即使你不是有意的。”她感到万分屈辱，他不得不把她带进她房间里，关上门，以免让人听见。“你们住的也是这个房间吗？是的，从你的表情上我看得出就是这个房间！我不要住在这里面！啊，你又得到了她，太不可信任了！我还为你跳过楼呢！”

“可是淑，她毕竟还是我的合法妻子，如果不——”

她一下滑下去双膝跪在地上，把头埋在床上哭泣起来。

“我还从不知道有这么不合情理、占着茅坑不拉屎的人。”裘德说。“你不让我靠近你，可又不让我靠近任何别的人！”

“哎呀，你真不理解我的感情！为啥你就不明白呢！为啥你这样粗俗呢！我为你跳过楼的呀！”

“跳过楼？”

“我无法解释！”

他确实不很了解她的感情。不过他还是了解一点儿，因此他对她的爱也并未减少。

“我——我从那时候到现在还一直以为你除了我外，就不喜欢任何人了——世界上任何人也不需要了呢！”淑继续道。

“那倒是真的。我过去是这样，现在也是这样！”裘德说，和她一样苦恼不堪。

“但你一定经常想到她！或者——”

“没有——我用不着那样——你也不理解我的——女人们都不理解！你干吗要这样莫名其妙地发脾气呢？”

她从被子上抬起头来，噘起嘴一脸不高兴的样子：“假如不是因为那事，也许我就照你的意见去禁酒旅馆住了，因为我已开始认为我确实是属于你的！”

“唔，那件事无足轻重！”裘德冷冷地说。

“我当然曾认为，既然许多许多年前她自己离开了你，她实际上就决不再是你的妻子了！我还曾觉得，你和她分离以及我和我丈夫的分离，都使婚姻不复存在了。”

“我不说则罢，一说总要指责她，而我又不想这样做。”他说。“不过我必须告诉你一件事，这事无论如何都会把我们的事情解决了的。她已经和另外一个男人结了婚——真正嫁给他了！我直到我们在这儿见面之后才知道。”

“和另一个人结了婚？……真是罪过——世人这样看待，但又并不真信。”

“好啦——现在你又恢复正常了。不错，那是一种罪过——尽管你不那么认为，但又不得不带着可怕的心情去承认。我可绝不会去告发她！她显然良心上感到痛苦，所以才催促我和她离婚，让她合法地重新嫁给那个男人。因此你也看得出来我不可能再去见她了。”

“你见到她的时候，真的对此事一无所知吗？”淑站起身问道，变得更加温和起来。

“一点不知道。总而言之，我认为你是不该生气的，亲爱的人儿！”

“我没生气。不过我也不会去禁酒旅馆住了！”

他笑起来。“没关系的！”他说。“只要你在我身边，我就非常快乐！这可超出了世间称为我的这个可怜虫应该得到的呀——你的精神，你超凡拔俗的身体，你可爱、甜美、迷人的幻影——它们已远非肉体，所以我来搂你的时候，几乎认为我的手像绕过空气一样绕过你！原谅我这么粗俗——正如你所说的！请记住，当我们真正互不相识时彼此以表兄妹相称，那不过是一个陷阱而已。我们父母之间的敌意，倒激发我对你产生了兴奋之感，这种兴奋甚至比对一个新朋友的新奇还强烈。”

“念念雪莱《心心相印》那首诗里优美的诗句吧，好像它们就是对我说的！”她恳求道。他们站在那里，她把身子向他倾过去一些。“你不知道那几行诗吗？”

“我几乎什么诗也不知道。”他沮丧地回答。

“是吗？你听下面是其中的几行：

在高高的天上有一个生灵，我的灵魂
常在梦幻般的漫游中与之相遇。
…………
有一位超凡拔俗的高贵天使，
隐身于那光辉灿烂的女人之体……

啊，这说得多么像呀，所以我不念下去了！不过你说那就是我吧！快说那就是我吧！”

“那正是你，亲爱的，确确切切像你呀！”

“现在我原谅你了！好吧，你可以再吻我一次——可别吻得太久啦。”她小心翼翼把手指尖放在脸颊上，他照着她的要求吻了一下。“你确实很喜欢我，是吗，尽管我没有——你知道的？”

“是呀，亲爱的人儿！”他叹口气说，然后和她道了晚安。

6

菲洛特桑回到家乡沙斯托镇做了一名小学教师，当地的居民们对他产生了兴趣，又回忆起过去的一些往事。尽管他学识广博，但居民们并不会因此推崇他，不像在别的地方那样；但他们对他还是怀着真诚的敬意。后来，他回到家乡不久就带回一位漂亮的妻子——他们说她那样漂亮，他不小心会难于应付的——不过他们还是很高兴有了她这样一个新邻居。

自淑从家里出走以后，一段时间并没有引起人们的议论。她在学校搁下的助教工作几天之内便由另一个女青年代替，人们也没有对这样的替换说什么，因为淑的工作本来就是临时性的。然而一月后，菲洛特桑偶然对一个熟人承认说，他不知道妻子去哪里了，这才引起了人们的好奇。后来他们便匆匆下结论，贸然断定说淑已欺骗他私奔了。这位小学教师工作时越来越萎靡不振、无精打采的样子，也证实了人们的看法。

虽然菲洛特桑除了把这事告诉过朋友吉林厄姆外，尽量守口如瓶；但是他为人正直坦率，当人们对淑的行为产生误解，四处散布言论时，他可就不愿沉默下去了。一个礼拜一的上午，学校委员会主席来巡视，在过问了学校的工作后便把菲洛特桑拉到一旁，以免让孩子们听见。

“请原谅我问你，菲洛特桑，因为人人都在谈论：你家里的事是真的吗——你妻子并非外出走访，而是和一个情人秘密私奔了？如是这样，我向你表示同情。”

“没那样。”菲洛特桑说。“这事也没什么秘密。”

“她去看望朋友了吗？”

“没有。”

“那么发生了什么事呢？”

“她已经出走了，这种情况通常让人们对做丈夫的产生同情。不过她是得到我的同意后才走的。”

主席显得好像没有明白这话的意思。

“我说的话一点不假。”菲洛特桑烦躁地继续道。“她恳求离开我到她情人那里去，我就同意了她。为什么我不应该呢？她是一个完全成年的女人，那是她自己良心道德的问题——不是我的问题。我又不是她的监狱看守。我不能再多作解释了。我不希望被问来问去的。”

小学生们注意到，这两个男人的脸上现出十分严肃的神情，于是他们回到家里就告诉自己的父母，说菲洛特桑夫人出了什么新鲜事儿。这时菲洛特桑家那个刚小学毕业的女仆，对人们说菲洛特桑先生曾帮着他的妻子收拾行李，要给她需要的钱，还给她的那个男青年写了一封友好的信，告诉他要好好照顾她。委员会主席把这事考虑了一番，并与学校的其他负责人讨论过，最后要求菲洛特桑和他们私下见一次面。谈话持续了很长时间，结束后他回到家里，仍然像平常一样面容苍白，焦虑不堪。吉林厄姆正坐在他家里等他。

“唉，让你说对了。”菲洛特桑说，猛然一下厌倦地坐进一把椅子里。“他们已要求我提交辞职书，说我犯下了丑恶可耻的行为，竟放我那位备受折磨的妻子出走——或者正如他们所说的，那是在纵容她去通奸。可是我不会辞职的！”

“我想，如果是我，我就会辞职。”

“我不会。这事与他们毫无关系，也根本没有影响到我的工作。假如他们愿意就把我开除好啦。”

“你要是惹麻烦，这件事就会张扬到报上去了，今后看哪所学校还会用你。你瞧，他们不得不把你做的事情看作是一个年轻人的教师的行为——不得不认为它对这个镇的伦理道德有很大影响；因此就一般人看来你的见解是无可辩护的。你不能否认我这样说吧。”

然而对于这个忠告，菲洛特桑就是充耳不闻。

“我不在乎。”他说。“除非被开除，否则我是不会走的。我这样做的理由是：如果我辞职，就等于承认在这件事上我做错了；而我现在每天都越来越深信，在上帝的眼里，在一切纯真、正直的人看来，我是做对了的。”

吉林厄姆看出来，他这位刚愎自用的朋友这次是维护不了自己的立场了，但是他没再说什么。在一定的时候——实际上是15分钟后——便送来了正式的免职函，这是自菲洛特桑走后校董们就留下来写好了的。他回答说他不接受免职，并召开了一个公众会议；尽管他显得如此虚弱有病的样子，朋友也劝他呆在家里，但他还是去了。会上他站起来陈述自己为何反对校董们的决定，说的时候和上次他对朋友说时一样坚定有力。他还争论说，这事只涉及一个有关家庭的看法，与他们无关。校董一班人驳回了他的观点，他们坚持认为，一个教师个人的乖僻行为也完全在他们管的范围之内，因为这影响到他所传授的那些思想道德。菲洛特桑回答说，他看不出一个纯真自然的仁慈行为怎么会有损于道德。

镇上所有受人尊敬的居民和富有的人家，都无一例外地反对菲洛特桑。但使他感到有些吃惊的是，有10多个勇士挺身而出完全拥护他，为他辩护。

前面已说过，沙斯托是各类巡回者们的锚泊之地，他们不乏好奇，十分有趣，在夏秋两季的时候，经常来往于上、下威塞克斯那些各式各样的众多集市。尽管菲洛特桑从没和这些先生们说过话，他们现在可是充满了豪侠气概极力为他辩护——哪怕希望微乎其微。他们当中包括两名小贩，一个射击场的老板和几个负责装弹药的小姐，两个拳击比武的，一个开游乐转椅的，两个串街游巷卖扫帚的(她们自称为寡妇)，一个姜饼摊贩，一个出租船形秋千的，还有一个“测验你力气”的人。

这一群心胸开阔的支持者，另外还有几个有独立见解的人，在各自的家庭生活上都经历了一番挫折；这时他们走上前来热情地和菲洛特桑握手。然后他们在会上强烈地表示了自己的看法，以致发生争端，顿时

会场大乱，人们相互打起来。一个黑板被砸成两半，3扇学校的窗格玻璃被砸碎，一瓶墨水溅到了镇议会会员的衬衫前胸上，一位教区委员被盖上一张巴勒斯坦地图，他的头正好穿破撒马利亚①。不少人的眼睛被打青了，鼻子被打出血来了；使每个人都感到惊恐的是，其中一位受害者便是为人尊敬的教区长，他是被一个思想解放的烟囱清洁工打的。这个工人站在菲洛特桑一边，他太激动了。当菲洛特桑看见血从教区长的脸上流下去时，他为这糟糕不幸的处境几乎悲哀地呻吟起来，后悔自己被要求辞职时没有辞职。他回到家就病倒了，次日早上便卧床不起。

这次事件既滑稽可笑又令人悲哀，他从此大病了一场。他躺在自己孤零零的床上，怀着一个中年人的心境，他终于发觉自己的生活，无论是学问方面还是家庭方面都在走向失败，走向黑暗。吉林厄姆晚上时时来看他，一次他提到淑的名字。

“她对我一点不关心！”菲洛特桑说。“她为什么要关心呢？”

“她并不知道你病了嘛。”

“这样对我们两个倒好得多。”

“她情人在哪里？她住在哪里？”

“在梅尔彻斯特——我想。至少他前些时候住在那里。”

吉林厄姆回到家后坐下来考虑了一番，最后他给淑写去一封匿名短信，只想碰一下运气寄到她手里。信是寄往主教管区首府去的，信封上写着裘德的名字。这封信寄到那个地方后，再被转到了北威塞克斯的马里格林，最后被护理裘德姑婆的那个寡妇又转到奥尔德布里克汉——只有她才知道他现在的住址。

3天后的傍晚，光辉灿烂的太阳徐徐降落，阳光照耀着布莱克莫尔的一片低谷，使沙斯托的一扇扇窗户在那片低谷中的庄稼人眼里像火舌一般；此时，病中的菲洛特桑觉得听到有人朝他的房子走来，几分钟后

---

①撒马利亚，巴勒斯坦中部一地区。

便传来轻拍他寝室房门的声音。菲洛特桑没有说话，门被迟疑地打开了，跟着便走进来了——淑。

她穿着轻薄的春装，像个幽灵一般来临——又像一只飞蛾一样飘然而进。他转过眼睛看着她，脸红起来；但他好像在克制自己一时要说话的冲动。

“我本来是无权到这里来的。”她说，对着他低下头，脸上现出惊惧的神情。“只是我听说你病了——病得很重；又因为我知道你承认男女之间除了肉欲之爱外，还有其他感情，所以我就来了。”

“我并没有病得很重，亲爱的朋友，只是不舒服就是了。”

“我可不知道这点。恐怕只有你病得很重了我才有理由来啦！”

“是呀……是呀。并且我差不多希望你没有来才好！你来得太快了点儿——我就是这么个意思。不过，还是让咱们尽量往好处想吧。我想你还没听说学校的事，是吗？”

“没有——学校什么事？”

“不过是我要离开这儿到另一个地方去了。我和校董们意见不合，我要同他们分手——就这么回事。”

无论此时还是以后，她一刻也没有猜想到他让她走给自己惹来了多大的麻烦。她似乎从来都没有想到这个问题，也没得到过有关沙斯托的任何消息。他们谈着微不足道、一掠而过的话题。当他的茶被送上来时，他让那个吃惊的小女佣也给淑拿一杯来。出乎他们意料的是，小姑娘竟会对他们过去的历史如此感兴趣，她下楼时还吃惊地抬起两眼和双手，那模样实在稀奇古怪。他们啜着茶，淑走到窗旁，若有所思地说：“多么美丽的落日啊，理查德。”

“由于太阳光线穿过这山谷的薄雾，所以从这儿看落日通常是美丽的。可是我却观赏不到这一切，因为它不会照到我躺在这儿的阴暗角落。”

“你难道不想来看看今天这个很特别的落日吗？它就像是苍天打开

了一般。”

“啊，怎么不想！可是我过不去呀。”

“让我帮你吧。”

“不行——这个床移不动的。”

“不过你看我另有办法。”

她走到一个旋转镜旁，把它拿到窗边一个可以接收到阳光的地点，然后移动着镜子，直至光线反射到菲洛特桑脸上。

“瞧——现在你可以看见那个巨大的红太阳了吧！”她说。“我肯定它会让你快活起来的——我确实希望这样！”她一片好心地说，带着孩子般的悔悟的口吻，好像为了他，她无论做什么事都不算过分似的。

菲洛特桑苦笑了一下。“你真是一个古怪的人啊！”他咕哝道，眼里映照出阳光。“发生了那些事情以后，你还想到来看我！”

“咱们别再提起那些事了！”她赶紧说。“我得去赶那班公共马车坐火车回去，因为裘德不知道我来。我走时他不在家，所以我必须马上赶回去。理查德，我很高兴你没那么严重。你不恨我，是吗？你一直是我多么好的朋友！”

“知道你这么想，我心里高兴。”菲洛特桑沙哑地说。“不，我并不恨你的！”

他们在这个阴郁的屋子里断断续续地谈着，天很快昏暗下来。女佣带来了蜡烛，淑该走了，这时她把自己的手放在他手里——或者说让它从他的手中一掠而过，因为她触摸起来实在太轻飘了。她刚要关上门便听见菲洛特桑叫道：“淑！”原来他已注意到，她转过身去时脸上流着泪，嘴唇也颤抖了一下。

这样再一次叫住她是不明智之举——他一喊出口就知道了，可是他情不自禁要那样做。她又返回身来。

“淑，”他低声说，“你愿意同我和好留下来吗？我会原谅你，一切都不计较的！”

“啊，办不到，办不到！”她急忙说。“你现在已办不到了！”

“那么你的意思当然是说，他现在实际上是你丈夫了？”

“你可以这样去想。他正要和他妻子阿拉贝娜离婚。”

“他的妻子！我可从来没听说他还有一个妻子呀。”

“那是一个可悲的婚姻。”

“正如你的一样。”

“不错。他这样做与其说是为他还不如说是为了她。她写信给他，说他同意离婚就是为她做了一件好事，因为以后她就可以体体面面地嫁人、生活了。裘德也答应了她。”

“一个妻子……为她做了一件好事。哈，是的，给她完全的自由是为她做了件好事……可是我不喜欢听到这话。我能够原谅你的，淑。”

“不，不！你不能再让我回来了，因为我这人太坏——竟然做了那么些坏事！”

淑的脸上又出现了原先那种惊恐的表情——无论何时只要他从一个朋友变成丈夫，她都会出现这种表情，并且采取一切防御措施不让他感到自己是一个丈夫。“我现在必须走了。我还会来看你的——行吗？”

“我现在也没有让你走呀。我请你留下来。”

“谢谢你，理查德，可是我必须走。既然你没有我原先想的病得那么厉害，我就不能够留下来！”

“她是他的人了——整个儿都是他的人了！”菲洛特桑说，不过声音很微弱，她关门时没有听见。她害怕这位小学教师的感情发生不利的变化；也许还微微有些不好意思让他知道，她对他的不忠行为具有这样一个特点：显得有些马马虎虎，不是那么完全彻底——照一个男人看来就是如此——正由于这两个原因，她才至此还没有告诉他，她和裘德的那种并不完美的关系。菲洛特桑一面躺在那里，苦恼不堪地扭动着身子，像一个躺在地狱里的人一样，一面想象着她身穿美丽的衣服，内心对他充满了同情和反感，两种感情使她极为苦恼地混合在一起；她带着他的姓，正急不可待要回到她情人的家去。

吉林厄姆对于菲洛特桑的事十分关心，对他本人极为关切，每周要爬上那个小坡两三次到沙斯托来，尽管来回要走9英里路，并且还要在完成学校一天艰巨的工作之后，在茶点到晚餐之间去。这次淑来访后吉林厄姆又去了朋友家，看见他下楼来了，并注意到他的情绪已不再烦躁不安，而是更加镇定自若了。

“你上次走后她回来过。”菲洛特桑说。

“你不是说菲洛特桑夫人吧？”

“就是她。”

“啊！你们和好了吗？”

“没有……她只是来用她那只白皙的小手拍了拍我的枕头，给我当了半小时体贴周到的护士，然后就离开了。”

“哎呀——真该死！她是一个卑鄙的女子！”

“你说什么？”

“哦——没什么！”

“你是什么意思？”

“我的意思是，她是一个多么可望而不可即的、反复无常的可鄙女人！假如她不是你妻子——”

“她现在就不是，除了在名义和法律上外，她已属于另一个男人了。我一直想——这是我在和她的一次谈话中得到的启示——为了表示我对她的好意，我应该彻底解除法律的约束；说来奇怪得很，我想我能够做到这一点，既然她已回来过，我说我已宽恕了她并请她留下，而她又不答应。我相信这个事实将给我促成此事的机会，尽管当时我没认识到这个问题。如果她不属于我，硬把她束缚在我身边有何用处呢？我知道——我绝对确信无疑——她会欢迎我走这一步的，这对她来说可是天大的恩德。因为，虽然我作为她的一个同胞，她同情我，可怜我，甚至为我流泪；但是作为她的丈夫，她便无法忍受——甚至厌恶我——用不着把话说得吞吞吐吐的——她厌恶我，而我惟一应做的就是要善始善终，把已开始的事情坚持到底，这是我惟一具有男子气概、崇高尊严、仁慈宽厚的行为……也为了世俗的原因，最好让她独立自由。由于我做出了于我们两个都是再好不过的决定，我因此将自己的前途给毁了，无可挽回，尽管她还不知道这种情况。我看见从今以后直到死的那一天，只有悲惨的贫穷生活等待着我，因为别人再不会让我做一名教师了。既然我失去了工作，我的余生大概会过得非常艰辛，得靠微薄收入度日；这样的生活，我最好能独自去承受。我不妨告诉你，我之所以想到让她走，也由于她带给我某个消息——裘德同样正在办理离婚手续啦。”

“啊——原来他也有配偶？这一对情人真是古怪呀！”

“唔——这件事我并不想听你的意见。我刚才正要说的是，我给她自由对她毫无害处，并且还可能为她打开幸福之门，这是她至今连做梦也没梦到过的。因为那时他们就可以结婚，本来他们当初就该这样。”

吉林厄姆过了片刻才回答。“我也许不同意你那样做的动机。”他有礼貌地说，因为他对于自己不同意的观点也是尊重的。“不过我认为你的决心不错——假如你真能付诸实践。但我怀疑你是否能做到。”

第五部　在奥尔德布里克汉及其他地方

气与火二元素，虽性本轻而呈上升之势，然亦服从于宇宙之制约，故仍合成于汝之体内，受制于汝多种元素混合而成之身躯。

——马可 · 奥勒利乌斯（朗）①

① 马可 · 奥勒利乌斯（121—180），罗马皇帝（161—180），新斯葛派哲学的主要代表，宣扬禁欲主义和宿命论。朗（1800—1879），英国古典学者，这里引自他的英译文。

1

经过上一章的事件之后，又过去了阴郁沉闷的几个月，发生了一系列令人消沉的琐事，这些都略过不谈；下面来说次年2月份的一个礼拜天，这样吉林厄姆的疑虑是怎样消除的，很快就清楚了。

淑和裘德此时住在奥尔德布里克汉，彼此完全按照她在头一年离开沙斯托来到他身边后他们建立起来的那种关系生活着。他们知道了法院的诉讼情况，不过好像它是一个遥远的声音，一件偶然的公文——他们对此几乎难以理解。

他们像往常一样，早餐时在裘德名下的这个小房子里聚到一块儿。房子是他一年花15英镑租的，另外还要付3英镑10先令的地税和国税。房内摆设着他姑婆那些古老笨重的家具，他花了与家具本身价值差不多的钱，才把它们从马里格林一路运到了这儿。淑操持家务，料理着一切。

这天早晨他走进房间时，淑拿着一封刚收到的信。

"嗨，信上说的什么？"他吻过她之后问。

"说6个月前宣布的'菲洛特桑对淑'一案的离婚判决，刚刚被确定了①。"

"啊。"裘德一边坐下来一边说。

他对阿拉贝娜起诉的同样的离婚判决，大约在一两个月前就被确定了。两件离婚案子都太微不足道，没在报上作报道，而只是和其他那些没人提出异议的案子一起列在了一长串的名单之中。

"现在，淑，不管怎样你不受任何约束了！"他新奇地看着自己这位心上人。

"我们——你和我——真的像从没结过婚一样自由了吗？"

"一样自由了——我想，除了某个牧师不愿亲自给你举行第二次婚礼，而把这事交给另外的人去办之外。”

“不过我觉得疑惑——你认为我们真是这样了吗？我知道一般而言是这样。可是我有一种不自在的感觉，认为我的自由是用欺诈手段得来的！”

“怎么会呢？”

“唔——假如人们知道了我们的真实情况，就不会做出那样的判决了。只是因为我们没有提出辩护，才将他们引入了一个错误的假定，是吗？所以我得到的自由是合法的吗——不管它有多么恰当？”

“唉——为什么你要用欺诈的手段呢？那只有怪你自己呀。”他恶作剧似地说。

“裘德——你别那样！你也不要为那个小事生气。我现在既然是这样，你就一定要这样待我。”

“很好，亲爱的，那我就这样吧。也许你过去是对的。至于你的问题，我们以前就没必要证实什么。那是别人的事。无论如何我们现在生活到一起了。”

“是的。不过不是他们认为的那样罢了。”

“有一件事是确定的：不管作出怎样的离婚判决，当一个婚姻终结的时候它就实实在在地终结了。做我们这种无名的穷人倒有一个优点，就是他们为我们办这类事情总是很粗略随便的。我和阿拉贝娜离婚也是同样的情形。我原来还担心她犯的重婚罪会被人们发觉，她因此会受到惩罚；但是没有谁注意她，既无人调查又无人怀疑。而假如我们是受封的贵族，那可就会惹来无穷无尽的麻烦了，一天又一天、一周又一周都要被他们查来查去。”

淑感到自己获得了自由，也渐渐地和她的情人一样高兴起来，提议说他们去田野散散步，即使不得不因此而忍受着吃上一顿冷饭。裘德同

① 英国法律，离婚案件初步裁定之后，6 个月内无人提出异议才能确定。

意了，淑便上楼去做出发的准备，穿上一件令人喜悦的彩色长袍以便庆祝她获得的自由；看见她这样裘德也打了一条更加鲜艳的领带。

“现在咱们可以像任何一对订了婚的人那样，挽着手大摇大摆地走了。”他说。“我们有了这样做的合法权利。”

他们漫步走出了城镇，沿着一条小路朝前，小路边是一片片低矮的土地，上面已结起了霜。那些宽阔的种子地，颜色单调，什么东西也没长出来。不过这一对情人正深深地沉迷于自己的境况之中，几乎没注意到周围的一切。

“瞧，我最最亲爱的，在经过了前面所有的事情之后，再适当过一段时间我们就可以结婚了。”

“是的，我想是可以的。”淑毫无热情地说。

“难道我们不打算结婚吗？”

“我可不愿说不打算结婚，亲爱的裘德，不过对这事我现在的感觉和过去的还完全一样呀。我一样害怕那铁一般的婚约会把你对我的温柔以及我对你的温柔都给毁了，正如它对待我们不幸的父母那样。”

“那我们怎么办呢？你知道我确实是爱你的，淑。”

“我非常明白。不过我想我还是宁愿我们一直像情人一样过下去，像我们现在这样，只在白天才见面。当一个女人对她的情人有信心之后，这样做要甜美得多——至少对于女人是如此。从今以后我们用不着像过去那样太讲究形式外表了。”

“我承认，咱们同别人的婚姻经历都是叫人灰心的。”他带着一些忧郁说。“这要么是由于我们自己无法满足的、不切实际的性情，要么就是咱们运气不好。可是我们两个——”

“便是两个无法满足的人结合到一块儿，这种情况会比过去更糟糕一倍……裘德，一旦你按照盖有政府公章的文件获得批准来爱我，我得到政府同意接受你的爱，我想那时我就会开始怕你了——啊，那是多么可怕、让人恶心的事呀！尽管你现在是完全自由了，想干吗就能干吗，可我对于你的信任超过了对世界上任何一个男人啦。”

“不错，不错——你决不能说我会变心！”他劝告道，然而他自己的声音里也带着忧虑。

“撇开我们自己和我们那些令人不快的乖僻不说，单就一个普通人而言，如果你告诉他必须去爱某一个人，去做某个人的情人，他再照着去做就不合人的天性了。但假如你不让他爱那个人，也许他去爱的可能性反倒要大得多。假如婚礼中男女双方再起一个誓，签署一份契约，保证从此以后不再相爱了(考虑到男女已为彼此所有)，双方要尽可能避免在公共场合见面交往，那么实际上就会有比今天更多的相亲相爱的夫妻。想想那些发假誓言的夫妻吧，他们秘密约会，否认互相见过面，爬进卧室窗户以及藏在衣橱里的情景！他们爱的热情总是很高的啊。”

“不错。不过就算这个看法或类似的看法是真的，你也不是世上惟一认识到这一点的人，亲爱的淑。但人们照样不断地结婚，因为他们无法抗拒自然的力量，尽管许多人都非常非常清楚，他们也许是在用一生的苦恼换来一时的快乐。毫无疑问，我的父母和你的父母都看到了这点，假如在观察事物的习惯上他们和我们有根本的相似之处的话。然而他们照样结婚了，因为他们也有普通人的情感。可是你呢，淑，实在如幽灵一般，脱离形体——如果你不反对我这样说的话——你的身上几乎没有肉欲之情，以致在这件事上你可以凭理性行事，而我们这些不幸的、粗俗的可怜虫就做不到。”

“唉，”她叹息道，“你也承认了我们两个的结局也许是令人痛苦的。再说我也不是一个你认为的超凡脱俗的女人。很少有女人像你所以为的那样喜欢婚姻，只不过她们认为，结婚可以使自己获得一种体面，有时它还给人们带来一些社会方面的利益——而这样的体面和利益我都是很愿意舍弃的。”

裘德又回到了他以往的抱怨上——尽管他们彼此很亲密，但他从来没有听见她真诚而坦率地说过她爱他，或者会爱他。“我有时真担心你不能爱我。”他说，由疑虑变得快要生气的样子。“并且你又太沉默寡言了。我知道一些女人告诫另一些女人说，女人绝不要对男人说出全部的实话来。可是爱的最高形式总是建立在男女双方充分的真诚之上呀。由于自己不是男人，所以这些女人就不知道，一个男人在回顾曾经和他有过亲密关系的那些女人时，心总是和那位在其言行举止中成了真诚的化身的女人贴得最近。女人如果不是以诚相待，而是装模作样躲躲闪闪，不可捉摸，即使有时会把品质好一些的男人迷惑住，也不会永远将他们吸引住。假如她躲闪逃避的把戏玩得太过分了，便会受到复仇女神的惩罚，为她所唾弃，这样曾经爱过她的男人也迟早会看不起她；在这种情况下，当她走进坟墓的时候他们也不会为她感到悲哀的。”

淑正注视着远处，这时脸上现出内疚的神情来。她突然用悲哀的声音回答道：“我想我今天可没有往常那么喜欢你了，裘德！”

“是吗？为啥呢？”

“这个，唉——你不好嘛——你太喋喋不休地在那里说教了。不过我想我这人太坏，太没有用了，应该听听你如此严厉的说教才是！”

“不，你并不坏。你是一个亲爱的人。只是我想让你坦白说实话的时候你圆滑得像一条鳝鱼就是了。”

“哦，不，我很坏，很固执，一身的毛病！你假装说我不是那样有什么用处！好人是不应该像我一样受到责怪的……可是既然我除了你就再没有别人了，再没有人来保护我了，所以要我不按照自己的方式决定怎样同你生活，以及是否和你结婚，的确是非常难办的事！”

“淑，我的朋友和心上人，我并不想要强迫你和我结婚或做另外那件事——我当然不会的！你这么爱生气，真是太不好了！现在咱们再不要谈论这个话题了，过去是怎样的还继续怎样；在剩下的这段散步时间里咱们只谈那些草地、流水和明年农夫们的前景好啦。”

这以后的几天里他们都没有提到婚姻的问题，尽管在他们住的屋子中间隔着一个楼梯平台，但他们头脑里每时每刻都想着这件事。淑现在给了裘德很大的实质性的帮助：他近来已经自己负责忙着雕刻墓石，墓石就放在他这小房子后面的小院里，因此她没有家务事的时候便去那儿，为他勾画出那些整个的字体，等他把字刻出来后又替他涂成黑色。这样的手艺活儿，比起他先前在大教堂做石工所干的工作要低一等。他惟一的主顾就是住在附近的那些穷人们，他们知道雇请“裘德·福勒：纪念碑石工”（如他在自己前门上写的那样）为已故亲人刻上简单的纪念碑是非常便宜的。不过他似乎比以前更加独立了，并且也只有这样安排淑才能帮上点忙——她尤其希望不要给他增加负担。

2

那是月末的一个傍晚，裘德刚在不远处的公共大厅听了关于古代历史的演讲，这时回到家。在他出去的这段时间淑一直只在屋里，见他进来，她便把晚餐给他放到了桌上。平常这个时候她总要说说话儿的，可是现在什么也不说。裘德先拿起画报仔细看着，这时才抬起眼睛，看见她神色不安的样子。

“你不高兴吗，淑？”他问。

她停了片刻。“有人给你留下几句话。”她回答。

“有人来过了？”

“嗯，有个女人。”她带着颤抖的声音说，忽然停下手中活儿坐下，双手放在膝盖上，盯住炉火里。“我不知道自己是否做对了！”她继续说。“我对她说你不在家，她说她等你，我又说我想你也许不能见她。”

“为什么你要那样说呢，亲爱的？我想她大概想要刻一个墓碑吧。她戴着孝吗？”

“不，她没戴孝，也不想要墓碑；我当时就想你是不能够见她的。”她带着责怪、恳求的眼光看着他。

“可她是谁呢？她没有说吗？”

“没有。她不愿意说出她的名字。不过我知道她是谁——我想我是知道的！她就是阿拉贝娜！”

“天哪！阿拉贝娜来干什么？你怎么会想到是她呢？”

“哦，我也说不清楚。不过我知道就是她！我觉得很有把握——从她看我的眼神就看得出来是她。她是一个挺肉感、挺粗俗的女人。”

“唔——确切地说我可不认为阿拉贝娜是粗俗的，除了她在说话方面外，尽管她也许由于在酒店里做事开始变得粗俗起来了。我当初认识她时她可相当好看呀。”

“好看！不过是的——她现在也很好看啦！”

“我想刚才我听见你说话的声音有点哆嗦。好啦，快别把这事放在心上了，因为她对于我已微不足道，并且实际上已嫁给另一个男人——可她为什么还要来麻烦我们呢？”

“你肯定她已结婚了吗？你有没有听到确切的消息？”

“没有——没有确切的消息。可她正是为了这个才让我和她离婚的。据我所知，她和那个男人都想过一种正当的生活。”

“啊，裘德——那是的，是阿拉贝娜！”淑叫道，用一只手捂着两眼。“我真是太可怜了！不管她来做什么，都似乎是一个不祥之兆。你不可能见她的，是吗？”

“说实在的我想我不能见她。现在和她谈话，无论对她对我都是一件非常痛苦的事。不管怎样她已经走了。她说过还会回来吗？”

“没说。不过她走时显得很不情愿。”

哪怕有一丁点儿小事淑都会坐卧不安，所以她晚饭一点吃不下去；裘德吃完饭后便准备去睡觉。他刚把炉灰耙出来，关好各扇门，爬上楼梯顶，便听见了敲门声。淑也刚走进她的房间，这时立即奔了出来。

“她又来了！”淑十分惊愕地低声说道。

“你怎么知道是她呢？”

“上一次她就是那样敲的门。”

他们注意听着，这时又传来了敲门声。屋里没有一个用人，所以如果要去看来者是谁，就必须有一个人亲自去。“让我打开一扇窗子看看。”裘德说。“不管是谁，这么晚了也是不可能让进屋里来的。”

于是他回到自己卧室，抬起窗子的框格。此时劳动的人们已早早入睡了，寂静的街上从头到尾空空荡荡的，只有一个人影—— 一个女人的身影在几码远的一盏路灯旁来回踱着。

“谁在那儿？”他问。

“是福勒先生吗？”下面那个女人问，那声音分明就是阿拉贝娜的。

裘德回答说是。

“是她吧？”淑从门口问道，嘴张开着。

“是她，亲爱的。”裘德说。“你想要做什么，阿拉贝娜？”他问。

“请原谅我打搅了你，裘德。”阿拉贝娜谦卑地说。“不过我先前来找过你的——如果可以的话，我今晚特别想见见你。我遇到麻烦了，又没有人帮助我！”

“你遇到麻烦了？”

“是呀。”

然后是一阵沉默。听见这样的恳求，裘德胸中似乎产生了一种为难的同情之心。“可你不是结婚了吗？”他问。

阿拉贝娜犹豫了一下。“没有的，裘德，我没有结婚。”她回答道。“他毕竟还是不干啦。我现在处境非常艰难。我希望不久再找个酒吧女招待的工作，可是这需要时间。而我现在确实很为难，因为突然间我不得不承担起澳大利亚那边的一个责任，不然我就不会来麻烦你了——请相信我。我想对你说说这事。”

淑一直在那儿注视着，感到痛苦而紧张；她听见了他们说的每一个字，只是一言不发。

“你该不是缺钱了吧，阿拉贝娜？”他问，语气显然温和下来。

“今晚上的住宿我已找好，钱倒是足够的，不过回去的车费可不够了。”

“你住在哪里？”

“还住在伦敦。”她正要说出地址，但转而又说道：“我怕会让别人听见，我可不想把自己的详细情况大声嚷出来。我今晚住在王子旅店，如果你能下来和我一起往那里走一会儿，我会把一切都向你解释。看在过去的份上，请你下来一趟吧！”

“可怜的东西！恐怕我必须要对她仁慈一些，听听是怎么回事。”裘德万分困惑地说。“既然她明天就要回去，所以不会有什么关系的。”

“可是你可以明天去看她啊，裘德！现在别去了，裘德！”门口传来哀怨的声音。“唉，那只是她给你设的一个圈套，我知道是的，她过去就是这样！别去，别去，亲爱的！她是一个感情卑劣的女人——从她的那副模样我就看得出来，从她的声音我也听得出来！”

“可是我得去。”裘德说。“别阻拦我，淑。上帝知道我现在是一点儿也不爱她了，可我不想对她太无情了。”他转身朝楼梯走去。

“但是她并不是你妻子呀！”淑心烦意乱地说。“并且我——”

“你也不是呀，亲爱的。”裘德说。

“哎呀，你真的要到她那里去吗？别去吧！就呆在家里！求你了，求你就呆在家里吧，裘德，别去找她，既然她和我一样都不是你妻子！”

“哦，不对，说到这点上她倒比你更近于是我妻子。”他说，毅然地拿起了帽子。“我已经希望过你做我妻子，而且怀着约伯[1]那样的耐心等待着，可是我看不出自己这样克制得到了什么。我当然会给她帮点什么忙的，并且要听听她这么急于告诉我的是什么；这是任何一个男人起码应该做的事！”

从他的态度上她知道反对是无济于事的。她不再说什么，而是转身像一个殉教者那样顺从地回到自己的房间，听见他走下楼去，打开门，再随手关上。当一个女人独自一人的时候，她是不会顾及到自己尊严的；淑也同样如此，她急忙走下楼梯，一边发出清楚的啜泣声。她倾听着。她完全知道阿拉贝娜说的她住的那家旅店有多远。照一般的步行速度去那儿大约需要 7 分钟，再返回来又需要 7 分钟。假如他过 14 分

①约伯，《圣经》中人物，备历危难，仍坚信上帝。

钟还不回来，那么他就是在路上逗留了。她看了看钟，这时差25分11点。他也许会和阿拉贝娜一起进旅店去，因为他们到的时候还没有关门；她也许会让他和她一起喝酒，然后天知道什么灾难会降临到他身上。

她仍然忐忑不安地等待着。好像整个14分钟时间几乎刚一过，门就又打开了，裘德出现在门口。

淑发出一声轻微的欣喜若狂的叫喊。“啊，我就知道我信得过你的！——你真是多么好啊！”她开始说道。

“我在街上到处都找不到她，而且我又只穿了拖鞋出去。她已经走到前面去了，心想我太铁石心肠，竟会全然拒绝了她的请求，可怜的女人。我回来换一双靴子，外面下雨了。”

“唉，可你为什么要去为一个曾经对你如此不好的女人操那份心呢！”淑突然带着嫉妒和失望说道。

“可是，淑，她是一个女人哪，我以前还和她好过；在这种情况下一个人总不能太残忍了吧。”

“她现在已不再是你妻子了呀！”淑情绪激动、烦躁不安地大声嚷嚷。“你一定不要出去找她！那是不对的！你不能去和她在一起，既然她现在对你如同生人一般。你怎么能忘记了这样一个事实，我亲爱的、亲爱的人！”

“她似乎还是过去那个样子——一个老犯错误、粗心大意、缺少考虑的人。”他说，继续穿靴子。“不管伦敦那些法律界的家伙们在玩什么把戏，都改变不了我和她的真正关系。假如她跑到澳大利亚去又找了一个丈夫那阵子都是我妻子，那么她现在也是我妻子。”

“可她那阵子并不是呀！我就是这么认为的！这太荒唐可笑了！——唔——你过几分钟就会直接回来，不是吗，亲爱的？她这人过去和现在都是那么卑鄙，那么粗俗，不值得你和她多说话！”

“或许我也一样粗俗，更加不幸！我深深相信，在我身上存在着人类所有弱点的病菌——所以我才认识到自己想做一个副牧师太荒谬了。我以为自己已经治愈了酗酒的毛病；可是我从来不知道，一个被压制下去的恶习会以什么新的形式从我体内爆发出来！我确实是爱你的，淑，虽然这么久以来一直在讨你欢心，而得到的回报却是如此可怜！我用我身上一切最优秀、最崇高的品质爱着你；你那不受一切粗俗事物约束的品质令我振奋，使我在一两年前做出我连做梦也办不到的事，或任何男人都办不到的事。一个男人要自我克制，强迫一个女人做她不愿意做的事是邪恶的，谈起这些大道理来倒是非常非常不错。可是我倒喜欢那些有道德的人——那些曾指责我对待阿拉贝娜和其他事情的行为的人，也来这个闻到香却吃不上口的位置上试试，几个星期来和你这样呆在一起——我想他们就会相信，我这样处处依着你，同你住在这一座房子里，彼此之间再没有任何人——这确实是进行了一番自我克制的。”

“是的，你一直对我很好，裘德；我知道你对我好，我亲爱的保护人。”

“好啦——阿拉贝娜已求我帮她。我至少得出去和她说说呀，淑！”

“我不能再说什么了！——唉，如果你一定要去，你就去吧！”她说，突然哭起来，那哭泣似乎要撕裂她的心一样。“除了你之外我再没有别人了，裘德，可你又要抛下我！我不知道你会这样——我受不了啦，受不了啦！假如她是你的人那又另当别论！”

“或者假如你是我的人。”

“那么好吧——如果我必须那样我就那样吧。既然你愿意那么办，我同意你好啦！我会做你的人的。只是我原先没这么想过，我也没想到过再结婚！……不过，是的——我同意，同意和你结婚！我真的爱你。我本该知道，咱们这样住在一起你最终会取胜的！”

她跑过去一下搂着他脖子。“我不让你接近我，但我也并不是一个生性冷漠、没有性感的人吧？我相信你不会这么认为的！你等着瞧好啦！我确实属于你的，不是吗？我让步啦！”

“那我明天就去安排我们结婚的事，或者你让我什么时候办我就什么时候去办。”

“好吧，裘德。”

“那我就让她走她的。”他说，温柔地拥抱着淑。“我确实也感到去看她对你不公平，或许对她也是不公平的。她跟你不一样，亲爱的，向来跟你不一样：我完全是站在公正的立场上才这么说的。别再哭了。好啦，好啦，好啦！”他吻了吻她的两个面颊，又亲吻她的嘴唇，最后拴上了前门。

次日早晨下着雨。

“听我说，亲爱的，”早饭时裘德兴高采烈地说，“今天是礼拜六，我打算立即去教堂联系结婚公告的事，以便明天就能先公布出来，不然咱们就要等一个礼拜。可以去做结婚公告了吗？那样就可省下一两镑钱了。”

淑心不在焉地答应了他，而她此时正想着别的事。她的面容已不像先前那么容光焕发了，而是变得抑郁沮丧起来。

“我觉得我昨晚上真是太邪恶自私了！”她咕哝道。“我那样对待阿拉贝娜实在太不仁慈——或者还更坏。我对于她遇到的麻烦和她想告诉你的事毫不关心！也许她真是有正当理由要告诉你什么事情吧。那样的话我就更坏了，我想！当一个人有了情敌的时候，爱情也会有它邪恶的道德——至少在我是如此，假如别人不是这样……我真不知道她的情况怎样了？我希望她平安无事地回到了旅店，可怜的女人。”

“哦，放心吧，她一点没事的。”裘德温和地说。

“但愿她没被关在门外才好，回去时没有在街上淋着雨。你不反对我穿上雨衣过去看看她是否进了旅店吧？我一早晨都挂念着她。”

“唔——有必要吗？你一点也不知道阿拉贝娜是怎么能够随机应变的呀。不过，亲爱的，如果你想去看看就去吧。”

当淑感到悔悟的时候，她会顺顺从从、不受任何限制地采取一些表示悔过的苦行，尽管这些苦行奇特而无必要。这种去见各种非同寻常的人的行为——他们和她的关系并不属于友好一类，别人遇到这种情况必然会避而远之——是她本能的表现，因而她的要求也就没有让裘德感到意外。

“等你回来的时候，”他又说道，“我就要准备去办结婚公告的事了。你和我一起去吗？”

淑答应一起去，让裘德任意吻她，她也用从未有过的方式回吻了他，然后穿上披风打着雨伞走了。时势已经发生了决定性的变化。走时她还带着悲哀的微笑说：“小鸟终于被抓住了！”

“不对——只是归巢了。”他让她确信。

她沿着泥泞的街道来到阿拉贝娜提到的那家小旅馆，那儿并不太远。她打听到阿拉贝娜没有离开，一时拿不准如何让人去通报自己，以便让被裘德先爱过的那个女人知道她是谁；最后她通报说她是从春街来的一个朋友——她说出了裘德的住址。她因此被请到了楼上，让店伙计带到一个房间，发现那就是阿拉贝娜的卧室，后者还没起床呢。她刚要转身退出，只听阿拉贝娜从床上喊道：“请进来，把门关上。”淑便照着办了。

阿拉贝娜脸朝窗口躺在那儿，没有立即转过头来。尽管淑现在觉得悔悟，可她也够邪恶的，心想要是裘德来看看这个先被他爱过的女人在光天化日下的这副模样才好。在灯光下，从侧面看她似乎是很漂亮端庄的，然而这天早晨她的容貌显然多么不整；而淑从镜子看到自己那么容光焕发，妩媚动人，因此举止也生气勃勃。但是最后她又想到，这是她身上所具有的多么卑鄙的性的情感啊，她于是又讨厌起自己来。

“我只是想看看你昨晚是否平平安安回到旅店了，此外没别的。”

她温和地说。“你走后我真担心你会遇到什么不顺心的事。”

“啊——真是太无聊啦！我还以为来看我的是——你朋友——你丈夫呢——福勒夫人，我想你这样称呼自己吧？”阿拉贝娜说，猛然一下又倒在枕头上，失望地摇了摇头，她脸上刚刚费力做起的酒窝也消失了。

“的确我还不能被那样称呼。”淑说。

“哦，我以为你可以的，即使他并不真正属于你。体面就是体面嘛，一天24小时都是如此。”

“我不知道你是什么意思。”淑态度生硬地说。“如果你说到那一点上，他现在是属于我的了！”

“可他昨天不属于你的。”

淑脸上现出玫瑰似的红晕，说：“你又是如何知道的呢？”

“从你站在门口和我说话的那副神态看出来的。唔，好家伙，你这事来得倒快呀，我想是我昨晚来访促成了的吧——哈哈！可是我并不想把他从你身边夺走。”

淑看着外面的雨，看着那肮脏的梳妆台布，以及镜子上挂着的阿拉贝娜的假发辫——她当年和裘德在一起时就戴着这样的假发。淑真希望自己没来才好。在她们都没有说话的当儿传来了敲门声，女侍给“卡特勒特太太”送来一封电报。

阿拉贝娜躺在那儿拆开电报，顿时她的愁容消失了。

“我很感激你为我担心，”等女侍走后她和蔼地说，“不过你这样做是没有必要的。我男人发觉他毕竟离不开我，同意遵守他一直给我许下的诺言，在英国和我再结一次婚。你瞧瞧吧！这就是他给我的一个回复。”她把电报拿给淑看，但淑没有去接。“他让我回去。他在兰贝斯街角处开的小酒店没有我快彻底垮了，他说。不过，在我们按照英国的法律手续捏合到一块儿后，他沾了酒就不能再像过去那样拿我出气了！……至于你，我要是你的话，就会哄着裘德立即去牧师前让他把我

娶了，早早办完了事。我是作为一个朋友才这样劝你的，亲爱的。”

“他每天都盼望着和我结婚。”淑带着骄傲冷淡地说。

“那么看在上帝分上，就让他和你结婚吧。结婚后同一个男人的生活更公事公办一些，金钱能起到更好的作用。那时，你瞧，假如你们吵了架，他把你赶出家门，你就可以利用法律来保护自己，否则你是毫无办法的，除非他用刀把你刺得半死，或者用火钳打破你的脑袋。假如他离你而去——我是出于女人的一片好心才这样说的，因为一个男人会做出什么事来谁也不知道——你就可以得到几件家具，而不会被别人看作是小偷。我将要和我那个男人再结一次婚，既然他愿意，因为我们的第一次婚礼有点缺陷。我昨晚上给他发了封电报——这是他给的回复——告诉他说我差不多要与裘德和好，这可把他吓坏了，我想！假如不是因为你的话，我也许真的同裘德和好啦。”她笑着说。“那样的话，从今天起咱们两个的历史又将是怎样一番景象啊！如果一个女人遇到点麻烦，只要稍稍哄着他点儿，他就会成为一个举世无双的软心肠傻瓜了！他过去对于鸟儿等等之类的东西就是这样。不过也碰巧，我现在的情况与同他和好差不多——我不再怪你了。正如我对你说的，我劝你还是尽早把法律手续办了。不然，你会发现以后的麻烦事儿多着呢。”

“我已经说过了他在求我和他结婚——好让我们自然的婚姻成为合法的婚姻。”淑说，显出更加尊严的神情。“之所以我同前夫离婚后没立即和他结婚，那完全是我的意愿。”

“哈，不错——你也像我一样，是个二婚啊。”阿拉贝娜说，有些幽默地用指责的眼光看着来客。“你也像我一样从第一个丈夫那儿跑开了，是吗？”

“再见——我必须走了。”淑匆忙说。

“我也必须起床离开啦！”对方突然跳下床，动作那么猛烈，连她身上柔软的部位都抖动起来了。淑吃了一惊，急忙向旁边一闪。“老天爷，我只是一个女人呀——又不是一个6英尺高的大兵！……稍等会儿，亲爱的。”她继续道，把一只手放到淑的胳膊上。“我真的是想同裘德商量一件小小的正经事儿，像我告诉他的那样。我上这儿来主要就是为那件事。我走的时候，他会赶到车站来和我谈谈吗？你认为不会的。好吧，我会给他写信。我原先并不想写信谈这件事，不过没关系——我会写的。”

3

淑回到家时裘德正在门口等她，以便走出他们婚姻的第一步。她挽住他的胳膊，他们便默默地朝前走去，像真诚的朋友常有的那样。他看见她心事重重的样子，克制着没有问她。

“哦，裘德——我一直和她谈话来着。”她终于开口说。“我真后悔去了那儿！不过让人提醒一些事情也挺不错。”

“我希望她对你是客气的。”

“是的，她很客气。我——我不禁喜欢她了——只是一点儿！她也并不是个心胸狭窄的人，我很高兴她的困难突然之间都不存在了。”她又解释说阿拉贝娜怎样被召了回去，怎样又将恢复原样。“我刚才提到我们那个老问题。阿拉贝娜对我说的那番话，给了我从未有过的深切感受：按照社会习俗组成的合法婚姻是多么令人绝望、庸俗不堪啊——那就像是给男人设下的某种陷阱——想到这我就受不了啦。我真希望没有答应你今天早晨就去办结婚公告的事！”

“哦，你不用管我。我什么时候去办都行。我原以为你现在就希望快快办完这事呢。”

“说实在的，这事我现在并不比以前更急，也许换了另外任何一个男人我都会更急一点儿，可是亲爱的，和你就不同了，我想我能够坚定不移的——这也算是你我家庭中寥寥无几的优点之一吧。所以我丝毫不害怕会失去你，既然我已真正属于你了，你也真正属于我了。事实上我内心比过去更加安宁，因为我对于理查德已问心无愧，他也获得了自由的权利。我以前总有我们在欺骗他的感觉。”

“淑，你目前这个样子，真像是某种伟大的古代文明里的一个女人——那样的女人我常在自己过去研究古典文学的被荒废的岁月里读到——而不像是一个纯粹信奉基督的国家中的一个公民。每逢这时我几乎以为你要说，你在圣路[1]遇见了某个朋友，你一直在和这个朋友谈论着关于屋大维娅[2]或利维亚[3]的最新消息；或者一直在听阿斯帕齐娅[4]的雄辩；或者一直在观看伯拉克西特列斯[5]雕刻他最新的维纳斯，而芙莱妮[6]抱怨说她做模特做累了。”

他们这时来到教区执事的住宅了。淑站在后面，她的情人朝房门走去。他正举起手要敲门，她突然说：“裘德！”

他回过头来。

“等一等，好吗？”

他又回到她身边。

“让咱们再想一想吧。”她羞怯地说。“有一天晚上我做了一个非常可怕的恶梦！……阿拉贝娜——”

“阿拉贝娜都对你说了些什么？”他问。

“哦，她说当男女被束缚起来的时候，如果他打你，你就可以更好地控告他——如果夫妻吵起架来……裘德，你认为当你必须通过法律来得到我时，我们会和现在一样快乐吗？咱们家的男男女女，当一切事情都依他们的好意而定时总是很宽宏大量的，而对于强迫的做法总是很反对。你难道不害怕由于法律上的义务责任而不知不觉产生出来的态度？纯真的感情从本质上说是无偿的，你难道不认为法律上的婚姻对这种感情具有毁灭性的打击？”

“哎呀，亲爱的，你说出这一切凶兆来，把我也吓着了！唔，咱们回去再考虑一下好啦。”

于是她脸上又露出了喜色。“是的——咱们再考虑一下吧！”她

---

① 圣路，古代罗马的一条街。
② 屋大维娅，罗马帝国皇帝奥古斯都之姐。
③ 利维亚，奥古斯都的忠诚妻子，常参与政事。
④ 阿斯帕齐娅，古希腊雅典的高等妓女，政治家佩里克莱斯的情妇。
⑤ 伯拉克西特列斯，希腊最伟大的雕塑家之一。
⑥ 芙莱妮，希腊名娼，以美著称。

说。他们便从教区执事的房门口转身走了，淑挽起他的胳膊一同返回，边走边喃喃低语：

你能不让蜜蜂四处飞行？
你能不让斑尾林鸽扭动脖颈？
你不能！也不能使戴上脚镣的爱情……①

他们又反复考虑这事，或者说推迟考虑。他们当然也就推迟了行动，似乎在一个梦幻般的乐园里过着日子。过了两三个礼拜，事情仍毫无进展，奥尔德布里克汉的会众里谁也没有听到他们的结婚公告。

就在他们这样一推再推的时候，一天早饭前他收到了阿拉贝娜寄来的一封信和一张报纸。裘德看见信封上的笔迹后上楼去淑的房间告诉了她，她一穿好衣服就急忙下来了。淑打开报纸，裘德打开信。她粗看了一下报纸便把第一版给他递过去，还指着其中一段；可是他太专注于那封信了，一时没有转过头来。

“你看看！”她说。

他这才回头看报。这是一份只在伦敦南区发行的报纸，上面有一则公告作了记号，不过是宣布在滑铁卢路圣约翰教堂举行的一个婚礼，新人是“卡特勒特和唐”，他们就是阿拉贝娜和那个酒店老板。

“好啦，这下让人满意了。”淑沾沾自喜地说。“不过，他们这样办了，咱们又跟着照办，就显得太俗了。我还是很高兴——我想不管怎样，她生活总算有些着落了，无论她有什么毛病，可怜的东西。我们想到这点心里就安然一些，这总比替她担忧好吧。或许我也应该给理查德写封信去，问问他最近的情况怎样？”

---

①引自苏格兰诗人托马斯·坎贝尔（1777—1844）的诗《歌》，淑没有念完的半句是“在牢不可破的羁绊中偷生”。

可此时裘德心里仍在想着那封信。他只是瞥了一眼那则公告，然后就带着心慌意乱的声音说："你听听这封信。我该怎么回复，我该咋办呢？"

亲爱的裘德（我不愿太疏远了，称你为福勒先生）：

今天我给你寄去了一份报纸，从上面那则有益的公告上你可得知上周礼拜二我和卡特勒特重新结婚了。这样，此事便顺利得到了圆满的解决。不过我写信想告诉你的是另一件更具体的私事，我上次来奥尔德布里克汉就要对你说的。我当时很不好把这事对你那位女朋友说，我本来也很想亲口告诉你的，那样总比写信说得清楚明白一些。事情是这样的，裘德，我以前从没对你讲过：我离开你8个月后，在悉尼生下了我们的一个男孩，那时我和我父母住在一起。这一切都是很容易证实的。我离开你时没想到会发生这样的事，然后我就到了那边，由于我们那时又吵得很厉害，我心想把孩子出生的事写信告诉你不合适。那段时间我在四处找一份好工作，所以就把孩子交给了我父母去照料，他从那时起就和外公外婆一起生活，因此我在基督寺遇见你以及在办法律手续时，都没有提这事。现在他当然已是一个很懂事的孩子了。最近我父母写来了一封信，说他们在那边生活过得很艰难，说既然我已有了一个舒适的家，既然孩子的父母都还健在，他们就认为没有理由再受拖累了。我倒想不久就把他接到我这里来，可是他年龄还小，成天呆在酒吧里毫无益处，再过若干年也还不行，卡特勒特自然也会认为他碍手碍脚的。但是，碰巧有几个朋友从那里回国，我父母已把孩子打发走，托他们带回来了；孩子回来时我只好请你带去了，因为我不知道拿他咋办。他是你合法的孩子，这我敢对天发誓。假如有谁说他不是，你就替我骂他，说他撒谎，叫他下十八层地狱。不管我前前后后都做了些什么，我们

结婚后直到我离开的那段时间，我对你是忠诚的，我现在仍然是你的，阿拉贝娜·卡特勒特于兰贝斯三角店

淑此时现出惊慌的表情。“你打算怎么办，亲爱的？”她有气无力地问。

裘德没有回答，淑焦急不安地看着他，呼吸急促起来。

“这对我真是一个晴天霹雳啊！”他低声说。“这事可能是真的！我没法子证明。毫无疑问，如果那孩子正是她说的那个时候出生的，他就真是我的孩子。我弄不明白，为什么在基督寺遇见她时她没告诉我。那天晚上带她到这儿来也没告诉我！……啊——我确实记起来了，她曾说过有件心事想告诉我，假如我们能再一起生活的话。”

“那个可怜的孩子似乎没人想要了！”淑说，眼里噙着泪水。

裘德这时才回过神来。“不管他是不是我的孩子，生活在他眼里都是怎样一种景象啊！”他说。“我得说，假如我的经济状况好一些，我是一刻也不会去考虑他是谁的孩子的。我会把他收留下来，把他抚养大。毕竟说来，那个愚蠢的出身问题又算什么呢？你想到这一点的时候，一个孩子是否是你亲生的又有什么关系？我们这个时代的所有儿童，从整体上讲都是这个时代的成年人的孩子，他们理应受到我们所有人的关心。父母们对自己的孩子过分关心，而对别人的孩子不喜欢，这就像是阶级感情、爱国主义、自救灵魂主义和其他一些道德一样，从本质上讲都是一种卑劣自私的排他行为。”

淑一下跳起来，非常热情虔诚地吻了裘德。“是的——是这样，最亲爱的！咱们把他接到这儿来吧！假如他不是你的孩子，反而更好一些。我确实希望他不是——尽管我或许不应该有这样的感觉！假如他不是，我很愿意咱们把他收为养子！”

“唔，关于他的事，你觉得怎么想合你的意就怎么想吧，你这不可捉摸的、可爱的伴侣！”他说。“不管怎样，我感到我不愿让那个不幸

的孩子无人照管，想想看他在兰贝斯区酒吧里的生活情景，那一切邪恶有害的影响，母亲不想要他，实际上以前就很少见到他，继父又不认识他。‘愿我生的那日和说怀了男胎的那夜，都灭没！’①这就是那个男孩——也许是我的儿子，不久以后就会说出的话！”

“啊，不会这样的！”

“因为我是离婚案原告，所以我才真正有权做他的监护人，我想。”

“不管是不是，我们都必须收养他。我明白这一点，会对他尽到一个母亲的责任，咱们能够想办法不让他忍饥受寒。我会更努力去工作。不知道他什么时候到达？”

“过几个礼拜吧，我想。”

“我希望——咱们何时才有勇气去结婚呢，裘德？”

“你无论何时有勇气，我想我都有的。这事完全由你决定，亲爱的。只要你说句话就成。”

“在孩子到来之前？”

“当然。”

“那样也许会让他有一个更自然正常的家庭。”她咕哝道。

裘德因此用纯粹公事公办的口气写了封信，要求孩子一到就把他送到他们这里来；他丝毫没有谈及阿拉贝娜的这个消息让他多么吃惊，对于孩子父亲身份的问题也只字未提，也没有说假如他早知道了孩子的事的话，他对她是否还会和从前完全一样。

次日晚大约10点钟时，在到达奥尔德布里克汉车站那班下行列车阴暗的三等车厢里，可以看见一个身材瘦小、面容苍白的孩子。他那双大眼睛现出惊慌的神情，戴着一条白色羊毛围巾，围巾上用一根普通的

① 引自《旧约·约伯记》第3章第3节。

绳子绕着颈脖挂了把钥匙，它在灯的照射下不时发出光来，引起人们的注意。他的半票插在帽箍上。他的眼睛老盯在对面座位的后背上，即使到达一个站并报了站名之后，他也不向窗外看一看。另外那个长座位上有两三个乘客，其中一个是女工，她的膝上放着一个篮子，里面装了只身上有条纹的小猫。那妇女时而把盖子打开，于是小猫便探出头来，一个劲地做着滑稽可笑的动作，引得旅客们哈哈大笑。惟有带着钥匙和车票的孤单单的男孩没有笑，他用又圆又大的眼睛注视着小猫，似乎心里在说："所有的笑都是因为误解发出的。只要你好好看一下，天底下就没有什么可以让人发笑的事情了。"

有时到达一个车站的时候，列车员就会往这个车厢里看一下，对男孩说："没事的，小家伙，你的箱子在行李车厢里好好的呢。"这时男孩会毫无生气地说声"嗯"，他极力想笑一下，可是笑不出来。

他现在是一个成年化装成少年的人，可是他的装化得很糟糕，以致他的本来面目从缝隙里露了出来。古代黑暗岁月里的海啸，似乎不时把这孩子从他初期的生命中高高托起，他于是转过脸去看一眼那汪洋浩淼的时光，而对于他所看到的好像满不在乎。

这时旅客们一个个相继闭上了眼睛——连那只小猫也在过于狭小的篮子里玩得疲乏了，蜷缩成一团——但是男孩仍和先前一样。然后他似乎清醒了许多，像一个受到奴役、身材矮小、令人钦佩的人，被动地坐在那儿注视着旅伴们，好像他看见的是他们整个全面的人生，而不是眼前的形体。

这就是阿拉贝娜的儿子。她历来做事漫不经心，迟迟没写信告诉裘德孩子的事，直至孩子下船的前一天，这时她绝对不能再拖下去了——尽管她好几个礼拜前就知道了孩子要回来，并且正如她所说的那样，她那次去奥尔德布里克汉主要就是为了告诉裘德儿子的存在和他孩子快要回到他身边的消息。就在她下午某个时间收到前夫的回信那天，孩子也到达了伦敦码头。带他回来的那家人把他送上一辆去兰贝斯区的出租马车，并让马车夫直接把孩子送到他母亲的家，然后就和他说声再见，自便去了。

孩子到了三角店，阿拉贝娜仔细打量了他一番，脸上的表情几乎在说："你真是我原来料想的那样呀！"她让儿子好好吃了一顿饭，给了他一点钱；虽然时间已晚，她仍匆匆把他送上了下一班去裘德那里的火车，希望不让她丈夫卡特勒特（他此时出去了）看见孩子。

火车到达了奥尔德布里克汉，这个男孩在寂寞的月台上下了车，身边放着他的箱子。收票员收去了孩子的车票，现出沉思的样子，感到事情不大对劲儿，便问孩子那么晚了一个人要去什么地方。

"去春街。"孩子毫无表情地说。

"啊，那儿还有很远的路呢，差不多是在乡下了，那些人都快要睡觉啦。"

"可我必须去那里呀。"

"你得坐马车把箱子托过去。"

"不用，我必须走路去。"

"哦，好吧，不过你最好把箱子留在这儿过后让人来取。你去的那个地方，有一半的路你可以坐公共汽车，剩下的路你只好走过去了。"

"我不怕。"

"为什么你的朋友们不来接你呢？"

"大概他们不知道我要来。"

"你的朋友是谁？"

"妈妈不让我说。"

"那么我只能为你照看好箱子了。你快快赶路吧。"

男孩不再说什么，而是走出车站来到街上，回头四望发现没有人跟在后面或看着他。他走了不远，就打听要去的那条街。人们告诉他一直往前走到郊区就到了。

孩子开始了他稳步而机械的步行，这步行具有一种缺乏个性的品质——有如浪潮、微风或云朵的移动。他径直沿着那个方向走去，一点也不好奇地东张西望。这种情况本是可以看得出来的：这孩子对生活的看法与本地孩子的不同。普通孩子先由细节开始，进而认识到一般；先观察到眼前的事物，再逐步认识到普遍性的事物。这个孩子似乎一开始就认识到生活中普遍的事物，而对具体的事物从不关心。在他眼里，那边的房子、柳树和昏暗的田野显然不被看作是砖砌的住宅、截去了梢的树和草地，而被看作是抽象的人类寓所、植物和一片宽阔的昏暗世界。

他找到去那条小巷的路，敲响了裘德家的门。裘德刚刚上床准备睡觉，淑正要进他隔壁的房间时忽然听到敲门声，便走下楼去开门。

“这是我父亲的家吗？”孩子问。

“谁的家？”

“福勒先生，那是他的名字。”

淑跑上楼，去裘德房间告诉了他；他以最快的速度赶下来了，可是她因为太急躁，觉得他好像耽搁了很久似的。

“什么——是他吗——这么快？”裘德过来时她问。

她仔细端详着孩子的面目，忽然走到隔壁那间小起居室里去了。裘德把男孩举到和他一样高，热切地打量着他，温柔的感情中带着一些忧愁。他对孩子说，早知道他这么快就来了他们会去接他的，然后暂时把他放到一把椅子上去找淑；他知道她那过于敏感的心又被弄得忐忑不安了。他发现她在暗处，伏在一把扶手椅上。他双手抱着她，脸贴着她的脸，低声问：“怎么啦？”

“阿拉贝娜说的是真的——真的！我从他身上看到了你的影子！”

“唔，不管怎样，这是我生命中理所应当的一样东西啊。”

“可是那另外一部分就是——她！我受不了的就是这个！不过我应该——我会尽量去习惯的。是的，我应该这样！”

“爱嫉妒的、可爱的淑啊！我收回一切关于你缺乏性感的那些话。

别在意啦！时间会使一切好起来的……淑呀，亲爱的，我有一个主意了！我们要让他受教育，培养他，好让他去上大学。我自己没能实现的愿望或许可以通过他去实现？你知道，现在穷孩子上学更容易些了。”

“啊，你这个梦想家！”她说，握住他的手同他一起回到孩子身边。男孩看着她，像她刚才看着他那样。“你终于就是我真正的母亲了吗？”他问。

“为什么？我看起来像你父亲的妻子？”

“这个，嗯，不过他好像喜欢你，你也好像喜欢他，只是你不很像他妻子。我可不可以叫你妈妈呢？”

这时孩子的脸上现出一种渴望的表情来，他哭了。于是淑跟着也止不住哭起来，因为她就像一把竖琴，哪怕从另一个人的心里发出最微小的感情的风儿，都会很容易使她的心产生剧烈振动。

“如果你想，你就叫我妈妈吧，我可怜的、亲爱的孩子！”她说，俯身将脸贴着孩子的脸，不让他看见自己的眼泪。

“你这脖子上挂的是什么呢？”裘德故作镇静地问。

“是我放在车站上那口箱子的钥匙。”

他们接着忙了一阵子，为孩子弄些晚饭，又为他临时铺了一张床，他不久就睡着了。他躺在那儿的时候，他们两个都走过去看他。

“他睡前还叫了你两三声妈妈呢。”裘德低声说道。“他竟然会想那样叫你，这不是很奇怪吗！”

“唔——这真是意味深长呀。”淑说。“我们对于他那颗如饥似渴的小小心灵所要考虑的，比对于天上一切星星所要考虑的都还要多……我想，亲爱的，我们必须鼓起勇气，把婚礼举行了好吗？逆流而行是毫无用处的，我感到我这个人和人类融合在一起了。啊，裘德，你以后会深深爱我的，对吧！我确实想好好地待这个孩子，做他的母亲；咱们的婚姻要是再添上合法的仪式，或许我做起母亲来就更容易一些了。”

4

这样他们第二次试图结婚的打算就更加谨慎了，虽然这个打算是在那古怪的孩子到达他们家的次日上午就开始了的。

他们发现他经常一个人默不作声地坐在那里，面容显得离奇古怪，生硬死板，目不转睛地盯着什么在他们眼里并不实际存在的东西。

“他那张脸就像墨尔波墨涅①那悲惨的面具一样。”淑说。“你叫什么名字，好孩子？你告诉过我们了吗？”

“他们总是叫我小‘时间老人’。这是我的外号，因为我太像个老头儿了，他们说。”

“你说话也很像个老头儿。”淑温柔地说。

“真是奇怪，裘德，这些异常显老的男孩几乎总是从那些新生的国家来的。可你受的是什么洗礼呢？”

“我从来没受洗礼。”

“为啥会这样？”

“因为，假如我死后下了地狱，也免得花钱去举行一个基督教葬礼②。”

“唔——那么你不叫裘德了？”他父亲有些失望地问。

男孩摇了摇头。“从来没听说过这个名字。”

“当然没听说过，”淑急忙说，“因为她一直都很恨你！”

“咱们得让他接受洗礼。”裘德说，然后又私下对淑说道，“就在我们结婚那天吧。”然而孩子的到来仍弄得他坐卧不安。

他们为自己的处境感到害臊，觉得在户籍登记处举行婚礼，比在教堂里更不那么惹人注目，因此他们决定不在教堂举行婚礼。淑和裘德一起去该地区的结婚户籍登记处办了结婚公告登记：他们已经成了一对形影不离的伴侣，凡重大事情总是非要一同去办理的。

裘德·福勒填着结婚公告的表格，淑俯过他肩头看着他的手写出一个个字来。她读着表格上那坚定不移的承诺——这样的承诺她以前从未见过——她和裘德的名字被填了进去；他们要让彼此那实质上是轻忽飘渺的爱情忠贞不渝。这时她的表情似乎变得痛苦而担忧起来。“当事人姓名”——（他们现在是当事人而不是情人了，她想。）“状况”——（这一项简直令人可怕。）“身份或职业”——“年龄”——“住址”——“居住时期”——“举行婚礼的教堂或场所”——“当事人各自居住区县”。

“这可真有损于感情呀，不是吗！”他们回家的路上她说。“好像比在教堂的法衣室签婚约还更让人不舒服。教堂里总还富有点儿诗意。不过好啦，我们这次会尽力把这件事办了，最亲爱的。”

“咱们会的。‘谁聘定了妻，尚未迎娶，他可以回家去，恐怕他阵亡，别人去娶。’犹太立法者这样说。”③

“你对《圣经》真熟啊，裘德！你真该成为一名牧师。我可只能引异教作家的字句！”

在发结婚证书前的这段时间，淑有时要出去办些家务事，经过户籍登记处时她偷偷往里边一瞧，看见墙上贴着他们准备结婚的公告——那样子真让她受不了。有了上一次的婚姻经历以后，现在又把她置身于同样的境地，她似乎觉得一切浪漫的感情都荡然无存了。她通常牵着小“时间老人”的手，心想这样人们就会以为他是她的孩子，就会把这个预期的婚礼看做是在弥补以往的一次过失。

与此同时，裘德决定只邀请惟一还活在世上的、在马里格林就与他

---

① 墨尔波墨涅，9 位缪斯之一，司悲剧的女神。

② 按基督教的说法，没受洗的孩子与生俱来的罪恶没经清洗，死后不能上天堂，要下地狱，所以不能按平常基督教的仪式埋葬。阿拉贝娜等为了省点钱竟宁肯让孩子死后下地狱，足见孩子受到的是何等的漠视。

③ 见《旧约·申命记》第 20 章第 7 节。犹太的立法者指摩西。

童年生活有着联系的人参加婚礼，以便把他的现在和过去稍微联系起来；这个人就是年老的寡妇埃德琳夫人，她过去是他姑婆的朋友，在姑婆最后病重时还照料着她。他几乎以为她不会来的，可是她却来了，还带来了一些独特的礼品：苹果，果酱，黄铜烛剪，一个古老的锡盘，一个长柄炭炉①，一大袋铺床用的鹅毛。她被安排在裘德家中那间空余的屋子里，早早地就准备睡觉了；入睡前她先照着仪式指示②高声而虔诚地念着《主祷文》，他们在楼下透过天花板也能听得见。

然而她睡不着，并且发现淑和裘德也迟迟没睡——事实上才10点钟——她因此又穿好衣服走下楼，和他们一起坐在炉火旁，直到深夜——“时间老人”也在，尽管他没说一句话，他们也几乎没意识到他在那里。

“瞧，我并不像你们姑婆那样反对结婚的。”寡妇说。“我希望你们这回结婚快快乐乐的，啥都让人满意。活着的人里面，再没有哪个比我更知道你们家的事儿了；凡是知道一点儿的，也最希望那样了。因为你们家里的人在这方面运气都不好呀，天知道！”

淑不安地喘着气。

“他们个个也都是些好心人——连一只苍蝇也不会有意去打死的。”这位参加婚礼的来宾继续说。“可是他们总要遇到些不顺心的事儿，而且一碰到这样的事，他们就会被弄得安不了身。毫无疑问，这就是为啥大家说到的那个人会做出那种事来——假如他是你们家的一个人的话。”

“他做了什么事？”裘德问。

“呃——就是那个传说呀，你知道——他就在那个山顶的‘褐房子’这边被绞死了——那地点离马里格林与奥尔弗雷兹托之间的那个里程碑不远，另一条路就从那儿分岔出去。可老天爷，那都是我爷爷那

---

①旧时睡前暖床用。

②仪式指示，祈祷书中通常印成红色的文字。

个时候的事了，也许那人根本不是你们家的人呢。”

“我很清楚人们说的那个绞刑架当时放在什么地方。”裘德轻声说。“可是我从没听说过这个故事——难道那个男子——我和淑的祖先——杀死了他妻子吗？”

“确切说也不是那样的。她带着孩子离家出走，到她朋友家去了，那段时间孩子夭折了。他想要回孩子的遗体，好和他的家人葬在一起，可是她不肯。所以她丈夫晚上赶了一辆马车去，闯进她朋友家想把棺材偷走，但是被抓住了。他非常固执，不愿说出他闯进去做什么。大家因此说他是个贼，把他在‘褐房子’山上吊起来绞死了。他死后他妻子就疯了。不过他也许和我一样，并不是你们家的人。”

这时从炉火旁的阴影里慢慢传来一个微小声音，像是从地里传出来的一般：“假如我是你，妈，我就不会和爸结婚了！”原来是小“时间老人”在说话，让他们吃了一惊，因为他们已忘记他在那儿。

“哦，那不过是个故事罢了。”她强装高兴地说。

在举行婚礼的前夜听了寡妇这个令人激动不安的传说之后，他们便起身对客人道过晚安，就寝去了。

第二天早晨，随着时间过去淑越来越感到神经紧张，在出发前她悄悄把裘德带到起居室里。“裘德，我想要你吻我，心里还以情人的身份吻我。”她说，哆嗦着偎依在他身旁，眼睫毛湿润了。“今后再也不会有这样的感觉啦，不是吗！我真希望没有着手办这事才好。不过我想咱们得继续办下去。昨晚上那个故事多可怕呀！它使我今天也觉得心灰意冷，使我感到好像有个悲惨的厄运老威胁着我们的家庭，就像它威胁着阿特柔斯[1]家一样。”

---

①阿特柔斯，希腊神话人物，迈锡尼国王，因其弟诱奸其妻，将他弟弟的两个儿子杀死烹熟后请他弟弟吃。他弟弟在惊痛中逃走，诅咒了这家人。此后这一家族便灾祸重重。阿特柔斯被其侄所杀。其子阿伽门农被自己妻子和她的奸夫所杀，他儿子为他报仇，又追杀自己的母亲。

“或者是耶罗波安①的家。”这位曾经的神学家说。

“不错。咱们两个现在还要去结婚，似乎真是轻率到了极点！我过去对另外一个丈夫起过誓，现在我要用同样的话向你起誓；你过去对另外一个妻子起过誓，现在你也要去用同样的话向我起誓——那些体验给了我们以威慑的教训，我们竟完全置于不顾！”

“假如你忧虑担心，我心里也不好受啊。”他说。“我原以为你会很快乐。不过如果你不快乐，就不快乐吧，假装快乐是没有用的。这件事让你忧心忡忡，连我也觉得忧心忡忡了！”

“这跟那天早上一样让人不快乐——就这么回事。”她咕哝道。“还是让咱们继续去办了吧。”

他们手挽着手朝上述那个登记处走去，一同去的证人只有寡妇埃德琳。这天寒冷而阴沉，冷湿的雾从雄壮庞大的泰晤士河飘过来穿过市镇。在登记处的石阶上有些泥泞的脚印，那是人们进去时留下的，门口有一些湿淋淋的雨伞。登记处里面聚集了几个人，我们这对男女发觉一个士兵和一个年轻女人正在举行婚礼。这时候，淑、裘德和寡妇就站在后面，淑看着墙上那些结婚通告。这间屋子在他们这样喜怒无常的两个人看来，显得阴郁沉闷，虽然在它的常客们看来，无疑显得非常一般。一堵墙上尽是些用小牛皮做封面的法律书籍，小牛皮已经发霉；其他地方放着邮局的姓名地址录和别的参考书。一捆捆文件证件之类的东西用红带子系着，放在四周的分类架上；几个铁制保险箱放在一个壁龛里；那光光的木地板就像门外的台阶一样，被先前进来的人踩上了污泥。

士兵显得闷闷不乐、很不情愿的样子，新娘显得忧伤而羞怯——显而易见，她很快就要作母亲了，那眼神十分阴郁。小小的婚礼不久就

① 耶罗波安是以色列的国王，因造金犊等恶事，违耶和华旨，耶和华通过预言家预言其家必遭灾祸。后其子果死，全家为巴沙所杀。见《旧约·列王纪上》第14章。

结束了，这对夫妻和他们的朋友稀稀散散地走了出去，其中一个证人在经过裘德和淑身边时随便对他们说了些话，好像他以前认识他们似的：“看见刚才进来的那对夫妻了吗？哈哈！那个男的今天早晨才出监狱。那女的在监狱门口接到他后，就把他直接带到这里来了。她正在为所做的一切受罪呢。”

淑转过头去，看见一个其貌不扬的男人，头发剪得短短的，挽着一个面容宽大、长着麻子的女人；这女人因喝了酒脸红红的，为她的一种欲望将要得到满足而现出十分快乐的样子。他们嬉皮笑脸地向着正出去的新婚夫妇打招呼，然后抢到裘德和淑的前面去了，而这后一对人儿越来越缺乏自信。淑退后一步，转向她的情人，把嘴翘得好像一个就要伤心地哭出来的孩子那样。

“裘德——我不喜欢这儿！我真后悔到这里来！这个地方真让我毛骨悚然：我们爱得这么深，而这里却似乎很不协调呀！假如一定要举行婚礼，我希望在教堂里进行。那儿总没有这么庸俗吧！”

“亲爱的人儿呀。”裘德说。“看你显得多么忧虑和苍白！”

“婚礼现在一定得在这儿进行了吧，我想？”

“不——也许不一定。”

他去和执事谈了一下，又回到她身边。“不——即使现在我们也可以不必在这儿或任何地方举行婚礼，除非我们愿意。”他说。“咱们可以在一个教堂结婚。假如用这个证书不成他们可以另外给我们发个证书，我想。不管怎样，咱们出去等你平静一些后再谈吧。亲爱的，让我也平静一些，咱们再好好谈谈。”

他们悄悄地、内疚地走了出去，好像犯了什么罪一样，一声不响地把门关上，并让呆在门口的寡妇回家去等他们，说如果有必要的话，他们会随便找个过路人作为证人的。来到街上后他们转入了一条人迹稀少的小巷，在那儿来回踱着步子，像很久以前他们在梅尔彻斯特的市场里那样。

“瞧，亲爱的，咱们怎么办呢？我觉得我们正把事情弄得一团糟。不过，凡是你高兴的事，都会让我高兴。”

“可是裘德，最亲爱的，我在惹你心烦啊！你本来想在登记处把事办了，不是吗？”

“唔，说实话，我进去以后好像觉得无所谓的样子。我差不多和你一样感到这个地方太令人沮丧，太丑恶了。然后我又想到你今天早晨对于我们该不该结婚所说的话。”

他们就这样茫然地走着，最后她停下来，又用她那微小的声音说：“咱们这样举棋不定的，似乎也太软弱无能了！然而这总比再一次草率从事好得多吧……我觉得那个场面太可怕了！那个满脸肥肉的女人带着那样的表情，要让自己委身于那个囚犯——这可不是她所愿意的几个小时的事，而是她所必须坚持一辈子的事。还有另外那个可怜的人儿，由于意志薄弱而给自己带来了一种名义上的羞辱；为了逃避这种羞辱，她只好让自己堕落下去，给一个瞧不起她的暴君做奴隶，去忍受真正的羞辱——而对于那个暴君，她只有永远躲避才能使自己得到拯救的机会……这就是咱们的教区教堂，对吧？假如我们要按照通常的方式举行婚礼，就将不得不在这儿办了？这会儿好像在举行仪式什么的。”

裘德走上去往门里看了看。“啊——这儿又是一个婚礼。”他说。“今天好像人人都在跟着我们办一样的事。”

淑说她心想可能是“四旬斋”[①]刚过了的缘故，因为这时总是有成群结队的人结婚。“咱们去听听，”她说，“看看在教堂里举行婚礼咱们有啥感觉。”

他们走进教堂，在后面的一排位子上坐下，观看着圣坛上正在进行的仪式。那对喜结良缘的夫妻似乎属于富裕的中产阶级，其婚礼总的说来也像一般的婚礼那样美丽有趣。但即使隔着较远的距离，他们也能看

---

①四旬斋，基督教节日，在复活节前的40天。

见新娘手中的花儿在颤抖着，也能听见她那机械的低语；而对于自己说的是什么意思，她由于受着自我意识的影响，脑子里似乎完全一片空白。淑和裘德倾听着，各自都好像又看见了自己以前经历这同样的自我交托仪式的情景。

“我有了现在的认识之后，再举行一次婚礼，与她的感觉是不会一样的了，她这可怜的东西。”淑耳语道。“你瞧，他们还觉得很新鲜呢，把婚礼看作是一件理所当然的事。可是我们——或者至少是我——已经有了这样的经验，已经对于那可怕的庄重仪式有所醒悟，加之我有时感情又过于神经质了，现在还要眼睁睁地去重蹈覆辙，这似乎真的不道德呀。到这个教堂来看见别人举行婚礼，也和在户籍登记处看见婚礼一样使我恐惧……我们是一对软弱胆小、意志不坚的人，裘德，别人感到自信的事我却感到怀疑——这又一次证明了我反对买卖契约的那些肮脏龌龊的条件！”

然后他们勉强一笑，继续小声讨论着眼前这堂实物教学课的内容。裘德说他也认为他们两个都太敏感了——根本就不应该来到这个世间——更不应该走到一起，从事一项就他们而言是最为荒谬愚蠢的联合冒险——结婚。

与他订婚的人哆嗦着，认真问他，是否他真心感到他们不应该蓄意再去签订那终生承诺?“假如你认为我们已发现自己不能胜任结婚这件事，并且知道了这一点，还打算去发假誓，这太可怕了。”她说。

“我想我确实这么认为的——既然你问我。”裘德说。“记住，假如你愿意结婚我才去办，亲爱的人。”她还在迟疑不决的时候，他继续承认说，虽然他认为他们应该能够举行婚礼——但由于害怕像她一样无能，他因此也觉得受到了制约——这也许是由于他们与众不同吧。“咱们真是太神经过敏了，这就是我们真正的毛病，淑！”他断言道。

“我认为像咱们这样的人比我们所想象的还多呢！”

“唔，这我不知道。婚约的意图是好的，并且对于很多人无疑也是正确的；可是就我们的情况而言，它的意图又可能会招致失败，因为我们是那种十分古怪的人——对于我们来说，强迫性的家庭关系会扼杀我们的热诚与纯真。”

淑依然认为，其实他们也没有什么离奇古怪、异乎寻常的地方：人人都是这样。“每个人都在开始产生我们这样的感觉。我们只是走在前头了一点儿，此外没别的。再过50年、100年以后，这对夫妇的子孙的所作所为将会比我们的还糟糕。他们会比我们现在更加清晰地看到这杂乱无章的人类，因为：

> 像我们这样的形体在肮脏龌龊地生长繁殖，①

他们会害怕再繁殖出那样的形体来。”

“这是多么可怕的一句诗啊！……不过我在悲观沮丧时对自己的同胞也曾有过这样的感觉。”

他们就这样低声谈下去，最后淑才更有生气一些地说道：

“你看——这个普遍的问题又不关我们的事，咱们干吗要去自寻烦恼呢？不管我们的理由多么不同，结论可是一样：单就我们两人而言，宣布一个永不改变的誓言是很危险的。那么，裘德，咱们回家去吧，可不要毁灭了我们的梦想！好吗？你真是多么好呀，我的朋友——你总是依着我那些稀奇古怪的念头！”

“不过你那些念头与我的也差不了多少。”

趁在场的每个人都专心看着参加婚礼的队伍走进教堂法衣室，他在一根柱子后面轻轻吻了她一下，然后他们就起身走出教堂。他们在门口等了一会儿，直到刚离开不久的两三辆马车又驶回来，那对新婚夫妇走到露天里。淑叹息一声。

---

①引自雪莱的长诗《伊斯兰的反叛》。

“新娘手中的花儿那么让人悲哀，就像旧时戴在用来献祭的小母牛身上的花环一样！”

“再说，淑，男人也跟女人一样的不幸呀。这正是一些女人没能认识到的，所以她们不是反抗周围的环境，而是去反抗男人——另一类牺牲品；这正如在一大堆拥挤的人群里面，一个女人会骂身边挤她的那个男人一样，其实他也只不过是无可奈何地被别人挤到她身上去的罢了。”

“不错——有些女人是那样，她们不是同男人团结起来去反抗共同的敌人——强制主义。”这时新娘和新郎都坐着车走了，他们两个也同其余的闲人一道离开。“算啦——咱们别结婚了。”她继续说道。“至少现在不结了。”

他们回到家，手挽手经过窗子时看见寡妇正从那儿往外看着他们。“唔，”他们进屋时客人大声说，“刚才我看见你们那么亲热走进来，我就心想，‘看来他们终于下决心把事办了！’”

他们只简单地暗示了一下并没有办成。

“什么——你们真的还没有办呀！真是该死，我活在世上竟然亲眼看见那句挺好的古老谚语——‘草率结婚后悔多’——让你们两个这样糟践了！我该回马里格林去啦，要是这阵儿的新想法都把人弄成这样子，哎呀，真不得了！我们那个时候可没有谁怕结婚的，怕的只是炮弹，怕家里没有吃的！唉，我和我男人结婚时，对这事儿啥也没去想，只觉得好像玩了一回孩子们的接子游戏一样！”

“孩子进来时别告诉他。”淑不安地小声说。“他会认为一切都进行得很顺利的。别让他觉得奇怪，别让他纳闷儿，这样更好一些。当然咱们只是为了再考虑一下，暂不忙办这事儿。假如我们现在这样过法就很快乐，又关其他人什么事呢？”

5

一个以记录故事中人物感情和行为为目的的人，用不着对于上述那个庄重严肃的争论发表他个人的看法。这一对人儿过得快乐——尽管他们时而也带着忧郁——这一点是不容置疑的。当裘德的孩子像个幽灵一般出其不意出现在他们家里时，他并没有搅得他们坐卧不安，像原先他们所感到的那样，反倒给他们的生活中带来了一种新奇而温柔的情趣，这种情趣包含着崇高和无私的性质——因此这件事对于他们的快乐只是有益无害的。

固然，就这两个既快乐又忧虑的人来说，孩子的到来使他们对未来要想得很多，尤其是这孩子眼前似乎异常缺乏一般儿童那前途有望的一切迹象。不过他们尽力不去想以后的情景——至少在目前一段时间不去想——那太让人费心思了。

在北威塞克斯有一个古镇，约9千或1万人口，它可称为“斯托克秃山镇”。该镇处于一大片开阔的、适于种谷物的白垩地之中，它那古老的教堂显得瘦削而缺乏魅力，郊区新盖起了一些红砖房。它靠近人们想象中的一个三角地带中心，在那三个角上分别是奥尔德布里克汉镇、温克塞斯特镇和重要的夸特肖特军事驻地。由伦敦往西去的那条重要公路横穿其中，在一个地点附近分叉成了两条，不过再往西大约20英里处又汇聚到一起。由于这两个分叉和聚合的地点，在过去还没有铁路的时候，那些坐马车的旅行者们对于该走哪一条路，总会争论不休。但现在这个问题已经不存在了，正像过去为这个问题争论的交纳居民税的不动产终身保有者、坐马车的旅客和邮车马车夫不复存在了一样；也许现在斯托克秃山镇甚至没有一个居民知道，在他们镇上那分成两条的公路会重新汇合到一起，因为没有谁天天坐着马车来往于那条西去的重要公路上了。

如今，在斯托克秃山镇，人们最熟悉的便是它的公墓，它位于铁路边一些别致的中世纪遗迹之中；那些现代的小教堂、坟墓和灌木丛，在一堵堵破碎衰败、长满常春藤的古墙里，个个都像是入侵者似的。

但是，就在本故事讲述到的这一年的某一天——那是在 6 月初——该镇的这些特征并没有引起人们多少兴趣，尽管许许多多人乘火车来到了这里，尤其是一些下行的列车开到这儿后，乘客们几乎都下光了。原来本周“威塞克斯大型农业展览会”在这儿举办，那规模庞大的营地就设在镇外宽阔的郊区地带，有如一个围攻市镇的大军驻扎的帐篷群。一排排大帐篷、棚屋、货摊、尖顶帐篷、连拱廊和圆柱门廊——建起来的每一种设施都是属于临时性的——占去了半平方英里的绿色田野，人们成群结队地来到这里，步行穿过城镇径直朝展览地走去。沿路两边尽是些游艺摊儿，卖货摊儿，小贩来来去去地叫卖着，把去展览中心的整条道路都变成了市场，使得一些没有心计的、专程来参加展览会的人，还没有到达展览会门口时，口袋里的钱就明显少了许多。

这是深受大众欢迎的日子，也是叫作先令日[①]的一天。一辆辆游览火车飞快地接踵而至，有两辆火车来自不同的方向，它们几乎在同一分钟到达了两个邻近的车站。其中一辆正如此前先到的几列一样，是从伦敦开过来的，另一辆则沿着一条交叉的铁路线从奥尔德布里克汉开过来。从伦敦来的那辆火车上走下一对夫妇，男的身材矮小，胖得很不正常，球形的肚子，细小的两腿，宛如一个安在两根小木柱上的陀螺；他旁边的女人身材却相当好看，红红的面容，穿一身黑色衣服，从帽子到裙子都饰满了珠子，使她像穿着锁子甲一样熠熠闪光。

他们四周环顾着。男的正要像其他人那样租一辆马车，只听女的说道：“别这么忙，卡特勒特。去展览会场并不太远的。咱们沿着街走到

---

① 先令日，指门票只卖 1 先令的日子。20 先令为 1 镑。

那儿去吧。也许我能买到一件便宜的家具或古瓷器。我已经好多年没来过这儿了——自从我在奥尔德布里克汉长成姑娘以后就再没有来过，以前我有时要和男朋友一起来这里的。”

“你总不能用游览车把家具运回去吧。”她的丈夫、兰贝斯区三角店的店主用沙哑的声音说。他们俩是直接从那个酒店来的，酒店坐落在一个“十分美好、人口众多、允许饮酒的地方”——自从这些广告词把他们吸引到那里后，他们就一直在那儿生活。从这个店主的容貌上可以看出，他也像他的顾客们一样，喜欢上了他所零卖的酒。

“游览车运不了，我就让他们寄去，假如我看见有值得买的东西。”他太太说。

他们于是漫步着朝前走去，可几乎还没进城她就被一对领着一个孩子的年轻夫妇吸引住了，这对夫妇刚从第二月台出来，驶进这个月台旁的列车是从奥尔德布里克汉来的。他们正好走在这对开酒店的夫妇前面。

“天哪！”阿拉贝娜叫道。

“怎么啦？”卡特勒特问。

“你看前面那对夫妇是谁？难道你认不出那个男的了吗？”

“认不出。”

“从我给你看的照片上也认不出？”

“他是福勒？”

“是的——当然是。”

“哦，是吗。我想他也喜欢像其他人一样出来游览游览吧。”卡特勒特对于裘德的兴趣，无论他在初识阿拉贝娜时是怎样的，自从她妩媚的身姿、乖僻的特性、额外盘卷的头发和任意显现的酒窝成为陈旧的故事之后，显然也随之减少了。

阿拉贝娜引着丈夫，不紧不慢地跟在前面的3个人后面，这在众多人流之中很容易做到而又不引起别人注意。卡特勒特的话她回答得含

糊马虎，因为她对前面那3个人比其余所有场面更感兴趣。

“他们好像彼此都很喜欢，也很喜欢他们的孩子。”酒店老板继续说道。

“他们的孩子！那可不是他们的孩子。”阿拉贝娜突然带着一种不可思议的、贪婪妄想的口气说。“他们结婚才没多久，那不可能是他们的孩子！”

不过，尽管她这种受到压制的母性本能很强，足以使丈夫不会去胡乱猜疑，但是转而再想，她也不愿意太过于坦率了。卡特勒特先生并没有别的意思，他只是认为，他太太和她第一个丈夫生的孩子在澳大利亚和外公外婆在一起罢了。

“哦，我想也不是的。那女人看起来还真是个姑娘啊。”

“他们只是两个情人而已，或者刚结婚，那孩子不过由他们托管着，谁都看得出来。”

所有的人都继续朝前移去。淑和裘德两个对于别人的议论还全然不知。他们出发之前就决定要利用这一天的机会出来游览一下，到离他们镇20英里远的这个农业展览会来看看，这样既可以活动活动，又可以获得一些有趣的见识，并且花费不多。他们并非只顾及自己，所以把“时间老人”也带来了，想方设法让他像别的男孩子一样高兴起来，欢笑起来；然而，他们那样兴高采烈、无拘无束地交谈着，非常喜欢这次朝圣般的远游，孩子却在某种程度上对他们有点儿碍事。不过他们很快就忘记了身边还有一个旁观者，边走边互相献着殷勤——这样的殷勤即便是最腼腆的人也几乎不会遮掩的——他们以为周围全都是些素不相识的人，所以也许比在家里更不加掩饰。淑穿着一身新夏装，像鸟儿一般柔韧轻盈，小小的大拇指撑在白色棉布阳伞的把柄上。她似乎脚不沾地朝前飘去，似乎一阵和风也会把她吹过树篱，让她飘进另一块田野。裘德穿着淡灰色的节日盛装，实在很自豪有她陪着，这是由于她那迷人的外貌，但更是由于她那富有同情之心的话语和举止。他们能够充分彻底地相互理解，每一个眼神和每一个动作，都能像语言一样有效地传达出他们的灵犀——他们因此几乎成了一个整体的两个部分。

这一对人儿带着他们托管的孩子经过了入口处的旋转式栅门，阿拉贝娜和丈夫就跟在后面不远处。进到展览场内的时候，这个酒店老板的太太看见前面两个人开始不厌其烦给孩子指点着、解释着那许许多多有趣的东西，既有活的也有死的；可是孩子仍显得无动于衷，不感兴趣，每次看到自己枉费心机时，他们的脸上就会掠过一丝忧愁来。

“她可真依恋他呀！”阿拉贝娜说。“哦，不会的——我想他们还没有结婚，不然就不会那样相亲相爱了……我真弄不明白！”

“可是我原以为你说过他已娶了她？”

“我听说他打算要结婚了——就这些，在把结婚的事推迟了一两次后，他打算再作一次尝试……在他们看来这个展览会除了他们就没有别人了。我要是他的话，真会为自己那么愚蠢无聊害臊的！”

“我倒看不出他们的举动有什么特别的地方。假如你不说，我根本就没有注意到他们在谈情说爱呢。”

“你从来就什么也看不出来。”她又回答。然而那对情人或已婚夫妇的行为在卡特勒特眼里，无疑同在一般人眼里一样，没有什么特别的，他似乎一点没有对阿拉贝娜敏锐的眼光所觉察到的东西引起注意。

“她像个仙女一样把他给迷住啦！”阿拉贝娜继续说。“你瞧他转脸看着她、直直盯住她的那个神气。我倒认为，她对他不像他对她那么喜欢。在我看来她并不是一个心肠特别热的人，虽然她非常爱他——尽可能地爱他；如果他愿意去试一试的话，他是可以让她心里难过一点儿的——不过他这样做就太傻了。瞧——他们到展览拉车的马的那个棚去了。咱们也过去吧。”

“我不想去看那些拉车的马。干吗咱们要去跟着那两个人转来转去的呢。假如咱们是来看展览会的，就自己到处看看好啦——就像他们那样。”

“那这样吧——咱们 1 小时后在什么地方碰头好不好——比如在那边的便餐棚，各自去四处转转？这样你想看什么就去看什么，我也一样。”

卡特勒特很乐意地答应了她，于是他们就分手了——他朝着那个展示麦芽制作法的屋棚走去，而她则朝着裘德和淑那一边去了。可是她还没有重新跟上他们，便迎面遇见了一张笑脸，原来站在面前的是安妮，她少女时期的朋友。

安妮因为偶然碰见了昔日的朋友哈哈大笑起来。“我还住在下面那儿。”她笑过后说。“我很快就要结婚了，可是我未婚夫今天没能来。不过咱们那儿很多人都坐游览车来了，这会儿也不知转到哪里去啦。”

“你遇见裘德和他那个情人，或太太，或不管什么的没有？我刚才看见他们来着。”

“没有。我已经好多年没见过他一眼了！”

“哦，他们就在附近什么地方。瞧，就在那儿——在那匹灰色的马旁！”

“啊，那就是他现在的情人呀——你刚才说是太太？他又结婚了吗？”

“我不知道。”

“她很漂亮，对吧！”

“不错——这一点没啥可说的，或感到吃惊的。但却不大靠得住；你看她那个样子，真是一个细长、不安稳的小东西。”

“他也是一个好看的家伙呀！你应该跟着他的，阿拉贝娜。”

“我也没认为不应该。”她咕哝道。

安妮大笑起来。“这就是你，阿拉贝娜！有了男人却总是想得到别的男人。”

“唉，我倒想知道哪个女人不这样呢？至于他身边的那个小东西，她并不懂得什么是爱——至少不懂我所说的爱！从她的脸上我就看得出她不懂。”

“也许，亲爱的阿比，她所说的爱你也不懂呀。”

“我敢说我还真不想懂哪！……啊——他们到艺术部去了。我也想去那儿看看画。咱们一起去那里好吗？——哎呀，我完全相信威塞克斯的人都到这儿来了！你看维尔贝特医生也来啦。已经好多年没见过他了，可他还是和我从前认识他时一样年轻。你好，医生！我刚才还在说，你现在和你过去我还是个小姑娘那阵一样年轻呀。”

“这都是我常服自己做的药丸的结果嘛，夫人。只要两先令3便士一盒——效果很好，政府都发证认可了的。我建议你也学我的样，买点这个抗衰老的药去试试，好吗？只要两先令3便士一盒。”

医生已从他的马甲口袋里取出一盒药丸来，阿拉贝娜受到诱惑买了一盒。

“同时，”她付了药丸的钱后他继续说，“我还不太熟悉你，你叫——难道不是福勒太太吗，原来马里格林附近的那个唐小姐？”

“不错。但现在是卡特勒特太太啦。”

“哈——这么说你失去他了？他是个多么有希望的青年哪！你知道不，他还是我的一个学生呢。我教过他一些死语言[1]来着。可是不久，他就和我知道的一样多了，真的。”

“我失去了他，但可不是你想的那样。”阿拉贝娜干巴巴地说。“是律师把我们拆开了的。他在那儿，快看，多么有精神，多么有活力呀。他和那个年轻女人一起正要进艺术展览部去了。”

“啊——哎呀！他看起来很喜欢她。”

“人们说他们两个是表兄妹。”

“表兄妹关系非常有利于他们的感情，是吧？”

“是呀。她丈夫和她离婚时，也肯定是这么想的……咱们也去看看

---

①死语言，指已废弃不用的语言，如拉丁文。

那些画像？”

于是他们 3 个人也跟着穿过绿草坪，走进了艺术部。裘德和淑带着孩子，一点不知道他们对别人所引起的兴趣，往上走到该建筑物末端的一个模型处，在那儿聚精会神地看了很久才往前移去。阿拉贝娜和她的朋友们随后也来到模型旁，只见上面刻着这样的铭文：“基督寺红衣主教学院模型，裘·福勒与淑·布莱赫德作。”

“原来是在欣赏他们自己的作品呀。”阿拉贝娜说。“裘德就是这么个脾性儿——总想到学院啦，基督寺啦，就是不好好干自己的事！”

他们匆匆忙忙地看了一些画，然后来到音乐台。他们在那儿站了一会儿，听军乐队演奏，这时裘德、淑和孩子也过来了，站在另一边。阿拉贝娜并不在乎他们是否会认出她来；不过他们太深地沉迷于自己的生活，军乐队的音乐令他们兴奋激动，加之她又戴着缀满珠子的面纱，所以他们就没有发觉她。她从一大群听众的外边绕道过去，又从那对情人的身后走过——今天他们的行动意想不到地迷住了她。她从后面仔细观察着他们，注意到裘德的手伸去握淑的手；他们靠得很近，心想这样就可以不让人看见他们这种默默无言、互传心声的动作。

“真是愚蠢的傻瓜——像两个小孩子一样！”阿拉贝娜闷闷不乐地低声自语，然后又回到同伴身边，一言不语、心事重重的样子。

同时安妮已开玩笑地对维尔贝特医生说，阿拉贝娜在兴致勃勃地去追他的第一个丈夫呢。

“嗨，”医生把阿拉贝娜拉到一边说，“你想要这个东西吗，卡特勒特太太？这可不是按照我那常用的药典配制成的，不过人们有时问我要这东西。”他取出一小瓶药来，药液清澈透明。“这是古人常用的一种春药，效果非常好。我在研究古书时发现了这种药，疗效百发百中。”

“那是用什么制成的？”阿拉贝娜好奇地问。

“这个——其中一种成分是用家鸽或野鸽心脏的液体经蒸馏而

成。差不多需要100只鸽子的心脏，才能提取到这一小瓶药。”

“那你如何弄到那么多鸽子的呢？”

“让我告诉你个秘密吧，我弄到一块岩盐，把它放在我房顶的鸽棚里，因为鸽子太喜欢吃这东西了。没过几小时它们就从四面八方——东、西、南、北——朝岩盐飞来，因此我需要多少就可以弄到多少。你使用这个药时，设法在你意中男人喝的东西里大约滴上10滴就行了。不过记住，我把这一切告诉你，是因为从你的问话中我猜测你想买这种东西。你一定不会骗我吧？”

“好的——买一瓶也没关系——拿去送给哪个朋友或熟人什么的，让她在自己的小伙子身上去试试好啦。”她问了价格后，就拿出5先令来付了药钱，并很快把一瓶药插进她宽大的胸部衣袋里。接着她说她和丈夫约好了的按时在便餐棚碰头，便和他们分手漫步朝那儿走去。这时裘德、淑和那孩子已经去园艺篷了，阿拉贝娜瞥见他们站在一簇开放的玫瑰花前。

她呆在那儿观察了他们几分钟，然后才带着十分懊恼的心情去和丈夫会面。她看见他正坐在便餐棚旁边的一张凳子上，与一个衣着鲜艳、正招待他喝酒的侍女说着话。

“我想你在家里已喝了不少那没用的东西吧！”阿拉贝娜郁郁不乐地说。“想必你该不是从自己酒吧赶50英里的路，到这儿来喝酒呆着不走吧？带我四处走走，像别的男人领着他们的太太游览那样！真该死，别人会以为你是个年轻的单身汉呢，在那儿自顾自地喝酒！”

“可我们不是说好了在这儿碰头的吗，我除了在这里等还能做什么？”

“好啦，既然咱们已到一块儿了，就走吧。”她回答，好像因为太阳照着了她要和它吵一架的样子。于是他们一起——这个大腹便便的男人和红光满面的女人——像信基督教的一般夫妇那样，带着互相责怪、彼此不满的心情离开了便餐棚。

与此同时，那一对与众不同的人儿和男孩仍流连于满是鲜花的大篷里——他们颇善于欣赏，觉得这真如一个充满魔力的宫殿一般——淑注视着那些富有色彩的玫瑰花时，她那通常显得苍白的面颊也反映出了花儿粉红的颜色；因为这欢乐的场面，新鲜的空气，悦耳的音乐，以及同裘德一起出来游览的兴奋之情，加快了她血液的循环，使她的眼睛也闪闪发光，充满生气。她极为喜欢玫瑰花，阿拉贝娜已看见淑一面硬拉着裘德迟迟不走，一面了解着各种玫瑰花的名字，还把她的脸儿乎要贴着了花儿去闻它们的芳香。

“我真想把脸放在它们中间去——这些可爱的花儿！”她说道。“不过恐怕是不允许触摸这些花的，是吗，裘德？”

“是不允许，你这个小娃娃。”他说，然后开着玩笑把她轻轻往前推一下，让她的鼻子碰着了花瓣儿。

“警察要来找我们了，那时我就说是我丈夫推的！”

之后她抬起头来看他，那副笑容使阿拉贝娜觉得太意味深长了。

“快乐吗？”他低声问。

她点点头。

“为什么呢？因为你来参加了这个威塞克斯大型农业展览会——还是因为我们一起来的？”

“你总要让我去承认各种荒唐可笑的事。我快活，当然是因为我看见了有这些蒸汽犁、打谷机、切草机、奶牛和猪羊，长了见识。”

虽然裘德这位同伴对他总是闪烁其词，但他对于其中的含混也已经非常满足了。不过当他已忘记了自己提出的问题，不再想要她回答的时候，她倒继续道：“我觉得我们已回到了那种希腊人尽情享乐的生活里去了，对于自己的疾病和痛苦看不见了，忘记了希腊在以后许多世纪所得到的教训，正如你那基督寺的一位名人所说的……只是我们的眼前有一个阴影——只有一个阴影。”她看了看那个一副老相的孩子，虽然他们尽可能把他带去看每一样可以引起孩子兴趣、启发智力的东西，然而他们却根本做不到。

孩子明白他们在说什么，想什么。“我非常、非常对不起你们，爸爸、妈妈。”他说。“不过请别管我的！——我也没有办法。我是会非常、非常喜欢那些花的，如果不是老想着它们过几天就会枯萎了的话！”

6

这对情人的生活一直没有引起别人的注意，但是从他们停止举行婚礼那天开始，除了阿拉贝娜外，其他人也在观察、议论起他们的生活来了。住在春街及其附近的人一般说来理解不了——大概也不可能让他们理解——淑和裘德个人的思想、感情、处境和恐惧。一个孩子出其不意来到他们身边，管裘德叫“爸爸”，管淑叫“妈妈”；本来为了清静要在户籍登记处举行的婚礼又突然放弃，这两件稀奇的事实，再加上法院里他们那无人提出异议的离婚所引起的传说——这一切在普通人的心里只会有一种解释。

小“时间老人”——尽管他们已让他正式姓“裘德”了，但仍然摆脱不掉这个恰当贴切的绰号——晚上放学回家时，总要对裘德说别的男孩又问了他些什么，说了些什么；裘德听了，便会和淑一起感到万分痛苦和忧伤。

其结果是，这对情人在户籍登记处打算结婚而没结成之后不久，便外出了几天——人们认为是去伦敦了——去时他们雇请了一个人来照管孩子。他们回来以后，便通过间接的方式让人们明白他俩终于合法地成婚了，显出满不在乎、十分厌倦的神态来。淑先前被称为布莱赫德夫人，现在公开采用了福勒夫人的称呼。好些天来她的行为举止都显得阴郁胆怯，萎靡不振，这似乎证明了一切。

但是他们到别处去那么秘密地把婚结了，这是一个错误(如人们所说的)，这个错误仍使大家觉得他们的生活非常神秘；他们发现自己同邻居们的关系，并没有像自己所期望的那样因结婚而得到改善。活人的秘密同死人的丑闻一样能引起人们的兴趣。

面包师的小徒弟和杂货商的小伙计，最初出来送货见着淑时，还殷勤地举帽向她表示敬意，而这些天也懒得那样做了。附近那些手艺人的老婆遇见她时，也两眼平视前方沿着人行道走去。

不错，谁也没有去骚扰他们，但是一种压抑的空气开始笼罩着他们的心灵，尤其是在他们去游览了那个展览会后，好像那次游览对他们产生了邪恶的影响似的。毫无疑问，他们的性情决定了自己要去忍受这种环境带来的痛苦，而不愿公开发表一些强有力的声明，以减轻这种痛苦。他们为了弥补过失所采取的明显的行动来得太迟了，所以也就毫无效果。

定做墓石和墓志铭的人越来越少了。两三个月后秋天来临，裘德这时发觉他不得不重新去找些短工做，这种情况现在发生，更加倒霉，因为他去年支付诉讼费不可避免地欠下了一些债，现在还没有付清呢。

一天傍晚，他像往常一样坐下来同淑和孩子共进晚餐。“我在想，”他对她说，“我不愿再在这儿呆下去了。咱们俩的生活当然是好的，不过要是迁到一个没人认识我们的地方去，我们的心情会愉快一些，机会也更好一些。所以恐怕咱们得离开这儿了，不管对你来说多么难，可怜的爱人啊！”

淑每当想到自己像个可怜虫一样，总是心烦意乱，万分沮丧。

“唔——我不为难的。”她立即说。“这儿的人看着我的那副神态，让我心里非常难过。再说你留着这所房子和那些家具，完全是为了我和孩子！你自己是并不需要的，这个开支没有必要。不过，无论我们做什么，无论我们去哪里，你都不会把他从我身边带走吧，亲爱的裘德？我现在不能够让他走了！一团阴影罩着他那幼小的心灵，使我觉得他太可怜了；我真的希望有一天替他把这团阴影驱散！他又这么爱我。你不会把他从我身边带走吧？”

“我当然不会的，亲爱的小姑娘！不管走到哪里我们都能找到好的住处。也许我要四处跑跑了，好在这儿那儿找点活干。”

“我自然也要做点什么事情，直到——直到——唉，既然我在刻字方面帮不了什么忙，总该做点别的什么事吧。”

“别为我干活的事着急。”他懊恼地说。“我不愿意你去那样做。希望你不要那样，淑。孩子和你自己已经够让你操心了。”

这时传来了敲门声，裘德走去开门。淑能听见外面的谈话：

“福勒先生在家吗？……建筑包工头拜尔斯和威利斯最近一直在这儿乡下不远的一个小教堂搞维修，他们派我来问问你愿不愿意干重刻《十诫》[①]的活儿。”

“这活艺术性不是很强的。”这位使者继续道。“那个牧师是非常古板的家伙，他只求把教堂清扫干净，小小修整一下就行了，此外什么也不搞。”

“多么好的老人啊！”淑心想，她内心是反对作大规模修复的，那太让人厌恶了。

“《十诫》现在刻在东边的一端。”当差人又说。“它们需要和那面墙的其余部分一同整新一下，因为牧师不让把那些东西当旧料运走——照建筑这一行通常的规矩，那些旧料是属于包工头的。”

他们谈妥了条件后，裘德便回到屋里。“嗨，你瞧。”他欢快地说。“不管怎样，又找到一个活儿了，你也可以帮帮我的——至少可以试试。那个教堂将会是咱们的天下啦，因为其余的活都干完了。”

第二天裘德便去了那个教堂，那儿只有两英里远。他看到包工头的伙计说的话不假。那个《十诫》的匾额威严地凌驾于基督教的圣器之上，成了圣坛那一端主要的装饰物，具有上个世纪那种质朴无华的杰出风格。它们的构架是用装饰灰泥建成的，所以不能取下来修补。有一部分由于受潮而破裂了，需要更新；他把这个活干完，并全部清扫之后，就开始修复那些雕刻的文字。次日上午淑也来了，想看看能帮点什么忙，也因为他们喜欢在一起。

---

①《十诫》，犹太教的诫条，有不许杀人，不许偷盗等。基督教也以此作为诫条。见《旧约 · 出埃及记》第 20 章 3—17 节。

这寂静空旷的教堂给了她自信。裘德搭起一个稳固、低矮的架子，可是她爬上去时仍然显得胆怯。她站在上面，开始涂着《十诫》第一部分的文字，而他则着手修复第二部分。她很为自己的能力感到高兴，还是在基督寺的那个圣物店描经文的时候，她就学会了这些本领。似乎没有一个人会去打搅他们。鸟儿欢快地鸣啭，10月的树叶沙沙的声音，从一扇开着的窗口传进来，与他们的谈话声交织在一起。

然而，他们这种舒适、宁静的时刻并不长久。大约12点半时从外面的砾石路上传来了脚步声。那个老教区牧师和他的执事走了进来；他们走过来看一看正在进行什么工作，发现竟有一个年轻女人在那儿帮着干活，现出吃惊的样子。然后他们向前走进一个耳堂，此时门又打开了，走进另外一个人来—— 一个小人儿，他就是小“时间老人”，正哭着。淑曾告诉过他，如果没放学时他想找她，可以在哪里找到。她从那个架子上下来，说：“怎么啦，亲爱的乖乖？”

“我不能够在学校吃饭了，因为他们说——”他描述了一些男孩怎样取笑他，说他有个认来的妈妈。淑听了之后万分痛苦，抬头对着裘德表示她的愤慨。孩子走到教堂院子里去了，淑重新干她的活儿。与此同时门又被打开，一个系白围裙的女人带着严肃认真的神气拖着脚走进来，她是教堂的清洁女工。淑认出了她，她在春街有一些朋友，以前去看过他们。教堂清洁工看着淑，然后目瞪口呆地举起了双手——她显然认出了裘德的这个同伴，正如淑认出了她一样。接着又来了两个女士，她们与清洁女工谈了一下后也朝前走来，看淑站在那儿手往上伸去涂着那些雕刻的字体，以批评的眼光注视着她的身体与那雪白的墙体所形成的鲜明对比，直到她显得异常紧张、浑身哆嗦起来。

她们又回到其他人站着的地方，低声谈论着，有一个人说——淑听不见谁说的——“她大概是他老婆吧？”

“有些人说是，有些人说不是。”清洁女工回答。

“不是？那么她应该是呀，或者应该是某个人的老婆——这是非常清楚的事！”

“反正听说他们才结婚几个礼拜。”

“让一个奇怪的人来涂描《十诫》！我真弄不明白，拜尔斯和威利斯竟会想到雇这样的人！”

教区执事心想，大概拜尔斯和威利斯一点不知道有什么问题。这时另外一个一直在和老太太谈话的人，解释说她把他们称为奇怪的人是什么意思。

人们又低声谈了一些话，这些话可能包含的意思被教区执事点明了，因为他突然讲述起一件轶事来，其声音教堂里的每个人都能听见——不过这件轶事显然是由眼前的情况引起的：

“哦，瞧，这是一件不可思议的事情。我爷爷以前对我讲了一个稀奇古怪的故事，说在盖米德村旁的一个教堂——那儿离这里非常近——在涂描《十诫》的时候，发生了一件极不道德的事。在我爷爷那个时候，《十诫》通常是做成黑底金字的，我说的那个教堂里的《十诫》也是如此；那时旧教堂还没有重新修复。那大约是在一百年前吧，那个《十诫》需要重新修整，正如我们现在这个教堂一样。他们不得不从奥尔德布里克汉雇来一些人干这活儿，并希望在某个礼拜天完成。所以那些人只好礼拜六晚上加夜班，尽管他们不愿意，因为加班是不多付工钱的，不像现在。那个时候乡下并没有真正的宗教信仰，无论牧师、执事还是一般人都一样。为了让那些人不停地干活，牧师不得不让他们下午喝了许多酒。傍晚时他们自己又要来不少酒——据大家说都是甜酒。时间越来越晚了，他们也越来越烂醉如泥，最后干脆把一个个酒瓶酒杯放在圣餐桌上，搭起一两个架子，舒舒服服地围着桌子坐下来，然后又把大酒杯满满地倒上酒喝。据说，他们刚把酒喝完就全都倒在地上不省人事了。谁也不知道这样过去了多久，醒来时外面正是狂风暴雨，雷电交加，可怕极了。这时他们似乎看见阴暗中有一个黑影站在梯子上，长着非常瘦细的两腿和奇怪的脚，正在替他们干活儿。天亮时他们看见活儿果真干完了，其实一点活儿都不是他们自己完成的。于是他们就各自回家，接着他们便听说了就在那个礼拜天上午教堂里发生了一件天大的丑闻：当人们去教堂开始做礼拜的时候，所有人都发现《十诫》里的‘不’字全被去掉了！体面的人很长时间都不愿去那儿做礼拜，因此不得不把大主教请来为这个教堂重新祝圣才算完事。这就是我做孩子时经常听到的传说。无论此事是真是假，你们姑且听着就是啦；不过如我所说，这个故事是今天这种情况使我想起来的。”

来观看的人又看了一眼《十诫》，好像要看看是否裘德和淑也把“不”字去掉了，之后他们才一个个离开教堂，最后那个老太太也走了。淑和裘德一直没停下手中的活儿，这时他们把孩子送回学校后，仍然一言不语。后来他仔细看她时，才发现她在悄悄地哭着呢。

“别管他们了，亲爱的淑！”他说。“我知道是怎么回事儿！”

“人们如果选择了自己的生活方式，就会被他们每一个人看作是邪恶的，这真让我受不了！实际上就是这些看法，会把那些心地最好的人也弄得不顾一切，而真正成了不道德的人！”

“快别难过啦！那不过是一个可笑的故事而已。”

“唉，可这个故事是咱们引起的呀！裘德，恐怕我来只是让你受到了伤害，而没能帮上你的忙！”

假如严肃认真地看待他们的处境，引起这样一个故事当然不会是令人高兴的。然而，一会儿后淑似乎看到他们这天上午的处境有其荒唐滑稽的一面，于是她擦去眼泪笑了起来。

“这毕竟是滑稽可笑的呀。”她说。“咱们两个有着那些奇特的经历，可是在所有人当中，偏偏咱们两个碰巧来涂描《十诫》！你是一个被上帝摈弃的人，我呢——就是现在这个样子……哎呀！”……她用一只手遮住眼睛，再一次无声地、断断续续地笑起来，最后笑得浑身没有了力气。

“这样就好些啦。”裘德高兴地说。“现在咱们又好了，不是吗？

小姑娘！”

“啊，可事情还不是一样严重！”她边叹息边拿起刷子，让自己站稳。“你看出来没有，他们并不认为我们已经结婚了？他们不会相信的！这太出奇了！”

“我才不在乎他们信不信呢。”裘德说。“我绝不会花一点心思去让他们相信的。”

他们坐下来吃饭——为了不耽搁时间随身把饭也带来了——吃完后正准备又开始干活，忽然一个男人走进教堂，裘德认出他就是包工头威利斯。他招手让裘德过去，在一旁对他说：

“瞧——这事刚才有人来向我抱怨来着。”他气喘吁吁地说，十分为难的样子。“我不想去探究这件事——当然我也并不知道发生了什么事——不过我恐怕得让你和她离开，请别人来把这活干完！这是最好的办法，可以避免一切不愉快的事。不过我照样会付你这个礼拜的工钱。”

裘德的独立性太强了，他不想争论什么。包工头付了他工钱后便离开。裘德收拾好工具，淑也洗净了她的刷子。然后他们的视线碰在一起。

“咱们怎么会这样糊涂，竟然想到做这件事！”她说，语调很低，非常悲哀。“当然咱们不应该——我不应该——来这儿的！”

“我没想到有人会闯进这个寂静的地方来看我们！”裘德回答。“唉，这也是没有办法的事，亲爱的。我当然也不想留下来，把威利斯的生意给砸了。”他们无精打采地坐了几分钟，然后走出教堂，碰上孩子，心事重重地朝奥尔德布里克汉走去。

福勒对于教育事业仍然有着极大热情，他有了那些经历之后这本是很自然的事；因此他总是尽自己的微薄之力，积极推广“机会均等”。他到达那个地方不久，就参加了镇上刚成立起来的“艺人共同促进会”，该会成员都是些青年男子，有着各种不同的信仰，属于不同的宗派，包括国教教徒、公理会教友、浸礼会会员、惟一神教派教徒、实证主义者，等等——那时还几乎没听说过不可知论者——他们都有一个共同的愿望，就是充实思想，开阔眼界，所以成了一个联系紧密的组织。会费不多，会址简朴舒适。裘德表现得积极活跃，加之他学识出众，尤其是对于该读些什么书和怎样着手阅读，有着非凡而敏锐的洞察力——这都是由于他多年来与邪恶之星作斗争的结果——所以他被大家推举为委员会委员。

在教堂干活被解雇后过了几个晚上——这时他还没找到任何新的工作——他去参加了上述委员会的一个会议。他到的时候已经较晚，其他人都已到齐；他进去时大家疑心地看着他，几乎没有谁招呼他一下。他猜测到人们刚才在讨论或议论关于他的事。他们先把一般的事处理完，之后透露说那个季度的会费额突然下降了。有一个委员——一个真正怀着好意的正直男人——开始像猜谜似地说着某些可能的原因，说他们应该好好考察一下自己这个组织，因为假如委员会得不到人们的尊重，不能至少有一个共同的品行标准——尽管他们观点不同——这个组织就将会被他们弄得一败涂地。当着裘德的面大家没再说什么，不过他知道这其中包含的意思，所以立即转身在桌上写了一份简短的辞职书。

因此这对过度敏感的夫妇被逼得越来越呆不下去了，然后一份份账单接踵而至，跟着又产生了这个问题：裘德拿他姑婆那些笨重古老的家具怎么办呢，假如他离开这个镇去四处漂泊？这个原因，加之又需要现款，使他不得不做出拍卖的决定，尽管他很舍不得卖掉那些历史悠久的财物。

拍卖的日子到了，淑最后一次为她、孩子和裘德在他布置的这个小家里做早饭。那天碰巧下着雨，再者淑也不舒服，不情愿在这种阴郁的环境里抛下她可怜的裘德（因为他不得不在那儿呆些时候），所以她就听从了拍卖行的人的建议，在楼上的一个房间里暂时安顿下来——那儿的财物也会搬出去——这样就不至于让那些出价买财物的人进来。裘德发现她和孩子呆在这个房间里，旁边是那些不打算卖的几个皮箱、篮子、包裹、两把椅子和一张桌子；他们两个就坐在这些东西旁若有所思地谈着话儿。

这时在没铺地毯的楼梯上传来上上下下的脚步声，来买东西的人仔细查看着一件件物品，有的样式非常离奇古雅，因此获得了一种额外的艺术价值。连裘德他们呆着的那个房门也被推了一两次，所以为了不让那些人闯进来，裘德在一张纸上写了“请勿打扰”几个字，贴在门板上。

他们不久发现，打算来买东西的人嘴里谈论的不是他们的家具，而是他和淑私人的往事和行为，其详尽的程度出乎他们的意料，使他们忍无可忍。直到现在他们才真正发现，他们总以为别人不了解、不认识自己，实际上他们近来一直是生活在黄粱美梦里罢了。淑默默地握着她伴侣的手，他们互相对视着，听见外面传来的闲话，话中含沙射影，其中主要谈到了小“时间老人”那古怪神秘的个性问题。最后拍卖在下面的房间里开始了，他们听见每一样熟悉的物品被敲定成交，那些极受他们珍视的东西被廉价卖出，而他们不屑一顾的东西倒卖到了出乎预料的好价。

“人们不理解我呀。”他重重地叹了口气。“我很高兴咱们决定离开这里了。”

“问题是去哪里呢？”

“应该去伦敦吧。在那儿一个人想怎么生活就怎么生活。”

“不行——不要去伦敦，亲爱的！我非常清楚这一点。咱们在那儿不会快乐的。”

“为什么？”

“难道你想不出来吗？”

“是因为阿拉贝娜在那里？”

“那是主要的原因。”

“可在乡下我总会心神不定的，怕又遇到我们最近的那些事情。只举一个例子来说，关于孩子的历史，我不想为了减少不安去向人们解释。为了让他和他的过去一刀两断，我决定保持沉默。我现在也厌恶教会的活儿了，即使再让我去做我也不会接受了！”

“你本该去学古典建筑的，哥特式建筑毕竟是一个粗放的艺术。普金[①]的看法不对，雷思[②]的看法是对的。想想基督寺大教堂的内部形状吧——那差不多是咱们初次见面的地方。它的某些部分倒也很别致，具有诺曼式特色；在这种外观之下，你能看出文明程度不高的人们所有的离奇的幼稚表现，他们试图模仿已经一去不返的罗马构形，而这些构形也仅仅存在于模糊不清的传说之中罢了。”

“是呀——你以前所说的话，已使我差不多相信那种观点了。可是一个人工作，并不一定就很看重这项工作的。假如不是做哥特式教堂的话，我总得做些别的什么事吧。”

“我希望咱们去从事一个不太看重私人境况的职业。”她说着忧愁地笑了笑。“你没有资格从事教会艺术，正好像我没有资格教书一样。你必须要回到火车站、桥梁、剧院、音乐厅、旅店等等一切与品行无关的建筑上来。”

“可我并不擅长于那些工作呀……我应该去烤面包。我就是看着姑婆那种生意长大的，你知道。可即使是一个面包师傅，要想招徕顾客，他也必须要符合社会习俗才行。”

“除非他在自由市场上、定期集市上摆一个糕点摊或姜饼摊，因为那儿人们只关心商品的质量，对其他一切通通不在乎。”

这时传来拍卖的声音，转移了他们的思想：“你们看看这个古时的

---

① 普金(1812—1852)，英国著名建筑师、作家，复兴哥特式建筑。

② 雷思(1632—1723)，英国著名建筑师、天文学家，主张罗马式建筑，认为哥特式是粗野的。

橡木扶手椅——这是英国古代家具一件珍奇的样品，值得所有收藏者注目！”

“那是我曾祖父的东西。”裘德说。“我真希望把这件可怜的老家当留着！”

东西一件件消失了，这时下午已经过去。他们三个人觉得疲倦起来，肚子也饿了，可是听了那些闲话之后，他们不好意思出去，因为那样就得经过那些买主们。不过，当最后一些财产也开始拍卖的时候，他们非出去不可了，只好冒着雨把淑的东西带到他们的临时住处去。

“现在拍卖下一个东西：两对鸽子，都是些多么活蹦乱跳、肥肥胖胖的鸽子呀——谁来买，下个礼拜天可以做一块多么美味的馅饼哟！”

这些鸽子就要被卖掉了，这可是整个下午最让人痛苦不安的事。它们是淑心爱的宠物，所以当发现不可能再把它们留着时，她感到比失去所有的家具还忧伤。听到自己心爱的宝贝先被人出很低的价，然后一点一点地添到最后被卖出的价钱，她差点掉下泪来，她极力往别处想才止住了泪水。买鸽子的人是邻近的一个家禽贩子，而那些鸽子无疑命中注定活不到下一个市集日了。

裘德注意到她在掩饰着自己的悲伤，于是去吻她，说该去看看住处是不是都准备好了。他得先把孩子带过去，跟着再回来接她。

她被单独留下时，耐心地在那儿等着，可是裘德没有回来。最后她独自去了，因为现在已无人阻碍她了。当路过不远处那个家禽贩子的店时，她发现自己的鸽子被关在门旁的笼里。一看见它们她就激动不安，加之黄昏的天色越来越暗，她便一时冲动起来，先迅速看看四周，然后拉开拴着笼子盖的木钉，朝前走去。盖子由内侧被抬起来，鸽子们叭嗒叭嗒飞了出去，那个家禽贩子一看到这种情况，恼怒地对着门口就是一阵谩骂、诅咒。

她浑身哆嗦着到了他们的住处，发现裘德和孩子在为她把屋子弄得舒舒服服的。“那些买主把东西拿走前先得付钱吗？”她气喘吁吁

地问。

“我想是吧。怎么啦？”

“因为，这样的话，我就干了一件坏事啦！”然后她非常懊悔地解释着。

“我会还家禽贩那些鸽子的钱的，如果他没抓着它们。”裘德说。“不过没关系，别为这事烦恼了，亲爱的。”

“我真是太傻了！啊，为什么自然规律就是要相互残杀呢！”

“是这样的吗，妈？”孩子目不转睛地问。

“是呀！”淑激动地说。

“唉，现在它们得自己碰运气了，可怜的东西。”裘德说。“等销售账一算出来并付清后，咱们就走。”

“去哪里？”“时间老人”不安地问。

“我们必须按照密封命令航行，这样谁也找不到我们……奥尔弗雷兹托、梅尔彻斯特、沙斯托、基督寺这些地方是决不去的。除此之外哪里都可以去。”

“为啥我们决不去那些地方呢，爸？”

“因为它们给我们罩上了一团阴影，虽然咱们并‘未曾亏负谁，未曾败坏谁，未曾占谁的便宜’，[①]不过也许是我们按照‘自己认为是的而行动’[②]过吧。”

---

①引自《新约·哥林多后书》第7章第2节。

②引自《旧约·士师记》第17章第6节。

7

打那个礼拜以后，奥尔德布里克汉镇上就再也不见裘德·福勒和淑的踪影了。

谁也不知道他们去了哪里，主要是因为没有人想知道。任何人假如非常好奇，想找出这样一对无名夫妇的踪迹，会轻而易举地发现他们靠着他那适应性很强的技术，开始了漂泊不定的几乎是游牧般的生活，这种生活一段时间内也并非没有快乐。

无论裘德听说哪里有石工活儿要做，他就到那里去，只是更喜欢选择那些远离他和淑以前常去的地方。他干的活儿有的时间长，有的短；干完之后他们又迁到别处去了。

就这样过去了整整两年半。人们看见他有时在制作一座乡下宅邸的直棂，有时在镶着镇公所的护墙，有时在桑德波恩的一家旅店砌方石，有时在卡斯特桥的一个博物馆干活，有时远在埃克森伯里，有时又在斯托克秃山镇。近来他在肯尼特桥干活，那是一个繁荣的城镇，在马里格林南边不足12英里，这是他到过的离别人认识他的村子最近的地方；因为他很敏感，害怕那儿的人问起他的生活和运气来——他还是个少年时就充满了热情，富有男子气概，刻苦钻研，心怀远大理想，后来经历了短暂而不幸的婚姻，对这一切那儿的人都十分清楚。

他在这些地方有时要停留几个月，有时只呆上几个礼拜。他突然令人好奇地对于教堂的活儿反感起来，无论是国教的还是非国教的，这种反感在他觉得被人误解而内心深受痛苦时就产生了，而现在仍无情地留在他身上。这与其说是因为他怕又遭到人们的指责，不如说是因为他太有良心了，这良心不让他在那些反对他生活方式的人中求得生存。再者，也因为他感到他过去信仰的教条与眼前的实践自相矛盾，他最初去基督寺所抱的那些信念现在已几乎荡然无存了。他精神上正在走向他刚遇见淑时，她所具有的那种状况。

大约阿拉贝娜在那次农业展览会上认出淑和他本人3年以后，在5月的一个礼拜六傍晚，曾在那儿相遇的几个人此时又见面了。

那是在肯尼特桥的春季集会上。尽管这个自古以来的交易会就规模而言已大不如从前，但快到中午的时候，该自治城镇那又长又直的街道却出现了热烈活跃的场面。此时来了一些车辆，其中一辆轻便二轮马车从北路驶进镇里，在一家禁酒客栈门前停下来。从车上走下两个女人，一个是驾车的，是个普通的乡下人；另一个是身材优美、戴着重孝的寡妇。她那身十分阴郁的服饰，式样非同一般，因此她在这个喧哗热闹的地方性集会上就显得有点格格不入。

“我先去找找在哪里，安妮。”寡妇对同伴说，这时一个男人走上前来接过马和车。“然后我回到这儿来找你，咱们再进去吃喝点什么。我现在觉得很消沉。”

“就完全照你说的办吧。”另一个人说。“尽管我倒愿意去契克斯或杰克店吃东西。在这些禁酒饭店你是吃不到什么的。”

“我说，你也不要太贪吃了，孩子气的家伙。”穿丧服的女人责怪道。“这个地方就很不错啦。好吧，咱们半小时以后见面，除非你和我一起去找找那座新建小教堂的地址在哪里。”

“我才不想去呢。你告诉我好了。”

两个同伴于是分开，穿丧服的女人步履坚定地朝前走去，那神气似乎与热闹混杂的周围毫无牵连。她向人们打听了一下，来到一个临时围篱，里面挖出了一些坑道，说明这儿就是新建房屋的地基。在外面的几块木板上有一两张很大的招贴，上面公布说这座新建教堂的基石，将于那天下午3点钟由伦敦一位在其会众当中颇负盛名的传道士奠定。

这位戴着重孝的寡妇了解清楚之后，便返身回去，一面闲散地观察着集市的活动。没一会儿她就注意到一个小小的糕点姜饼摊，它处在那些用架子和粗帆布搭起的、更矫揉造作的摊位中间。摊子上盖着一块十分清洁的布，由一位年轻女人照管，她显然还不习惯做这种生意。一个满脸老相的男孩陪伴着她，帮她做买卖。

“我的——老天爷！”寡妇独自咕哝。“他的夫人淑——如果没弄错的话！”她朝那个摊子走过去。“你好，福勒夫人。”她和蔼地说。

淑的脸色一下变了，她透过那绉面纱认出了阿拉贝娜。

“你好吗，卡特勒特夫人？”她不自然地问。然后她注意到了阿拉贝娜的丧服，声音便不禁变得同情起来。“什么？——你失去了——”

“我可怜的丈夫。是呀，他6个礼拜前突然去世了，使我成了一个孤苦伶仃的人，尽管他生前待我很好。因为开酒店的所有利益都让酿酒的人占去了，而卖酒的人什么好处也没有……你呀，我的小老头儿！大概你不认识我了吧？”

“不，我认识。我想有一阵子你就是做过我妈的那个女人，后来我发现你并不是。”“时间老人”回答，他现在也能很自然地学着说威塞克斯的方言了。

“好吧，没关系的。我现在是个朋友行吧。”

“裘，”淑突然说，“快端着这盘子饼到站台上去——我想又有一班车要开进来了。”

孩子走后阿拉贝娜继续道：“他老是长不好看，是吗，可怜的家伙！他知道我是他亲生母亲吗？”

“不知道。他觉得自己的出身有些神秘——就这些。裘德打算等他长大一点后再告诉他。”

“可是你怎么会来做这种生意的呢？我真没想到呀。”

“临时做一做罢了——我们生活遇到了困难，一时想出来的办法。”

“这么说你还和他一起生活。”

“不错。”

“结婚了？”

“当然。”

“有孩子吗？”

“有两个。”

“另一个不久又要出世了，我看得出来。”

淑受着严格的、毫不隐讳的询问，不安地扭动着身子，柔嫩的小嘴唇哆嗦起来。

“老天爷——天哪——有什么可哭的呢？有些人还会很得意的呢！”

“我并不是不好意思——不是像你想的那样！不过让一些生命来到世间好像太悲惨可怕了——太冒昧放肆了——有时我甚至怀疑自己是否有权这样做！”

“别担心啦，亲爱的……可你还没告诉我你们为什么做这样一种生意呢！裘德以前可是一个很骄傲的家伙——几乎什么生意都不屑于做，更不用说做看摊儿的买卖。”

“也许从那以后我丈夫改变一点儿了。我敢保证他现在已不再骄傲啦！”这时淑的嘴唇又哆嗦起来。“我做这个生意，是因为他今年初患了感冒，当时他在夸特肖特搭建一个音乐厅的石头部分，那活儿必须在规定的日期完成，所以他只好冒着雨干。现在他身体已好些了，可这么久以来日子真不好过啊！有一个年老的寡妇朋友一直在帮我们渡过难关，但她不久就要走了。”

“唔，我现在也过上正派体面的生活了，谢天谢地，自从失去丈夫后我想问题也认真起来了。你为什么选择了卖姜饼呢？”

“这纯粹是偶然的。他从小就看着烤面包的生意长大，所以他突然想到自己也试试，这样可以就在家里做而不用出门，我们把它们叫做基督寺饼。这生意还很不错呢。”

“我倒从来没见过这样的玩意儿。怎么，都做成窗子啦、高塔啦、尖阁啦什么的！嗳呀，它们确实不错。”说罢她已随便拿起一块姜饼，毫不拘礼地大嚼起来。

“是的，这些东西让人想起那些基督寺的学院。你瞧，还有雕花窗格的窗户和学院的回廊。他突然产生了怪念头，要用糕点来做它们。”

“还念念不忘基督寺呀——连做点心也忘不了！”阿拉贝娜笑道。“裘德就是这么个人，他总是怀着那样的感情。一个多么古怪的人哪，他永远都会是这样的！”

淑叹口气，听见他被别人批评，现出苦恼的样子。

“难道你不这样认为吗？得啦，你也这么认为的，尽管你很喜欢他！”

“当然基督寺在他心里是一种永恒的幻想，我想他永远也改变不了对它的信念。他仍然认为基督寺是一个有着崇高无畏的思想的伟大中心，而不是它现在这个样子：一个庸俗的小学教师们的巢穴。胆怯地屈服于传统，这就是他们的特性。”

阿拉贝娜就这样把淑问来问去的，她更注意的是淑回答问题的方式，而不是回答的内容。“听见一个卖糕点的女人这样谈话，多么奇怪啊！”她说。“为什么你不回到学校去教书呢？”

淑摇了摇头。“他们不会要我的。”

“我想是因为离婚的事吧？”

“不只因为那一件事。我也毫无理由希望去教书。我们已经放弃所有的雄心了，在他生病以前我们一直是过得很快乐的。”

“你们住在哪里？”

“我不想说。”

“就住在这肯尼特桥吧？”

从淑的举止上看得出来，阿拉贝娜猜对了。

“那孩子又回来啦。”阿拉贝娜继续说。“我和裘德的孩子！”

淑两眼冒火。“你不必当着我的面说这个！”她叫了起来。

“好吧——虽然我有些觉得，我应该让他回到我身边来的……可是老天爷！我不想把他从你身边带走——我说那样亵渎的话真是作孽呀——不过我认为你自己的孩子一定也够多的了！他由人好好照管着，我知道的；我也不是那种对老天爷安排好的事老找岔子的女人。我现在心里已经变得越来越听天由命了。”

“不错！我也希望自己能够那样。”

“那你应该试试。”这位寡妇带着一颗高瞻远瞩、安然宁静的心灵说道，这颗心灵不但意识到在精神上的优越，也意识到在社会上的优越。“我并不吹嘘我如何醒悟了，但确实已不是过去的我了。卡特勒特去世后，有一次我经过邻近那条街的教堂时下起了阵雨，我便进去躲避。失去了丈夫，我觉得需要得到某种支柱，于是便开始经常去那儿，这样总比去喝酒好；我发现它给了我很大的安慰。不过现在我已离开伦敦，你知道，目前和我朋友安妮住在奥尔弗雷兹托，为的是离家乡近一些。我今天不是来这儿赶集的。下午伦敦要来一位很受欢迎的传道士，为一座新建教堂奠基，所以我就和安妮赶车来了。现在我得回去找她啦。”

然后阿拉贝娜对淑说了再见，便朝前走去。

8

下午，淑和其他在肯尼特桥集市上忙碌着的人们，听见从街下方那个有招贴的围篱里传来唱圣诗的声音。那些从空隙处往里窥探的人，看见许多人穿着绒面呢，手里捧着赞美诗集，站在为新教堂的墙基挖的坑道四周。阿拉贝娜·卡特勒特身穿丧服站在他们中间，她的声音清晰洪亮，在众人的吟唱声中听得清清楚楚，随着那曲调一高一低；她那隆起的胸部也可见随着曲调一起一伏。

就在这天两小时以后，安妮和卡特勒特夫人在禁酒旅店吃完茶点，便起身返回了，他们要穿过横亘在肯尼特桥和奥尔弗雷兹托之间那片开阔的高地。阿拉贝娜陷入沉思之中，可是她想的并不是那座新建教堂，像安妮最初所猜测的那样。

“不——是别的事情。”阿拉贝娜终于郁郁不乐地说。“我今天来这儿，本来只想着可怜的卡特勒特的，或者只想着通过今天下午要开始新建的教堂，宣传一下福音。可是发生了一件事情，大大转移了我的心思。安妮，我又听到他的事了，我又看到她了！”

“谁？”

“我听说裘德的事了，我看见他妻子了。此后无论我做什么，无论我怎样竭尽全力去唱赞美诗，但就是情不自禁要想到他；作为一名教堂的会众，我是无权这样的。”

“你不能够专心思考今天那位伦敦的传道士说的话，尽量摆脱你那些胡思乱想吗？”

“我这样做了，可是我这邪恶的心总会不由自主地想到别处去！”

“好啦——我自己也曾经胡思乱想过，知道那是怎么回事！我有时夜晚也要做些很不愿做的梦，你要是知道了那些梦，就会说我确实经历了一番斗争的！”（安妮的情人抛弃了她，所以她最近也变得相当认真起来了。）

“那我该怎么办呢？”阿拉贝娜满怀忧郁地追问道。

“你可以取一绺你刚去世的丈夫的头发，把它做成一个哀悼的饰针，随时看看它。”

“我一点也没留下他的头发来呀！——不过即使留下了也不会有好处的……毕竟那只是所谓的能给人以宗教安慰的东西，我还是希望能重新得到裘德！”

“你必须要勇敢地克制这种感情，因为他已属于别人了。我还听说另外一个对付这种情况的好办法：当难守空房的寡妇痛苦不堪的时候，她就应该黄昏时到丈夫的墓前去，在那儿久久地鞠躬。”

“啐！我该做什么并不比你糊涂，只是我不那样做罢了！”

这时她们沉默起来，车子沿着笔直的道路往前驶去，最后马里格林呈现在眼前，那就在她们的道路左边不远。接着她们来到公路与通向那个村子的支路交叉处，看见了山谷那边教堂的高塔。她们再往前走一些，经过阿拉贝娜和裘德结婚头几个月里住过的那座孤零零的房子，那曾经屠宰过猪的地点，这时她再也控制不住自己了。

“我和她两个，他更属于我一些！”她突然说道。“我倒想知道，她有什么权利要占有他呢！假如我能够，我是会把他从她身边夺走的！”

“呸，阿比！你丈夫才去世6个礼拜呢！请你不要这样做吧！”

“那样做才该死！感情总归是感情！我再也不会做一个低三下四的伪君子了——就是这样！”

阿拉贝娜已很快从衣袋里取出一扎宗教宣传单，她随身带来准备在集会上散发的，现在已散发出去几张。她边说边把剩下的传单全部抛进那个围篱里：“我已经试过这样的药方，可是并不见效果。还是我生来怎么样就怎么样吧！”

“嘘！你太激动了，亲爱的！好啦，安安静静回家去吧，喝上一杯茶，别再谈他的事啦。咱们以后也别再到这条路上来，因为它通向他住的地方，让你这么激动不安的。用不了多久你就会恢复正常的。”

阿拉贝娜确实渐渐平静下来，她们的车这时穿过了那条山脊小路。她们走下那又长又直的山坡时，看见一个上了年纪的男人吃力地走在前面，他身材瘦小，走路心事重重的样子。他一只手提着一个篮子，显得有些不修边幅，整个面貌难以用语言形容——总之让人感到他得自己管理家务，自己煮饭，和自己交心交朋友，因为在这个世上他孑然一身，凭着自身的所有本领照顾着自己。剩下的路都是下山，她们猜测他也是去奥尔弗雷兹托的，于是主动提出让他搭一程路；他同意了。

阿拉贝娜反复打量着他，最后说道：“如果我没弄错的话，你就是菲洛特桑先生吧？”

这个步行者也转过脸来注视着她。“是的，我叫菲洛特桑。”他说。“可是我并不认识你，夫人。”

“我对你记得很清楚呀，你过去曾在马里格林当过小学教师，我还作过你学生呢。当时我每天从克雷斯康布走路去那里，因为我们那个地方只有一个女教师，并且又没你教得好。但你对我不像我对你记得这么清楚了吧？——我叫阿拉贝娜·唐。”

他摇摇头，有礼貌地说：“不，我记不起你的名字了。你过去无疑是个身材苗条的小学生，可你现在身体这么胖胖的，叫我怎么认得出来呢。”

“哦，我一直就是这么胖胖的。不管怎样，我现在和一些朋友就住在这儿。我想，你知道我曾和谁结婚了吧？”

“不知道。”

“裘德·福勒——他也是你的一个学生——我想至少晚上做过你不久的学生吧？如果我没弄错的话，你后来是知道他情况的。”

“天哪，天哪。”菲洛特桑说。“你就是福勒的妻子？没错——他是有一个妻子！后来他——我想——”

“和她离婚了——正如你和妻子离婚了一样——也许出于更好的理由。”

“真的吗？”

“唔——他那样做也许是对的——对双方都好，因为我不久又结婚了，直到我丈夫最近去世以前，一切都是挺顺利的。但是你——你却显然做错了！”

“没有。”菲洛特桑突然烦躁地说。“我很不愿意谈这件事，不过——我深信自己所做的事完全正确，公正而且符合道德。我为我的行为和观点吃了不少苦，但我仍然坚信自己那样做是对的，尽管失去她给我造成了多方面的损失！”

“由于她，你失去了学校的工作和很好的收入，是吗？”

“我不想谈这件事。我最近又回到这儿——我是说马里格林。”

“又像过去一样，在那个学校教书吗？”

他越来越感到愁闷抑郁，再也无法克制自己。“我又回到了那儿，”他回答，“可是再也不像以前了。我仅仅是勉强被人家允许收留下来而已，因为我无路可走——我以前有了那样的发展，一直满怀希望，现在却变得微不足道—— 一切化为乌有，真使我受尽了耻辱。不过那可是一个避难所，我喜欢那个僻静的地方。我对待妻子的那件事被人们认为是一种奇怪的行为，它因此毁坏了我作为一名教师的名誉；当所有学校都不要我了的时候，那位老早就认识我的教区牧师聘请了我。无论如何，虽然我以前在别的地方一年领200多镑，而在这儿只领50镑，我还是宁愿这样，而不愿冒险让别人重新提起我过去的家庭经历，受人指责——假如我要迁到别处去这是有可能的。”

“你这样做不错，知足者常乐嘛。她也绝不比和你在一起时好。”

“你是说，她的境况也不好吗？”

“就在今天我偶然在肯尼特桥碰见了她，她的境况非常不好。她丈夫病了，她很焦急不安。我还要说，你实在对她做了一件愚蠢的错事，你把自己的安乐窝弄得一塌糊涂，吃尽了苦头，这也是活该。请原谅我说这样冒昧的话。”

“此话怎讲？”

“因为她是无辜的。”

“胡说！他们根本就没为那案子提出过异议！”

“那是因为他们不愿意。在你和她脱离关系时，她确实是相当清白的。我不久以后就见到过她，和她谈了一番话后完全证实了这一点。”

菲洛特桑紧紧抓住这弹簧车的边缘，在听到这个消息后显得非常紧张不安。“不过——她是自己想走的呀。”他说。

“不错。可是你不该让她走。这是对待那些想入非非、心比天高的女人惟一的办法——不管她们清不清白。她最后还是会清醒过来的。我们都是这样！习惯了就什么事都成了！结局都是一样的！不过，我想她还是喜欢她那个男的——不管他对她怎样。你在对待她那件事上太仓促了。我是不会让她走的！我会用铁链把她锁起来——她反抗的精神要不了多久就会垮掉！再没有比紧紧的约束和心肠狠毒的监工更能制服女人的了。此外，你在法律上还占着理由。摩西都知道这点——难道你记不得他说什么来着了吗？”

“一时记不起了，夫人，很抱歉。”

“你还说你是老师呢！他们在教堂里诵读时我常琢磨，简直想破口大骂。‘男人就为无罪，妇人必担当自己的罪孽。’该死，对我们女人真是太苛刻了，可是我们还得笑着忍受！呃，呃！哦，她现在得到应有的惩罚了。”

“是呀。”菲洛特桑说，心里痛苦得像刀扎一样。“残酷就是贯穿着整个自然和社会的法力，我们想逃也逃不脱它！”

“唔——下一次你可别忘了试一试我说的办法呀，老朋友。”

“我不能够向你保证，夫人。对于女人我从来就不很了解。”

他们已到达了奥尔弗雷兹托边界上低矮的平地，穿过郊区来到一个磨房前面，菲洛特桑说他就是到这里来办事的。于是她们停住车，让他下去；他向她们道了晚安，现出心事重重的神情。

与此同时，淑因为在肯尼特集市上试着卖糕点取得很大的成功，一时心里感到快乐，忘记了忧愁；但是现在这种快乐又消失了。当所有的“基督寺饼”都卖完以后，她把空篮子挂在胳膊上，拿起那块用来盖她租用的摊子的布，把其余东西都给了孩子，便带着他往回走。他们沿一条巷子走了半英里，遇到一个老太太，她一手抱着一个刚离开襁褓后穿着童装的孩子，另一只手牵住一个蹒跚学步的小孩。

淑吻一下两个孩子，问道：“他现在怎么样了？”

“更好一些啦！”埃德琳夫人欢快地说。“等到你又病倒时，你丈夫一定会好好的了——别担心了。”

他们转过身，来到一片盖着暗褐色瓦片的陈旧小屋前面，屋子周围有菜园和果树。在一个小屋前他们没敲门就拉开门闩走了进去，来到一个普通的起居室里。他们向裘德打招呼，他正坐在扶手椅里，那本来就瘦弱的面容现在显得更加瘦弱，现出了孩子般的期待的眼神——仅仅这两点就足以看出他确实刚经历了一场大病。

“什么——你把它们都卖光啦？”他问，脸上焕发出光彩，很有兴趣的样子。

“卖光了，连拱廊、山墙、东窗等等都卖光啦。”她告诉他一共卖了多少钱，然后犹豫起来。最后，当他们两个单独在一起时，她才告诉了他如何意外地遇见了阿拉贝娜，以及后者成了寡妇的事。

裘德感到心烦不安。“什么——她住在这个地方？”他说。

“没有。她住在奥尔弗雷兹托。”淑说。

裘德依然带着一副愁容。“我想我还是告诉你的好吧？”她接着说，焦虑地吻他。

“嗯……哎呀！阿拉贝娜没在伦敦中心，却在这个地方！从这里到奥尔弗雷兹托只有12英里多一点的路。她在那里做什么？”

她把自己知道的都告诉了他。“她开始经常去教堂了，”淑补充道，“说话也满嘴不离教堂。”

“瞧，”裘德说，“我们已差不多决定离开这里，也许这是最好的办法。我今天感到大有好转了，再过一两个礼拜就会完全恢复，可以走了。那时埃德琳夫人也可以回家去啦——多么亲切、忠诚的老人——她是咱们世上惟一的朋友！”

“你想到哪里去呢？”淑问，语气中带着忧虑。

于是裘德坦率说出了他的想法。他说她也许会觉得吃惊，因为他这么久以来一直坚决避开所有那些老地方。可一件又一件的事情使他最近常想起基督寺来，假如她不介意，他愿意回到那儿去。为什么要在乎人们是否认识他们呢？他们这么在乎，真是过分敏感了。就此说来，假如他不能干石工活，他们还可以在那里继续卖糕点。对于自己穷困潦倒的事，他一点不觉得耻辱。也许要不了多久他就会和以前一样强壮起来的，可以自己在那里干起石工活儿来。

“你干吗对基督寺还这么关心呢？”她忧郁地说。“基督寺可对你一点不关心的呀，可怜的爱人！”

“唉，我确实关心它，没有办法。我爱那个地方——虽然我知道它多么讨厌所有像我这样的人——所谓的自学者——它对于我们辛辛苦苦学到的知识多么不屑一顾，而它本来是应该首先尊重那些知识的；它怎样在嘲笑我们错误的音量和发音[①]，而它本来应该说：我看出你需要帮助，我可怜的朋友……然而，它对我来说是宇宙的中心，因为我早年曾梦想过它：什么东西也无法改变这一点。也许它不久就会醒悟的，从而变得宽宏大量。我为此祈祷！……我愿意回那个地方去生活——也许死在那儿！过两三个礼拜我就可以回去了，我想。那将是6月份，

---

①特指拉丁文的发音。

我要在一个特别的日子到那儿去。”

他希望自己不久康复是有其充分根据的，因为3个礼拜后他们就来到了那个令他充满回忆的城市，实实在在地走在了它的人行道上，那些荒废的垣墙确实把阳光反射到了他们身上。

第六部　重返基督寺

“……她尽力羞辱自己身体，扯下头发填入所有行乐之地。”

——《以斯帖》（《次经》）①

“有两个人在沉沦——我和一个女人，

我们高兴地在这黑暗之中去见死神。”

——罗·布朗宁②

① 所谓（《圣经·旧约》中的）“次经”（Apocrypha），是指见于七十子希腊文译本和通俗拉丁文本，但未为希伯来文原本或基督教新教译本收录的经文。（《以斯帖》是其中一部分，引文见其第14章第2节。与《旧约》中的《以斯帖记》非一书。）

② 引自英国诗人布朗宁的诗《太晚了》。

1

他们到达基督寺的时候，车站上一片生动活泼的景象，头戴草帽的男青年们在迎接着年轻的姑娘——她们与来欢迎的人很像一家人，服饰极为鲜艳明快。

“这个地方好像很欢乐。”淑说。“哎呀——原来是校庆日[①]呢！——裘德——你太诡秘了——你是故意今天来的呀！”

“不错，”裘德一边平静地说，一边照管着最小的孩子，让他和阿拉贝娜的儿子紧紧跟着，而淑则照管他们那个大孩子。“我原想咱们今天来和随便哪天来都一样。”

“不过我担心这种场面会让你痛苦心烦的！”她说，焦虑地上下打量着他。

“唔，我可决不让它影响了咱们的正事，我们在这里安顿下来前还有很多事情要办呢。首先是要找到住处。”

他们把行李和工具都寄放到车站上，便朝着那条熟悉的大街走去，节日中的人们全都向着同一方向移去。来到四通路上，他们正要转向另一边可能找到住宿的地方，这时裘德看了看钟和匆忙的人群，忽然说：“咱们去看看游行吧，现在别管住宿的事好吗？等会儿再去找也不晚。”

“住宿是迫在眉睫的事，咱们不应该先办吗？”她问。

可是他似乎心里只想着校庆日的事，他们就一道沿大街走去。裘德怀里抱着最小的孩子，淑领着小女儿，阿拉贝娜的儿子心事重重、一言不语跟在旁边。一队队衣着明快、容貌美丽的女孩，和那些温顺无知的父母们——他们年轻时从来不知道有学院——被做哥哥和儿子的护送着往同一方向走去。他们的脸上好像都明显地表示出这样的看法：直到他们此时光临此地，为地球增添了光彩，才有了真正合格的人。

“从每一个青年的身上我又看到了自己失败的影子。”裘德说。“今天我正在受着自以为是的教训呢！——对我而言这是一个‘耻辱节’！……假如你，我亲爱的人儿，当年不是你救了我的话，我可就绝望了，完蛋了！”

她从他的脸上看出来，他此时心潮澎湃，万分痛苦。“假如我们一下车马上去办自己的事情，你就不会这样难受了，亲爱的。”她回答。“我肯定这种场面会触发你往日的忧伤，对你一点好处也没有！”

“好啦——既然咱们快到了，就去看看吧。”

他们往左转从那个意大利式门廊的教堂旁边过去（门廊处那些螺旋形的柱子上藤蔓缠绕），沿着巷道向前走去，直到圆形礼堂高高地呈现在裘德眼前，礼堂上面便是那个众所周知的塔式天窗——它在他心里是他种种希望破灭的悲哀象征。因为就在那眺望的地方，他在自己那个陷入沉思的下午，最后俯瞰了这个“学府之城”。沉思后他终于深信，他想成为大学里一员的企图是徒劳无益的。

今天，在这个礼堂和那所最近的学院之间那片开阔的地上，站着一大群期待的人们。在人群中间留出了一条用木头做栅栏的通道，从学院门口一直延伸到位于学院和剧院之间的大礼堂门口。

“就在这个地方好啦——他们将要从这里过去的！”裘德突然兴奋地叫道。他挤到前面，在木栅旁边占了一个位置，怀里仍抱着最小的孩子，而淑带着另外两个小孩紧紧跟在他后面。他们刚一走过人群就紧跟上来，大家谈论着，开着玩笑，传出一阵阵笑声——这当中一辆辆马车接踵而至，在学院较低的那个门口停下，从上面走下一些庄重严肃、冠冕堂皇、身穿血红长袍的人物。天空这时阴云密布，如铅一般黯然，不时传来隆隆的雷声。

---

① 牛津大学每年一度的校庆日在六月学期末举行，以纪念大学的创办人和捐助人，举行名誉学位授予仪式等。

“时间老人”浑身哆嗦着。“这真像是‘世界末日’呀！”他轻声说道。

“那些人不过是有学问的先生罢了。”淑说。

人们在那儿等着时，大颗大颗的雨点落到他们头上和肩上。游行仍没开始，大家都等得厌烦了。淑也希望不要再等下去了。

“他们不会拖得太久的。”裘德说，头也没回一下。

可是游行队伍仍然没有到来。这时人群里有一个人，为了消磨时间，看了看那所最近的学院正面，说他不知道它中间雕刻的那些拉丁文是什么意思。裘德于是对他作了解释，因为他离那个问话的人不远；他发现周围的人都感兴趣地听着他说话，便继续描述那个中楣的雕刻（他在若干年前就研究过了），并指出这个城市里，其他一些学院的正面某些石筑部分的不足之处。

这一群闲散的人，包括门口的那两个警察，像吕高尼人看保罗[①]那样，睁大了眼睛看他，因为裘德对于手边的任何话题，都很容易变得兴奋起来。他们似乎感到惊奇，怎么这个外地人对他们城市的建筑，竟会比他们自己还了解得多。最后有人说：“啊，我认识那个人。他多年前在这个地方干活——他叫裘德·福勒！难道你们不记得了，他过去有个绰号叫‘圣穷街教师’吗？——他就是一心想做教师呀。这么说，我想他是结婚了，怀里抱着他孩子。泰勒会认识他的，他没有不认识的人。”

说话的人名叫杰克·斯塔格，以前裘德曾和他一起维修过学院的砖石建筑。只见补锅匠泰勒就站在不远处。听到有人说他，他的注意力转到这边来，隔着屏障对裘德大声说：“你又回来了，真给我们赏光呀，

---

① 见《新约·使徒行传》第14章，保罗在吕高尼人中间传福音。路司得城里坐着一个两脚无力的人，生来是瘸腿。保罗见他有信心，就呼使他两脚站直，那人就跳起来而且行走。众人就用吕高尼的话大声说，有神借着人形，降临我们中间。

朋友！”

裘德点点头。

“你到别的地方去了，好像没干出什么大事情来吧？”

裘德对此并不否认。

“所不同的是又多了几张吃饭的嘴！”这次是另一个人在说话，裘德认出来他就是乔大叔，另一个他过去认识的石工。

裘德和气地说他对这一点不想争辩。人们就这样不断地你一言我一语，说来说去，最后好像在他和那群闲人之间展开了一场大型的对话，其间补锅匠泰勒问裘德是否还记得拉丁文的《使徒信经》，以及那晚在酒吧里他接受挑战的情景。

“但你没干那一行的命，是吧？”乔突然插话说。“你的能力干那一行还不够，是吗？”

“别再回答他们了！”淑恳求道。

“我觉得我并不喜欢基督寺！”小“时间老人”悲哀地嘀咕，他站在人群中间，身子都给遮住看不见了。

可是裘德发现自己成了人们好奇、注目和议论的中心人物，所以他并不想在此时退走，倒愿意向人们公开表明自己的想法——他没有充分理由要为这些想法感到耻辱。他受到激发，不一会儿便对着广大的听众高声说道：

“对任何一个青年人来说，这是一个难解的问题，朋友们——这个难题我曾不得不去解决，在眼下人人追求上进的时代，成千上万的人正在思考着这个问题：是不加鉴别、不予考虑是否恰当，碰到什么就做什么呢？还是考虑自己做什么恰当或什么是自己的志趣，从而对所走的路作出相应调整？我是极力采取后者的办法，结果我失败了。但是，我并不承认我的失败证明了自己的观点是错误的，或者假如我成功就会证明它是正确的，尽管现今人们都这样来评价这些尝试——我是说，他们评价人的尝试不根据其本质上的好坏，而根据它们偶然的结果。假如我现在的结果是像那些穿着红、黑衣服正走下车来的博士们中的一位，大家都会说：‘看那个青年多么聪明，按照自己天生的志趣去追求！’但如果他们看到我的结果并不比从前好，就都会说：‘看那个小子多么愚蠢，自己竟然异想天开想往上爬！’

“可是我失败并非因为我意志不坚，而是因为我贫穷。本来要两三代人才能完成的事，我却极力想在一代人中去完成。我的冲动——我的感情——也许它们应该叫做我的恶习，太强烈了，一个没有优越条件的人必然要受其阻碍；我的血应该像鱼的一样冷，心应该像猪的一样贪，这样才会真正有好机会成为国家的一位知名人士。你们也许要嘲笑我——我倒很愿意你们那样做——因为我无疑是一个适合受人嘲笑的对象。但是我想，假如你们知道我近几年是怎样过来的，你们就会同情我。假如他们知道，”他朝学院那边点一下头，知名人士正一个个到达那儿，“也很可能要同情我的。”

“他确实看起来像体弱多病的样子，真的！”一个女人说。

淑越来越显得激动不安。尽管她离裘德很近，别人却看不见她。

“我在死前也许能做点什么有益的事——作为告诫人们什么事不该做的一个可怕的例子，也算是一种成功吧。这样我还可以成为一个有道德教育意义的实例。”裘德继续说道，尽管他开始时非常心平气和，此刻却变得痛苦不堪起来。“现在人心和社会都不得安宁，使许许多多的人十分苦恼；而毕竟说来，我也许就是这种精神实质下的一个微不足道的牺牲品罢了！”

“别跟他们说这些话啦！”淑觉察到裘德这时的心境，含着眼泪低声说。“你过去并不是那样的。为了获得知识你很高尚地奋斗过，世上只有那些最卑鄙的人才会责怪你！”

裘德把怀里的孩子移动了一下位置，以便抱着更舒适一些，然后作出这样的结论：“我表面看来是一个病弱的穷人，但这并非是我最糟糕的。我处在一片杂乱无章的信条之中，在黑暗里摸索着——依照本能而不是依照榜样行事。八九年前我第一次来到这里的时候，脑子里装满了纯洁明确的观点，但是它们已经一个个消失了；日子一天天过去，我也越来越缺乏自信。我现在只是随随便便地生活着，这于我不利，而对任何人都没有害处，实际上还让那些我最爱的人感到快乐呢——除此之外，我不相信自己目前还有更多的生活准则。瞧，先生们，因为你们想知道我是怎样生活过来的，所以我都对你们讲了。这也许会对你们大有好处！我现在不能再作更多的说明了。我觉得我们的社会制度存在着某些弊病：这些弊病只有比我更具有远见卓识的男女才能发现——假如他们在任何时候——至少在我们这个时代能够发现的话。'因为谁知道什么于他有益呢？谁能告诉他身后在日光之下有什么事呢'[①]？"

"听啊，快听啊。"众人说道。

"他讲得多么好呀！"补锅匠泰勒说。接着他私下对身边的几个人说："嘿，有个歪牧师挤到这儿来了。假如咱们的主牧师们休假时，要他主持礼拜，讲这一大篇话，少付了一个几尼[②]的现钱他也不会干的。嗨！我对天发誓他们没有一个人会干的！即使付了钱，他布道也得事先让人把稿子写好。可是这人仅仅是个工人哪！"

这时开过来一辆马车，又送来了一位姗姗来迟的博士，他穿着长袍，气喘吁吁。拉车的马不听使唤，没有恰恰在让它停的地方停住，让乘客下车。那位博士跳下车便钻进门里去了。马车夫这时跳下来，一脚朝马的肚子踢去——这件事对裘德的话作出了某种客观实际的注解。

"咱们这个城市可是世界上最笃信宗教、最注重教育的，"裘德说，"假如那样的事还能在大学门口发生，我们能说自己有多少进步了呢？"

"安静！"一个警察说，他在忙着和另一个同事打开学院对面那些

① 见《旧约·传道书》第6章第12节。

② 几尼，旧英国金币。

大门。“游行队伍过去时你别说话啦，伙计。”这时雨越下越大，带着伞的都撑开了。裘德没有伞，淑只有一把晴雨两用的小伞。她脸色变得苍白无血，不过裘德却没有注意到。

“咱们走吧，亲爱的。”她低声对他说，极力为他遮雨。“别忘了，我们还没找到住处呢，全部东西还搁在车站上，而且你的病也没有好。我担心这雨会伤着你身体的！”

“他们就要来了。再等一会儿，我就跟你走！”他说。

这时有六口钟敲响了，周围的窗户上顿时挤满人的面孔。游行队伍也跟着出现，他们是些学院院长和新博士，身穿红色和黑色长袍的形体，在裘德的视野里通过，像穿过望远镜镜头的那些高不可攀的行星一样。

他们过去时，认识的人就一个个叫出他们的名字。待队伍到达了建筑师雷恩[①]设计的那座古老的圆形礼堂时，人们高声欢呼起来。

“咱们到那边去吧！”裘德大声说，尽管雨仍连绵不断，但他似乎不知道一样，领着一家人绕到礼堂那边去了。那儿地上铺着一层稻草，为的是消除马车轮子嘈杂刺耳的声音；他们就站在那些稻草上面。礼堂周围有一些形状奇特的半身石像，饱受霜蚀冰侵，它们个个带着苍白可怖的面容目睹眼前发生的事情，尤其是盯着浑身拖泥带水的裘德、淑和他们的孩子，好像盯着那些荒唐可笑、毫不相关的人们一样。

“我要是能进去该多好啊！”他热切地对她说。“瞧——我呆在这儿也许能听到管风琴声，每篇演说结束后发出的高喊声、欢呼声，以及不时传来洪亮的拉丁语中的 um 或 ibus 的声音，此外就听不出什么拉丁语来。”

“唉——我都快要死了还被关在门外！”一会儿后他叹息道。“现在我该走了，我这耐心的淑啊。你为了满足我昏头昏脑的行为一直在雨

---

①雷恩（1632—1723），英国著名建筑师，天文学家和数学家。

里等了这么长时间，你真好啊！我再也不会关心这个地狱般该死的地方，我敢发誓不会了！可是，咱们在木栅那儿的时候，你干吗浑身发抖呢？瞧你脸色多苍白，淑！”

“我刚才在木栅另一边的人群里看见理查德了。”

“啊——是吗？”

“他显然是到这个‘圣地’来看节目的，像其余的人一样；因此他大概也住得不远吧。他和你一样都渴望进大学，不过没你那么强烈就是了。我想他并没有看见我，虽然一定听到了你向人群说话的声音。可是他好像没有注意到是你。”

“唔——就算注意到了又怎样呢。你现在已经不再为他担忧了，是吗，我的淑？”

“嗯，我想是吧。可是我这人太懦弱了。虽然我知道我们的计划不错，但我对他仍然莫名其妙地感到害怕，对我并不相信的习俗感到畏惧和恐怖。这种感觉有时像某种瘫痪病一样，悄然蔓延到我全身，使我烦恼不堪！”

“你这是累了，淑。啊——我都忘了，亲爱的！好啦，咱们马上走吧。”

他们于是开始去找住处，最后在米尔都巷找到一家似乎不错的地方。这里对裘德有着无法抗拒的吸引力——虽然淑并不觉得它有如此魅力——那是一条狭窄的小巷，与一所学院的背面相接，但却互不相通。巷内那些小小的旅店都阴暗惨淡，因为被学院高大的建筑物挡住了光线；那里面的生活与这小巷里的生活有着天壤之别，好像各在地球两端似的——然而他们之间不过只隔着一堵厚厚的墙而已。有两三家寓所贴着房间出租的字条，这一家新来的人便敲响其中一个房间，接着门被一个女人打开了。

“啊——快听！”裘德突然说，而没有去招呼那个女人。

“什么？”

“唔，那钟声呀——会是哪一个教堂的呢？那音调我真熟悉。”

在较远处，另一组钟又敲响了。

“我不知道吗！”女房东尖刻地说。“你敲门就是为了问这个？”

“不是，我是来租房间的。”裘德说，这时才回过神来。

房主仔细打量了一会儿淑的身子。“我们没有房间出租了。”她说完关上了门。

裘德现出狼狈的样子，男孩也一脸不高兴。“喂，裘德，”淑说，“让我去试试吧。你不熟悉情况。”

他们在附近又找到第二家，可是房主不但打量了一下淑，还看了看男孩子和另两个小一些的孩子，然后客客气气地说：“很对不起，我们不出租给带着孩子的人。”说罢也关上了门。

较小的孩子把嘴一咧，无声地哭了，好像本能感到有不好的事要发生。大男孩叹了口气。“我不喜欢基督寺！”他说。“这些又大又旧的楼房是监狱吗？”

“不，是学院。”裘德说。“也许将来有一天你要去里面读书的。”

“我不愿去！”男孩回答。

“现在咱们再去试试。”淑说。“我用大衣把身子挡得更严实一些……离开肯尼特桥到这个地方来，就像离开该亚法去见彼拉多①一样……我现在看起来怎么样了，亲爱的？”

“谁也不会注意到啦。”裘德说。

还有另外一家出租房子的，于是他们又去试了第三次。这家的女房东更加和蔼可亲，但是她空着的房间不多，只同意收下淑和孩子们——假如她的丈夫能到别处去住的话。他们不得不同意这样安排，因为拖到这么晚才开始找住宿，时间已很紧迫了。他们和房东谈好房

① 该亚法，主审耶稣的大祭师。彼拉多，主持对耶稣的审判并下令把耶稣钉死在十字架上。

租，尽管就自己的经济状况看价格是相当高的，可在裘德还没时间找到一个更长期性的住处之前，又怎么能够去挑剔呢？于是淑就在这个寓所三楼后面的一个房间住下来，房间内另有一个小间让孩子们住。裘德留下喝了一杯茶，他很高兴地发现，这间屋子的窗户俯瞰着另一所学院的背面。接着他吻了淑和三个孩子，便去买些必需品，为自己找住处去了。

他走后女房东又上楼来和淑谈了一会儿，了解她所接收的这家人的一些情况。淑从来不善于搪塞撒谎，因此把他们最近遇到的困难和四处漂泊的事说了一下。最后女房东突然提出一个问题，使她大吃一惊：

“你真的已经结婚了吗？”

淑迟疑了片刻，然后冲动地对女房东说，她和她丈夫的第一次婚姻都很不幸福。那以后，他们一想到必须要再次结合就感到害怕，担心那些婚约里的条件会扼杀掉他们的爱情；他们希望生活在一起，但事实上又没有勇气再举行婚礼，尽管试了两三次。因此，虽然照她自己的看法她是一个结了婚的女人，但照房东的看法她并不是。

家庭主妇这时现出为难的样子，下楼去了。淑出神地坐在窗边，看着外面的雨。有人走进房来，那杂声打破了她的沉静，接着在下面的过道上传来一男一女说话的声音。原来是女房东的丈夫回家了，她在对他说他走后又收了几个房客。

他的声音里突然带着怒气。“谁要这样一个女人住在这里？她也许还要在这儿坐月子呢！……还有，我不是说过不要让小孩住进来吗？门厅、楼梯才刚漆过，却让他们来乱踢！你也一定知道他们不是那么对劲儿——看他们来的那个样子。我说过只收单身汉，你却收进了一家人。”

做妻子的劝告着，但好像丈夫仍坚持自己的意见，因为马上就听见有人在拍淑的门了，随即进来了女房东。

“我很遗憾告诉你，夫人，”她说，“这周我还是不能让你在这里住。我丈夫反对，所以我必须让你离开。你今晚住一夜没关系的，天色已经晚了；不过我很希望你能明天一早搬走。”

淑知道她有权利在这儿住一个礼拜，但她不愿意打搅那一对夫妇，便说她会照办的。女房东走后淑又看看窗外。她发现雨已停了，就对男孩说，等把两个小的都放上床睡了，他们俩再出去找一个明天住的地方，预先订下，为的是不像今天这样被别人赶来赶去的。

所以，她没有把裘德刚让人从车站送来的箱子打开，而是和孩子一起来到了湿漉漉的、但并不令人讨厌的街上。裘德这时也许还在为自己找住处的事焦虑，因此淑决意不把让她搬走的消息告诉丈夫，以免又让他心烦。她由男孩陪着，从这条街钻到那条街，但尽管试了10多家寓所，结果比同裘德一起去找还糟糕得多，没一个人答应第二天租给她一间屋。每一家房主都斜眼看着这样一个女人和孩子在昏天黑地里出来找住处。

“我是不应该出生的，是吗？”男孩满怀疑虑地说。

最后淑实在精疲力竭了，便回到她不受欢迎的地方，在这儿至少暂时还有个安身之地。她出去时裘德来过，留下了他的住址，但是她知道他仍然很虚弱，便坚决不去打扰他，待到次日再说。

2

淑坐在那儿看着房间里没铺地毯的地板——这房子比过去那种内屋大不了多少；然后她又注视着没有窗帘的窗户外的景象。在对面不远处，“石棺学院”的外墙——寂静，暗淡，无窗——把它4个世纪以来的阴郁、偏执和衰败气息，一古脑儿倾注进了她住的这个小房间里，它夜晚挡住月光，白天又挡住阳光。在这所学院的那边，还可以看清“朱色学院”的轮廓，再远一些是第三所学校的高塔。淑这时想到，一个头脑单纯的人产生了支配一切的激情后，会受到多么奇特的影响啊；它竟然引着裘德把他们带到这样一个使人抑郁不堪的地方——尽管他非常疼爱她和孩子们——因为他还被自己的梦想萦绕啊。他渴望进大学，但是那一堵堵学者们的大墙发出阵阵回响，把他拒之门外；可即便现在他仍没有清晰地听见冷漠的拒绝声。

他们没能找到另一个住处，男孩的爸爸在这个寓所里又没住的地方，这些都使他深受打击，内心似乎笼罩着一种含而不露的恐惧。最后他打破屋里的沉默，说：“妈妈，咱们明天怎么办呢？”

“不知道！”淑万般失望地说。“我真担心这会让你爸爸心烦的。”

“希望他身体好起来，又有住的地方！那样就没什么要紧了！可怜的爸爸！”

“不会要紧的！”

“我能做点什么吗？”

“不！到处都是麻烦、不幸和痛苦的事！”

“爸爸走开是为了让我们孩子有住的，是吧？”

“不完全是。”

“离开这个世界比留在这个世界上好，是吗？”

“好不了多少，亲爱的。”

“也就是因为我们这些孩子，你们才没有一个好住处，是吗？”

“哦——人们有时确实是不喜欢孩子的。”

“既然孩子这样麻烦，那为什么大人又要生他们呢？”

“这个——因为那是自然规律呀。”

“可是我们并没有要求被生出来吧？”

“确实没有。”

“而且我更糟的是，你不是我亲妈，你当初要是不愿意，就可以不用要我。我不应该到你这里来——真的不应该！我在澳大利亚给他们添麻烦，在这里又给你们添麻烦。我要是没生出来该多好！”

“你是没有办法的啊，亲爱的孩子。”

“我想凡是孩子生下来时，如果不想要就该立即处死，免得他们有了魂儿，免得他们长大到处乱跑！”

淑没有回答。她感到疑惑，沉思着怎样对待这个心事太重的孩子。

她最后认定，只要条件允许，她就将以诚实坦然的态度，对待一个像老朋友一样同情并分担自己困难的人。

“不久咱们家又要添一个小孩。”她犹豫地说。

“怎么呢？”

“因为又一个婴儿要出生了。”

“什么！”男孩发狂地跳起来。“上帝啊！妈，你绝不会又怀上孩子的，你已经遇到这么多麻烦了！”

“不，我怀上了，真对不起！”淑咕哝道，眼里泪光闪闪。

男孩突然哭泣起来。“啊，你不关心，你不关心我们了！”他极其痛苦地责怪道。“妈呀，你怎么这么坏，这么不讲情呢。你本来应该等到我们的日子都好过些了，爸爸的身体也好了，才要孩子的！你要让我们大家遇到更多的麻烦了呀！我们住的地方都没有，爸爸被赶到别处去，明天我们又要被赶走了，可是你不久又要生一个孩子！……你是故意这样做的！——是故意的——故意的！”他啜泣着在屋里走来走去。

“你一定要原谅我，小裘德！”她恳求道，胸部也像那孩子的一样剧烈起伏着。“我无法向你说明白——等你长大一些我会对你说明白的。好像我这样确实是故意的，因为我们大家都遇到了困难！我无法解释，亲爱的！但是这——绝不是我故意的——这也由不得我啊！”

“就是——你一定是故意的！因为谁也不会那样来打扰我们，除非你愿意！我不会原谅你，永远永远不会！我再也不会相信你关心我、爸爸或我们任何一个孩子了！”

他起身走到隔壁那个小屋子，里面地板上已铺了一个床位。她听见他在里面说：“要是没有我们这几个孩子，就什么麻烦也没有了！”

“别那样去想啦，亲爱的。”她非常断然地说。“快睡觉吧！”

次日一早她6点刚过就醒来，决定起床，在早饭前赶到裘德说的那个客栈去，在他出去之前把发生的情况告诉他。她轻手轻脚地起来，以免影响孩子们睡觉，她知道他们昨天奔跑了一天肯定很累了。

她来到裘德的住处时发现他正在那个偏僻无名的小客栈吃早饭，他有意选择了这个极差的小店，以便省下钱来支付她的房租。她告诉了他自己被赶出寓所的事。他一晚上都在替她焦急担忧，他说。现在是早晨了，不知怎的，她被赶出寓所的事并不像头晚那么令人忧郁丧气，甚至她出去没能找到另一个住处的事也不像最初那样使她深感不安了。裘德和她都认为，他们不值得再费心思去坚持住一个礼拜的权利了，而是要立即从那儿搬出来。

“你和孩子一定都到这里来住一两天。”他说。“这个地方是很粗陋，对孩子也不是很好，不过我们可以有更多时间四处去找找。在那个郊区寓所不少——就是我从前常去的‘比尔谢巴’。你既然来了就和我一同吃早饭吧，我的爱人。你肯定自己没事？现在时间还多着呢，在孩子们醒来前赶回去给他们准备早饭来得及。说真的，我会和你一起回去。”

她于是和裘德一起匆匆吃完了早饭，15分钟后他们便动身返回了，决意从淑住的那个太尊贵体面的寓所搬出来。他们到了那里，爬上楼去；她发现孩子们的房间里悄无声息，便带着怯生生的声调对女房东说，请她把锅什么的带上楼去一下，他们好做早饭。房东马马虎虎地照她说的做了，她拿出带来的几个鸡蛋放进水开着的锅里，让裘德看着为孩子煮的蛋，她去叫醒他们，因为已经快8点半了。

裘德俯身站在锅边，将表拿在手上看好煮蛋的时间，所以他就背对着孩子们住的那个屋。这时淑突然发出一声尖叫，惊得他转过身去。他看见那个房间的门——或者说小室的门——她推的时候似乎在门轴上转动得很沉重的样子——被打开了，淑正好倒在门内的地板上。他急忙过去把她扶起来，转过眼去看地板上的那个小床，然而上面一个孩子也没有。他迷惑不解地看看四周，才发现门后有两个衣钩，两个最小的孩子的身体就分别挂在上面，每人脖子上都系着一根捆箱子的绳子，而在几码远处的一颗钉子上以同样的方式挂着小裘德的身体。这个大男孩旁边是一把踢翻的椅子，他那双呆滞的眼睛仍斜斜地盯着小屋，但小女孩和小男孩的眼睛都紧紧闭着。

一看见这个极度恐怖的奇特场面，他顿时像半瘫痪了似的，赶紧放下淑，取出小刀割断绳子，把3个孩子都放到了床铺上；但是，在搬运那些小身体短暂的时刻里，他的感觉似乎在告诉他：他们已经死了。然后他又抱起一阵阵昏过去的淑，将她放到外面房间的床上，上气不接下气地把房东叫来，又跑出去叫医生了。

他回来时淑已经苏醒过来，只见两个无可奈何的女人俯在孩子们身上发狂地想把他们救活，加上那3具放在一起的小尸体，这情景使他完全失去了自制力。最近的一个医生请来了，但正如裘德早已推想到，他来是多余的。孩子们已无可挽救，因为尽管他们的身体还有一点热气，但据推测他们已上吊了一个多小时。之后，这对父母恢复了一点理智，便推断出发生这件惨案的可能性：那个大男孩醒来往外屋看看淑，发现她不在，本来头天晚上遇到的和听到的那些事就使他心灰意冷，因此这时他那病态的心理就变得更加绝望了，所以发生了如此的悲剧。他们还在地板上发现一张字条，上面是那个男孩的笔迹，他用自己带的一小节铅笔这样写道：

这么做是因为我们孩子太多了。

淑一见这情景神经就彻底崩溃了，她有一种可怕的想法，深信她昨晚和男孩的那番谈话是造成这个悲剧的原因，她因此一阵痉挛，越来越痛苦。他们不顾她反对把她抬到楼下的一个房间，让她躺在那儿；她喘息着，瘦小的身躯不住地哆嗦，眼睛直直盯住天花板，房东极力安慰她，但是毫无用处。

从这个房间他们能听到人们在楼上走动的声音。她恳求让她回去，但大家不同意，让她相信如果孩子还有一点希望的话，她去也是有害无益的。他们又提醒她必须照顾好自己，以免伤害到腹中的胎儿。但她一刻不停地询问情况，最后裘德下楼来告诉她已经毫无希望了。她刚刚能说话时，就告诉了他昨晚她对孩子都说了些什么，她如何认为自己是造成这个悲剧的祸根。

“不是那样，”裘德说，“是他的天性促成他那样做的。医生说在我们中间正出现一些这样的男孩——这种男孩在上一代里从没听说过——这都是新的人生观造成的后果。他们似乎过早地看到了生活所有的恐惧，而又缺乏坚忍不拔的力量去抵抗那些恐惧。他说将来人们会普遍不愿在世为人，而此事就是这种愿望的开端。那个医生是一个思想开明的人，但他却不能够安慰——”

因为她的缘故裘德一直克制住自己的悲痛，但是现在他的精神也垮了；淑因此受到刺激，对他产生了万般同情，这在某种程度上又使她暂时没有严厉地自责。等人们都散了时，裘德才又让她去看孩子。

他们一家人的困境，都在那男孩子脸上表露出来。那个小小的形体汇聚了笼罩着裘德第一次婚姻的所有的不祥和阴影，也汇聚了他和淑的结合中所有的意外、错误、恐惧和失误。这个男孩子是他们一切的中心和焦点，是他们的生活最简明的体现。他为先前那对轻率鲁莽的父母呻吟过，为他们错误的结合颤抖过，现在又为这一对父母的不幸遭遇送掉了性命。

房子里沉静下来，他们无事可做，只有等待验尸官来验尸：这时从背后一堵堵厚重的墙体那边，一种受到抑制的、忽高忽低的声音传进屋里。

“那是什么声音？”淑问，屏住了她那痉挛的呼吸。

“学院教堂里的管风琴声，大概是管风琴手在练习吧。那是《诗篇》第73章赞美诗：‘上帝实在恩待以色列那些清心的人。’”

接着她又哭泣起来。“啊，啊，我的小宝宝们呀！他们谁也没有伤害过呀！为什么要把他们带走而不把我带走哪！”

他们又一言不发了，然后外面什么地方传来两个人的谈话声，才终于打破了沉默。

“他们肯定在议论我们！”淑悲叹道。“‘我们成了一台戏，给世人和天使看了！’①”

裘德听了听，说：“不，他们并没有议论我们。他们是两个观点不同的牧师，在争论着祈祷的问题。天哪——祈祷，天下所有的创造物都在呻吟哪！”

之后又是一阵沉默，直到她再一次失去控制，悲痛不已：“在我们的身外有个什么东西，它先对我们说‘你们不要！’接着说‘你们不要学习’，然后又说‘你们不要努力！’现在它说‘你们不要去爱！’”

他尽量安慰她，说：“你这是太痛苦了，亲爱的。”

“可我说的是事实！”

---

① 见《新约 · 哥林多前书》第4章第9节。

他们就这样等待着，她又回到自己的房间。那婴儿的衣服和鞋袜在他死时一直放在椅子上，她怎么也不愿意去动一下，尽管裘德很想把它们拿走不让她看见。可是他一去碰它们，她就恳求他别动；当女房东也想把它拿开时，淑便几乎凶猛地对着她大喊大叫起来。

她呆滞漠然地闭口不言，几乎比一阵阵暴发出来更让裘德担心。“你干吗不和我说话呢，裘德？”她又沉默了一阵之后大声问道。“你可别离开我呀！看不到你我太孤独了，真让我受不了啦！”

“瞧，亲爱的，我在这儿呀。”他说，把脸紧贴着她的脸。

“是啦……啊，我亲密的同伴，我们完美的结合——我们合二为一的结合——已经沾上鲜血了！”

“它笼罩着死亡的阴影——没别的。”

“啊！可那实际上都是我造成的呀，尽管我不知道自己正在促成那件事！我把只应该对成年人说的话对那个孩子说了。我说整个世界都与我们作对。既然要付出这样大的代价，活在世上就不如离开它好，可他却实实在在去这样做了。我还对他说我将又要生一个孩子。这使得他焦虑不安。啊，他曾多么悲痛地责怪过我！”

“你为什么要那样做呢，淑？”

“我也说不清楚。是要对他诚实吧，对于生活中的事实我不忍心欺骗他。然而我并没有做到诚实，我做得过分微妙，太不明不白地把情况告诉了他。——为什么我不能比女同胞们更明智些呢！为什么我不说些让他愉快的谎言，而要说些含混不清的现实？这都是因为我缺乏自制力，所以才既不能隐瞒也不能揭露事情！”

“你那样做在多数情况下都不会错，可是也许咱们的情况太特别了，所以碰巧结果很糟糕。反正他迟早都会知道的。”

“并且，我还正在为亲爱的宝宝做新衣呢，现在我再也看不到他穿了，再也不能和他说话了！……我的眼睛肿得好厉害，几乎什么也看不见了，可是一年多一点以前我还自称很快乐呢！我们太过分注重相互的爱了——彼此太沉醉于极度自私的快乐之中了！我们曾说——你还记得吗？——我们将要使快乐成为一件美德。我说，大自然赋予了我们什么样的本能，我们就要尽这些本能去寻求快乐——尽管这些本能受到社会文明的阻挠——那正是大自然的意图，大自然的规律和存在的理由。我说过的那些话多么令人毛骨悚然啊！如今命运向我们射来了暗箭，因为我们是两个大傻瓜，对大自然的话信以为真！”

她又一言不发，陷入沉思，最后说：“也许孩子们最好还是去了的好——不错——我看得出来是这样！与其活下去悲惨地枯萎，不如趁鲜嫩时被拔掉！”

“是呀，”裘德回答，“有人说孩子如果在幼年时死了，大人应该感到高兴才是。”

“可是他们懂什么！……啊，我的宝宝，我的宝宝，你们要是现在活着的话！那样你们就会说是大男孩不想活了，不然他就不会那样去做。因此他要去死也不是不合情理的，这部分由于他那不可救药的、忧郁的天性，可怜的小人啊！但是其他的孩子呢——我自己和你的孩子呢？”

淑又看了看那件挂着的小衣和那些鞋袜，身子像琴弦一样不住地颤抖。“我是一个可怜虫，”她说，“对于人间再也毫无益处！我被不幸的灾难逼得发疯了！咱们该怎么办呢？”她两眼直盯住裘德，紧紧抓着他的手。

“咱们也无可奈何呀。”他回答。“事情就是它们那样，其结局都是命中注定的。”

她稍停片刻。“对呀！这句话是谁说过的？”她沉重地问。

“是《阿伽门农》①合唱队里的一句话。自从这件悲剧发生后，我脑子里就不断想着这句话。”

---

①《阿伽门农》是希腊悲剧家埃斯库罗斯的代表作。

“我可怜的裘德——你可是什么东西也没有得到啊！——你失去的比我还多，我到底得到了你！想想看，你没有任何人帮助，靠自己读书竟然知道了那些知识，然而却过着穷困潦倒、沮丧绝望的生活！”

就这样她的注意力被暂时转移开，但之后悲痛又会像波浪一样向她涌来。

验尸陪审员按时到达，观察了尸体，然后验尸开始；接着在次日忧伤的早晨举行了葬礼。报纸对此事作了报道，招来一些好奇的闲人，他们站在那儿，像在数着那些窗格玻璃和墙上的石头似的。他们对于这对男女的真正关系感到怀疑，这就使其好奇心又增添了一份热情。淑最初说她要送那两个小孩去坟墓，但最后走时支持不住了，所以她躺在那儿时，两具棺材被悄悄抬出了寓所。裘德钻进一辆马车，然后它便开走了，使房东大松了口气。现在只有淑她的行李要打发了——他希望在当天过些时间也全部清除走，以免自己的寓所再臭名远扬——这个坏名声都是由于本周他老婆不幸收下那些外地房客造成的。下午他私下和房主商量，他们都同意，假如发生的悲剧引起人们对这个房子的反感，他们就要设法将门牌号换掉。

裘德看着两口小棺材——一个装着小裘德，另一个装着最小的两个孩子——被安放进了坟地里，之后他急忙赶回淑的住处。她还在自己房间里，所以他当时没有去打扰她。可是他心里仍焦急不安，大约4点钟时又回来了。女房东心想淑还躺在床上，但去看了后回来对他说她根本不在寝室里。她的帽子和短上衣也已不见踪影：说明她已经出去了。裘德又急忙赶到他住的那家小旅店。她没去那儿。他想了想她可能去的地方，便沿路去了公墓，走到里面，一直来到不久前才为孩子们举行葬礼的地点。由于这场悲剧，一些闲人也曾跟着来到这里，现在他们全部走了。只见一个双手拿着把铁铲的男人，正往那3个孩子共同的坟墓里填土，可是一个极力哀求的女人抓住他的手臂进行阻拦，她正站在已填了一半的坑里。原来她就是淑，穿着带颜色的衣服——她丝毫没想到换上他买好的那身丧服——但是她这身穿着，看起来比通常的丧服更使人悲哀。

“他在把孩子们埋了，我要再看一眼他们才可以埋的！”她看见裘德后发疯地叫道。“我还想再看他们一眼。啊，裘德——求求你，裘德——我想看看他们！我不知道在我睡着时你会把他们带走！你说过，在孩子们放进棺材里钉好前，我是应该再看他们一眼的；可你没让我看，却把他们弄走了！啊，裘德，你对我也是一样残酷呀！”

“她一直让我把坟再挖开，打开棺材。”拿铁铲的男人说。“你看她这副样子，该把她带回家去才是。看来不应该怪她，可怜的人。现在不能再把它们挖出来了，夫人。快和你丈夫回家去吧，别难过啦，感谢上帝你不久又要生孩子了，那样你就会得到安慰的。”

可是淑仍可怜巴巴地说：“难道我就不能再看看他们了吗——就一眼！行不？只看一分钟好吗，裘德？不会耽误多长时间的！那样我就会满足了呀，裘德！假如你让我再看一眼，我会很满足的，会永远对你服服帖帖，好不好？看过之后我会安安静静回家，再也不会想见他们了！好吗？为什么不行呢？”

她就这样不断哀求着。裘德悲伤不已，几乎感到自己要去说服那个男人同意她的要求了。可是这样做毫无益处，并且还会使她的情况更加糟糕；他认识到必须立即把她带回寓所。于是他就哄着她，温柔地低声安慰她，搂着她的身子把她扶住，最后她才无可奈何地听了他的劝说，被带出了墓地。

他想租一辆马车把她送回去，可是因为手头太拮据，她不让他那样做。他们便慢慢往回走，裘德戴着黑纱，她穿着褐红色的衣服。他们本来那天下午要搬到另一个寓所去，可是他认为那样不合实际，所以仍按时回到了现在令人厌恶的寓所。淑马上就躺到了床上，他去请来医生。

裘德整个晚上都在楼下等着。很晚时他听说胎儿早产了，不过也像其他一些孩子一样，已命归西天。

3

淑渐渐地已恢复过来，虽然她曾希望一死。裘德也在他的老行当里找到了工作。他们现在已搬到另外的寓所，地点在“比尔谢巴”那一面，离讲究礼仪的圣西拉[1]教堂不远。

他们常默默无言地坐着，内心怀着不祥之兆——既感到事事与他们直接作对，又觉得它们在不知不觉地阻碍他们，而前者更甚。当淑的智力像星星一样闪烁发光时，一些模糊离奇的想象曾萦绕着她心际：她似乎觉得，世界就像是梦中作的一首诗或一支曲子，人在朦朦胧胧时它似乎美妙绝伦，而在完全清醒时它则显得毫无希望，荒谬可笑；上帝像梦游者一样机械呆板，而不像哲人一样深谋远虑；在形成世间的各种状况时，人们好像从来没有想到，受这些状况支配的人当中，有一部分人的悟性会发展到现今会思想、有教育的人所达到的程度。而生活的折磨，使得抽象的敌对势力呈现出具体的人形来，裘德和她过去那些模糊的想象，现在由一种意念取而代之：就是他们觉得自己正在逃避着一个迫害者。

“咱们只好顺从了！”她悲哀地说。“主宰我们的上帝，把自古以来所有愤怒都发泄到了我们这两个可怜虫身上，所以我们不得不屈服，此外别无选择。与上帝作对是毫无用处的！”

“咱们只是反抗人和不合情理的环境罢了。”裘德说。

“对呀！”她咕哝道。“我刚才一直在琢磨什么来着！我像个原始人一样迷信起来！……可不管我们的敌人是谁或是什么，我都被吓得只好屈服了，我已失去一切抵抗力量和进取精神。我被打败了，打败了呀！……‘我们成了一台戏，给世人和天使观看了！’如今我总这样说。”

“我也有同感！”

“咱们怎么办呢？你现在有工作干了，可是记住，这或许只是因为我们的经历和往事还绝对无人知道……假如他们知道了我们的婚姻并非正式的，可能会像在奥尔德布里克汉一样把你赶走！”

“我也说不清。或许他们不会那样做。不过，我想我们应该让自己的婚姻合法化——你能出门了咱们就去办理。”

“你认为我们应该吗？”

“当然。”

裘德陷入沉思。“近来我似乎觉得，”他说，“自己属于那种品德美好的人极力躲避的一大帮人之一——所谓的诱奸者。一想到这儿我就惊愕不已！我过去没有意识到这一点，也没有意识到对你做过什么不道德的事，因为我爱你胜过爱我自己。然而我真是那些人中的一个啊！不知道他们中有没有谁和我一样愚笨无知，头脑简单？……不错，淑——我就是那样的一个人。我勾引了你……而你曾是一个与众不同的人——一个精美的生物，大自然本是要让你完整无损的。但是，我又怎么能不去打扰你呢！”

“别，别，裘德！”她急忙说道。“你并不是那种人，别那样责怪自己了。假如要怪谁的话，就怪我好啦。”

“我曾支持你下决心离开菲洛特桑；假如不是因为我，你也许就不会逼他让你走了。”

“我也一定会的。就我们自己而言，我们没有达成合法婚约这个事实，对于我们的结合倒是起到了挽救作用。因为，我们可以说避免了使那庄严神圣的第一次婚姻受到侮辱。”

“庄严神圣？”裘德大为吃惊地看着她，然后才逐渐意识到她已不是早些时候的那个淑了。

“是呀，”她说，话语有点儿发抖，“我产生了一些可怕的恐惧，

---

①圣西拉，早期基督教会的先知，传教士。

一种可怕的感觉——我自己的行为是蛮横无理的。我想到过——我还是他的妻子哪！”

“谁？”

“理查德。”

“天哪！最亲爱的——为什么呢？”

“啊，我也说不清楚！我只是有了那种想法。”

“这都因为你意志薄弱——那可是一个不健康的怪念头呀，毫无道理或意义！别让这事烦你了。”

淑忧虑不安地叹了口气。

现在他们的经济状况有了改善——这要在早些时候他们是会感到欣喜的——因而抵消了上述谈话带来的不快。裘德几乎一到那个地方就在老本行里找到了一份好工作，这真是大出意料，加之夏日的天气又有利于他虚弱的体质。表面看来他的日子过得单调乏味，千篇一律，但在他饱经沧桑之后，这可是非常可喜的事了。人们似乎忘记了他曾有过尴尬异常的行为。每天，他都要爬上那些他永远进不去的大学的护墙和墙头，修复他永远不会站在旁边观看的直棂窗破碎的石灰石，好像他只一心一意干活，从来没有别的念头。

他还产生了如此变化：如今不再常去教堂做礼拜了。有一件事是最使他心烦意乱的，就是自从那个悲剧发生后，他和淑的思想便开始背道而驰。种种遭遇使他对于生活、法律、习俗和教理的见解更加开阔，但在淑身上却没有起到同样作用。她已不再是过去那个颇有独立性的女人，那时她的心智像光耀的闪电一样，对传统和礼俗加以嘲笑攻击——而他对它们当时是怀着崇敬之情的，尽管现在不这样了。

一个礼拜天的晚上他很晚才回到寓所。她不在家，不过一会儿后就回来了，他发现她沉默不语，满怀思虑。

“你在想啥呢，我的爱人？”他心怀好奇地问。

“哦，我也说不清楚呀！我只想到，咱们俩的行为是自私自利、漫不经心甚至亵渎上帝的。咱们的生活是在徒劳无益地追求自我快乐。然而克制自我才是更崇高的道路。我们应该禁欲才对——多么可怕的肉欲啊——这是亚当的祸根！”

“淑！”他低声说道。“你怎么啦？”

“我们应该继续献身于要求我们尽职的圣坛！但我却总是极力去做使自己中意的事。所以我受到如此的严惩真是罪有应得！我真希望自己身上的邪恶、一切滔天大错和不道德行为被什么东西驱除干净才好！”

“淑——我这深受苦难的人儿啊——你身上并没有女人的那种邪恶。你天生的本能是非常健康的，也许只是不像我所希望的那么富有激情罢了！但你善良、可爱而纯洁。还有，正如我以前常说的，你是我所知道的世上最虚无缥缈、最不世俗的女人，但又并非没有人的那种性感。可是你现在的言谈怎么会和过去大不一样了呢？咱们并没有自私自利，除非我们不那样别人便得不到好处时。你过去常说人性是高尚的，能长期忍受苦难，而不是邪恶腐败的，我最终也相信了你说得不错。但现在你对人性的看法好像已一落千丈了！”

“我想有一个谦恭的心灵，有一个纯洁的思想，可是我却没有得到！”

“无论作为一个思想者还是探索者，你过去都是勇敢无畏的，你还应该得到我更多的钦佩。我当时心里充满了狭隘的教条，看不到这一点。”

“别那样说了，裘德！我希望我的每一个大无畏的言词和思想，都从我的生活中连根拔掉。自我克制——这是我最需要的！那也不是很丢脸的事。我真想用针扎遍全身，把所有的邪恶驱除干净！”

“嘘！”他说，让她那张小脸紧贴在自己胸前，好像她是一个婴儿。“都是因为失去了那几个孩子你才变成这样！你不应该有这种悔恨，我的含羞草，该悔恨的是世上那些邪恶的人——可他们却又从来不感到悔恨！”

“我不应该这样下去了。”她依偎在他胸前很久后低声说。

“为什么呢？”

“这是在纵容自己。”

“还是你那一套呀！可是难道竟然还有比我们相亲相爱更好的事吗？”

“有的。这要看是哪一种爱，你的爱——咱们的爱——就是错误的。”

“我可不这么认为，淑！好啦，你希望咱们什么时候去教堂法衣室签字结婚呢？”

她停了片刻，不安地抬起头。“永远不。”她低声说。

他没有完全懂得她的意思，静静地接受了她的反对，一言不语。几分钟后，他以为她睡着了，但还是轻轻地说着话，结果发现她一直都清醒得很。她坐直身子，叹了口气。

“你今晚身上有一股无法形容的奇怪气味和气氛，淑。”他说。“我不但指精神方面，也指你身上的衣服。有一种植物的气味，我好像知道是什么，可又记不起来。”

“是焚香时的香烟味。”

“香烟味？”

“我去了圣西拉教堂做礼拜，被那儿的香烟熏过。”

“啊——圣西拉。”

“是的，我有时要去那儿。”

“真的吗，你会上那儿去！”

“你瞧，裘德，在周日上午你出去上班时，这儿是很寂寞的，因此我就想到——想到我的——”她停住话，喉头哽咽，直到好些后才又继续说道：“我已开始常去那里了，因为它很近。”

“哦，唔——当然，我也没说什么反对的话呀。只是对你来说有些奇怪。他们几乎想不到自己中间有一个什么样的家伙！”

“你这是什么意思，裘德？”

“唔——讲明白了，就是说有个怀疑基督教的人。”

“在我烦恼的时候，你怎么还能这样来让我痛苦呢，亲爱的裘德！不过我知道你并不是那个意思。可你也不应该那样说呀。”

“我再不说了。但我确实非常吃惊！”

“瞧——我想另外告诉你一件事，裘德。你不会生气的，是吗？自从小宝宝们死后，这事我想了很多。我想我不应该再继续做你的妻子——或者以你的妻子自居了。”

“什么？……可你现在是我妻子呀！”

“从你的观点看是，但——”

“当然我们以前是害怕仪式的，很多人处在我们的位置也会那样——我们有充分的理由害怕。但经验证明了我们是怎样错误判断了自己，怎样过分估计了我们的弱点；假如你已开始敬重礼节和仪式——你好像是这样——而又拒绝咱们马上去把婚礼举行了，我就真搞不懂了。除了在法律上之外，无论从哪方面讲你毫无疑问都是我妻子。你刚才说那些话是什么意思呢？”

“我认为我并不是你妻子！”

“不是？但假如我们已经举行了婚礼呢？那样你就会觉得是我妻子了？”

“不会。即使那样我也会觉得不是，甚至比现在的感觉还更糟。”

“为什么会这样呢？这真是太违反常情了，亲爱的。”

“因为我是理查德的妻子。”

“哈——你以前对我也暗示过这个荒唐的想法！”

“那时我只不过有一点这种感觉罢了，随着时间流逝，我对此越来越深信不疑——我要么是属于他的，要么谁都不属于。”

“我的老天爷——咱们真是变了个样！”

“是的，也许。”

几天以后，在这夏季的一个黄昏，他们正坐在楼下一间小屋里时，这所木匠的房子(他们就寄居在此)的前门传来敲门声，一会儿后便有人拍他们房间的门了。来人已先一步推开门，跟着出现了一个女人。

“福勒先生在这儿吗?”

裘德和淑先是吃了一惊，因为说话的人竟是阿拉贝娜；然后他机械地回答说在。

他拘谨刻板地请她进来，她在窗旁的长凳上坐下，在天色的映衬下他们清晰地看见她的身影；可是她并没什么特征使他们能够估计到她整个的处境和状况。不过什么东西好像在预示，她的处境并不如卡特勒特在世时那么使她愉快舒适，衣着也没有那么富有生气了。

三个人试图要谈论那场悲剧，但显得很尴尬；那事一发生后裘德就感到有责任马上告诉她，但她却始终没给他回信。

“我刚从墓地过来，”她说，“我去打听并找到了孩子的坟。我不能来参加葬礼——但还是谢谢你请我来。这一切我在报上都看到了，当时感到自己来也是多余的……不，我当时不能来参加葬礼。”阿拉贝娜又说了一遍。她好像想做出一副通常那种大难临头的样子，却完全无法做到，而只是笨拙地重复着自己的话。“不过还好，我找到了那个坟。裘德，你能为他们竖一块很好的碑吧，这可是你的本行。”

“我会的。”裘德阴郁地说。

“他是我的孩子，我自然为他难过。”

“我也这样想。我们都难过呀。”

“不是我的那两个孩子，我倒没有这么为他们难过，这本是自然的。”

“当然。”

这时从淑坐着的那个黑暗角落传来一声叹息。

“我过去经常想让自己的孩子回到我身边。”卡特勒特夫人继续道。“那也许就不会弄出这样的事了！可我当然不愿意硬把他从你妻子身边夺走。”

“我并不是他妻子。”又传来淑的声音。

她突如其来的话使他顿时哑口无言。

“啊，我真的请你原谅。”阿拉贝娜说。“我原以为你是呢。”

从淑的声调里，裘德已经知道她的话中潜藏着她那些超常的新观点；但除了它们表面的意思外，其余一切含义阿拉贝娜自然是领会不到的。淑声称的话使阿拉贝娜显得大吃一惊，之后她才回过神来，又继续心平气和、直言不讳地谈起“她的”儿子来——尽管这个孩子在世时她毫不关心，但现在她却表现出一种礼节上的悲哀，好像只有这样良心才过得去。她间接地提到往事，谈到某个问题时还征求淑的意见。但是没有回音：原来淑已经无影无踪地离开了这个房间。

“她刚才说她不是你妻子？”阿拉贝娜换了一种口气问。“她干吗要那样做呢？”

“我不能告诉你什么。”裘德简短地说。

“她是你妻子，对吧？她告诉过我的。”

“我可不去评论她的话。”

“啊——我明白了！唔，我该走啦。今晚我住在这儿；我想在我们共同经历了那番痛苦后，我至少得来看看你。我就在过去当酒吧女的那个地方过夜，明天回奥尔弗雷兹托去。我父亲又回国来了，我和他一起生活。”

“他从澳洲回来了？”裘德慢吞吞地问，感到好奇。

“嗯，在那儿再也过不下去，吃了不少苦。我母亲死于痢——你们叫什么来着——那是在炎热的天气中死的，因此我父亲就带着另外两个孩子回来了。他在我们原来的地方附近租了一所小房子，我为他照管着家。”

裘德的这位前妻表现出那种有着严格的良好教养的老一套样子，即便淑不在旁边；她只让自己停留几分钟便走了，因为这才符合她最高尚的体面行为。她走后裘德感到莫大安慰，赶到楼上去叫淑——他焦急不安，不知道她情况怎么样。

没有回音，做木匠的房东说她还没有回来。裘德觉得摸不着头脑，时间又越来越晚，他为她迟迟不归非常惊慌。木匠又叫来他老婆，她推测淑可能去了圣西拉教堂，说她常去那儿。

“这么晚了肯定不会去吧？”裘德问。“现在已经关门了。”

“她认识那个掌管钥匙的人，随时要钥匙进去都可以。”

“她这样做已经有多长时间？”

“哦，大约几个礼拜，我想。”

裘德恍恍惚惚地朝着教堂的方向走去，自从若干年前他在那边住过后就再没去那里了，当时他那些幼稚的观点比现在的更加神秘玄妙。这个地方此时已不见人影，不过门无疑没有锁，于是他一声不响地拉开门闩，进去后又随手把门关上，静静地站在里面。教堂里一片沉寂，但似乎有一种微弱的声音从另一端传来，听着好像是人的呼吸声或啜泣声。教堂内昏暗朦胧，只被外面最微弱的夜灯反射到一丝光；他在暗中朝着那个方向移去，因为铺着地毯，所以听不见他的脚步声。

在高高的圣坛台阶之上，裘德隐约看见一个巨大坚固的拉丁式十字架——大概制作得与设计的原型一般大。它似乎用隐形的铁丝悬挂在空中，上面镶着一些大宝石，它们由外面射进来的微光照着，也发出极弱的光来，因为十字架在悄无声息、难以觉察地左右摆动。在下面的地板上有一堆像黑衣服似的东西，并且从那儿又传来他先前听到的啜泣声。那正是淑的身躯，她拜倒在地上。

“淑！”

顿时出现一种白色的东西——她已转过脸来了。

“怎么——我在这儿你也来找吗，裘德？”她几乎是严厉地问。“你不应该来的！我想单独呆一下！你干吗要闯到这里来？”

“你怎么能这样问我！”他很快反驳道，责怪她；她以这样的态度对待他，使他的心彻底受到了伤害。“我干吗要来？我倒想知道，如果我无权来，谁又有权来呢！我爱你胜过爱我自己——胜过你对我的爱，远远胜过你对我的爱！你为啥要离开我一个人跑到这里来呢？”

“别再指责我了，裘德——我受不了啦！我不是经常这样对你说吗。你必须要容忍我现在这个样子。我是个可怜虫，叫心烦意乱的事弄得沮丧不堪！阿拉贝娜来的时候我真受不了啦——我感到痛苦万分，只好走开。她好像仍然是你妻子，而理查德仍然是我丈夫！”

“可他们与我们毫无关系啊！”

“不，有关系的，亲爱的朋友。我现在对婚姻的看法和以前不同了。小宝宝们被夺走后我就看到了这一点！我的孩子们被阿拉贝娜的孩子害死就是一个报应——正确的杀死错误的。唉，我该怎么办呢！我真是一个邪恶的家伙——太卑鄙无耻了，怎么能和普通人混在一起！”

“这太可怕了！”裘德说，几乎要流下泪来。“你并没有做什么错事，却如此悔恨，这太离谱啦！”

“啊——你并不知道我有多坏！”

他感情激烈地回答：“我知道！每一点一滴我都知道！你让我恨透了基督教，或神秘主义，或僧侣主义，或不管叫什么——假如那就是使你这样堕落的东西。一个女诗人，一个女先知，她的灵魂曾像钻石一样闪光——世上所有的贤人们假如知道了你，也会为你自豪的——但她竟然会使自己自卑自贱到这般田地！我很高兴我早就与上帝无关了——百分之百地高兴——假如上帝会这样来把你毁灭掉的话！”

“你生气了，裘德。你对我这么狠心，又不明白是怎么回事。”

“那么和我一起回家吧，最亲爱的，也许我会明白。我太焦虑了——你刚才也很失常呀。”他搂着她把她扶起来，但是尽管她跟着走了，却不愿让他扶着，而是自己往前走去。

“我并不讨厌你，裘德。”她用一种温柔、哀求的声音说。“我和从前一样爱你！只是——我不应该——再继续爱你了。啊，我一定不能再爱你了！”

“我不能接受这一点。”

“可是我已拿定主意，我现在不是你妻子了！我是属于他的——我已神圣地与他终生结合在一起。什么东西都无法改变！”

“但我们的的确确是夫妻吧，假如世上真有夫妻的话？毫无疑问，咱们的婚姻是‘自然’的！”

“但不是上帝的。上帝在梅尔彻斯特的那个教堂里，为我安排了另一个永恒的婚姻。”

“淑呀，淑——你太痛苦了，才这样失去理智！在许多事情上你改变了我的看法，使我也有了你的那些观点，可是现在我发现你的观点竟来了一个一百八十度的转变！而你那样做又毫无理由，仅仅由于感情的原因，就把你以前说过的话搅得混乱不堪！我过去曾把教会当作一个老朋友，可我对它的这点感情和敬意，都被你连根拔掉了！……我对你所不能理解的是，你现在对于自己过去的逻辑竟然完全视而不见。这是你的个性呢，还是女人的共性？从根本上说女人是一个思想单位呢，还是仅仅为总是缺少完整的一个部分？你曾经怎样争辩说，婚姻只不过是一个愚笨的契约——事实也如此——怎样竭尽全力反对它——认为它实在荒谬绝伦！如果我们过去快乐的时候，2 加 2 等于 4，那么现在一定也等于 4 吧？我再说一遍：我真弄不明白！”

“哦，亲爱的裘德，那是因为你像一个完全耳聋的人在观看人们听音乐一样。你说‘他们在看什么呢？那儿什么也没有啊。’但事实上是有的。”

“你这话确实不容怀疑，然而与我们说的实在没有相似之处！你曾抛弃了偏见的陈旧外壳，也教会了我这样去做，而现在你却背叛了自己。我承认，我对你的评价真是荒谬可笑到了极点！”

“亲爱的朋友，我惟一的朋友，请别对我如此严厉！我现在这样自己也没办法啊，并且我深信自己是对的——我终于看见了光明。但是，喔，我怎么能从中受益呢！”

他们往前再走几步便出了教堂，然后她去把钥匙还了。“难道这就是那个姑娘，”她回来后裘德说道，此时他来到宽阔的街上，心情又开朗了一点，“难道这就是把异教神像带到这个最信奉基督教的城市来的那个姑娘吗？——就是在丰特奥韦小姐用脚踩碎那些神像时，嘲弄地学她样子的姑娘？——就是引用过吉本、雪莱和穆勒的诗文的姑娘吗？那可爱的阿波罗哪里去了？还有那可爱的维纳斯呢！”

“啊，别，别对我如此狠心，裘德，我多么苦恼呀！”她呜咽着。“我真受不了啦！都是我过去的错——我无法跟你评理。我以前错了——太自以为是、骄傲自满！阿拉贝娜的到来就使那一切结束了。别讽刺我：它像刀一样扎在我身上！”

街上静悄悄的，这时他突然紧紧抱着她，在她没来得及阻止前便热烈地亲吻起来。他们又朝前走去，来到一家小咖啡店。“裘德，”她说，抑制住眼泪，“你在这儿找个住处好吗？”

“好吧——假如——你真的愿意？但是你真希望这样？你让我到咱们住的地方，先弄明白了你的意思再说。”

他于是走过去，把她领进寓所里。她说她一点晚饭也不想吃，便在暗中摸索着上了楼，划燃一根火柴。她转过身发现裘德也跟着来了，已站在寝室门口。她朝他走过去，把手放到他手里，说了声“晚安”。

“可是淑！咱们不是一块儿住在这里吗？”

“你说过你会照我的意愿去做呀！”

“不错，很不错！……也许我和你的争论太让人厌烦了，那是不对的！也许，既然我们最初不能诚心诚意照传统方式结婚，我们早就应该分手。也许这个世界还不是那么开明，不能接受我们这样的试验！我们算什么呢，竟然想做先锋！”

“不管怎样，我很高兴你清楚地看到了这点。我原来的行为绝不是经过深思熟虑的。由于心怀嫉妒，焦虑不安，我才误入歧途！”

“可是一定也由于爱吧——你爱过我吗？”

“爱的。不过我曾希望就此止步，永远只像两个情人一样，直到——”

“但是相爱的人不可能一辈子那样生活呀！”

“女人可能，男人才不可能，因为他们——不愿意。一个普通女人在这方面比一个普通男人强——她从来就不去挑动，而只是响应。我们本应该只求心灵相通就是了，如此而已。”

“我就是引起这种变化的祸根，正如我说过的！……好啦，就依着你吧！……但是人的天性无法改变。”

“喔，是的——那正是我们不得不学会的——自我克制。”

“我再说一遍——假如要怪我们哪一个，该怪的是我而不是你。”

“不对——应该怪我。你的邪恶，只不过是男人要占有女人的那种自然欲望。而我的邪恶并不是与之相应的愿望——直到接下来嫉妒促使我把阿拉贝娜赶走时。我还曾想，我应该仁慈宽厚一些，让你接近我——再像我折磨另外一个朋友那样折磨你，我就未免太自私了，那真是该死。可假如不是因为我害怕你回到她身边去，精神上受不了，我是不会让你得寸进尺的……不过咱们别再说这事啦！裘德，现在你让我一个人呆着好吗？”

“好吧……可是淑——我的妻子，因为你是我的妻子呀！”他突然大叫起来。“毕竟说来我先前对你的责怪没有错。你从来没像我爱你一样爱过我——从来没有！你对我的爱并不热烈——你的心并不会燃烧成一团火焰！总的说来，你是某种仙女，或某种幽灵——而不是一个女人！”

“最初我并不爱你，裘德，这我承认。我当初认识你时，只想要你爱我就行了。说实在的，我对你并没有当真，而只是因为我身上有一种与生俱来的欲望，它几乎比放纵的情欲更严重败坏了一些女人的道德——就是去把男人吸引住，迷惑住，而却不顾及到它可能会给男人造成伤害。但当我发现自己已经把你吸引住时，又感到惊恐不安。后来——我也不知道是怎么回事——我就不忍让你离开我了——也许又回到阿拉贝娜那里去——所以我逐渐爱上了你，裘德。可是你瞧，不管最后我们如何相爱，我最初的愿望都是自私残酷的：只想让你为我心疼，而不想让我为你心疼。”

“现在你又要离开我，对我更加冷酷无情了！”

“啊——是的！我越往前挣扎，就越给别人造成伤害！”

“啊，淑呀！”他说，突然意识到自己的危险。“别为了讲道德而做不道德的事情！就社会生活而言你可是作了我的救星。看在仁慈的份上请你别离开我吧！你知道我是一个多么软弱的人。你知道我的两个主要敌人——在女人面前软弱无能，在烈酒面前容易冲动。别只为了救你一个人的灵魂，淑，就不管我了，让我重蹈覆辙！自从你成了我的守护神以后，那两个敌人就彻底被我远远地赶跑了！自从我有了你，遇到那样的诱惑我都能安然无恙。难道我的安全不值得让你的信条做出一点点牺牲吗？我感到恐惧，担心假如你离开了我，我又会变成另一种情况：像一头已经洗净了的猪又跑回泥沼中去打滚一样，弄得一身污泥！”

淑突然呜咽起来。“喔，可是你千万不要那样，裘德！你不会那样的！我会日日夜夜为你祈祷！”

“好啦——别往心里去，快别苦恼了。”裘德宽宏大量地说。“老天知道，我那时确实为你受过罪，现在又为你受罪了。不过也许没有你受的罪厉害，因为从长远看最糟糕的事终究都落到了女人身上！”

“的确如此。”

“除非她完完全全是一个卑鄙无耻、不足挂齿的人。但是现在这个女人无论怎样，都决不是那样的！”

淑紧张不安地喘了一两口气。“她是的——我担心是的！好啦，裘德——晚安——求你啦！”

“我非走不可吗？——一次也不能留下来了？既然我们已有过那么多次——唉，淑，我的妻子，为啥就不能了呢！”

“不——不——不是妻子！……我眼下是在你的手中，裘德——既然我已经走到这般地步，就别再把我引诱回去了！”

“好吧，我听从你的吩咐。这方面我是欠了你，亲爱的，当初我对你的请求怎样不屑一顾啊，现在我该为此受罚了。天哪，我过去多么自私！也许……也许男女之间曾经有过的一种最崇高、最纯洁的爱情，都被我毁了！……那么，就把咱们圣堂的幔子从此撕成两半吧！”

他走到床前，拿走上面一对枕头中的一个扔到地上。

她看着他，俯身在床栏上无声地哭泣。“你难道不明白，这都是因为我良心上的原因，而并非我不喜欢你吗！”她沮丧地咕哝道。“不喜欢你！不过我不再说什么了——我的心都碎了——这会把我已开始的一切彻底毁了！裘德——再见吧！”

“再见。”说罢他转身要走。

“啊，可是你应该吻吻我呀！”她说，一下站起来。“我真——受不了啦——！”

他紧紧抱着她，在她那流泪的脸上吻着——过去他是很难得这样做的；他们默默无言地呆了一段时间，最后她说，“再见了，再见了！”轻轻把他推开，挣脱身子，为了尽量减少痛苦她又说道：“咱们以后同样是亲爱的朋友，裘德，是吗？咱们还会见面的——不错！——把这一切都忘掉，尽量像我们很久以前那样，好吗？”

裘德没说什么，转身下楼去了。

4

淑的思想来了一个一百八十度的大转弯，她把那个仍住在马里格林的男人看作是自己不可分离的丈夫。

就在孩子们的惨剧发生前一天，当她和裘德站在基督寺的雨中观看游行队伍朝礼堂走去时，菲洛特桑看见了他们两个。可是他当时对此没向同伴吉林厄姆提一个字；吉林厄姆是他的老朋友，那时正逗留在他住的那个村子里，这次也的确是他提出到基督寺来玩一天。

“你在想什么呢？”回家的路上吉林厄姆问。“想你从来没有得到过的大学学位吗？”

“不，不，”菲洛特桑态度生硬地说，“我在想今天看见的某个人。”过一会儿他又补充道；“是淑珊娜。”

“我也看见她了。”

“可你什么也没有说。”

“我不想引起你对她注意。可是既然你看见她了，就应该说：‘你好，我昔日亲爱的——’什么来着？”

“啊，哦，也许吧。不过你对这个怎么看：我有充分理由认为我和她离婚时，她是清白无辜的——一切错误都在我身上。是的，的确如此！这很尴尬，是吗？”

“不管怎样，她后来显然费尽心力使你的错误变得不错。”

“哼，你这个嘲笑可并不高明。我当时无疑应该等待才是。”

到了本周末，吉林厄姆回到他沙斯托附近的学校去了，菲洛特桑便朝奥尔弗雷兹托的市场走去，这已是他的习惯。他一边沿着那个长长的山坡往下走——他比裘德还先知道这座山的，尽管他在自己一生中并没有像裘德一样在这上面往返那么多次——一边又思考着阿拉贝娜说的那些情况。到镇上后，他买了一份平常那种地方性周报，在一个客栈里坐下休息，以便再往回走几英里路；趁这个时间他从衣袋里取出报纸看了一会儿。那篇“石匠的孩子们奇怪自杀”的报道引起了他注意。

尽管他是一个不易激动的人，但这件事仍使他深感痛苦，并且十分迷惑，因为报上说的那个大孩子的年龄他弄不明白。不过，报上的消息在某些方面无疑是真实的。

“他们的一杯苦酒现在也斟得满满的啊！”他说，对于淑琢磨了又琢磨：她离开他后又得到了什么呢？

阿拉贝娜已在奥尔弗雷兹托住下来，菲洛特桑每周六都要来这儿赶集，难怪几个礼拜后他们又碰见了。确切时间是在她刚从基督寺回来的路上；她这次在那儿呆得比原先打算的久得多；她不无兴趣地注视着裘德的行动，尽管他并没有再看见她。菲洛特桑正往回赶路，突然遇见了阿拉贝娜，她迎面朝着镇上走去。

“你喜欢走这条路，是吗，卡特勒特夫人？”他说。

“我只是才又开始在这条路上走了。”她回答。“我做姑娘和妻子时就住在这里，我过去生活里所有那些有趣的事情，都与这条路密切相关。那些事情近来又搅得我激动不安，因为我刚去了基督寺。不错，我又看见裘德了。”

“啊，那场可怕的灾难对他们怎么样了？”

“非常——奇怪——真是——非常奇怪！她不再和他一起生活。我离开前才听到这件确切的事。虽然我那次拜访了他们之后，从他们的态度上我就认为事情在朝着那方面发展了。”

“没有和她丈夫一起生活了？唉，我以为那场悲剧会使他们结合得更紧密呢。”

“毕竟说来，他并不是她丈夫。她绝没有真正和他结婚，尽管他们像夫妻一样生活了这么久。如今他们遭到这样悲惨的事，但却并没有在这时抓紧按照法律手续把婚事办了；她倒接受了一种奇特的宗教方式，正如我在失去卡特勒特遭受痛苦时那样，只是她的那种方式比我的更出奇。我听说，她认为在上帝和教会的眼里她是你妻子——只是你妻子，任何人的行为都不可能使她成为别人的妻子。”

“啊——真的？他们已经分手了吗！”

“你瞧，那个最大的男孩是我儿子——”

“啊——你的儿子！”

“是啦，可怜的小家伙——谢天谢地，他可是我正式结婚生的呀。也许最重要的一点就是她感到她的位置应该由我取代。我也说不准。不过就我来说，我不久要离开这里了。我要照料父亲，我们可不能住在这样一个无聊的地方。我希望不久在基督寺或某个大城市的酒店里再找个事做。”

然后他们便分手了。菲洛特桑往山坡上爬了几步后又停下，急忙转身叫住她。

“他们现在——或过去的住址你知道吗？”

阿拉贝娜告诉了他。

“谢谢。再见！”

阿拉贝娜现出狰狞的笑容，继续往前走去，从那些截去了梢的柳树开始，到市镇第一条街的那些老贫民所，一路上她都在脸上做着酒窝。

与此同时菲洛特桑朝着高处的马里格林走去，在经过了一段漫长的岁月之后，他第一次眼前又出现了希望。他从草地上那些大树下穿过去，来到简陋的校舍前站了一会儿——他是被贬到这里来的——想象着淑从门口跑出来接他。菲洛特桑太宽厚仁慈了——无论是基督教徒的还是异教徒的仁慈——所以才把淑放走；他为此而遭遇的麻烦，是无人能比的。他被那帮讲仁义道德的人逼得四处碰壁，几乎忍无可忍。他曾经几乎要饿死，现在完全靠着这所村小学里微薄的工资度日（那位牧师曾因为像朋友一样帮助他，而被人们说三道四）。他经常想到阿拉贝娜说的话：他本应该对淑更严厉一些，她的顽强固执要不了多久就会屈服。然而他自己却是一个顽强固执、自相矛盾的人，对于别人的意见和自己被灌输的原则，一概置之不理；所以他深信自己对待妻子的行为是正确的，这种信念从没改变。

原则假如由于某一种感情而受到破坏，那么也容易由于另一种感情遭到同样的不幸。他过去凭着本能给了淑以自由，现在这种本能又使他并没因为她去和裘德生活了，就认为她更坏。他仍然还以自己离奇的方式向往着她，假如他并不是爱她的话；他也不管什么方法对策的，不久便感到她如果又回到他身边来他会感到高兴——只要她来是出于自愿。

但他发现用点心计也有必要，以便阻挡世人冷酷无情、毫无人性的轻蔑的狂风。他眼下便有现成的材料。他可以找出体面的托词，说他过去对于淑的看法是错误的，不应该和她离婚，并因此让她回到自己身边，重新和她结婚；这样他也许还可以得到一些安慰，恢复原来的工作，也许会回到沙斯托小学去——如果不能成为一名正式牧师进入教会的话。

他打算给吉林厄姆写封信去，了解一下他有什么意见，以及对他菲洛特桑要给淑去封信的事有什么看法。吉林厄姆自然回信说，既然她已离开了他，最好就别再管她了。他还认为，要说她是谁的妻子，她就只能是那个男人的妻子——她为他生了3个孩子，并同他一起经历了悲惨离奇的生活。因为那个男人对她的依恋之情似乎异常强烈，所以这对不同寻常的人在一定的时候可能会合法成婚，那时一切都将会好起来的，会变得体面正常的。

“可是他们不会——淑不会的！”菲洛特桑独自叫道。“吉林厄姆太注重实际了。她已经受到基督寺的思想和教育的影响。她认为婚姻是不能解除的，我很清楚地看到她的这种观点，并知道它们是从哪里得来的。它们和我的看法不同，不过我可以利用它们来促进我的观点。”

他又给吉林厄姆回了一封简短的信。“我知道我是完全错误的，不过我还是不能同意你的意见。至于说她和他已生活在一起，并为他生了

3个孩子，我的感觉是(尽管我不能按照过去的方式，提出任何逻辑上的或道义上的辩护)她仅仅才完成了自己的教育而已。我会给她写信的，了解一下那个女人说的话是否真实。”

既然他写这封信时就已决定了要这样做，便根本没有什么理由再给朋友去信。然而，菲洛特桑是一个习惯于这样做事的人。

因此他经过仔细推敲，认真琢磨，给淑写了一封正式的信；由于知道她性情容易激动，他便在字里行间不时显露出拉达曼堤斯①的那种严厉态度，小心翼翼隐藏起自己异教的感情，以免使她担惊受怕。他陈述说，他知道她的观点发生了很大变化，所以感到他必须告诉她，自从他们分手后他所经历的种种事情也大大改变了他的观点。他并不向她隐瞒这个事实：他给她写信并非因为他还怀着热烈的爱。他这样做是希望他们两个的生活——假如并不成功的话——至少不要太惨败，因为他们正受着如此威胁——这都因他过去照着自己所认为的正义、仁慈和理性的原则行事所致。

他发现，在我们这样一个古老的文明里，过度放纵自己天生的、不受约束的正义感和公平感，必然是要受到惩罚的。假如你希望享有一般人的舒适和荣誉，你就必须照后天学得的、培养而成的正义感和公平感行事，而不要去理睬天然的爱心。

他建议说，请她到马里格林来找他。

但是转而一想，他又把信末倒数第二段去掉，重抄一遍后就立即寄出去了，然后十分激动不安地等待着结果。

几天以后，基督寺的“比尔谢巴”郊区笼罩在一片白雾里，一个人影穿过浓雾，来到裘德·福勒现在的住处——他自从和淑分居后就住在这里。然后传来了胆怯的敲门声。

①拉达曼堤斯，铁面无私的希腊神话人物，冥国的3个判官之一。

那是傍晚时分，他在屋里。他产生了一种预感，于是赶紧一纵身冲到门口。

“你和我一起出去好吗？我不想进屋里来。我想——想和你谈谈——和你一起到墓地去一趟。”

淑说这些话时声音颤抖着。裘德戴上帽子。“这样出去，外面太阴沉了。”他说。“不过如果你不想进来，也没关系。”

“是的——我不想进来。我不会耽搁你太久的。”

开始裘德感到很激动，不知道接下来说什么好；而她也是相当紧张，当初的力量似乎跑得无影无踪。他们穿过白雾，很长时间就像是阴间的幽灵一样，没有声音，没有手势。

“我想告诉你件事，”她片刻后说，声音一会儿快，一会儿慢，“这样你就不会道听途说了。我打算回到理查德身边去。他已经——那么宽宏大量地——答应了原谅我的一切。”

“回去？你怎么能——”

“他打算和我复婚。那都是为形式起见，为了满足这个世界的要求——它并不以事情的本来面目去看待它们。不过我当然已经是他的妻子了，任何事情都没有改变这一点。”

他怀着极大的痛苦转向她。

“可你是我的妻子啊！是的，你是我妻子。你知道这一点。我一直后悔为了顾及面子，我们那次装作离开，回来后便假装已经合法结婚。我那时就爱你，你也爱我，我们便结合到了一起，那就是我们的婚姻。我们现在还仍然相爱——你和我都明白这一点，淑！所以我们的婚姻并没有解除。”

“不错，我知道你是怎么看这件事的。”她回答，绝望地克制住自己。“但是我会和他复婚，正如你会这样说一样。严格说来你也——别在乎我这样说，裘德！——你也应该再把阿拉贝娜——娶回来。”

“是吗？天哪——接下来又该怎样呢？不过如果你和我已经合法

结婚了——我们当时不是差点要那样做吗——又怎么样呢？”

“我也会产生同样的感觉——咱们的婚姻并不是真正的婚姻。我会回到理查德身边去，而不再重复这神圣的婚礼，如果他提出这个要求。但是‘世界和它的习俗也有可取之处’，[①]（我想，）所以我会让步，再举行一次婚礼……别讽刺我，和我争辩，把我身上的那一点生气都毁灭了，我恳求你！我知道我曾经是最坚强的人，也许我那时对你还很残酷。但是裘德，你就以善报恶吧！我是个女人呀，别对我以牙还牙，对我仁慈些。啊，对我仁慈些吧——一个极力想改过自新、可怜巴巴的坏女人！”

他无可奈何地摇摇头，眼睛湿润了。失去孩子给她带来的打击，似乎已使她丧失了理智。她那曾经敏锐的目光已变得昏暗不清。“一切都错了，一切都错了！”他沙哑地说。“邪恶——反常！我要被逼得发疯了。你喜欢他吗？你爱他吗？你明白你并不呀！那只会是你在疯狂地出卖自己的肉体——上帝饶恕我——不错，就是那么回事！”

“我并不爱他——我必须，必须承认这一点——为此我感到最深深的悔恨！但我会去服从他，从中尽力学会去爱他。”

裘德争辩着，极力劝着，恳求着，但她对自己深信不疑，任何东西都阻止不了她。这似乎是她在世上所做的惟一坚定不移的事，而她在此事上的坚定不移，使得她在别的每一个冲动和意愿上，都表现得动摇不定。

“我非常替你着想，让你知道全部真相，并且亲自来告诉你。”她放低声音说。“这样你就不至于从别人嘴里听到消息，而认为自己没有受到尊重。我甚至还向你承认了我并不爱他这个极端的事实。我真没想到自己这样做你会对我如此粗暴！我还打算来请你……”

“在婚礼上把你交给新郎？”

---

① 引自布朗宁的诗《立像与胸像》。

“不是。是把我的箱子——寄给我——假如你愿意的话。不过我想你是不会的。”

“唉，我当然会。怎么——他不来接你吗——不来这儿把你娶走？他不愿意屈尊这样做？”

“不是——是我不让他那样。我心甘情愿回到他身边，正如我心甘情愿离开他一样。我们将在马里格林的那个小教堂里举行婚礼。”

他称她为一个刚愎任性的人——她在这方面实在可悲，裘德为她深感同情，不止一次情不自禁流下眼泪。“像你这样为了悔罪而冲动地自我惩罚的女人，我还从没见过，淑！人家刚刚以为你会勇往直前——这才是合情合理的行为——可你又突然转身绕过拐角跑了！”

“唉，好啦，别再提这些话啦！……裘德，我必须说再见了！不过我本来是想让你和我一起去墓地的。让咱们到那里去告别吧——就在孩子们的墓旁，是他们用生命才使我深深认识到了自己的错误观点。”

于是他们转身朝墓地走去，在请求之后，门为他们打开。淑曾经常去那儿，所以黑暗中也能找到路。他们来到墓前，静静地站在那里。

“我希望咱们——就在这儿分手。”她说。

“好吧！”

“别因为我的信念促使我这样做就认为我太狠心。你对我的宽宏大量、赤胆忠心是无与伦比的，裘德！你在世间的失败——假如你失败了的话——仍然应该受到赞扬，而不是责备。请记住，人类中最优秀、最伟大的人，是那些在世间一无所成的人。每一个成功者都或多或少怀着私心。忠诚者是要失败的……‘爱不求自己的益处。’①”

“咱们对那一章的看法是一致的，我永远可爱可亲的人，咱们就照着它所说的，好离好散吧。当其余一切你称为宗教的东西都不存在时，

①引自《新约·哥林多前书》第13章第5节。

它那些词句将仍然坚不可摧！”

“好啦——别再讨论它了。再见，裘德，我这同命的罪人，最仁慈的朋友！”

“再见，我这误入歧途的妻子。再见！”

5

次日下午，人们熟悉的基督寺浓雾仍然笼罩着一切。淑那细长的身影依稀可见朝着火车站走去。

裘德这天丝毫没有心情去上班。她可能要经过的方向他也是不能够去的。他朝着相反的方向走去，来到一片景色阴郁、奇特的平坦地方，只见水珠从树枝上滴落下来，不时从什么地方传来肺结核病人的咳嗽声——以前他从没来过这里。

“淑离开我了——离开了！”他痛苦地低语。

与此同时她已经坐火车走了，到达“奥尔弗雷兹托路”，从那儿乘有轨汽车到了镇上。她曾让菲洛特桑不要来接她，说她希望自愿回到他身边，回到他的房子，他的家。

那是礼拜五傍晚，小学教师特意选择了这个时间，因为那天4点钟以后直到下礼拜一早晨他都有空。她在黑熊店租的送她到马里格林的一辆小车，照要求在小巷尽头停住让她下了车——那儿离村子还有半英里路程——然后车子带着她的行李先赶到校舍去了。车子回来时她在路上碰见，并问司机老师的房子里是否有人等着。司机说有，还告诉她，她的东西都是老师亲自接过去的。

现在她可以进入马里格林而不会引起太多注意了。她经过了那口井，穿过一片树林，来到另一边那所崭新的小学，没有敲门便拉开了房间的门闩。菲洛特桑照她的要求，站在屋子中间等她。

“我来了，理查德。”她说，脸色苍白，浑身发抖，一下坐进椅里。“我真不能相信——你原谅了你的——妻子！”

“一切我都原谅，亲爱的淑珊娜。”菲洛特桑说。

他这么亲密的称呼使她吃了一惊，尽管他这经过考虑的话说得很平淡。然后她又鼓起勇气。

“我的孩子们——都死了——他们死了倒是对的！我觉得高兴——几乎觉得高兴。他们是因为罪恶所生的。他们以生命的代价来教我如何去生活！他们的死是我洗涤罪恶的第一步。所以说他们没有白死！……你愿意重新娶我吗？”

她那可怜巴巴的话和语气使他非常激动，所以他就更多地表现出亲热来了。他俯下身去吻她的面颊。

淑十分微妙地缩回，她刚一接触到他的嘴唇就发起抖来。

菲洛特桑的心不禁一沉，因为欲望在他身上又复活起来。“你对我仍然反感呀！”

“哦，不，亲爱的——我——我一直在潮湿的空气里坐车，有些寒冷！”她说，慌忙中现出忧虑的笑容。“我们什么时候去举行婚礼呢？很快吗？”

“我原想在明天一早——假如你真的愿意。我要找人给牧师带信去，告诉他你回来了。我已经把事情都告诉了他，他对此给予高度赞扬，说这样会给我们的生活带来令人高兴和满意的结果。不过——你对自己有把握吗？现在拒绝还来得及，假如——你认为自己还不能这样做，明白吗？”

“能，能，我能！我想很快把这事办了。告诉他，马上告诉他！为孩子们处理后事已经把我弄得精疲力竭了——我不能等得太久啦！”

“那么先吃喝点什么吧，然后再到埃德琳夫人家去，你暂时在那儿的一间屋子住着。我告诉牧师明天上午 8 点半就举行婚礼，那时周围还没有什么人——如果你不觉得太早了的话。我朋友吉林厄姆在这儿，他是来为我们举行婚礼帮忙的。他真是太好了，不厌其烦从沙斯托赶到这里来。”

一般女人对于物质的东西眼光都十分敏锐，但淑不像她们，她似乎对她们身处的屋子或周围的具体情况视而不见。不过在穿过客厅去放下皮手筒时，她轻轻“啊”了一声，脸色也更加苍白起来。她的表情，就像是判了死刑的罪犯看见自己棺材时的那副模样。

“怎么啦？”菲洛特桑说。

原来写字台上的文件夹碰巧是打开的，她把皮手筒放上去时瞥见那儿放了一份文件。“哦——只是——很可笑地吓了一跳！”她说，一边回到桌旁一边极力用笑声来掩饰她刚才的叫喊。

“啊！是的。”菲洛特桑说。“那是结婚证……刚送来的。”

吉林厄姆从楼上他住的房间下来了，走到他们中间；淑感到忐忑不安，尽量使自己和他相处得融洽一些，凡是她认为可能使他感兴趣的话题她都谈——除了她自己而外——虽然这可是最使他感兴趣的事。她服服帖帖地吃了些晚饭，然后就准备到附近她的住处去。菲洛特桑把她送过草地，在埃德琳夫人的门口和她道了晚安。

老太太陪淑来到她的临时住处，帮她打开行李。除了其他东西外，她还取出一件雅致的绣花睡衣。

“喔——我原来并不知道这件衣服也放进来了！”淑赶紧说。“我并没有打算带来的，这儿另外有一件。”她递过来一件非常朴素的新睡衣，用未经漂过的粗印花布做成。

“可这是最漂亮的衣服呀。”埃德琳夫人说。“那另外一件简直就和《圣经》上说的麻衣[①]一样！”

“不错——我是有意要穿它的。你把那件拿给我。”

她接过去，用尽浑身力气把它撕破，撕得满屋子吱吱地响，像一只枭的尖叫似的。

“哎呀，哎呀！——不管……”

“那是通奸时穿的！它代表我并没有的感情！——我很早以前买的——为的是让裘德高兴。现在必须把它毁了！”

埃德琳夫人举起双手，淑仍情绪激动地把那睡衣撕成了碎片，再投

---

① 也称忏悔服。

到火中烧毁。

“你该把它给我的！”寡妇说。“看见你将那么漂亮的绣花衣服丢到火中烧掉，我确实很难受——这倒不是因为那种花睡衣对我这样的老太太有多大用处。我穿这些东西的时候早已经过去了，玩完了！”

“它是一件该死的东西——使我想起我想忘却的事！”淑又说。“它只适合拿去烧掉。”

“老天爷，你对自己太苛刻了！你干吗要说那样的话，咒你失去的可爱无辜的孩子也跟着下地狱吗？无论如何我可不认为那就是宗教信仰！”

淑一下子扑到床上，啜泣起来。“啊，别那样，别那样！那会要我命的！”她痛苦地哆嗦着，然后滑下去跪到了地上。

“让我告诉你怎么办吧——你不应该再嫁给这个男人的！”埃德琳夫人义愤地说。“因为你还爱着另一个男人！”

“不，我必须嫁给他——我已经是他的人了！”

“哼！你还是另一个男人的老婆呢。如果你们不想又去起誓受婚姻约束，像第一次那样，那才是你们的良心更值得称赞之处，因为你们有自己的理由。你们也会继续生活下去，到头来一切都会好起来的。毕竟说来，这只关系到你们两个人的事，碍不着别人。”

“理查德说他会让我回到他身边，所以我是一定得回来的！假如他拒绝了，我也不必非要放弃裘德不可。但是——”她仍然将脸埋在被褥里，埃德琳夫人离开了房间。

这段时间菲洛特桑已经回到朋友吉林厄姆旁边，朋友还坐在晚餐桌旁。不久他们起身，到外面的草地上抽一会儿烟。淑的房间里亮着一盏灯，一个人影不时在窗帘里移来移去。

淑那种难以形容的妩媚显然给吉林厄姆留下了印象，沉默片刻后他说：“瞧，你又差不多得到她了。她总不可能再一次离开你吧。梨子已经落到你手里啦。”

“是呀！……我想，她说什么我就信什么是没错的。我承认，在这件事上似乎有一点自私的成分。她这个人对于我这样一个老保守而言，当然是一种奢侈，此外在牧师和正统的俗人眼里，他们还会认为我改邪归正了——因为我让她离开的事他们还从没饶恕我呢。那样的话，在一定程度上我又可以过上以往那种生活了。”

“唔——假如你有重新娶回她的充分理由，看在上帝分上你就娶吧！我过去总是反对你把笼子打开放跑了鸟儿，因为那样做显然是在自我毁灭。如果在对待她的事情上你当初不是太软弱，那么你现在可能已是一个督学或牧师了。”

“我给自己带来了无可弥补的损失——我知道这一点。”

“一旦你又把她娶回来，就好好看住吧。”

菲洛特桑今晚更加闪烁其词。他不想明明白白地承认说，他让淑回来本质上与让她走所感到的懊悔毫无关系，而主要是一种人的本能面对习俗与信仰在极力逃避的表现。他说：“不错——我会那样做的。我现在对女人更加了解了。就一个在其他问题上有着我这些观点的人而言，不管让她走有多么公正都几乎说不通。”

吉林厄姆看着他，心中疑惑，不知是否会发生这样的事：世人的嘲笑和他自身的肉欲导致了他的这种反击精神，这种精神不知是否会使菲洛特桑变得更加正统，从而冷酷无情地对待她——这种冷酷的程度，不知是否会超过他过去不拘礼节、刚愎任性地给予她的仁慈。

“我发觉凭冲动办事是不行的。”菲洛特桑又说，时刻越来越感到必须要依照自己的立场观点行事。“我过去面对教会的教义极力逃避，但我那样做并没有蓄意中伤的意思。女人的影响是很奇特的，她们诱使你去滥用仁慈。不过，我现在对自己认识得更加清楚了。明智地严厉一点，也许……”

“不错。但你只能渐渐勒紧缰绳，不要一开始就用力过猛。到了最终她便会服服帖帖了。”

这种告诫是没有必要的，尽管菲洛特桑嘴上没说。“在我同意放她走这件事上，我和沙斯托那位牧师发生了争执；之后我离开了那里，但当时他说的话我现在还记得。‘要想重新恢复你和她的地位，你惟一能做的就是承认自己错误——没有采取明智强硬的手段将她约束住，然后如果她愿意就把她重新娶回来，并在以后别再动摇不定了。’不过我当时真是非常固执，对于他的话不屑一顾。可是离婚后她竟然又想重新回到我身边，这倒是我做梦也没有想到的。”

埃德琳夫人房舍栅栏的门咔嗒响了一声，然后有个人朝着学校那边走去。菲洛特桑说了声“晚安”。

“唔，是菲洛特桑先生吗，”埃德琳夫人说，“我来找你的。我刚才一直在楼上和她在一起，帮她打开行李。我敢说，先生，我认为你们不该那样做！”

“什么——是结婚的事？”

“是呀。她在勉强自己和你结婚，可怜又可爱的小东西。可你一点也不知道她现在多么痛苦。我向来就不很赞成也不很反对宗教，不过让她做这种事是错误的，你应该劝她不要这样。当然，你把她娶回来大家会说你这人太善良、太宽大仁慈了，但我不这么认为。”

“那是她的意思，我只是同意罢了。”菲洛特桑严肃沉静地说，埃德琳夫人的反对使他变得莫名地固执起来。“过去犯下的一个大错现在要纠正过来了。”

“我可不这么想。如果她是谁的老婆，那么只能是那个男人的。她为他生了 3 个孩子，他非常爱她，所以再极力怂恿她这样做就太邪恶可耻了——她真是一个担惊受怕的可怜东西！现在没一个人站在她一边。这个固执的女人又不准惟一会成为她朋友的男人接近她。我真弄不明白最初到底是啥使她产生了这种心情的！”

“我也说不清楚，不过当然不是我啦。就她而言，她完全是心甘情愿的。我现在也只能说这些了。”菲洛特桑生硬呆板地说。“你现在也反对起我来，埃德琳夫人，这可不恰当呀！”

“好啦，我早就知道我的话会冒犯你，不过我不在乎。事实就是事实。”

“你并没有冒犯我，埃德琳夫人。尽管如此，你一直是我很好的邻居。不过总得让我知道，怎样对我和淑珊娜才是最好的办法呀。这么说我想你不会和我们一起去教堂参加婚礼了？”

“不去，去了才该死呢……我不明白这年头儿要怎么样了！现在这会儿，婚姻变得越来越严重，一个人要结婚真会感到害怕。我们那个时候对婚姻可是比较随和，但我并不觉得那有什么更糟的！我和我那个可怜的男人结婚时，请了整整一个礼拜的客，把教区的酒都喝光啦，后来不得不向别人借了半克朗钱，才开始过起日子来！”

埃德琳夫人回她房舍去后，菲洛特桑忧郁地说：“我也不知道自己该不该这样做——无论如何太仓促了点。”

“为什么？”

“如果她真是违背本意强迫自己这样做——仅仅由于对义务或宗教有了新的看法——那我也许应该让她稍微等一等再说。”

“你既然已走到这一步了，就不应该再打退堂鼓。我就是这么看的。”

“我现在的确也不能往后推了。不过当她看见那张结婚证发出轻微的叫声时，我是感到疑虑不定。”

“瞧，别再疑虑不定了吧，老朋友。我明天早晨就要把她交给你了，你也要娶她啦。我总感到内疚当时没有更多阻止你放她走，现在我们已走到这一步，如果我不帮助你把此事纠正过来，我是不会甘心的。”

菲洛特桑点了点头，看见自己朋友多么坚定可靠，他也更加坦然起来。“毫无疑问，等我所做的事被人们知道以后，很多人都会认为我是一个软心肠的傻瓜。可是他们对于淑并不像我这样了解。尽管她这人非常难以捉摸，但她的本性是诚实正直的，我认为她并未做过违背良心的事。她和福勒共同生活过的事实丝毫不能代表什么。当她离开我去投奔他的时候，她认为并没有超出自己的权利范围。而现在她的看法不同了。”

第二天早晨，这两个朋友一致默认了（尽管他们各自的观点立场不同）让那个女人在圣坛上作自我牺牲——就在她乐意称为宗教信条的圣坛上。8 点过几分钟，菲洛特桑就到寡妇埃德琳的家去接淑了。前一两天低地里的浓雾已经往上弥漫到这里，草地上的树丛积满了雾，然后把它变成大颗大颗的露珠，像阵雨似地滴落下来。新娘戴上帽子穿好一切在那儿等着，已准备就绪。在这苍白的晨光里，她看来太像自己名字所暗示的百合花了[①]——她有生以来从没这么像过。她深受惩罚，愤世嫉俗，满怀悔恨，紧张的神经也使得她的肉体深受其害：她的形体看来比过去更加瘦小了，虽然淑身体最好时也未曾是个丰满的女人。

“你真快。”小学教师说，宽宏大量地握住她的手。但是他克制住自己的冲动不去吻她，因为他还记得昨天她被惊吓的事，这事一直萦绕在他脑际，使他郁郁不乐。

吉林厄姆也来到他们身边，然后他们就离开了埃德琳寡妇的家，老太太仍然坚决不去参加婚礼。

“教堂在哪里？”淑问。自从旧教堂被拆除后她再没来这里住过，加上由于自己现在心事重重的，所以新教堂也忘记了。

“在前面。”菲洛特桑说，跟着浓雾中便隐隐呈现出教堂那高大庄严的尖塔。牧师已经进教堂去了，待他们进去时他高兴地说：“我们的蜡烛都快要燃光了。”

“你真的——希望我嫁给你吗，理查德？”淑气喘吁吁地耳语道。

“当然，亲爱的：这个希望超过了世上的一切。”

---

① “淑珊娜”一名，源出希伯来文，意为百合花。

淑不再说什么。而他有两三次都感到，他以前让她走时的那种人性的本能，现在并没有坚持到底。

他们伫立在那儿，一共 5 个人：牧师、执事、他们两个和吉林厄姆。接着他们那神圣的婚礼便再一次举行。在教堂的中殿里有两三个村民，当牧师念到“上帝所配”时，可听见村民中间传来一个女人的声音：

“上帝所配的才怪！”

这真像是他们先前自身的幽灵，在同样的情景下重复着婚礼一般，只不过第一次婚礼是多年前在梅尔彻斯特举行的。他们在结婚簿上签字后，牧师就祝贺这对夫妇，说他们的行为又高尚、又正直、又仁慈。“结局好则一切皆好。”他微笑着说。“你们已‘从火里经过而得救’[①]，我祝你们俩终身幸福。”

他们沿着几乎空无一人的教堂走出去，然后回到校舍去了。吉林厄姆想那晚就回家，便早早离开。走时他也向这对夫妇表示了祝贺。“瞧，”他和菲洛特桑分手时说，后者单独送了他一段路，“这下我可以给你们当地的人讲述一个美好圆满的故事了。他们一定会称赞你们说‘做得好’。”

这位小学教师回来时淑正装着做什么家务，好像她原来就住在这儿似的。可是他一走近前来她就显得有些胆怯；看见这种情况他心里产生了内疚。

“亲爱的，我当然不会来打扰你，咱们还是和从前一样各过各的。”他严肃地说。“咱们这样做可以改进咱们的社会地位，所以应该这样做——如果不是单单为了我。”

淑这下脸上才露出了一点喜色。

---

① 见《新约 · 哥林多前书》第 3 章第 15 节。

6

裘德此时已搬到基督寺的郊区，远远离开了他先前住的圣西拉教堂那片地方——那里使他感到忧伤，以至于厌恶。这时正下着雨，一个女人身穿一件褴褛的黑衣站在裘德门前的石阶上和他谈话，他的手还把着门。

“我现在孤伶伶的，身无分文，无家可归了——这就是我的处境！父亲把我的钱全部借去做生意，然后将我赶出家门，骂我懒惰，事实上我只是在找工作。我现在任凭世人的摆布了！假如你不能收留我，帮助我，裘德，我就必须去济贫院，或者更糟糕的地方。就在刚才我过来时有两个大学生还向我挤眉弄眼呢。在有很多青年男人的地方，一个女人要想保持贞洁是很困难的！”

在雨中说话的这个女人就是阿拉贝娜，时间在淑和菲洛特桑再次结婚的次日晚上。

“我为你感到难过，但我也只是寄宿在外啊。”裘德冷冷地说。

“这么说你不帮我了？”

“我只能给你点钱，让你能吃住上几天。”

“啊，可是你就不能发发善心，把我收留下吗？去客栈住真让我受不了，我真孤独呀。求求你了，裘德，看在过去的份上！”

“别，别。”裘德慌忙说道。“我不愿意想到那些事情，如果你要谈它们我就不帮你了。”

“那么我想我必须得走了！”阿拉贝娜说。她把头低下靠在门柱上，哭泣起来。

“这个房子住得满满的。”裘德说。“我只有一间额外的小室——比橱子大不了多少，我的工具、模板和仅有的几本书都放在里面！”

“那对我来说可是一个宫殿了！”

“里面没有床呀。”

“在地板上铺一小块地方就行。那样对我已经很不错啦。”

裘德不能对她太苛刻了，但又不知道该如何办，于是他便叫来房主，说她是他的一个熟人，现在处境非常艰难，需要临时找个安身之地。

“你可能还记得，我以前在羔羊与旗帜酒店做过酒吧女吧？”阿拉贝娜高声说。“今天下午我父亲伤了我的心，我就离开他了，身上一分钱也没有！”

房主说他记不起她的样子来。“不过，如果你是福勒先生的朋友，我们会尽可能帮你一两天的——只要他愿意对你负责。”

“愿意，愿意。”裘德说。“她的到来真是大出我的意外，不过我还是愿意帮助她渡过难关。”于是他们终于为阿拉贝娜作好了安排：在裘德的杂物堆放室为她铺一张床，让她先安顿好，直到她脱离目前的困境——如她所声明的，这不是她的错——再回到她父亲身边。

在他们等待的时候，阿拉贝娜说：“你知道那个消息吧，我想？”

“我猜得到你指的什么，尽管我一无所知。”

“今天我收到安妮从奥尔弗雷兹托寄来的一封信。她刚听说他们的婚礼在昨天举行，不过她不知道是否真的那么办了。”

“我不想谈这件事。”

“不，不，当然你不想。只是这说明了她是怎样一个女人——”

“我说了别谈她好啦！她是一个傻瓜！她也是一个天使，可怜又可爱的人！”

“如果他们结了婚，他就有机会恢复原来的地位，安妮说大家都这样讲。所有对他一片好意的人都会感到高兴，包括主教本人。”

“别伤害我啦，阿拉贝娜。”

阿拉贝娜按时在那间小小的阁楼里安顿下来，最初她根本不去接近裘德。她来来去去忙自己的事情，有时在楼梯上或过道上碰见他，她就对他说要在自己最了解的行业里找个工作。当裘德建议说，在卖酒这一行里，去伦敦找工作的机会最大，她就摇摇头。“不行——那里诱惑人的东西太多了。”她说。“我得先在乡下的小酒店找找看，再说伦敦那地方。”

在接下来的那个礼拜天早晨，他吃早饭比平常晚一些；她怯生生地问他是否可以进来和他一起吃，因为她的茶壶打破了，商店已关门，不能马上去另买一个。

“好吧，如果你愿意。”他满不在乎地说。

他们一言不发地坐在那儿，然后她突然说道：“你好像满腹心事的样子，老朋友。我真为你难过。”

“我的确是满腹心事。”

“都是关于她的事，我知道。这跟我一点没关系，不过关于婚礼的事我都能了解到——假如他们真的举行了婚礼——又假如你想知道的话。”

“你如何能了解呢？”

“我原先就想去奥尔弗雷兹托取几样留在那里的东西。那样我就能看见安妮，她肯定会听说这件事的所有情况，她有一些朋友在马里格林。”

裘德实在受不了要默认这样一个建议，但是他心中的挂虑和谨慎在互相斗争着，最后前者取胜了。“如果你愿意就去问问吧。”他说。“那儿的事我一点也没听说。婚礼一定是进行得很隐秘的，如果——他们结了婚的话。”

“恐怕我去那儿往返的钱不够，不然我早就去了。我得等挣了点钱再去。”

“哦——我给你付路费吧。”他急不可待地说。这样，由于牵挂着淑的幸福和她可能的婚姻，他便派遣了一个使者去探听情报，而这个使者是他最不可能想到要选派的。

阿拉贝娜出发了，裘德要求她最迟坐 7 点钟的火车返回。她走后他自语道："我怎么会让她在指定时间回来呢！她对我什么也不是——另外那个人也一样呀！"

但他那天干完活后又情不自禁去车站接阿拉贝娜，因为他心急如焚，渴望得到她可能带回来的消息，想知道最坏的结果是什么，所以这种急切的心情便把他带到了那儿。阿拉贝娜回来时一路上做着绝妙的酒窝，走出车厢时露出微笑。他只问了一声："怎么样？"满脸愁容。

"他们结婚了。"

"对呀——他们当然结婚了！"他回答。不过她注意到他说话时嘴唇绷得紧紧的。

"安妮说她在马里格林有个亲戚叫贝林达，她从这个亲戚那里了解到婚礼非常凄惨，非常少见！"

"你说凄惨是什么意思？她希望再嫁给他，不是吗？他也希望再娶她呀！"

"不错——是这样。在某种意义上可以说她想嫁他，但在另一种意义上她又不想。埃德琳夫人对这事感到极为不安，把自己的想法都对菲洛特桑说了。淑在这件事上也相当紧张，她把和你一起时穿的那件最好的绣花睡衣给烧了，为的是把你彻底忘记。唔——如果一个女人想那样做，她是应该的。我对她的行为表示赞赏，虽然别人不这样。"阿拉贝娜叹口气。"她感到他是她惟一的丈夫，只要他活着，在全能的上帝眼里她就不属于任何别人。或许另外一个女人也有同样的感受！"阿拉贝娜叹口气。

"我不想听任何假话！"裘德大声叫道。

"这不是假话。"阿拉贝娜说。"我和她的感受完全是一样的！"

他突然发话结束了这个话题："好啦——现在我已知道想知道的一切了。多谢你带给我消息。我还不忙着回到寓所去。"然后他立即离开了她。

裘德怀着痛苦和忧伤，几乎走遍城里他曾和淑一起走过的每一个地点，之后他便不知去哪里了，于是想到回寓所去吃每天的晚饭。但他这人既有好处又有坏处，坏处比好处多，所以他数月以来第一次转身进了一家酒店。淑又结婚后可能会带来一些后果，但这一点她却没有细想过。

与此同时，阿拉贝娜已经回寓所了。傍晚已过去，但裘德还没回来，9 点半时阿拉贝娜自己也走了出去，先向河旁的一个边沿区去了一下，她父亲就住在那里，最近还开了一家既不大又靠不住的猪肉店。

“瞧，”她对父亲说，“尽管那晚你把我大骂一顿，我还是来见你了，有件事要告诉你。我想我又要结婚安居下来啦。只是你必须帮助我；在我忍受了你粗暴对我以后，你不能不理我。”

“只要我以后不再管你了，做什么都成！”

“很好。现在我要去找我的男朋友了。恐怕他这阵儿在寻欢作乐呢，我得把他弄回家。我只求你今晚不要闩门，怕万一我上这儿来睡觉，同时又回来得很晚。”

“我早就知道，你要不了多久就会讨厌摆架子，讨厌呆在外面！”

“好啦——别闩门。我要说的就这个。”

然后她又出去，先急忙赶回裘德的寓所确认他真的没回来，然后便去找他。她先精明地估计了一下他可能去的地方，接着径直奔向裘德以前常光顾的那家酒店，她也曾在那儿做过短时间酒吧女。她刚打开雅座的门便一眼看见他——正坐在屋后面的阴影里，眼睛茫然地盯着地板。他那时喝的不过是啤酒而已，并没有喝更烈的酒。他没注意到她，她走进去在他身边坐下来。

裘德抬起头，毫不吃惊地说：“你是来喝点什么的吧，阿拉贝娜？……我尽量忘记她：就这么回事！可是我做不到。我要回去了。”她看出他有点儿醉，不过只有一点。

“我是专门来找你的，好家伙。你的身体不好。瞧，你得喝点好一些的酒。” 阿拉贝娜对酒吧女抬了一下手指。“你得喝点利口酒——这比啤酒更适合一个念过书的人。你应喝点樱桃酒，或库拉索酒，不管甜的还是不甜的，或樱桃白兰地。我请客，可怜的人！”

“随便哪种我都不在乎！就喝樱桃白兰地吧……淑对我不好，太不好了。我原先没有想到她会这样待我！我对她忠心，她也应该对我忠心才是。为了她我把自己的灵魂都出卖了，可她却不愿为我拿她的灵魂作一点点冒险。为了拯救她的灵魂，她却让我的灵魂去下地狱！……不过这也不是她的错，可怜的女人——我敢说那不是她的错！”

看不出阿拉贝娜是怎样弄到钱的，不过他们俩各叫了一杯利口酒，并付了钱。喝完后，阿拉贝娜提议另外叫一种酒；裘德似乎高兴让一个很懂酒道的人亲自陪他享受各种美酒。尽管阿拉贝娜跟着裘德一次次地喝，但他每喝一口时她就只啜一下，她尽量让自己不要喝昏了头——但实际上喝的酒也不少，她的脸已变得通红起来。

这晚她对他说话的语气，总是充满安慰和甜言蜜语；只要他一说“我不在乎我会怎么样了”——他不断地说着这样的话——她就回答说“可是我很在乎啊！”酒店关门的时间已到，只好把他们请了出来；于是阿拉贝娜用一只手臂搂住他的腰，领着他摇摇晃晃朝前走去。

他们来到街上后她说：“你这个样子我把你带回去，真不知房东会说什么。我想我们已被关在门外了，所以他不得不下楼来开门。”

“我不知道——我不知道。”

“自己没有个家，这可是糟糕透顶的事。让我告诉你，裘德，我们最好该怎么办。咱们到我父亲的家去——今天我已同他和好点了。我可以领你进去，谁也不会看见你的，到明天早晨你就什么事也没有了。”

“随便做什么——随便去哪儿。”裘德回答。“见鬼，这关我什么事呢？”

他们就这样朝前走去，像任何一对喝醉了酒的夫妻，她仍然搂着他的腰，而他最后也搂着她了；不过他这样做毫无情爱的意思，而只是因为他太疲乏，太飘摇不定，需要搀扶而已。

“这——就是殉教者们——被烧死的地方。”他们拖着身子穿过一条宽阔的大街时，他结结巴巴地说。“我记得——老富勒[1]在他的《神圣之国》里——我是路过这儿——才想起来了的——老富勒在他的《神圣之国》里说，用火刑处死里德雷[2]时是由史密斯博士布的道，他引作布道题目的经句为：‘我要是只把自己的身体舍给人叫人焚烧，而却没有爱，那仍与我无益。’[3]——每当经过这里我常会想起这句话来。里德雷是一个——”

“是呀，你说的完全对。你也是考虑得太多了，亲爱的，即便它与我们眼前的事没多大关系。”

“唉，有很大关系的！我就正在将我的身体让人烧毁啊！不过——哈——你不明白的！——这些事情只有淑才能明白！而我却是在诱奸她——可怜的女人！现在她已经走了——我也不在乎自己了！你想拿我怎么办就怎么办吧！……然而她那样做却是为了良心上的原因，可怜的淑啊！”

“她该死！——我是说，我认为她是对的。”阿拉贝娜打着呃说。“我像她也有自己的感情，我感到在上帝眼里我是属于你的，不属于任何别人，直到死亡把我们分开！改过——呃——迁善不嫌晚嘛——呃！”

他们已经来到她父亲住的地方，她轻手轻脚地打开门，在屋里摸着灯。

此时的情形，与很久以前他们摸进克雷斯考布那间小屋的情形，并

---

①富勒(1608—1661)，英国教士，学者。

②里德雷(1500？—1555)，英国基督教新教宗教改革家，被支持天主教的女王玛丽一世定为异端，以火刑处死。

③见《新约·哥林多前书》第13章第3节。

非完全不同。或许阿拉贝娜的动机也没什么两样。不过裘德并没有想到这点，尽管她想到了。

“我找不到火柴，亲爱的。”她把门拴好后说。“不过没关系——走这边。尽量轻一点。”

“真是一团漆黑呀。”裘德说。

“把你的手给我，让我领着你走。就这样。快坐下来，我把靴子给你脱了。我不想吵醒他。”

“谁？”

“父亲呀，不然他又会骂我一顿的。”

她把他的靴子脱下来。“好啦，”她耳语道，“抓住我——别管你有多重。现在——第一磴，第二磴——”

“可是——难道我们在马里格林外面那间旧屋子里吗？”裘德麻木地问。“我已好多年没到这里面来了！嗨，我的那些书在哪里？你告诉我好吗？”

“我们在我的家里，亲爱的，这儿没有人能发现你醉成什么样子。注意——第三磴，第四磴——对啦。现在咱们继续往上走吧。”

7

阿拉贝娜正在楼下的后屋里准备早饭，这个住所不大，是她父亲最近才租下的。她把头伸进前面小小的猪肉店里，告诉她父亲唐先生说早饭已准备好了。唐极力显得像个很在行的猪肉屠户似的，身上穿着油腻腻的蓝色罩衫，腰上系着一根皮带，一把钢刀挂在上面晃来晃去；听见她的话他立即走进来。

“今天上午你得照管一下店子。”他漫不经心地说。“我必须去拉姆斯托弄些内脏和半条猪肉，还要去别的地方。你要住在这儿就得出一把力，至少帮我把生意做起来了再说！”

“唔，今天我可说不上来。”她认真地看着他的脸。“我得了一个宝贝东西在楼上。”

“哦？是什么？”

“丈夫——快成了。”

“胡说！”

“真的。是裘德。他又回到我身边来了。”

“就是你最初那个？唉，真该死！”

“你瞧，让我告诉你吧，我过去的确总是很喜欢他的。”

“可是他怎么会跑到楼上去呢？”唐问，很幽默的样子，朝着天花板上点一下头。

“别问些让人烦恼的问题好吧，爸。我们要做的就是把他留在这儿，直到他和我——又像过去一样。”

“像过去怎样？”

“成为夫妻呀。”

“哈……唔，这可是我听说过的最稀奇古怪的事呀——重新嫁给原来的丈夫，世上的小伙子并不少嘛！依我看他是个不中用的东西。要是我，我就会重新找一个。”

“对一个女人来说，为了体面，重新让她原来的丈夫回到自己身边也不是一件怪事，虽然一个男人想让他原来的妻子再回来——唔，也许是很滑稽！”阿拉贝娜突然哈哈大笑起来，她父亲也和她一起笑着，不过声音更有节制一些。

“你对他客气一些就行了，其余的我会做。”她说，又恢复严肃认真的态度。“今早他对我说，他的头疼得都几乎要裂开，好像连自己在哪里都不知道。这也难怪，因为他昨晚喝的酒太杂了。咱们一定要让他在这儿快快乐乐住一两天，别让他再回自己的寓所去。不管你先付了多少钱我都会还你。不过我得上楼去看看他现在怎么样了，可怜的宝贝儿。”

阿拉贝娜走上楼去，轻轻打开第一间寝室的门往里探看。她看见她的这位剪了发的参孙[1]还睡着，便走到他床边站在那儿看他。因为头晚狂饮了太多的酒，他的脸热热的，红红的，这倒使他看起来不像平常那么脆弱了；他那长长的眼睫毛，黑黑的眉毛，以及卷曲的头发和胡须，在白色枕头的衬托下，构成一个男人完整的容貌——阿拉贝娜是一个颇富激情的女人，她仍然感到这个男人值得重新去猎取，这对于一个在经济上和名誉上都十分不利的女人而言，是非常重要的。她热切地注视着他，他似乎有所感觉，因为他停止急促的呼吸，睁开了眼睛。

“你现在好了吗，亲爱的？”她说。“是我——阿拉贝娜。”

“啊——在哪里——哦，是的，我记起来了！你让我住在这儿来的……我陷入困境了——身体不好——道德又败坏——真是坏透了！

---

① 参孙是以色列人的力士，屡次打败非利士人。参孙喜爱一个妇人大利拉，非利士人便贿赂她，叫她探问参孙力大的原因。参孙告诉她，如果剃了他的头发，他的力气就会离开他，他会像别人一样软弱。于是大利拉乘参孙熟睡之机叫人来剃除了他头上的七条发绺，参孙遂被非利士人所擒。见《旧约·士师记》第16章。

我现在就是这个样子！”

“那么就呆在这儿吧。这个房子里除了父亲和我外，没有别人，你可以一直休养到完全好了为止。我会去石场对他们说你给累倒了。”

“我不知道寓所里的那些人会怎么想！”

“我会向他们解释的。也许你最好让我去把房租付了，不然他们会以为我们逃跑啦？”

“不错。我那儿衣袋里有足够的钱付房租。”

他显得满不在乎的样子，闭上眼睛，因为日光射在他那颤动的眼球上让他受不了；然后裘德似乎又打起盹儿来。阿拉贝娜拿起他的钱包，轻手轻脚地离开房间，穿上出门穿的衣服，朝她和他头晚离开的寓所走去。

还不到半点钟时间，阿拉贝娜又转过那个拐角出现了，她走在一个推手推车的青年男子旁边，车上堆着裘德所有的家当，以及几件她带到那个寓所去暂住用的东西。裘德由于头晚不幸精神崩溃，此时身体备受痛苦；又由于他失去了淑，处在似睡非睡的状态中时任凭阿拉贝娜摆布，所以他心里也痛苦不堪，以致当他在这个陌生的卧室里看见自己那几样动产被打开放在面前，里面还混杂些女人的衣服，他简直没去想它们是如何跑到这儿来的，或者它们的到来究竟意味着什么。

“瞧，”阿拉贝娜对楼下的父亲说，“这几天咱们家里一定不要断了好酒。我知道他的脾性儿，他有时情绪会非常低落，可怕极了，只要他一这样就绝不会对我作出任何体面的事来，那时他又会把我抛开不管了。咱们一定要让他快快乐乐的。他银行里有一点存款，并且还把他的钱包给了我，让我去付一切必要的开销。你得同意这样，因为我必须随时准备好，一旦他有心情时就把他抓住。瞧，你可得付酒钱。咱们如能安排一下，请几个朋友，举行一个非正式的狂欢聚会就行了，这样既能为店子作广告，又帮助了我。”

“这事儿谁都能轻易安排好，只要有吃有喝的……哦，不错——

它可以给店子作广告——这倒是真的。”

裘德最初时眼睛颤动得可怕，脑子也一跳一抽地疼痛，3 天以后才好些了，不过他仍感到糊里糊涂的，不知道这几天阿拉贝娜给他喝了些什么——如她所说，为的是要让他快快乐乐的。就在这天，举行了由她所提议的非正式狂欢聚会，好让他像闹钟一样上足发条，一触即发。

唐刚刚办起他这个可怜的小猪肉香肠店，所以至今几乎没什么顾客；然而，这个聚会为它做了一个很好的广告，唐家店子在基督寺某一阶层的人中还真有一个臭名声——这些人对于学院、学院的工作和生活方式都一无所知。除了阿拉贝娜和她父亲提出要请的人外，他们还问裘德是否也能请点他的客人；他怀着毫不在乎、郁郁不乐的心情，提到乔大叔、斯塔格和那个老朽的拍卖商，以及他记得自己几年前常去那家远近闻名的酒店时，另外的几个常客。他还提到了“雀斑”和“快乐亭”。不管是哪一个男客阿拉贝娜都答应，但就是把女客排除在外。

另外一个他们认识的人——补锅匠泰勒——尽管也住在同一条街上，但他们却没有请；在他们举行狂欢的那天晚上，他很晚了才收工回家，并到店子里来想买点猪脚。猪脚一只也没有了，不过店里的人答应第二天上午卖给他一些。泰勒询问时，瞥了一眼后屋，看见唐请来一些客人，他们坐成一圈，打牌、喝酒或干别的，尽情享乐着。然后他回家去睡觉了。次日早晨他出来时心里纳闷儿，不知那个聚会进行得怎样。他心想，这个时候没必要去店子里买猪脚，唐和他女儿可能还没起床，假如他们昨晚狂欢到很晚的话。然而，他路过时发现店门开着，还能听见里面的声音，尽管肉店的窗板没有放下来。他走过去拍了拍起居室的门，并把它打开了。

“啊——哎呀！”他吃惊地叫道。

只见主人和客人还坐在那儿打牌，抽烟，谈天，与他 11 小时前离开时的情景一模一样；煤气灯还燃着，窗帘也没打开，虽然外面两小时前就大天亮了。

“是呀！”阿拉贝娜叫道，哈哈大笑。“我们都还在这儿玩哪。我们应该为自己感到可耻，是吗！不过你明白，这是某种庆祝乔迁的聚会，我们的朋友都不着急。请进来吧，泰勒先生，快坐下。”

这位补锅匠，或者说是破产的五金商，很乐意地走进去在一个位子上坐下来。“我恐怕会耽误一刻钟，不过没关系。”他说。“唔，说真的，我刚才往里面看时简直不相信自己的眼睛！好像我一下子又被抛回到昨晚一样。”

“是这么回事。给泰勒先生倒杯酒吧。”

这时他注意到，她正坐在裘德旁边，搂着他的腰。裘德也像其余的人一样，显现出尽情享乐狂欢的表情来。

“瞧，说句实话，我们在等待法定的时间到来哪。”她继续忸忸怩怩地说，尽力使她的醉颜显得好像是少女的红晕一般。“裘德和我已决定我们双方和好，重新结合，我们发现毕竟谁也离不开谁。所以，我们大家同意玩个通宵，等时间一到就去举行婚礼，因为这个主意不错。”

裘德似乎对她宣布的话并不怎么注意，或者说实际上对任何事情都不太注意。泰勒的到来又使客人们增添了精神，他们仍坐在那儿玩着，最后阿拉贝娜低声对她父亲说：“咱们现在可以走了。”

“可是牧师还不知道吧？”

“知道，我昨晚告诉他我们可能八九点钟去，为了面子这事要尽可能早一些，尽量不声张，因为这是我们的第二次婚姻，假如人们知道了会因为好奇来观看的。牧师很赞成这样做。”

“哦，好吧，我都准备好了。”她父亲说，站起来抖了抖身子。

“瞧，亲爱的，”她对裘德说，“走吧，正如你答应的。”

“我什么时候答应什么了？”他问。她运用对酒这一行的特殊知识先把他灌醉，现在又差不多让他清醒过来——或者说在那些不认识他的人看来是如此。

“哎呀！”阿拉贝娜说，装作吃惊的样子。“我们今晚上坐在这儿，你好几次答应了要和我结婚的。这些先生们都听见了。”

“我可不记得。”裘德固执地说。“只有一个女人——不过在这个迦百农[①]里我可不愿提到她的名字！”

阿拉贝娜朝着她的父亲看去。“瞧，福勒先生，别让自己丢脸吧。”唐说。“你和我女儿已经在这里一起住了三四天，我肯定认为你要和她结婚了。如果不是这么看的，我当然不会允许这样的事在我家里发生。为了名誉你一定要现在去和她把婚结了。”

“别说些有损我名誉的话！”裘德激动地阻止说，站起身。“我宁愿和巴比伦淫妇[②]——结婚，也不愿做有损名誉的事！我这决不是在说你，亲爱的。这只不过是一种修辞手段——他们在书中怎么说来着——夸张法。”

“把你的修辞手段留着吧，朋友们给了你安身的地方，你难道不知道回报吗？”唐说。

“如果我为了名誉不得不娶她——我想是这样吧——虽然我像个死人一样，并不知道自己怎么和她到了这儿——我会娶她的，上帝保佑我吧！有生以来我从没对一个女人或任何生物做过有失体面的事。我并不是一个愿意牺牲女人来救自己的男人！”

“好啦——别在乎他，亲爱的。”她说，将脸颊贴着裘德的脸颊。“上楼去洗洗脸吧，穿得整洁些，然后我们就出去。快别和父亲争吵了。”

他们相互握了握手。裘德和她一起上了楼，很快就下来了，此时看起来整洁而沉静。阿拉贝娜也急匆匆地把自己打扮收拾好，唐陪着他们

---

① 迦百农，《圣经》中的地名。《马太福音》第 11 章第 20 节以下说，耶稣在诸城中行了许多异能，那些城的人终不改悔，就在那时责备他们说……迦百农啊，你已经升到天上，将来要坠落人间。

② 《新约 · 启示录》第 27 章第 5 节把巴比伦比作世上的淫妇和一切可憎之物之母。

走出屋子。

“你们别走。”她分手时对客人们说。“我已让小女佣在我们出去时准备早饭，等我们回来后大家都吃一些。然后再喝杯浓茶，这样你们回家时就不会有什么问题了。”

阿拉贝娜、裘德和唐出去办婚事后，这一群客人们都打着呵欠，让自己更加清醒一些，他们饶有趣味地谈论着当时的情况。补锅匠泰勒是最清醒的一个，所以讲的道理最清楚明白。

“我不想说反对朋友们的话，”他说，“但是一对离了婚的男女又复婚是好像太稀奇古怪了！依我估计，假如他们第一次都打不起精神过下去，第二次也会同样如此。”

“你认为他会和她结婚吗？”

“他已经上了那个女人的当，要顾全名誉了，所以他会的。”

“他不可能马上就这样去结婚。还没弄到结婚证之类的东西呢。”

“哎呀，她已经弄到了。难道你没有听见她都对她父亲说了吗？”

“唔，”补锅匠泰勒说，重新在煤气火焰上点燃烟斗。“整个看来，连腿带胳膊看来，她长得也并不丑——特别是在烛光的映照下。当然啦，你总不能指望已经用过的半便士钱，还和刚从造币厂出来的新币一样呀。但对一个天南地北都闯荡过一番的女人来说，她已算是够过得去的了。也许她的腰稍微粗了点，不过我就是不喜欢一阵风都能吹倒的女人。”

小姑娘在他们一直用着的桌上铺桌布准备吃早饭，连溅在上面的酒也没擦掉；她这样做时，他们的眼睛便跟着她移动。窗帘拉开了，这下房里才像个早晨的样子。可是一些客人就在他们的椅子里睡着了。有一两个客人走到门前去，不止一次地沿街注视着。为首的便是补锅匠泰勒，一会儿后他带着狡诈的表情返回身来。

“哎呀，他们回来了！我想那事已办成了吧！”

“没有。”乔大叔跟着他进来说。“相信我的话，他一定在最后一刻发脾气不干了。你看他们走路的样子就很不对劲儿，这不说明了他们没结成婚吗！”

大家都静静等着，直到听见去办婚事的 3 个人走进房子里来。首先进来的是阿拉贝娜，看她那兴高采烈的神气，就知道她的计谋得逞了。

“我想你该叫福勒夫人了吧？”补锅匠泰勒故作彬彬有礼地说。

“当然呀。又成为福勒夫人了。”阿拉贝娜和蔼可亲地回答，脱去手套伸出左手来。“这就是把我们俩锁到一块儿的东西①，瞧……唔，他真是一个很不错、颇有绅士风度的人。我是指那位牧师。婚礼举行完后，他像个婴儿一般轻轻柔柔地对我说：‘福勒夫人，我衷心祝贺你。听了你和你丈夫过去的经历，我认为你们做了一件正确恰当的事情。至于你过去做夫人时犯的错误，以及他做丈夫时犯的错误，我想你们应该得到世人的原谅，既然你们都原谅了对方。’他说。是的，他是一个很不错、颇有绅士风度的人。‘严格说来，教会在其教义里是并不承认离婚的。’他又说。‘你们无论在出去或进来时，都要记住婚礼上的这句话：上帝所许配的不可让人分开。’是呀，他是一个很不错的、很有绅士风度的人……不过，裘德，我亲爱的，当时连一只猫也会为你觉得好笑！你走路总是那么直直的，身子也是那么不偏不斜的，别人会以为你是要学着做法官了呢；不过我知道你眼睛一直模糊着，从你笨手笨脚在我手指上戴戒指这事上我就知道。”

“我说过为了保全一个女人的名誉，我——任何事都愿意做。”裘德咕哝道。“现在我不是做到了吗！”

“这下好啦，亲爱的，快来吃点早饭吧。”

“我还想——再喝点——威士忌。”裘德呆头呆脑地说。

---

① 指结婚戒指。

“别胡说啦，亲爱的。现在不行！酒全部喝光了。茶会让我们清醒过来的，然后我们又会像云雀一样清爽了。”

“好吧。我又——和你结婚了。她说过我应该再和你结婚的，我马上就照办了。这才是真正的宗教呀！哈——哈——哈！”

8

米迦勒节[1]到来又过去，裘德和阿拉贝娜又结婚后只在她父亲家里住了很短时间，现在已搬到离市中心更近的一个寓所的顶楼上住下。

在结婚后的两三个月里他只干了几天活，身体每况愈下，现在已病得十分严重。此时他正坐在炉火前的一把扶手椅里，不住地咳嗽。

“我费了那么多心重新嫁给你，可真捡了个便宜啊！”阿拉贝娜对他说。“我不得不完全把你供养起来——结果就会是这样的！我不得不去做血肠和腊肠，然后沿街去叫卖，这一切都是为了养活我根本没有必要负担的病丈夫。为什么你身体越来越坏了呢，这样让人失望了呢？咱们结婚的时候你可是好好的呀！”

“啊，是的！”他说，讥讽地笑道。“我一直想着我们第一次结婚一起杀猪时那种可笑的感觉。我现在感到，假如什么东西能像我当年对待那只动物一样对待我，那便是对我最大的仁慈了。”

这就是他们之间现在每天都要进行的某种谈话。房东已听说这是一对古怪的夫妇，曾怀疑他们是否真的结婚了。特别是一天晚上他看见阿拉贝娜喝了一点加香料的甜酒后去吻裘德；他正要通知他们搬出去，但是一天夜里，他又偶然听到她在用激烈的言词责骂裘德，最后还把一只鞋往他头上扔去，从他们说话的口气里他看出他们是真正的夫妻。他因此认为他们也一定是体面的人，所以就不再说什么了。

裘德的身体仍不见好转，有一天他非常犹豫地要求阿拉贝娜为他办一件事情。她漠不关心地问他什么事。

“给淑写封信。”

“你究竟——想要我给她写信做啥？”

“问问她情况怎样，是否愿意来看看我，因为我病了，想——再见她一次。”

“你就是这样的人，侮辱你合法的妻子，竟然让她做这种事！”

“正是为了不侮辱你我才让你做的。你知道我爱淑。我希望自己坦率一些——事实明摆着：我爱她。我可以找到一打办法给她寄信去而不让你知道。不过我希望对你、对她丈夫都光明正大。通过你给她写信去至少不存在通奸的迹象。如果她还保持一点过去的性格，她会来的。”

“不管什么样的婚姻，或婚姻的权利和义务，你都一点不尊重！”

“我怎么看又有什么关系呢——像我这样一个可怜虫！世上谁来看我半小时会要紧吗——我的一只脚已埋进坟墓了！……好啦，请你写吧，阿拉贝娜！”他恳求道。“我这么坦率，你也应该气量大一点儿呀！”

“我想这是不行的！”

“难道一次都不行吗——啊，求你写吧！”他感到由于自己体弱多病，身上的尊严也荡然无存了。

“你要让她知道你的情况做什么？她不想见你的。她是那种见船沉了撒腿就跑的老鼠！”

“别说了，别说了！”

“我还对你忠心耿耿呢——比谁都傻！还要让那个娼妇到这个屋子里来！”

这句话几乎刚一说出，裘德就从椅子上弹了起来，阿拉贝娜还没弄明白是怎么回事，他已把她仰身推倒在旁边的一把小睡椅上，同时用膝盖顶住她。

“你再说一句那样的话，”他低声说，“我就杀了你——现在就杀了你！那样我就什么都得到了——我自己的死该不算是最小的收获吧。所以别认为我说的话毫无意义！”

---

① 米迦勒节，9 月 29 日，英国四大结账日之一。

“那你要我干什么？”阿拉贝娜气喘吁吁地说。

“保证决不再说她了。”

“好吧，我保证。”

“我相信你的话。”他轻蔑地说，放开了她。“可是你的话究竟值多少我可说不准。”

“杀猪你是不行的，但是杀我却行！”

“哈——这下真让你说对了！不——我杀不了你——即便在发怒的时候。别再嘲笑我了！”

然后他又咳得非常厉害起来，躺在椅子里面色如死人一般苍白，这时她就用一个鉴定者的眼光估算着他的生命。“我会让她来的，”阿拉贝娜咕哝道，“如果你同意她来这儿时，我要一直在这屋里陪着你。”

他本性中存在着更温柔的一面，并且他渴望着见到淑，所以无法反对她的要求，尽管她的话把他给激怒了。于是他上气不接下气地回答说：“好吧，我同意。只要让她来一趟！”

晚上他问她是否把信写了。

“写啦，”她说，“我给她写了一封短信说你病了，请她明天或后天来一趟。信还没寄出去。”

第二天裘德怀疑她是否真的把信寄了，但不想再去问她；于是怀着一个靠一滴水、一块面包渣就能活的愚蠢希望，焦虑不安地期待着。他知道几班火车可能到达的时刻，每一次车该到时都倾听着她到来的声音。

她并没有来，可是裘德不想再和阿拉贝娜说这事了。随后一整天他也在希望着、期待着，但仍不见淑的踪影，也没有回一封短信。然后裘德心里断定阿拉贝娜决没有把信寄出去，尽管她已写好。从她的态度举止上就看得出来。他的身体太虚弱了，她没有来看他，使他失望地流下眼泪。事实上他的怀疑是有充分根据的。阿拉贝娜也像其他一些护士一样，认为对病人的职责就是要尽量使他镇静，而不是真要满足他那些古怪的念头。

关于自己的希望或猜测，他再没有对她说起一个字。他内心默然地产生了一个不易察觉的决定，这个决定假如没给他增添力气，也使他变得坚定和镇静了。有一天她离开了两个小时，中午回到房间时发现那把椅子是空的。

她猛然一下子坐到床上，沉思起来。“见鬼，我这个男人究竟跑到哪里去了！”她说。

整个上午从东北方下过来的瓢泼大雨时断时续，站在窗旁看着那些水柱，似乎谁也不可能相信任何一个病人会在这时冒险出去——那等于是去送死的。然而阿拉贝娜深信他已经出去了，她在房子里四处找了一遍后，这种看法就成了一种确切的事实。“如果他是这样一个傻瓜，就让他去吧！”她说。“我有什么办法呢。”

此时裘德正坐在一辆开往奥尔弗雷兹托的火车上，一身裹得古里古怪的，脸色像用雪花石膏做的纪念塑像一般苍白无血，其他乘客们都非常吃惊地盯着他。1 小时后，人们看见这个瘦弱的身躯拖着那长大的外衣和毯子，伞也没有，顺着那5 英里长的路朝马里格林走去。他的脸上表现出坚定不移的意志，惟有这个意志支撑着他；然而他这虚弱之躯，却只能给他一个可悲的根基。在爬那段上山的路时风猛烈吹打在他身上，但他仍迎着大风向前，下午3 点半他便站在了马里格林那口熟悉的井旁。雨把每一个人都关在屋里，所以裘德穿过草地去教堂时谁也没有注意；他发现教堂的门开着。他站在那儿看看前面的学校，从那里像往常一样传来小孩们念书的声音——他们此时还没有领教造物主的呻吟呢。

他在那儿等着，直到看见一个小男孩从学校里出来，显然是由于某种原因让他提前走了的。裘德向他招招手，孩子便过来了。

“请你去校舍告诉一下菲洛特桑夫人好吗，问她可不可以到教堂来几分钟。”

孩子去了，裘德还听见他敲那个住所门的声音。然后他又往教堂里面走得更进去一些。周围一切都是新的，只有几件从拆除的旧教堂里保存下来的雕刻品，安装在了新砌的墙壁上。他就站在这些旧雕刻品旁边，它们似乎与此地他和淑已死去的祖先们同属一族似的。

门廊上传来一阵轻轻的脚步声，你还以为那不过是又多了些雨滴呢。他回头看去。

“啊——我可没想到会是你！我没有——啊，裘德！”她歇斯底里起来，声音先哽塞了一下，接着就一直哽塞得说不出话了。他向她走过去，但她很快恢复过来，往后退着。

“别走——别走啦！”他哀求道。“这是我最后一次了！我想，在这儿和你见面没有到你家里去那么冒昧。以后我再不会来了。所以别对我太残酷了吧。淑，淑啊！咱们这是死抠字句，而‘字句叫人死’①啊！”

“我不会走的——我也不想对你无情啊！”她说，嘴哆嗦着，眼泪流了下来，让他走得更近一些。“可你在做了那样一件正确的事以后，为什么还要来做这件错事呢？”

“什么正确的事？”

“重新和阿拉贝娜结婚呀。奥尔弗雷兹托的报纸都报道了。从某种恰当的意义上说，她从来都不属于任何别人，只属于你，裘德。因此你做得很好——啊，做得很好！——认识到了这一点——又把她重新娶回到你身边了。”

“老天在上——难道这就是我打老远来听你说的话吗？假如我生活中还有什么更卑劣堕落、违背道德、不合人情的事，那就要算我和阿拉贝娜这个你所谓正确的、而实际上不过是庸俗的婚姻了！你也一样——你自称为菲洛特桑的夫人！他的夫人！事实上你是我的夫人。”

---

①引自《新约·哥林多后书》第3章第6节：“字句叫人死，精意叫人活。”

“别让我又吓跑啦——我是很脆弱的！不过在这一点上我很坚决果断。”

“我弄不明白你怎么会这样——你现在是怎么想的——实在弄不明白！”

“这你就别管了。他对我来说真是一个仁慈的丈夫——而我——我挣扎过，抗争过，斋戒过，祈祷过。我任自己几乎彻底屈服了。你切不要——好吗——唤醒——”

“啊，你这个亲爱的小傻瓜，你的理性都到哪里去了？你好像已无可奈何了！假如我不知道一个有你这种感情的女人已完全不能求助于理性了，我会和你争辩一番的。要不然你就是在欺骗自己，正如很多女人在这些事上那样，并不真正相信你所装作的事，而只是一味满足于一种虚假信念而聊以自慰，引以为豪！”

“引以为豪？你怎么能对我如此冷酷无情呢！”

“我曾经有幸看到你那些充满希望的显示人性的才智，然而现在你却成了一个又可怜、又悲伤、又软弱、又忧郁、身心受到极大摧残的人！你对世俗的鄙视到哪里去了？我可是宁死不会屈服的！”

“你真让我受不了，你几乎是在羞辱我，裘德！你快走开吧！”她立即转身要走。

“我会走的。我再也不会来看你了，即使我还有力气来——但我是不会再有力气啦。淑，淑，你不值得男人的爱！”

她的胸部一起一伏着。“你那样说我可忍受不了！”她突然说道，盯了他一会儿，又冲动地转过身来。“别，别看不起我呀！吻我吧，多给我些吻，说我不是一个懦夫，不是一个卑鄙的骗子——我受不了啦！”她向他冲过去，吻他，继续说：“我必须告诉你——啊，我必须告诉你——我亲爱的爱人！那只是一个——教堂的婚礼——我是说表面上的婚姻！他一开始就向我这么提议的！”

“什么意思？”

“我是说那只是一种名义上的婚姻。从我回到他身边以后，我和他的关系仅此而已，再没别的！”

“淑啊！”他说，把她紧紧搂在怀里用力吻她。“如果痛苦也懂得幸福的话，我现在就有了一刻的幸福！现在，看在一切你认为神圣的事上，告诉我实话吧，别撒谎。你确实还爱我吧？”

“我爱你！你知道得很清楚！……但我不应该这样！我也不应该吻你，尽管我愿意！”

“可是你吻我吧！”

“不过你又是这么可爱！——你看起来病得多么——”

“你也一样啊！让我再吻你一下，为了纪念我们那些死去的孩子——你的和我的孩子！”

这句话似乎给了她当头一击，她低下头。“我不应该——我不能继续这样了！”她顿时气喘起来。“不过好啦，好啦，亲爱的，让我也吻你吧，我吻啦，吻啦！……现在我要为我的罪恶永远恨自己了！”

“别那样——让我再作最后一次恳求吧。听我说啊！我们都是在神志不清的情况下才重新结婚的。我给灌醉后去结的婚，你也一样。我被酒醉了，你被信念醉了。不管哪种形式的醉都让我们丧失了更高尚的远见……所以就让我们抛弃错误，一起逃走吧！”

“不行，我再说一次不行！……你为什么要诱使我走得这么远呢，裘德！这样做太残忍了！……不过我现在已经能够自制。别再跟着我——别再看我。可怜可怜我，快离开我吧！”

她朝教堂东端跑过去，裘德照她说的转身离开了。他头也没回，裹紧毯子(她没有注意到)，径直走去。当他经过教堂那一头时，她听见他的咳嗽声与打在窗上的雨声混合在一起；即使现在她仍然没有完全屈服于身上的枷锁，仍然怀着人类之爱的最后一点本能，所以她一下跳起来，好像要去救他似的。但是她又跪在了地上，双手捂住耳朵，直到他所有的可能听到的声音都消失为止。

这时他来到草地的边上，从这儿那条小路穿过了他小时候赶白嘴鸦的那片田野。他转过身，又回头看一眼教堂，淑还在里面；然后他向前走去，知道自己再也不会看到那种情景了。

秋冬季节在威塞克斯的上下游有一些寒冷的地方，但是当刮着北风或东风时，最冷处要算高地上“褐房子”旁的那个山顶了，通往奥尔弗雷兹托的路就是从这儿与那条古老的山脊小路交叉的。在这儿，初冬即下起雨夹雪来，落满一地；在这儿，春天的霜冻久久不融化。就是在这东北风的风口上，裘德冒雨前行，浑身都湿透了，因为力气不如先前只好走得十分缓慢，这当然就不足以使他身上保持暖和。他来到里程碑旁，虽然下着雨，他还是把毯子铺在地上躺下来休息一会儿。在继续赶路以前，他先去摸了一下碑后面他自己刻的东西。它仍然还在，但是差不多已被苔藓覆盖了。然后他经过了他和淑的祖先曾经被绞死的地点，下山去了。

他到达奥尔弗雷兹托时天已经黑了，他在那里喝了一杯茶，因为他这时不由感到透骨的寒冷，不喝点东西实在受不了。要赶回家里他必须坐一段有轨汽车，两段支线火车，每转一次车还得等不少时间。这样，他回到基督寺时已经晚上 10 点钟了。

9

阿拉贝娜站在月台上。她上下打量着他。

“你去看她了吗？”她问。

“去了。”裘德说，又冷又累，踉踉跄跄。

“好啦，现在你最好回家吧。”

他走的时候雨水从身上直往下淌，咳嗽时不得不把身子靠在墙上。

“你这下自己去了结啦，好家伙。”她说。“我不知道你明不明白这一点。”

“我当然明白。我本来就打算要自己去了结的。”

“什么——去自杀吗？”

“不错。”

“哎呀，天哪！竟然为了一个女人去自杀。”

“听我说，阿拉贝娜。你以为你比我强壮；现在看来，从身体上讲是这样。你推我一下我也会东倒西歪的。那天你并没有把信寄出去，对此我也不能怨恨。但是从另一方面讲我也不像你想的那么软弱。我先就认定了，一个因患了肺炎整天被关在屋里的人，一个在世上只剩下两个愿望的家伙——去看望某个女人，然后离开这人世——只要冒雨去走这一趟，就可以干净利落地一举实现这两个愿望。现在我已实现了自己的心愿。我最后一次见到了她，并且也结束了我自己——结束了从来就不应该开始的狂热的生命！”

“老天爷——你谈得真是多么玄妙啊！你不想喝点什么热的东西吗？”

“不，谢谢。咱们回家吧。”

他们朝前走去，经过那些寂静的学院，裘德不断停下来。

“你在看什么？”

“无聊的幻觉。在我最后一次走过这里时，我也像第一次走过这里时一样，好像隐隐看见了那些死者的幽灵！”

“你是一个多么古怪的家伙呀！”

“我似乎看见他们了，还几乎听见他们行走的沙沙声。但我对这些幽灵并不像当时那样完全敬重了。我对他们一半的人都不相信。那些神学家，宗教辩护家，以及和他们有血缘关系的玄学家，专横的政治家，还有别的，都不再使我感兴趣。一切都被这严峻的现实磨得粉碎了！”

在淡淡的灯光下，裘德的面容如死人的一般苍白，那表情真好像他在空无一人的地方看见了人影一样。有时他静静地站在拱廊旁边，像看着某人从里面走出来似的；然后他又看着一扇窗户，像发觉窗后有一张熟悉的面孔似的。他又似乎听见了人说话的声音，并重复着那些话，仿佛要推测出那些话的意思。

“他们好像在嘲笑我！”

“谁？”

“哦——我刚才在自言自语！这儿到处都是幽灵——在学院的拱廊里，在那些窗里。他们过去常常是显得很友好的，特别是艾迪生、吉本和约翰逊，还有布朗博士和主教肯——”

“咱们快走吧！什么幽灵！除了一个该死的警察外，这儿不管活的死的什么也没有。我还没见过这么空荡荡的街道呢。”

“你想想看吧！那位‘自由诗人’[①]过去常在这儿散步，还有那位伟大的‘忧郁解剖学者’[②]就常在那儿！”

“我不想听你说他们！他们让我心烦。”

“沃尔特·罗利正在那条小巷里向我招手呢——还有威克利

---

①指雪莱。他有一首著名的诗就叫《自由颂》。

②指罗伯特·伯顿（1577—1640），曾著有《忧郁症的解剖》。

夫——哈维——胡克——阿诺德——以及牛津运动中所有那些形形色色的人物——”

“我不想知道他们的名字，告诉你！我关心那些不存在的死人干什么？我敢发誓说，你喝酒时比没有喝酒时还更清醒！”

“我得休息一会儿。”他说。他停下来，抓住栏杆，目测着学院正面的高度。“这是古老的朱色学院，那是石棺学院；在小巷那面是锡杖学院和督德学院；那面一直过去都是红衣主教学院，它的正面很宽阔，窗户都好像是眼睛，眉毛往上扬着，那是表明大学看见我这样的人如此努力，露出斯文的惊讶来。”

“咱们快走吧，我请你吃点什么！”

“很好。那样我才能回到家里，因为我感到从红衣主教学院草地上吹过来的雾真冷，好像死神的爪子狠狠把我抓住了。正如安提戈涅说的那样，我既不在人中间又不在鬼中间生活①。但是，阿拉贝娜，等我死了以后，你会看见我的幽灵在这些幽灵当中飘来飘去的！”

“胡说！你哪能就死了呢。你还够顽强呢，老公。”

此时马里格林已到夜晚，雨从下午下到现在仍无减退的迹象。大约裘德和阿拉贝娜在基督寺的街上走回家去时，寡妇埃德琳穿过了那片草地，打开小学教师住宅的后门；她经常睡觉前这样做，为的是帮助淑收拾东西。

淑正在厨房里不知所措地瞎忙着，因为她不是一个很好的家庭主妇，尽管她尽力为之。她对于家庭的琐事越来越不耐烦。

“啊呀，你干吗要自己在那儿做，我不是专门来帮你的吗！你知道我会来的嘛。”

---

①安提戈涅，希腊传说中俄狄浦斯和他的母亲伊俄卡斯忒由于不知情而乱伦所生的女儿。后因不顾舅父克利翁的禁令将其叛乱的哥哥埋葬而被克利翁关在地下洞中，所以有这么一说。见索福克勒斯的悲剧《安提戈涅》。

“唔——我不知道——我忘记了！哦不，我没忘记。我这样做是有意要训练训练自己。从8点钟开始我就在擦楼梯了。我必须学会做家务。以前我忽视了家务是可耻的！”

“你干吗要这样呢？他会到一所更好的学校去教书，也许最后还会当上一名牧师，然后你们就可以雇两个用人。把你那双好看的手弄坏了真可惜呀。”

“别说我这双好看的手了，埃德琳夫人。就是我这好看的身躯才把我给毁了！”

“算啦——你哪儿还有什么身躯可谈！你倒更让我觉得你是一个精灵。不过你今晚上好像有什么不对劲儿的地方，亲爱的。丈夫发脾气了？”

“没有。他从来不发脾气。他早早就去睡了。”

“那又是什么事呢？”

“我不能告诉你。今天我做了一件错事。我真希望把这错事连根拔除……唔——让我告诉你吧——裘德今天下午来过这儿，我发现我还爱着他——啊，这是多么恶劣呀！我只能告诉你这些了。”

“哈！”寡妇说。“我早就对你说过会怎样的！”

“不过以后不会这样了！我还没有告诉丈夫他来过的事，没有必要再拿这事去烦他，因为我打算再也不见裘德了。我要做到问心无愧，尽到我对理查德的义务——我要舍身赎罪——这是根本的办法。我一定要这样！”

“我才不会那样呢——既然他同意照另外一种样子生活，并且事实上3个月来不是过得很好吗。”

“不错——他是同意我愿怎么过就怎么过，但我觉得自己不应该强求他这样纵容我。我本来就不应该接受这种事。把这种生活倒转过来是很可怕的——但我必须对他更公正一些。啊，我为什么会这么不勇敢呢！”

“他身上什么东西招你不喜欢？”埃德琳夫人好奇地问。

“我不能告诉你。是某种……我不能说。让人可悲的是，谁也不会承认我这样的感觉是一种理由，所以我也就没什么借口可说了。”

“你告诉过裘德是什么吗？”

“从来没有。”

“我当年曾听到过关于丈夫们的奇怪传说。”寡妇放低声音。“人们说当天使来到世间时，魔鬼夜里就变成丈夫的形体，让可怜的女人们受尽折磨。可是我不知道那种事怎么会钻进我脑子里来，因为那也只不过是个传说……今晚的风雨真大呀！瞧——别急于去改变什么事情，亲爱的。仔细想想再说。”

“不，不！我的心本来很软弱，我现在已鼓起勇气要更有礼貌地待他了——必须现在就去——马上去——趁我还没有失掉勇气！”

“我认为你并不应该勉强自己的脾性儿。任何女人也不需要这样。”

“这是我的义务呀。我要把这杯苦酒喝得一点不剩！”

半小时后埃德琳夫人戴上帽子，披上披肩，准备离开，淑好像感到一种莫名的恐惧。

“别——别——别走呀，埃德琳夫人。”她恳求道，眼睛睁得大大的，急忙不安地回过头。

“可是我该回去睡觉了呀，孩子。”

“对，不过——这儿有一个空余的小房间——就是我的那间。什么都是现成的。请留下来吧，埃德琳夫人！——我早晨会需要你。”

“哦，那好吧——如果你要我留下，我倒不在乎。我那个破房子不会有事的，不管我回不回去。”

然后她拴好各道门，她们一起上了楼。

“你在这儿等一下，埃德琳夫人。”淑说。“我先到我那个房间去一会儿。”

淑把寡妇留在楼梯口，转身进到自从她到马里格林后一直独用的寝室，并把门又关上，在床前跪了一两分钟。然后她站起身，从枕头处拿起睡衣换上，最后朝埃德琳夫人走出来。在对面房间里可以听见一个男人打鼾的声音。她和埃德琳夫人道了晚安，寡妇便走进淑刚才腾出的屋子。

淑拉开另一个寝室的门闩，这时她好像昏厥了一般，身子在门外坐下去。她又爬起来半打开门，叫了声“理查德”。话一出口她就显然哆嗦起来。

鼾声有一会儿完全停止了，但是他并没有回答。淑似乎得到解脱，急忙又跑到埃德琳夫人的寝室。“你上床睡了吗，埃德琳夫人？”她问。

“没有，亲爱的。”寡妇说，又打开门。“我人老了，动作又慢，脱衣服也要费很大的工夫。我还没解开紧身连衣裤呢。”

“我——听不见他的声音了！也许——也许——”

“什么，孩子？”

“也许他死了！”她气喘吁吁地说。“那么——我就自由了，就可以回到裘德身边去了！……啊——不行——我忘记了她——还有上帝哪！”

“咱们去听听看。不——他又在打鼾了。不过外面的风雨声太大，你只能断断续续听见他打鼾的声音。”

淑又拖着身子过来。“埃德琳夫人，再次向你道晚安啦！我真对不起把你叫出来。”寡妇又回到她房间。

当淑一个人留下来时，她脸上又表现出紧张、屈从的神情。“我必须这样做——我必须！我要把苦酒喝得一点不剩！”她低声自语。“理查德！”她又叫了一声。

“嗨——什么？是你吗，淑珊娜？”

“嗯。”

“你要做啥？有啥事吗？我就来。”他很快穿上衣服，来到门口。“怎么？”

“我们在沙斯托时，我宁愿从窗口跳出去也不让你靠近我。从那时起我就从来没改变过对你的态度，现在不同了——我是来求你原谅的，求你让我进你屋里。”

“也许你只是认为你应该这样做？我不希望你凭一时冲动而来，正如我以前说的。”

“可是我求你让我进去吧。”她等了一下，又重复道。“我求你让我进去！我已经犯了错误——甚至在今天。我的行为已超出自己的权利范围。我本不打算告诉你的，不过也许我应该告诉你。今天下午我又对你犯下罪过了。”

“怎么啦？”

“我见着裘德了！我原先不知道他要来。然后——”

“然后？”

“我吻了他，还让他吻了我。”

“唉——又是那些老话！”

“理查德，我事先并不知道我们会去吻对方的！”

“多少次？”

“很多次，我说不清。现在回头看这事我真感到可怕。经过此事后，至少我应该这样到你这里来一下。”

“得啦——在我做了那一切之后，你还这样真是糟糕透了！还有什么要承认吗？”

“没有。”她本来还打算说：“我还叫他亲爱的人儿来着。”但是一个忏悔的女人总是要保留一点什么的，所以她就没把那段情节告诉他。她又继续道：“我以后再也不会见到他了。他谈起过去的一些事情，真让我受不了。他谈起——孩子们。但是正如我已说过的，孩子们死了我不难过——我是说几乎不难过，理查德。因为这样我那段生活全都被抹掉了！”

“唔——关于再也不见他的事。得啦——你真是这么打算的吗？”菲洛特桑的口气里带着某种意味，似乎表明他和淑复婚3个月来，对她一直宽宏大量，充满温情和耐心，然而不知怎么结果并不像所期待的那样令人满意。

“是呀，是呀！”

“也许你愿意把手搁在《新约全书》上发誓？”

“我愿意。”

他回到房间取出一本袖珍的棕褐色《新约全书》。“那么，愿上帝保佑吧！”

她发了誓。

“很好！”

“现在我恳求你，理查德——我是你的人，我希望像我起的誓那样，尊敬你——服从你——让我进去吧。”

“你要仔细想清楚。你知道这意味着什么。让你回到这个家是一回事——而进这个房间又是另一回事。所以你再考虑一下。”

“我已经考虑好了——我就希望这样！”

“你的精神倒是让人高兴——也许你是对的。既然还有一个情人老在身边缠着，就应该让不完整的婚姻完整才对。不过我第3次也是最后一次重复我提醒你的话。”

“这真是我的愿望！……啊，上帝！”

“你干吗要说‘啊，上帝’呢？”

“我也不知道！”

“不，你知道的！但是……”她穿着睡衣蜷缩在他跟前，他忧忧郁郁地又端详了一会儿她那瘦弱的身躯。“瞧，我原先就认为会有现在这种结果。”他接着说。“经过了这些事后，我什么也不欠你的，不过我愿意接受你的要求，并原谅你。”

他用胳膊搂着她扶她起来。淑吃惊地退后一步。

“怎么啦？”他问，说话第一次严厉起来。“你又躲开我了？——还和过去一样！”

“不是，理查德——我——我刚才在想——”

“你是自己希望到这儿来的吧？”

“嗯。”

“你还记得这意味着什么吗？”

“记得。这是我的职责！”

他把烛台放在五斗橱上面，带她进了门，然后把她抱起来，吻她。她的脸上顿时掠过厌恶的表情，但她咬紧牙关没有叫出来。

埃德琳夫人这时已脱去外衣，她正要上床，忽然对自己说道：“啊——也许我最好去看看那个小东西有没有事儿。外面的风雨真大！”

寡妇出去来到楼梯口，发现淑已不见了。“哈！可怜的人儿！我看现在这年头婚礼就好像是葬礼一样。到今年秋天，我跟我那男人结婚已过去55年啦！打那以后年头儿就越来越糟了！”

10

裘德的身体自个又好转了一些，因此他在自己的本行里干了几个星期的活儿。然而圣诞节以后他又垮下来了。

他用挣来的钱搬到一个更靠近市中心的寓所。但是阿拉贝娜看出来，他在很长时间内都不可能干多少活；自从她和他复婚后，情况发生了巨大转变，她为此大发脾气。“你这最后一着真是聪明透顶呀！”她总是说。“你娶了我，一文不花就弄到一个护士！”

裘德对她说的话完全无动于衷，甚至经常带着幽默的眼光注视着她辱骂。有时他更严肃一些，躺在那儿时常常漫无边际地自言自语，说着他当年理想的破灭。

“每个人在某方面都有一点本事。”他总这样说。“我的确从来不很强壮，不是干石工活儿的料，特别不适合搞安装。我总得使出九牛二虎之力才能搬动那些大块石头，在没有安上窗子的房屋里，不得不忍受吹进来的寒风，因此老感冒——我想自己的身体就是这样开始受损的。但假如有机会，我觉得我能够做成一件事。我能够积累思想，然后再把它们传播给别人。不知道那些学院的创始人想到过我这样的人没有——我这个除了有那点本领就一无是处的家伙？……我听说，不久以后像我那样穷得没法的学生将有更好的机会念书了。现在人们正在制定一些计划，要让大学的门关得不那么严了，从而扩大它的影响。这事我也知道得不多，并且为时已晚，对我来说太晚了！啊——在我之前不知有多少更有出息的人，对他们而言可就更晚了呀！”

“你老在叽里咕噜干什么！”阿拉贝娜说。“我还以为你弄到这个地步，对念书的事早已不再发疯了呢。如果你一开始就理智一些，你现在也就不再对它们发狂了。如今你变得和我们最初结婚时一样糟糕。”

有一次他这样自言自语时，不知不觉把她叫成“淑”。

“我希望你注意在和谁说话！”阿拉贝娜气愤地说。“把一个结了婚的体面女士叫成——”她这时醒悟过来，没让他听到后面的话。

但是后来，当她看到眼前的情况，并且几乎用不着再为淑那个情敌担忧时，她突然宽宏大量起来。“我看你想见到你那个——淑吧？”她说。“好吧，我不介意让她来。如果你愿意就让她来吧。”

“我不想再见到她了。”

“啊——这倒是一个变化哪！”

“也不要告诉她任何关于我的事——说我病了，或任何别的。她已经选择了她的道路，就让她去好啦！”

有一天他真吃了一惊。埃德琳夫人来看他，并且完全是自己要来的。裘德夫人此时对于他心向何处已满不在乎，所以她走出了屋子，让老太太一个人留在裘德身边。他一时冲动起来，问淑怎么样了，然后记起了淑告诉过他的话，直言不讳地问：“我想他们仍然只是名义上的夫妻吧？”

埃德琳夫人犹豫一下。“哦，不——现在不同了。她最近开始改变的——完全是她自己愿意。”

“什么时候开始的呢？”他急忙问。

“就在你走后的那天晚上。不过那只是要惩罚自己，可怜的东西。他并不希望那样做，但是她一再坚持。”

“淑，我的淑呀——你这个亲爱的傻瓜——这几乎让我受不了啦！……埃德琳夫人——别害怕我这样唠唠叨叨的——一个人长时间躺在这儿，我只好自言自语——她曾经是个有聪明才智的女人，那聪明才智和我的相比，犹如一颗星星和一盏汽油灯相比：她把我所有那些盲目的崇拜都看作蜘蛛一般，只需用一句话就可以把它们一扫而光。然后我们遭受了巨大的痛苦，跟着她的聪明才智崩溃了，她也一下子来了个大转弯，变得糊涂起来。男女真是有着奇怪的差异——时光和环境可以使大多数男人开阔眼界，但却几乎总是使女人变得目光狭窄。现在终于发生了最可怕的事——像这样她把自己献给了所厌恶的人，成为礼节的奴隶！她那样敏感，那样羞怯，连风吹到她身上都似乎带点儿敬意……很多年以前，淑和我都处在各自的最佳时期——那时我们头脑清晰，无所畏惧地热爱真理——但时代对于我们而言又尚未成熟！我们的思想超前了50年，这于我们毫无益处。因此那些思想遭到抵触，她因而退缩了，我因而变得无所顾虑并招致毁灭！……瞧——埃德琳夫人，我就是这样躺在这儿老不断地自言自语。我一定让你觉得烦死了吧。”

“一点不，亲爱的孩子。我听你说一天话也不烦的。”

裘德越是心里想着她带来的消息，越是坐卧不安；他内心怀着极大的痛苦，开始用亵渎神明的可怕语言骂起社会习俗来，这又引起一阵咳嗽。不久楼下传来敲门声。屋里没其他人，埃德琳夫人便自己下楼去开门。

来人和蔼地说：“我是医生。”这个过分瘦长的人就是维尔贝特医生，他是阿拉贝娜请来的。

“病人现在怎样了？”医生问。

“哦，不好——很不好！可怜的家伙，我随便说了些闲话后，他就很烦躁，骂得好凶——这更该怪我。不过瞧——你得原谅一个为自己所说的话受苦的人。我希望上帝也会饶恕他。”

“哦，我上去看看。福勒夫人在家吗？”

“眼下不在，不过很快会回来的。”

维尔贝特上楼去了。这之前裘德已服了这位高明的医生开的药，而每一次阿拉贝娜把药灌进他喉咙里时，他都显得满不在乎的样子；此时生活中的一个个遭遇把他逼到绝境，以致他当着维尔贝特医生的面就把对他的意见说了，言词激烈，还用了一些惊人的字眼来形容，所以没多久维尔贝特就匆匆下楼走了。走到门口时他碰见阿拉贝娜，埃德琳夫人此时已离开。阿拉贝娜问他她丈夫现在怎样，但看见医生一脸不高兴，就请他喝点什么。他答应了她。

“我去把喝的给你拿到这儿过道上来。”她说。“今天这房里除我外没有别人。”

阿拉贝娜去给他拿来一瓶酒和一个酒杯，让他喝着。这时她发出压抑的笑声，身子抖动起来。“你这是什么，亲爱的?”他问，咂了咂嘴。

“哦——一点酒呀——不过里面放了点东西。”她又笑起来，说：“我把你自己的春药放进去了，那是你上次在农业展览会上卖给我的，你不记得了吗?”

“记得，记得哪！你真是个机灵的女人！不过你得准备好承担后果。”他搂着她的肩头就在那儿吻起她来。

“别这样，别这样。”她低声愉快地笑着说。“我男人会听见的。”

她让他走了，回来时自言自语：“唉！柔弱的女人们必须得早作准备。假如我楼上那个可怜的家伙真的去了——我想他不久会的——我还是别放走机会才好。并且现在我已不能像年轻时那样挑肥拣瘦了。找不到年轻的也得找个老的呀。”

11

本故事里的人物的生活笔者已讲到尾声，现在要请读者在最后几页里把注意力放到裘德寝室的内外情景上；此时绿叶成荫的夏季又到来了。

现在他的面容已变得十分瘦削，连老朋友们也会几乎认不出他来。时值下午，阿拉贝娜正在镜子前烫头发——把一根伞的撑条在点燃的蜡烛火焰上烧热，再用它把一绺绺披散的头发烫卷。烫完头发后，她做了个酒窝，然后动手穿戴，回头瞥一眼裘德。他似乎睡着了，尽管他的身子是支撑着的，因为他病得不能躺下去。

阿拉贝娜戴好帽子和手套，一切已准备好，坐在那儿等着，好像在等待某人来取代她护士的职位。

外面传来某种声音，表明这个城市正在欢庆节日，尽管无论是什么节这儿几乎看不到一点节日的迹象。钟声敲响了，那声音穿过打开的窗户传进这个房间，并在裘德的耳旁嗡嗡回荡。这声音令她心神不安，最后她自言道："怎么父亲还不来呢！"

她又看一眼裘德，不满地估量着他那日见衰退的生命——最近几个月来她经常这样；然后又看看他挂在那儿当钟用的手表，烦躁地站起了身。他仍然睡着，于是她断然下了决心，悄悄地溜出房间，一声不响把门关上下楼去了。此时房里空无一人。阿拉贝娜被外面的事物吸引出去，而同住在寓所的人显然早已被吸引走了。

这是一个暖和、晴朗而迷人的日子。她关好前门，急忙绕着来到了大街，快到礼堂时听见风琴声，那是正在为一个即将举行的音乐会进行排练。她从古栅学院的拱廊下走进去，里面人们围着方庭四面搭起了遮篷，准备当晚在大厅里举行一个舞会。从乡下赶到城里来庆祝节日的人们在草地上野餐。阿拉贝娜沿着砾石小路从一些老酸橙树下走过。可是她发现这里太单调沉闷了，便又回到街上，观看一辆辆马车载着乘客赶来听音乐会，许多大学教师和他们的夫人，以及大学生和他们快活的女伴，也在那儿拥挤着。当大门关闭，音乐会开始以后，她便向前移去。

音乐会强大的声音隆隆作响，穿过那些挂着黄色窗帘的打开的窗户，越过房顶，并钻进沉静的小巷。这些声音甚至远远传到了裘德躺着的屋里，大约也就在此时他又开始咳嗽起来，被惊醒了。

他一能说话时就咕哝着，眼睛仍然紧闭："一点水，请给一点水。"

只有这间被遗弃的屋子听着他的请求，他又拼命咳嗽起来——说话的声音更加微弱："水——一点水——淑——阿拉贝娜！"

屋里仍然和先前一样寂静。接着他又气喘吁吁地说："喉头——水——淑——亲爱的——一点水——请——哦，请！"

没人给他送水来，微弱的风琴声像蜜蜂的嗡嗡声一样，又传进屋里。

他仍靠在那儿，脸色也变了，这时从河那边什么地方传来叫喊声和欢呼声。

"啊——是呀！原来是校庆日赛艇会！"他低声说。"可我却躺在这儿。淑又被玷污！"

一次次的欢呼声把微弱的风琴声淹没了。裘德的脸色变得更加惨白：他慢慢地低声细语，那双焦渴地嘴唇几乎一动不动：

"愿我生的那日和说怀了男胎的那夜都灭没。"

（"好哇！"）

"愿那日变为黑暗，愿上帝不从上面寻找它，愿亮光不照于其上。愿那夜被幽暗夺取，不在年中的日子同乐。”

（“好哇！”）

“我为何不出母胎而死，为何不出母腹就绝气……不然我早已安静躺卧。我早已安睡，早已安息！”

（“好哇！”）

“那儿被囚的人同得安逸，不听见督工的声音……大小都在那里，奴仆脱离主人的辖制。受患难的人，为何有光赐给他呢？心中愁苦的人，为何有生命赐给他呢？”①

与此同时阿拉贝娜正在外面走着，观看节日活动。她抄近路沿一条狭窄的街道走去，穿过一个偏僻的角落，来到红衣主教学院的方庭内。这里充满欢乐热闹的气氛，阳光明媚，鲜花簇簇，另外还为这儿将举行的舞会作了准备。一个木匠朝她点点头，他以前曾是裘德的工友。人们正用鲜艳的红色和浅黄色旗帜，从入口处到礼堂的楼梯之间布置着一条通道。一辆辆马车运来许多色彩鲜艳、鲜花盛开的植物，四处摆设着。那巨大的楼梯也铺上一层红毯。她向一个个工人点头招呼，借着和他们认识的关系上了大厅，那儿工人们正在铺设新的地板，为舞会装饰着。附近大教堂的钟声响了，5 点钟的礼拜已开始。

“让一个家伙搂着我的腰，去那儿兜一圈我倒也不反对。”她对其中一个工人说。“可是老天爷，我又得赶回家去——事情多着呢。我还

①引自《旧约 · 约伯记》第 3 章第 3、第 7、第 11、第 13、第 18、第 19 及第 20 节。

跳什么舞！”

她回到家时在门口碰见了斯塔格和另外一两个裘德的工友。“我们正要到下面的河岸，”前者说，“去观看赛艇。不过我们绕道来这里问问你丈夫怎样了。”

“他正睡得很好呢，谢谢。”阿拉贝娜说。

“那好。唔，瞧，你不能轻松半小时吗，福勒夫人，跟我们一起去看看？那会对你有好处的。”

“我倒是想去。”她说。“我还从没见过赛艇呢，据说是很好玩的。”

“那就走吧！”

“我多希望能去呀！”她渴望地往那条街看过去。“那么等一会儿吧，我跑上去看看他怎么样了。我想父亲是在他身边的，所以我很可能要去。”

于是他们等着，她进去了。楼下寓所里的人和先前一样都不在，实际上他们都一块儿到河岸去了，船队将从那里经过。她来到他的寝室时发现她父亲此时仍然没来。

“为啥他现在也没来呀！”她不耐烦地说。“他自己也想去看赛艇——就这么回事儿！”

然而，她回过头去又看了一眼床上后，脸上露出喜色，因她发现裘德显然是睡着的，虽然不像平时那样由于咳嗽不得不半撑着身子。他已经滑下去，平平地躺着。她再一瞧，不禁吓了一跳，朝床前走过去。他的脸色惨白，渐渐变得僵硬。她摸摸他的手，它们也是凉的，尽管他身子还有点热气。她又听了听他的胸口，里面悄无声息。几乎近30年的心跳已经停止了。

她先是大吃一惊，意识到发生了什么事，然后那微弱的军乐队或某种铜管乐队的乐声从河那边传到她耳里，她用恼怒的语气大声叫道：“想想看他竟然要现在去死！干吗要现在去死呢！”然后她想了一会儿，朝门口走去，像上次一样轻轻关上门，又下楼去了。

“她来啦！”一个工人说。“我们还怀疑你到底是不是要去呢。咱们走吧，得赶快去占个好位置……哦，他怎么样了？睡得很好吗，当然，我们也不想拖你去，如果——”

“哦，是的——他睡得很好。他还不会醒的。”她急忙说道。

他们随着人群沿红衣主教大街走去，一会儿就到了大桥，一只只彩船突然映入他们的眼帘。从那里他们顺着一条狭口朝河边小路走下去——此时路上尘土飞扬，人群拥挤，热闹非凡。他们刚一到达，规模壮观的船赛就开始了，船桨落到河面上时啪啪地发出很大响声。

“唔，唷——多有趣啦！真高兴我来了。”阿拉贝娜说。“并且——我不在丈夫身边——他不会受到伤害的。”

在河对岸以及河面上那些挤满人的画舫上，只见打扮得花枝招展的美女们，时髦地穿着绿色、粉红色、蓝色和白色衣服。赛艇俱乐部的蓝旗是大家注目的中心，旗下身着红色制服的乐队奏出了她在死人房间里已听到的音乐。各类大学生同小姐们坐在河岸上，热切地观望着“我们的”船在河上往返疾驰。在阿拉贝娜观看这生动热闹的场面时，有人碰了碰她的腰，她回头一看是维尔贝特。

“那个春药现在正起作用了，你要知道！”他说着色迷迷地瞥她一眼。“你这样摧残别人的心真是不要脸呀！”

“我今天可不想谈情说爱。”

“为什么不？这可是一个大家欢乐的节日哪。”

她没有回答。维尔贝特悄悄把手伸过去搂住了她的腰，这个动作在拥挤的人群中是不会被注意到的。阿拉贝娜感觉到他的手在搂她时，脸上现出狡黠的表情来，不过她仍目不转睛地看着河面上，好像不知道他来抱她似的。

人群蜂拥着，有时几乎要把阿拉贝娜和她的朋友们挤到河里去；接下来又表演了喧闹的游戏，她真想尽情地哈哈大笑，但是此前不久才看见的那张苍白无血、如塑像般的面容，仍然印在她的头脑里，使她稍微冷静了一些。

水上游戏使人们兴奋到极点，有的船翻到水里，有的人在大喊大叫。比赛有的输了，有的赢了。身着粉红色、蓝色和黄色衣服的女士们离开了画舫，观看过比赛的人们也开始活动起来。

“唔——真是太好看了。”阿拉贝娜叫道。“不过我想，我得回去看看我那可怜的男人啦。我知道父亲在那儿，但我最好还是回去。”

“你急什么？”

“哦，我得走了……哎呀，哎呀，真别扭！”

人群从河边来到那条狭窄的通道，要从这儿爬到桥上去，但是大家在这里紧紧地挤成一块儿，弄得水泄不通。阿拉贝娜和维尔贝特也被挤在其中，动弹不得，因此她大喊道：“哎呀，哎呀！”越来越不耐烦。因为她刚刚才想到，假如裘德被发现一个人死在床上，人们就会认为有必要进行一番调查。

“你真是一个不安稳的人呀，我的乖乖。”医生说，他被人群挤得紧紧地贴着她，所以用不着自己再去费力。“你就耐心点儿吧，现在是挤不开的呀！”

差不多过了10分钟拥挤不堪的人群才比较松动了，他们得以通过。阿拉贝娜一上大街就急匆匆向前走去，不让医生再陪着她。她并没有直接回家，而是去了一个妇女的住所，这位妇女专为比较贫苦的死者办理必要的丧事。阿拉贝娜敲响她的房门。

“我丈夫刚去世了，可怜的人。”她说。“请你去为他作殡葬准备好吗？”

阿拉贝娜等了几分钟，然后两个女人一起走去，挤过从红衣主教学院草地上出来的上层社会的人流，差点被马车撞倒。

“我还得去找一下教堂司事，联系有关丧钟的事情。”阿拉贝娜说。“就在附近，是吧？我会到我家门口来见你的。”

那晚 10 点钟裘德被安放在他房间里的床上，盖上了一层裹尸布，身子僵直得如箭一般。红衣主教学院舞厅里华尔兹舞曲欢乐而有节奏的颤动声，从半开着的窗户传进这屋里。

两天以后，天空是同样的晴朗，空气是同样的沉静，在同样那间小小的寝室里，两个人站在打开的裘德的棺材旁。一边是阿拉贝娜，另一边是埃德琳寡妇。他们都看着裘德的脸，埃德琳夫人那双憔悴的老眼红红的。

“他多美啊！”她说。

“不错。他死了还那么英俊。”阿拉贝娜说。

窗户仍然开着让屋子通风，此刻大约是午时，外面明净的空气一动不动，一片宁静。远处传来嘈杂声，其中显然有人踏步的声音。

“那是在干什么？”老太太嘀咕道。

“哦，那是礼堂里的博士们，在授予汉普顿郡公爵和很多更有名的那类家伙名誉地位。你知道现在是‘校庆周’呀。就是那些年轻人在欢呼。”

“啊，人又年轻，声音又洪亮！可不像我们这个可怜的家伙。”

这时好像有人在发表演讲，偶尔有一句话从礼堂开着的窗户飘出来，飘到了这个幽静的角落，这时裘德那大理石般的脸好像也露出某种笑容；但是旁边书架上的书，似乎听到这个声音就现出苍白、厌恶的表情来。这些书是陈旧的、过了时的维吉尔和贺拉斯的戴尔文版作品，翻得很旧的希腊文《新约》，以及几本其他类似的他没舍弃的著作——它们已被石头灰磨得很粗糙，因为他过去干活休息时常常爱拿起来翻上几分钟。此时钟声欢快地敲响了，它们久久回荡在这间寝室的周围。

阿拉贝娜把眼光从裘德身上转向埃德琳夫人。“你看她会来吗？”她问。

“我也说不清。她发过誓不再见他了。”

“她现在看起来怎样？”

“又厌倦又苦恼，可怜的宝贝。比你最后一次看到她时显得老了好多好多岁。现在她成天板着一副面孔，忧忧虑虑的。都是因为这个男人——他现在还让她受不了呢！”

“如果裘德现在还活着看见她，也许不会再喜欢她了。”

“那可是我们无法知道的事情……自从他那次那么奇怪地去看她以后，难道他没叫你让她来吗？”

“没有。恰恰相反，我曾主动说要让她来，可他说我不能让她知道他病得多么重。”

“他饶恕她了没有？”

“据我所知没有。”

“唉——可怜的小东西。不过据认为她在别的方面得到饶恕了！她说过她已得到了安宁！”

“她可以跪下来凭着她项圈上神圣的十字架发誓，说她得到了安宁，直到声音嘶哑为止，但那不会是真的！”阿拉贝娜说。“她自从离开他的怀抱后，就从来没有得到过安宁，并且她再也不会得到安宁了，直到她像他现在这样死去！”

我是猫	〔日〕夏目漱石　著　刘振瀛　译
神曲	〔意〕但丁　著　朱维基　译
红字	〔美〕霍桑　著　苏福忠　译
到灯塔去	〔英〕伍尔夫　著　瞿世镜　译
格列佛游记	〔英〕斯威夫特　著　孙予　译
大卫·考坡菲	〔英〕狄更斯　著　张谷若　译
道连·葛雷的画像	〔英〕王尔德　著　荣如德　译
童年／在人间／我的大学	〔俄〕高尔基　著　高惠群等　译
城堡	〔奥地利〕卡夫卡　著　赵蓉恒　译
汤姆·索亚历险记	〔美〕马克·吐温　著　张建平　译
九三年	〔法〕雨果　著　叶尊　译
铁皮鼓	〔德〕格拉斯　著　胡其鼎　译
卡拉马佐夫兄弟	〔俄〕陀思妥耶夫斯基　著　荣如德　译
远大前程	〔英〕狄更斯　著　王科一　译
马丁·伊登	〔美〕杰克·伦敦　著　吴劳　译
名利场	〔英〕萨克雷　著　荣如德　译
嘉莉妹妹	〔美〕德莱塞　著　裘柱常　译
细雪	〔日〕谷崎润一郎　著　储元熹　译
哈克贝里·芬历险记	〔英〕马克·吐温　著　张万里　译
儿子与情人	〔英〕劳伦斯　著　张禹九　译
野性的呼唤	〔英〕杰克·伦敦　著　刘荣跃　译
牛虻	〔英〕伏尼契　著　蔡慧　译
包法利夫人	〔法〕福楼拜　著　周克希　译
达洛卫夫人	〔英〕伍尔夫　著　孙梁　苏美　译
永别了，武器	〔美〕海明威　著　林疑今　译
喧哗与骚动	〔美〕福克纳　著　李文俊　译
猎人笔记	〔俄〕屠格涅夫　著　冯春　译
圣经故事	〔美〕阿瑟·马克斯威尔　著　杨佑方等　译
希腊神话	〔俄〕库恩　编著　朱志顺　译
格林童话	〔德〕格林兄弟　著　施种等　译
月亮和六便士	〔英〕毛姆　著　傅惟慈　译
失乐园	〔英〕弥尔顿　著　刘捷　译
海底两万里	〔法〕儒勒·凡尔纳　著　杨松河　译
丧钟为谁而鸣	〔美〕海明威　著　程中瑞　译
安徒生童话	〔丹麦〕安徒生　著　任溶溶　译
了不起的盖茨比	〔美〕菲茨杰拉德　著　巫宁坤等　译
虹	〔英〕劳伦斯　著　黄雨石　译
摩格街谋杀案	〔美〕爱伦·坡　著　张冲　张琼　译
坎特伯雷故事集	〔英〕乔叟　著　黄杲炘　译
战争与和平	〔俄〕列夫·托尔斯泰　著　娄自良　译
环游地球八十天	〔法〕儒勒·凡尔纳　著　任倬群　译
人生的枷锁	〔英〕毛姆　著　张柏然　张增健　倪俊　译

剧院魅影	〔法〕加斯东·勒鲁 著 符锦勇 译
百万英镑——马克·吐温中短篇小说选	〔美〕马克·吐温 著 方平 等译
培根随笔全集	〔英〕弗兰西斯·培根 著 蒲隆 译
金银岛·化身博士	〔英〕斯蒂文森 著 荣如德 译
无名的裘德	〔英〕哈代 著 刘荣跃 译
一千零一夜	方平 等译
刀锋	〔英〕毛姆 著 周煦良 译
小妇人	〔美〕露易莎·梅·奥尔科特 著 洪怡 叶宇 译
玻璃球游戏	〔德〕黑塞 著 张佩芬 译
凯旋门	〔德〕雷马克 著 朱雯 译
变形记——卡夫卡中短篇小说集	〔奥地利〕卡夫卡 著 张荣昌 译
伊索寓言	〔希腊〕伊索 等著 吴健平 于国畔 译
前夜／父与子	〔俄〕屠格涅夫 著 丽尼 巴金 译
大师和玛格丽特	〔俄〕布尔加科夫 著 高惠群 译
死农奴	〔俄〕果戈理 著 娄自良 译
被伤害与侮辱的人们	〔俄〕陀思妥耶夫斯基 著 娄自良 译
黑桃皇后	〔俄〕普希金 著 冯春 译
伊利亚随笔精选	〔英〕查尔斯·兰姆 著 刘炳善 译
危险的关系	〔法〕拉克洛 著 叶尊 译
夜色温柔	〔美〕菲茨杰拉德 著 汤新楣 译